证券业从业人员资格考试辅导系列

证券发行与承销过关冲刺

主编：云才学习网
www.100xuexi.com

中国石化出版社

内 容 提 要

　　本书是一本证券业从业人员资格考试科目"证券发行与承销"过关冲刺模拟试题。本书遵循《证券业从业人员资格考试大纲（2009年）》中"证券发行与承销"的要求，根据大纲指定的参考教材及相关法律、法规和规范性文件精心编写了八套过关冲刺模拟试题。所选题目基本涵盖了考试大纲规定需要掌握的知识内容，侧重于选编常考难点试题，对全部试题的答案进行了详细的分析和说明。

　　圣才学习网/中华证券学习网（www.1000zq.com）提供证券金融类资格考试名师网络课程（随书配有圣才学习卡，网络课程的详细介绍参见本书最后内页），本书和配套网络课程特别适用于参加证券金融类资格考试的考生，也适用于各大院校金融学专业的师生参考。

图书在版编目（CIP）数据

证券发行与承销过关冲刺/圣才学习网主编. —修订本.
北京：中国石化出版社，2009
　（证券业从业人员资格考试辅导系列）
　ISBN 978 − 7 − 80229 − 716 − 6

　Ⅰ.证… Ⅱ.金… Ⅲ.有价证券 − 销售 − 资格考核 −
习题　Ⅳ. F830.91 −44

中国版本图书馆 CIP 数据核字（2009）第 118081 号

中国石化出版社出版发行
地址:北京市东城区安定门外大街58号
邮编:100011　电话:(010)84271850
读者服务部电话:(010)84289974
http://www.sinopec-press.com
E-mail:press@ sinopec.com.cn
北京宏伟双华印刷有限公司印刷
全国各地新华书店经销
＊
787×1092 毫米 16 开本 19 印张 445 千字
2009 年 7 月第 2 版　2009 年 7 月第 1 次印刷
定价:40.00 元

序　言

中国证券业实行从业人员资格管理制度，由中国证券业协会在中国证监会指导监督下对证券从业人员实施资格管理。证券业从业人员资格考试自 2003 年起向社会及境外人士开放。凡年满 18 周岁，具有高中以上文化程度和完全民事行为能力的境内外人士都可以报名参加证券业从业人员资格考试。

考试科目分为基础科目和专业科目。基础科目为证券市场基础知识，专业科目包括：证券交易、证券发行与承销、证券投资分析、证券投资基金。基础科目为必考科目，专业科目可以自选。选报的考试科目数量没有限制，一次考试可以选择报考全部五科。从 2004 年起，全部为全国统考、闭卷、计算机考试方式进行，单科考试时间为 120 分钟，每科考试 60 分为合格线。

为了帮助考生顺利通过证券业从业人员资格考试，我们根据《证券业从业人员资格考试大纲（2009 年）》和指定参考教材编写了 2009—2010 年证券业从业人员资格考试辅导系列：

1.《证券市场基础知识过关必做 2000 题（含历年真题）》

2.《证券市场基础知识过关冲刺八套题》

3.《证券发行与承销过关必做 2000 题（含历年真题）》

4.《证券发行与承销过关冲刺八套题》

5.《证券交易过关必做 2000 题（含历年真题）》

6.《证券交易过关冲刺八套题》

7.《证券投资分析过关必做 2000 题（含历年真题）》

8.《证券投资分析过关冲刺八套题》

9.《证券投资基金过关必做 2000 题（含历年真题）》

10.《证券投资基金过关冲刺八套题》

本书是一本证券业从业人员资格考试科目"证券发行与承销"过关冲刺模拟试题。本书遵循《证券业从业人员资格考试大纲（2009 年）》中"证券发行与承销"的要求，根据大纲指定的参考教材及相关法律、法规和规范性文件精心编写了八套过关冲刺模拟试题。所选题目基本涵盖了考试大纲规定需要掌握的知识内容，侧重于选编常考难点试题，对全部试题的答案进行了详细的分析和说明。

需要特别说明的是：由于实行的是计算机考试，不同考生的考题并不相同，但全部是从题库中随机抽题考试，很多考题被反复抽考而考题并不对外公布，因此，本辅导系列中真题的获得非常困难而显得非常珍贵，我们精选了部分近年被多次抽考的真题，并根据新教材、新大纲和最新法律法规进行了解答。本书需要参考的相关法律法规及考试题型、考试时间等相关信息请登录中华证券学习网(www. 1000zq. com)。

圣才学习网(www. 100xuexi. com)是一家为全国各类考试和专业课学习提供全套复习资料的专业性网站。圣才学习网包括中华证券学习网、中华金融学习网、中华保险学习网、中华精算师考试网等48个子网站。

中华证券学习网是一家为全国各证券类考试和证券专业课学习提供全套复习资料的专业性网站。其中，证券类考试包括证券业从业人员资格考试、期货从业人员资格考试、保荐人资格考试等；证券专业课包括证券市场基础、证券交易、证券发行与承销、证券投资基金、证券投资学、金融衍生工具、证券专业英语等。每个栏目(各种证券类考试、各门专业课)都设置有为考生和学习者提供一条龙服务的资源，包括：网络课程辅导、在线测试、专业图书、历年真题、专项练习、笔记讲义、视频课件、学术论文等。

圣才学习网/中华证券学习网(www. 1000zq. com)提供证券金融类资格考试名师网络课程(随书配有圣才学习卡，网络课程的详细介绍参见本书最后内页)。证券金融类考试和国内外经典教材名师网络课程、名校考研真题、在线测试、考试题库等增值服务，详情请登录网站：

圣才学习网 www. 100xuexi. com
中华证券学习网 www. 1000zq. com

圣才学习网编辑部

目　录

证券发行与承销过关冲刺题（一）

一、单选题（共60题，每题0.5分，共30分。以下备选答案中只有一项最符合题目要求，不选、错选均不得分）

1. 1998年之前，我国股票发行监管制度采取（　　）双重控制的办法。
   A. 发行种类和发行规模　　　　　　B. 发行规模和发行企业数量
   C. 发行种类和发行企业数量　　　　D. 发行速度和发行企业规模

2. 最近（　　）个月因违法违规被中国证监会从名单中去除或者受到中国证监会行政处罚的个人不能申请注册登记为保荐代表人。
   A. 6　　　　　B. 12　　　　　C. 24　　　　　D. 36

3. 首次公开发行股票并在创业板上市的，持续督导的期间为证券上市当年剩余时间及其后_____个完整会计年度；创业板上市公司发行新股、可转换公司债券的，持续督导的期间为证券上市当年剩余时间及其后_____个完整会计年度。（　　）
   A. 2；1　　　　B. 2；2　　　　C. 3；1　　　　D. 3；2

4. 申请人申请记账式国债承销团成员资格的，应当将申请材料提交至（　　）。
   A. 国资委　　　B. 财政部　　　C. 中国人民银行　　D. 发改委

5. 依据《证券公司风险控制指标管理办法》的规定，证券公司净资本与各项风险准备之和的比例不得低于（　　）。
   A. 100%　　　　B. 50%　　　　C. 30%　　　　D. 10%

6. 股份有限公司的设立可以采取发起设立与募集设立两种方式。发起设立是指由发起人认购公司发行的（　　）而设立公司。
   A. 部分股份　　B. 全部股份　　C. 控股股份　　D. 优先股份

7. 股份有限公司的财务会计报告应当在召开股东大会年会的（　　）日前置备于本公司，供股东查阅。
   A. 10　　　　　B. 15　　　　　C. 20　　　　　D. 30

8. 股份有限公司董事长和副董事长由董事会以全体董事的（　　）选举产生。
   A. 过半数　　　B. 2/3以上　　　C. 3/4以上　　　D. 全体一致

9. 根据我国《公司法》第一百六十七条的规定，公司法定公积金累计额为公司注册资本（　　）以上的，可以不再提取。
   A. 30%　　　　B. 35%　　　　C. 40%　　　　D. 50%

10. 关于公司解散，下列说法正确的是（　　）。
    A. 股份有限公司的解散是指股份有限公司法人资格的消失
    B. 公司解散时，不需要进行必要的清算活动
    C. 公司解散后，仍具有部分业务活动的能力
    D. 股份有限公司的解散是指股份有限公司法人资格的递延

11. 公司改组为上市公司时，如果原公司已经缴纳出让金，取得了土地使用权，国家可以将土地作价，以（　　）的方式投入上市公司。
    A. 国有法人股　　B. 出租　　　C. 国家股　　　D. 社会公众股

12. 关于国有企业改组为股份公司时的股权界定，下列说法不正确的是( )。

A. 有权代表国家投资的机构或部门直接设立的国有企业以其全部资产改建为股份有限公司的，原企业应予撤销，原企业的国家净资产折成的股份界定为国家股

B. 有权代表国家投资的机构或部门直接设立的国有企业以其部分资产改建为股份公司的，如进入股份公司的净资产累计高于原企业所有净资产的50%，或主营生产部分的全部或大部分资产进入股份制企业，其净资产折成的股份界定为国家股

C. 国有法人单位所拥有的企业，包括产权关系经过界定和确认的国有企业的全资子企业和控股子企业及其下属企业，以全部或部分资产改建为股份公司，进入股份公司的净资产折成的股份，界定为国有法人股

D. 有权代表国家投资的机构或部门直接设立的国有企业以其全部资产改建为股份有限公司的，原企业的国家资产折成的股份界定为国有法人股

13. 企业有( )行为的，可以不对相关国有资产进行评估。

A. 整体或者部分改建为有限责任公司或者股份有限公司

B. 以非货币资产对外投资

C. 经各级人民政府或其国有资产监督管理机构批准，对企业整体或者部分资产实施无偿划转

D. 合并、分立、破产、解散

14. ( )是假定没有内部控制的情况下，会计报表某项认定产生重大错报的可能性。

A. 固有风险　　　　B. 政策风险　　　　C. 控制风险　　　　D. 检查风险

15. 下列关于或有损失的说法，错误的是( )。

A. 或有损失是指由某一特定的经济业务所造成的将来可能会发生，并要由被审计单位承担的潜在损失

B. 由被审计单位承担的潜在损失，到被审计单位资产负债表日为止，仍不能确定

C. 如果一项潜在损失是可能的，且损失的数额是可以合理地估计出来的，则该项损失应作为应计项目，在会计报表中反映

D. 如果可能损失的金额无法合理估计，或者如果损失仅仅有些可能，则无须反映

16. 从投资者的角度看，债券的成本是一个对未来现金流入的预期收益率，它是( )与目前债券的市场价格相等的一个折现率。

A. 现在债券的理论价格　　　　　　B. 买卖债券所需支付的手续费用

C. 预期未来现金流量的现值　　　　D. 未来债券的市场价格

17. 关于净经营收入理论，下列说法不正确的是( )。

A. 该理论假定，不管企业财务杠杆多大，债务融资成本和企业融资总成本是不变的

B. 当企业增加债务融资时，股票融资的成本就会上升

C. 企业可以通过增加成本较低的负债融资而抵消成本较高的股权融资的影响，以减少融资的成本和风险

D. 融资总成本随融资结构的变化而变化

18. 下列各项属于发行可转换证券可能会带来的更大的风险的是( )。

A. 当公司高速成长时，持有者可能不会转换为股票，使公司无法达到改变资本结构的目的

B. 当公司高速成长时，持有者会转换为股票成为普通股股东，稀释了每股收益和剩余

控制权

    C. 当公司业绩不佳时，持有者会转换为股票，使股票市值下降

    D. 当公司业绩不佳时，可转换证券的价值会下降，导致持有者发生损失

19. 资产评估报告是评估机构完成评估工作后出具的专业报告，资产评估报告的有效期为（   ）。

    A. 自评估报告日起 1 年   B. 自评估报告日起 2 年

    C. 自评估基准日起 1 年   D. 自评估基准日起 2 年

20. 企业的盈利预测应当在合理假设的基础上，本着（   ）的原则作出。

    A. 诚信   B. 客观   C. 乐观   D. 审慎

21. 资产评估报告书必须依照（   ）的原则撰写。

    A. 公平、公正、公开   B. 客观、公正、实事求是

    C. 准确、规范   D. 科学、合理

22. 发审委委员由中国证监会的专业人员和中国证监会外的有关专家组成，由中国证监会聘任。发审委委员为＿＿＿＿＿＿名，发审委设会议召集人＿＿＿＿＿＿名。（   ）

    A. 20；3   B. 20；5   C. 25；3   D. 25；5

23. 公开发行股票数量在 4 亿股以上，提供有效报价的询价对象不足（   ）家的，发行人及其主承销商不得确定发行价格，并应当中止发行。

    A. 10   B. 20   C. 50   D. 100

24. 股票的发行价格不得低于（   ）。

    A. 每股利润   B. 市场最低价   C. 每股净资产   D. 票面金额

25. 自 2008 年 7 月 1 日起，对所有新受理首次公开发行申请，中国证监会发行监管部将在发行人和保荐机构按照反馈意见修改申请文件后的（   ）个工作日内在网上公开招股说明书（申报稿）。

    A. 4   B. 5   C. 7   D. 10

26. 沪市投资者可以使用其所持的上海证券账户在申购日向上证所申购在上证所发行的新股，每一申购单位为（   ）股。

    A. 1   B. 10   C. 100   D. 1000

27. 首次公开发行股票的公司推介活动，不要求必须参加的是（   ）。

    A. 公司董事长   B. 主承销商的项目负责人

    C. 董事会秘书   D. 独立董事

28. 首次公开发行公司在发行前，必须以（   ）的方式，向投资者进行公司推介。

    A. 杂志刊登   B. 电视直播   C. 报纸公告   D. 网上直播

29. 下列不属于首次公开发行股票的信息披露文件的是（   ）。

    A. 招股说明书及其附录和备查文件

    B. 发行公告

    C. 招股说明书摘要

    D. 承销商尽职调查报告

30. 发行人最近 1 年及 1 期内收购兼并其他企业资产（或股权），且被收购企业资产总额或营业收入或净利润超过收购前发行人相应项目（   ）的，应披露被收购企业收购前 1 年利润表。

A. 20%（含）　　　　B. 20%（不含）　　　C. 30%（含）　　　D. 30%（不含）

31. 财务报表被出具(　　)的，发行人应全文披露审计报告正文以及董事会、监事会及注册会计师对强调事项的详细说明。
　　A. 带强调事项段的有保留审计意见
　　B. 有保留审计意见
　　C. 带强调事项段的无保留审计意见
　　D. 带说明事项段的有保留审计意见

32. 关于境内外披露差异，由于在境内外披露的财务会计资料所采用的会计准则不同，导致净资产或净利润存在差异的，(　　)应披露财务报表差异调节表，并注明境外会计师事务所的名称。
　　A. 发行境内上市外资股的发行人　　　　B. 发行境外上市外资股的发行人
　　C. 境内会计师事务所　　　　　　　　　D. 境外会计师事务所

33. 非公开发行股票发行对象不超过(　　)名。
　　A. 10　　　　　　　B. 20　　　　　　　C. 30　　　　　　　D. 50

34. 在新股发行的申请程序中，股东大会应就(　　)等事项进行表决并最后形成决议。
　　A. 本次发行数量、定价方式
　　B. 本次发行是否符合新股发行的规定
　　C. 募集资金使用的可行性
　　D. 前次募集资金的使用情况

35. 发审委会议对上市公司公开发行股票申请表决时，同意票数未达到(　　)票为未通过。
　　A. 3　　　　　　　B. 5　　　　　　　C. 7　　　　　　　D. 9

36. 配股的股权登记日为(　　)日。
　　A. T-1　　　　　　B. T　　　　　　　C. T+1　　　　　　D. T+2

37. 发行可转换为股票的公司债券的上市公司，有限责任公司的净资产应不低于人民币(　　)万元。
　　A. 2000　　　　　　B. 3000　　　　　　C. 5000　　　　　　D. 6000

38. 转股价格是影响可转换公司债券价值的一个重要因素，转股价格越高，可转换公司债券的转换价值越(　　)。
　　A. 低　　　　　　　B. 高　　　　　　　C. 不能确定　　　　D. 先高后低

39. 自中国证监会核准发行之日起，上市公司应在(　　)个月内发行可转换公司证券。
　　A. 2　　　　　　　B. 4　　　　　　　C. 6　　　　　　　D. 8

40. 可转换公司债券发行，在上海证券交易所上网定价发行方式下，(　　)日中签率公告见报。
　　A. T+2　　　　　　B. T+3　　　　　　C. T+4　　　　　　D. T+5

41. 上市公司股东申请发行可交换公司债券的，公司最近1期末的净资产不得少于人民币(　　)亿元。
　　A. 1　　　　　　　B. 3　　　　　　　C. 5　　　　　　　D. 10

42. 关于混合式招标，下列说法错误的是(　　)。
　　A. 标的为利率时，全场加权平均中标利率为当期国债票面利率，低于或等于票面利率的标位，按发行价格承销

B. 高于票面利率一定数量以内的标位，按各中标标位的利率与票面利率折算的价格承销

C. 高于票面利率一定数量以上的标位，全部落标

D. 低于发行价格一定数量以内的标位，按各中标标位的价格承销，低于发行价格一定数量以上的标位，全部落标

43. 保险公司次级债务的偿还只有在确保偿还次级债本息后偿付能力充足率（　　）的前提下，募集人才能偿付本息。

A. 不低于 100%　　B. 不高于 100%　　C. 不低于 50%　　D. 不高于 50%

44. 发行公司债券，自中国证监会核准发行之日起，公司应在_____个月内首期发行，剩余数量应在_____个月内发行完毕。（　　）

A. 12；24　　　　B. 12；12　　　　C. 6；24　　　　D. 12；6

45. 企业发行注册短期融资券，（　　）委员认为企业没有真实、准确、完整、及时披露信息，或中介机构没有勤勉尽责的，交易商协会不接受发行注册。

A. 4 名以上（含 4 名）　　　　　　　B. 4 名以上（不含 4 名）

C. 2 名以上（含 2 名）　　　　　　　D. 2 名以上（不含 2 名）

46. 交易商协会向接受注册的企业出具《接受注册通知书》，注册有效期为（　　）年。

A. 1　　　　　　B. 2　　　　　　C. 3　　　　　　D. 5

47. 企业发行中期票据应于中期票据注册之日起（　　）个工作日内，在银行间债券市场一次性披露中期票据完整的发行计划。

A. 2　　　　　　B. 3　　　　　　C. 5　　　　　　D. 7

48. 在境内上市外资股的资产评估中，评估的方法不包括（　　）。

A. 账面折扣法　　B. 重置成本法　　C. 现行市价法　　D. 收益现值法

49. 以募集方式设立公司，申请发行境内上市外资股的，拟发行的股本总额超过_____亿元人民币的，其拟向社会发行股份的比例应达_____以上。（　　）

A. 3；15%　　　　B. 3；25%　　　　C. 4；15%　　　　D. 4；25%

50. 公司发行境内上市外资股，应当委托经_____认可的_____证券经营机构作为主承销商或主承销商之一。（　　）

A. 国务院；境内　　　　　　　　　　B. 中国证监会；境内

C. 国务院；境外　　　　　　　　　　D. 中国证监会；境外

51. 内地企业在中国香港发行股票，其公司治理要求审核委员会成员须有至少（　　）名成员，并必须全部是非执行董事。

A. 1　　　　　　B. 3　　　　　　C. 5　　　　　　D. 7

52. 内地企业在中国香港发行股票，新申请人预期证券上市时由公众人士持有的股份的市值须至少为_____万港元。无论任何时候，公众人士持有的股份须占发行人已发行股本至少_____。（　　）

A. 3000；20%　　B. 3000；25%　　C. 5000；20%　　D. 5000；25%

53. 在重大资产重组的资产评估中，上市公司独立董事不需对（　　）发表独立意见。

A. 评估机构的独立性　　　　　　　　B. 评估方法与评估目的的相关性

C. 评估假设前提的合理性　　　　　　D. 评估定价的公允性

54. 关于并购重组委召集人的职责，下列说法不正确的是（　　）。

A. 组织参会委员发表意见、进行讨论

B. 总结并购重组委会议审核意见

C. 组织投票并宣读表决结果

D. 在会议记录、审核意见、表决结果等会议资料上签名确认，同时提交工作底稿

55. 自收到中国证监会核准文件之日起_____日内，本次重大资产重组未实施完毕的，上市公司应当于期满后次一工作日将实施进展情况报告中国证监会及其派出机构，并予以公告，超过_____个月未实施完毕的，核准文件失效。（   ）

　　A. 30；6　　　　B. 30；12　　　　C. 60；6　　　　D. 60；12

56. 上市公司在收到中国证监会关于召开并购重组委工作会议审核其重大资产重组申请的通知后，应当立即予以公告，并申请办理(   )的停牌事宜。

A. 并购重组委工作会议召开前

B. 表决结果披露后

C. 并购重组委工作会议期间

D. 并购重组委工作会议期间直至其表决结果披露前

57. (   )依法对上市公司重大资产重组行为进行监管。

　　A. 中国证券业协会　　　　　　　　B. 股东大会

　　C. 监事会　　　　　　　　　　　　D. 中国证监会

58. 证券投资咨询机构从事上市公司并购重组财务顾问业务，其实缴注册资本和净资产不低于人民币(   )万元。

　　A. 200　　　　　B. 300　　　　　C. 500　　　　　D. 600

59. 关于证券公司从事上市公司并购重组财务顾问业务的资格条件，下列说法错误的是(   )。

A. 财务顾问主办人不少于 3 人

B. 公司财务会计信息真实、准确、完整

C. 公司控股股东、实际控制人信誉良好且最近 3 年无重大违法违规记录

D. 具有健全且运行良好的内部控制机制和管理制度，严格执行风险控制和内部隔离制度

60. 下列(   )情形中，外国投资者无须就所涉情形向商务部和国家工商行政管理总局报告。

A. 并购一方当事人当年在中国市场营业额超过 5 亿元人民币

B. 1 年内并购国内关联行业的企业累计超过 10 个

C. 并购一方当事人在中国的市场占有率已经达到 20%

D. 并购导致并购一方当事人在中国的市场占有率达到 25%

二、**多选题**(共60题40分，其中已标明分值的20题每题1分，其余40题每题0.5分。以下备选项中有两项或两项以上符合题目要求，多选、少选、错选均不得分)

61. 关于中国证监会对保荐机构和保荐代表人资格的核准，下列说法正确的有(   )。

A. 对保荐代表人资格的申请，自受理之日起 10 个工作日内作出核准或者不予核准的书面决定

B. 对保荐代表人资格的申请，自受理之日起 20 个工作日内作出核准或者不予核准的书面决定

C. 申请文件内容发生重大变化的，应当自变化之日起 2 个工作日内向中国证监会提交更新资料

D. 申请文件内容发生重大变化的，应当自变化之日起 5 个工作日内向中国证监会提交更新资料

62. 个人申请保荐代表人资格时，应当通过所任职的保荐机构向中国证监会提交的材料包括(　　)等。(1分)

A. 证券业从业人员资格考试、保荐代表人胜任能力考试成绩合格的证明

B. 最近 3 年内担任《证券发行上市保荐业务管理办法》规定的境内证券发行项目协办人的工作情况说明

C. 保荐机构出具的推荐函

D. 保荐机构对申请文件真实性、准确性、完整性承担责任的承诺函，并应由其董事长或者总经理签字

63. 证券公司有下列(　　)行为之一的，除承担《证券法》规定的法律责任外，自中国证监会确认之日起 36 个月内不得参与证券承销。(1分)

A. 承销未经核准的证券

B. 在承销过程中的实际操作与报送中国证监会的发行方案不一致

C. 在承销过程中披露的信息有虚假记载、误导性陈述或者重大遗漏

D. 在承销过程中，进行虚假或误导投资者的广告或者其他宣传推介活动，以不正当手段诱使他人申购股票

64. 股份有限公司发起人应当承担的义务有(　　)。

A. 发起人持有的本公司股份，自公司成立之日起两年内不得转让

B. 公司不能成立时，对认股人已缴纳的股款，负返还股款并加算银行同期存款利息的连带责任

C. 公司不能成立时，对设立行为所产生的债务和费用负连带责任

D. 在公司设立过程中，因发起人的过失致使公司利益受到损害的，应对公司承担赔偿责任

65. 关于公司治理结构，下列说法正确的有(　　)。

A. 在有限责任公司中，公司治理结构相对简化，人数较少和规模较小的，可以设 1 名执行董事，不设董事会；可以设 1~2 名监事，不设监事会

B. 在有限责任公司中，由于召开股东会比较方便，因此，立法上赋予股东会的权限较大

C. 在股份有限公司中，无论公司的大小，均应设立股东大会、董事会、经理和监事会。由于股东人数没有上限，人数较多且分散，召开股东大会比较困难，股东大会的议事程序也比较复杂

D. 在股份有限公司中，公司规模较小的，可以不设立股东大会、董事会、经理和监事会

66. 某股份公司 A 公司拟由 B 企业、C 公司、D 公司、E 研究所和 F 企业共同发起设立，并发行股票及在证券交易所上市。A 公司筹委会拟在公司董事会中设立独立董事。根据有关规定，下列选项中，不得在 A 公司担任独立董事的有(　　)。(1分)

A. E 研究所的所长

B. A 公司总经理之子

C. 参与《独立审计准则》起草工作的某大学教授

D. 财政部财产评估司的处长

67. 在我国，担任独立董事应当符合的基本条件有（　　　）。

A. 根据法律、行政法规及其他有关规定，具备担任上市公司董事的资格

B. 具有《关于在上市公司建立独立董事制度的指导意见》所要求的独立性

C. 原则上不超过 65 周岁

D. 具有五年以上法律、经济或者其他履行独立董事职责所必需的工作经验

68. 股份有限公司的解散是指股份有限公司法人资格的消失。下列属于股份有限公司解散原因的有（　　　）。

A. 董事会决议解散

B. 股东大会决议解散

C. 公司章程规定的营业期限届满或者公司章程规定的其他解散事由出现

D. 因公司合并或者分立需要解散的

69. 下列各项属于国有企业股份制改组过程中的清产核资内容的有（　　　）。

A. 账务清理和资产清查　　　　　　　B. 价值重估

C. 损益认定　　　　　　　　　　　　D. 资金核实

70. 拟发行上市公司关联方主要包括（　　　）。

A. 控股股东

B. 发行人参与的合营企业

C. 发行人参与的联营企业

D. 关键管理人员、核心技术人员

71. 关于占有单位无形资产重估价值的评定，下列说法正确的有（　　　）。（1分）

A. 外购的无形资产，根据购入成本以及该项资产具备的获利能力

B. 自创的或者自身拥有的无形资产，根据其形成时发生的实际成本及该项资产具备的获利能力

C. 自创的或者自身拥有的无形资产，只能根据其形成时发生的实际成本

D. 自创的或者自身拥有的未单独计算成本的无形资产，根据该项资产具有的获利能力

72. 假设某企业进行负债和权益的融资，两者成本均不会随着结构的变化而变化，若想使企业的市场价值得以提高，根据净收入理论，不能采用的方法有（　　　）。

A. 增加债务融资比重　　　　　　　　B. 增加权益融资比重

C. 保持原有融资比重不变　　　　　　D. 总体减少融资量

73. 普通股筹资的优点包括（　　　）。

A. 没有固定的利息负担

B. 对保证公司的最低的资金需求有重要意义

C. 可为债权人提供较大的损失保障，提高公司的信用等级，降低债务筹资的成本

D. 由于股东只承担有限责任，普通股实际上是对公司总资产的一项看跌期权

74. 募集资金专户存储三方监管协议的主体是上市公司和（　　　）。

A. 保荐人　　　　　　　　　　　　　B. 保荐服务机构

C. 证券交易所　　　　　　　　　　　D. 存放募集资金的商业银行

75. 关于保荐业务工作底稿，下列说法正确的有(　　)。
  A. 工作底稿是评价保荐机构及其保荐代表人从事保荐业务是否诚实守信、勤勉尽责的重要依据
  B. 工作底稿应当真实、准确、完整地反映保荐机构尽职推荐发行人证券发行上市、持续督导发行人履行相关义务所开展的主要工作
  C. 工作底稿的保留范围应当以《证券发行上市保荐业务工作底稿指引》的规定为依据
  D. 保荐机构出具发行保荐书、发行保荐工作报告、上市保荐书、发表专项保荐意见以及验证招股说明书，应当以工作底稿为基础

76. 在公司向中国证监会提交的申请出具监管意见书的资料中，关于公司财务指标及风险控制指标情况应当包括(　　)。
  A. 公司近3年的财务情况
  B. 公司最近18个月净资本等风险控制指标与中国证监会规定标准的比较情况
  C. 会计师事务所对公司近3年财务报告、净资本计算表、风险资本准备计算表、风险控制指标监管报表的审计意见
  D. 公司近3年经纪、自营、承销、资产管理(定向、集合、专项分别说明)等各项业务收入情况

77. 关于盈利预测审核报告预测期间的确定原则，下列说法正确的有(　　)。
  A. 如果预测是在发行人会计年度的前6个月做出的，则为预测时起至该会计年度结束时止的期限
  B. 如果预测是在发行人会计年度的前3个月做出的，则为预测时起至下一会计年度结束时止的期限
  C. 如果预测是在发行人会计年度的后6个月做出的，则为预测时起至不超过下一个会计年度结束时止的期限
  D. 如果预测是在发行人会计年度的后3个月做出的，则为预测时起至该会计年度结束时止的期限

78. 保荐人应当在内核程序结束后作出是否推荐发行的决定。决定推荐发行的，应出具发行保荐书。发行保荐书的内容必须包括(　　)。
  A. 保荐人内部审核程序简介及内核意见
  B. 明确的推荐意见及其理由
  C. 发行人是否符合发行上市条件及其他规定的说明
  D. 主承销商的公司情况简介

79. 发审委委员有下列(　　)情形之一的，中国证监会应当予以解聘。(1分)
  A. 违反法律、行政法规、规章和发行审核工作纪律的
  B. 未按照中国证监会的有关规定勤勉尽职的
  C. 1次以上无故不出席发审委会议的
  D. 本人提出辞职申请的

80. 在市盈率的计算过程中，确定每股净利润的方法主要有(　　)。
  A. 全面摊薄法　　　　　　　　　　B. 估值法
  C. 现金流量贴现法　　　　　　　　D. 加权平均法

81. 下列关于相对估值法的表述正确的有(　　)。

A. 相对估值法简单易用，可以迅速获得被评估资产的价值

B. 相对估值法估值能避免偏见的产生

C. 相对估值法通常忽略了决定资产最终价值的内在因素和假设前提

D. 相对估值法容易将市场对"可比公司"的错误定价(高估或低估)引入对目标股票的估值中

82. 发行人及主承销商在获得股票代码后，应当刊登(   )等材料。

A. 招股意向书　　B. 发行安排　　　　C. 招股说明书　　　D. 初步询价公告

83. 下列关于承销准备的论述正确的有(   )。(1分)

A. 承销商实施证券承销前，应当向中国证监会报送发行与承销方案

B. 承销团由两家以上承销商组成，可以设副主承销商，协助主承销商组织承销活动

C. 主承销商应当设立专门的部门或者机构，协调公司投资银行、研究、销售等部门完成工作

D. 承销商在承销过程中，不得以提供透支、回扣或者中国证监会认定的其他不正当手段诱使他人申购股票

84. 上市保荐书应当包括的内容有(   )。

A. 发行股票、可转换公司债券的公司概况

B. 保荐人是否存在可能影响其公正履行保荐职责的情形的说明

C. 保荐人和相关保荐代表人的联系地址、电话和其他通信方式

D. 交易所要求的其他内容

85. 首次公开发行股票并在创业板上市的发行人应当在招股说明书显要位置作提示，其提示内容包括(   )。

A. 本次股票发行后拟在创业板市场上市，该市场具有较高的投资风险

B. 创业板公司具有业绩不稳定、经营风险高、退市风险大等特点，投资者面临较大的市场风险

C. 该股票经风险评估机构确认为风险适中

D. 投资者应充分了解创业板市场的投资风险及本公司所披露的风险因素，审慎作出投资决定

86. 首次公开发行的发行人应在招股说明书中披露本次发行的基本情况，其中包括(   )。

A. 法定代表人

B. 标明计量基础和口径的市盈率

C. 标明计量基础和口径的市净率

D. 每股发行价

87. 关于募股资金的运用，发行人应披露(   )。(1分)

A. 预计募集资金数额

B. 按投资项目的轻重缓急顺序，列表披露预计募集资金投入的时间进度

C. 按投资项目的先后顺序，列表披露项目履行的审批、核准或备案情况

D. 若所筹资金不能满足项目资金需求，则不必说明其资金利用情况

88. 发行人最近1期末持有金额较大的(   )等财务性投资的，应分析其投资目的、对发行人资金安排的影响、投资期限、发行人对投资的监管方案、投资的可回收性及减值准备的计提是否充足。(1分)

A. 交易性金融资产   B. 短期国债

C. 借与他人款项   D. 委托理财

89. 上市公告书至少应披露的发行人的基本情况有(   )。

A. 董事会秘书   B. 经营范围   C. 所属行业   D. 主营业务

90. 除金融类企业外，向不特定对象公开募集股份，募集资金使用项目不得用于(   )。

A. 委托理财

B. 借予他人

C. 持有金额较大的交易性金融资产

D. 持有可供出售的金融资产

91. 保荐人（主承销商）的尽职调查必须达到的目的有(   )。

A. 充分了解发行人的经营情况

B. 充分了解发行人面临的风险和问题

C. 有充分理由确信发行人符合《证券法》等法律、法规及中国证监会规定的发行条件

D. 了解发行人的财务状况

92. 关于定价增发操作流程的注意事项，下列说法正确的有(   )。

A. 刊登的招股意向书、网下发行公告中应注明本次增发具体日程安排表

B. 定价增发如有老股东配售，则应强调代码为"700×××"，配售简称为"×××配售"

C. 新股东增发代码为"710×××"，增发简称为"×××增发"

D. 老股东配售应明确股权登记日，未配售的股份对新股东发行

93. 当采取网下、网上同时定价发行方式时，关于需要披露的文件情况，下列说法正确的有(   )。(1分)

A. T-2日，招股意向书摘要、网上网下发行公告、网上路演公告见报

B. T-1日，刊登公开增发提示性公告

C. T+3日，刊登网下发行结果公告

D. T+5日，刊登网上发行中签结果公告（如有）

94. 上市公司历次募集资金的运用应重点披露(   )。

A. 发行人应披露最近3年内募集资金运用的基本情况

B. 发行人应披露最近5年内募集资金运用的基本情况

C. 发行人应列表披露前次募集资金的实际使用情况

D. 若募集资金的运用和项目未达到计划进度和效益，应进行说明

95. 发行可转换公司债券的上市公司的盈利能力应具有可持续性，并符合(   )规定。(1分)

A. 最近3个会计年度连续盈利

B. 最近3个会计年度实现的年均可分配利润不少于公司债券2年的利息

C. 高级管理人员和核心技术人员稳定，最近12个月内未发生重大不利变化

D. 最近24个月内曾公开发行证券的，不存在发行当年营业利润比上年下降50%以上的情形

96. 上市公司发行分离交易的可转换公司债券，股东大会作出的决定包括(   )。

A. 本次发行的种类和数量

B．发行方式、发行对象及向原股东配售的安排

C．定价方式或定价区间

D．筹集资金的用途

97．目前国内可转换公司债券发行所采取的主要类型有(　　)。

A．全部网上定价发行

B．网上定价发行与网下向机构投资者配售相结合

C．部分向原社会公众股股东优先配售，剩余部分网上定价发行

D．向二级市场投资者按市值配售

98．发行可转换公司债券的上市公司出现(　　)情形之一时，应当及时向交易所报告并披露。(1分)

A．因发行新股、送股及其他原因引起股份变动，需要调整转股价格的，或者依据募集说明书约定的转股价格向下修正条款修正转股价格的

B．作出发行新公司债券的决定

C．公司财务或信用状况发生变化，但不影响如期偿还债券本息的

D．提供担保的，担保人或担保物发生重大变化

99．申请发行可交换公司债券应当满足的条件有(　　)。

A．申请人应当是符合《公司法》、《证券法》规定的所有公司

B．公司组织机构健全，运行良好，内部控制制度不存在重大缺陷

C．公司最近1期末的净资产额不少于人民币3亿元

D．公司最近3个会计年度实现的年均可分配利润不少于公司债券1年的利息

100．记账式国债通过银行间债券市场向具备规定资格的(　　)等发行。

A．商业银行　　　　B．企业法人　　　　C．证券公司　　　　D．保险公司

101．关于投标限定，下列说法正确的有(　　)。(1分)

A．单一标位最低投标限额为0.2亿元，最高投标限额为30亿元

B．乙类成员最低、最高投标限额分别为当期国债招标量的0.5%、10%

C．甲类成员最低投标限额为当期国债招标量的3%，对不可追加的记账式国债，最高投标限额为当期国债招标量的30%

D．国债承销团成员单期国债最低承销额(含追加承销部分)按各期国债竞争性招标额的一定比例计算，甲类成员为1%，乙类成员为0.2%

102．公开发行企业债券，在筹集资金投向方面要遵循的发行条件有(　　)。

A．用于固定资产投资项目的，应符合固定资产投资项目资本金制度的要求，原则上累计发行额不得超过该项目总投资的60%

B．用于收购产权(股权)的，应符合固定资产投资项目资本金制度的要求，原则上累计发行额不得超过该项目总投资的80%

C．用于调整债务结构的，不超过发债总额的60%

D．用于补充营运资金的，不超过发债总额的20%

103．根据《证券法》第十六条和2008年1月4日发布的《国家发展改革委关于推进企业债券市场发展、简化发行核准程序有关事项的通知》规定，公开发行企业债券必须符合的条件有(　　)。(1分)

A．股份有限公司的净资产额不低于人民币3000万元，有限责任公司和其他类型企业

的净资产额不低于人民币 6000 万元

    B. 筹集的资金投向符合国家产业政策

    C. 最近 3 年没有重大违法违规行为

    D. 累计债券余额不超过发行人净资产(不包括少数股东权益)的 30%

104. 公司债券上市条件包括( )。(1分)

    A. 债券的期限为 1 年以内

    B. 经有权部门批准并发行

    C. 债券须经资信评级机构评级,且债券的信用级别中等及以上

    D. 债券的实际发行额不少于人民币 5000 万元

105. 申请发行公司债券,应当由公司董事会制订方案,由股东会或股东大会作出决议的事项有( )。

    A. 发行债券的数量   B. 债券期限

    C. 向公司股东配售的安排   D. 募集资金的用途

106. 证券评级机构的人员考核和薪酬制度,不得影响评级从业人员依据( )的原则开展业务。

    A. 独立   B. 客观   C. 公正   D. 公平

107. 证券公司公开发行债券,除应当符合《证券法》规定的条件外,还需满足的条件有( )。

    A. 资产未被具有实际控制权的自然人、法人或其他组织及其关联人占用

    B. 最近 1 期经审计的净资产不低于 10 亿元

    C. 最近 3 年未发生重大违法、违规行为

    D. 各项风险控制指标符合中国证监会的有关规定

108. 国际开发机构申请在中国境内发行人民币债券应具备下列( )条件。(1分)

    A. 已为中国境内项目或企业提供的贷款和股本资金在 20 亿美元以上

    B. 经在中国境内注册且具备人民币债券评级能力的评级公司评级,人民币债券信用级别为 AA 级以上

    C. 所募集资金用于向中国境内的建设项目提供中长期固定资产贷款或提供股本资金

    D. 投资项目符合中国国家产业政策

109. 在公司发行境内上市外资股时,主承销商和国际协调人共同负责的事务包括( )。

    A. 向拟上市的证券交易所推荐   B. 提供咨询和协调联络

    C. 评估发行人的信誉   D. 制作文件

110. 在公司申请发行境内上市外资股时,法律顾问的主要职责包括( )。

    A. 向公司提供有关企业重组、外资股发行等方面的法律咨询

    B. 核实企业真实的资产价值

    C. 起草与发行有关的重大合同

    D. 监督其他中介机构的工作

111. H 股上市公司的公司治理要求包括( )。(1分)

    A. 公司上市后须至少有 3 名执行董事常驻香港

    B. 审核委员会的成员必须以独立非执行董事占大多数

    C. 发行人董事会下须设有审核委员会、薪酬委员会和提名委员会

D. 审核委员会成员需有至少 2 名成员，并必须全都是非执行董事

112. 内地企业在香港创业板发行与上市的新申请人必须证明在其呈交上市申请的日期之前，在大致相同的拥有权及管理层管理下，具备至少 24 个月的活跃业务记录。若将规定减至 12 个月，则新申请人应符合的任意条件是（　　）。
    A. 会计师报告显示过去 12 个月营业额不少于 5 亿港元
    B. 上一个财政年度会计师报告内的资产负债表显示上一个财政期间的资产总值不少于 2 亿港元
    C. 上市时预计市值不少于 5 亿港元
    D. 在未来 12 个月内预期利润率达到 8% 以上

113. 反收购管理层防卫策略有（　　）。
    A. 毒丸策略　　　B. 金降落伞策略　　　C. 银降落伞策略　　　D. 限制董事资格

114. 在企业并购中通过发行债券投资的好处有（　　）。
    A. 发行费用较低，利息在税前支付
    B. 不加重企业财务负担，风险较低
    C. 能保证企业控制权
    D. 可以享受财务杠杆利益

115. 下列符合《证券法》对协议收购的规定的有（　　）。（1 分）
    A. 采取协议收购方式的，收购人可以依照法律、行政法规的规定同被收购公司的股东以协议方式进行股份转让
    B. 以协议方式收购上市公司时，达成协议后，在公告前可以履行收购协议
    C. 采取协议收购方式的，收购人收购一个上市公司已发行的股份达到 20% 时，继续进行收购的，应当向该上市公司所有股东发出收购上市公司全部或者部分股份的要约
    D. 采取协议收购方式的，协议双方可以临时委托证券登记结算机构保管协议转让的股票，并将资金存放于指定的银行

116. 关于上市公司召开股东大会审议重大资产重组事项，下列说法正确的有（　　）。（1 分）
    A. 上市公司股东大会就重大资产重组事项作出决议，必须经出席会议的股东所持表决权的 1/2 以上通过
    B. 上市公司重大资产重组事宜与本公司股东或者其关联人存在关联关系的，股东大会就重大资产重组事项进行表决时，关联股东无须回避表决
    C. 交易对方已经与上市公司控股股东就受让上市公司股权或者向上市公司推荐董事达成协议或者默契，可能导致上市公司的实际控制权发生变化的，上市公司控股股东及其关联人应当回避表决
    D. 上市公司就重大资产重组事宜召开股东大会，应当提供网络投票或者其他合法方式为股东参加股东大会提供便利

117. 经并购重组委员会审核后获得核准的重大资产重组实施完毕后，上市公司申请公开发行新股或者公司债券，要使本次重大资产重组前的业绩在审核时可以模拟计算，应同时符合的条件有（　　）。
    A. 进入上市公司的资产是完整经营实体
    B. 在进入上市公司前已经持续经营两年以上

C. 本次重大资产重组实施完毕后，重组方的承诺事项已经如期履行，上市公司经营稳定、运行良好

D. 本次重大资产重组实施完毕后，上市公司和相关资产实现的利润达到盈利预测水平

118. 关于持续督导，下列说法正确的有(   )。(1分)

A. 财务顾问应当通过日常沟通、定期回访等方式，结合上市公司定期报告的披露，做好持续督导工作

B. 根据中国证监会有关并购重组的规定，自上市公司收购、重大资产重组、发行股份购买资产、合并等事项完成后的规定期限内，财务顾问承担持续督导责任

C. 在持续督导期间，财务顾问解除委托协议的，委托人应当在3个月内另行聘请财务顾问对其进行持续督导

D. 在持续督导期间，财务顾问应当结合上市公司披露的定期报告出具持续督导意见，并在前述定期报告披露后的15日内向上市公司所在地的中国证监会派出机构报告

119. 中国证监会对财务顾问可以采取的强制措施包括(   )。

A. 监管谈话   B. 责令改正   C. 刑事拘留   D. 出具警示函

120. 外国投资者资产并购的，投资者应向具有相应审批权限的审批机关报送的文件包括(   )。(1分)

A. 境内企业产权持有人或权力机构同意出售资产的决议

B. 外商投资企业设立申请书

C. 拟设立的外商投资企业的合同、章程

D. 被并购境内企业的章程、营业执照(副本)

三、判断题(共60题，每小题0.5分，共30分。正确的用 A 表示，错误的用 B 表示，不选、错选、放弃均不得分)

121. "无限量发售认购证"方式与"无限量发售申请表和与银行储蓄存款挂钩"方式相比，不仅大大减少了社会资源的浪费，降低了一级市场的成本，而且可以吸收社会闲资，吸引新股民入市。(   )

122. 申请凭证式国债承销团成员资格的申请人除具备基本条件外，还须营业网点在40个以上。(   )

123. 在我国，公司股本总额在4亿元以上的公司，才可以采用对一般投资者上网发行和对法人配售相结合的方式发行股票。(   )

124. 保荐机构、保荐代表人因保荐业务涉嫌违法违规处于立案调查期间的，中国证监会暂不受理该保荐机构的推荐；暂不受理相关保荐代表人具体负责的推荐。(   )

125. 股份有限公司的章程对公司的董事、监事、经理和其他高级管理人员均有约束力，但股东大会是股份有限公司的最高权力机构，不受公司章程的约束。(   )

126. 《公司法》规定公司不得收购本公司的股票。但是，为了减少公司资本而注销股份或者与持有本公司股票的其他公司合并时，可以收购本公司股票，且必须在30日内注销该部分股份。(   )

127. 记名股票的转让，由公司将受让人的姓名或名称及住所记载于股东名册上。股东大会召开前30日内或者公司决定分配股利的基准日前10日内，不得进行上述股东名册的变更登记。(   )

128. 股东大会作出特别决议，应当由出席股东大会的股东(包括股东代理人)所持表决权的半数以上通过。（　　）

129. 上市公司董事会提名的独立董事候选人，凡由中国证监会提出异议的，不能作为独立董事，但可作为公司董事候选人。（　　）

130. 拟发行上市公司不得为控股股东及下属单位、其他关联企业提供担保，但可将以拟发行上市公司名义的借款转借给股东单位使用。（　　）

131. 在资产评估时，应根据不同的评估目的、评估对象，选用不同的且最适当的价格标准。对不同公司投入股份有限公司的同类资产，应当采用不同价格标准评估。（　　）

132. 融资成本就是融资过程中支付给金融中介的费用。（　　）

133. 当一个公司减少权益融资时，它的权益融资成本将会下降，融资总成本也将下降，所以，根据净收入理论，降低权益融资能增加企业市值。（　　）

134. 可转换证券由公司债券转换为公司普通股后，公司股权结构发生了变化，股本增多了，因而需要在转换发生后对公司财务报表中的每股收益进行稀释。（　　）

135. 发行人应当对招股说明书进行验证，并在验证文件与工作底稿之间建立起索引关系。（　　）

136. 被重组方重组前一个会计年度末的资产总额或前一个会计年度的营业收入或利润总额达到或超过重组前发行人相应项目50%，但不超过100%的，申报财务报表至少须包含重组完成后的最近1期资产负债表。（　　）

137. 凡在中华人民共和国境内公开发行股票和将其股票在证券交易所交易的发行人，申请公开发行股票时，应当按有关规定编制招股说明书，这是发行准备阶段的基本任务。（　　）

138. 审计报告应当由具有证券从业资格的审计师及其所在的事务所签字盖章。（　　）

139. 股份有限公司首次公开发行股票并上市，须自股份有限公司成立后，持续经营时间在3年以上，但经国务院批准的除外。（　　）

140. 在招股说明书或招股意见书刊登后至获准上市前，如公司发生重大事项，只需在意见书后附相关说明即可。（　　）

141. 发行人及其主承销商应当通过初步询价确定发行价格区间，在发行价格区间内通过投标询价确定发行价格。（　　）

142. 公开发行股票数量少于5亿股的，配售数量不超过本次发行总量的20%；公开发行股票数量在5亿股以上的，配售数量不超过向战略投资者配售后剩余发行数量的50%。（　　）

143. 在超额配售选择权行使期内，如果发行人股票的市场交易价格低于发行价格，主承销商可以根据授权要求发行人增发股票，分配给提出认购申请的投资者，发行人获得发行此部分新股所募集的资金。（　　）

144. 发行人及其主承销商应当在刊登首次公开发行股票招股意向书后向询价对象进行推介和询价，并通过互联网向公众投资者进行推介。（　　）

145. 首次公开发行股票达到一定规模的，发行人及其主承销商应当根据本次发行股份总量调整网下配售和网上发行的比例。（　　）

146. 在包销数额内的新股发行完成后，发行人应当发布股份变动公告。在实施超额配售选择权所涉及的股票发行验资工作完成的3个工作日内，发行人应当再次发布股份变动

公告。（　　　）

147. 公司应当指派董事会秘书、证券事务代表或者代行董事会秘书职责的人员负责与交易所联系，办理信息披露与股权管理事务。（　　　）

148. 发行人披露的招股意向书除不含发行价格以外，其内容与格式应当与招股说明书一致，并与招股说明书具有同等法律效力。（　　　）

149. 发行人应披露其在行业中的竞争地位，包括发行人的市场占有率、近 3 年的变化情况及未来变化趋势，主要竞争对手的简要情况等。（　　　）

150. 发行人及其主承销商可以以新闻发布或答记者问等其他形式发行公告。（　　　）

151. 金融类企业增发，要求最近 1 期末不存在持有金额较大的交易性金融资产和可供出售的金融资产、借予他人款项、委托理财等财务性投资的情形。（　　　）

152. 保荐人应当自持续督导工作结束后 15 个工作日内向中国证监会、证券交易所报送《保荐总结报告书》。（　　　）

153. 上市公司非公开发行股票自发行结束之日起，6 个月内不得转让。（　　　）

154. 上市公司增发新股时，发行人刊登招股意向书当日停牌 1 小时，连续停牌日为 T 日至 T＋2 日。（　　　）

155. 发行人及其主承销商应当将发行过程中披露的信息刊登在至少两种中国证监会指定的报刊上。（　　　）

156. 发行公司及其主承销商在报刊上刊登招股意向书及其摘要后，方可在证券交易所网站上披露《招股意向书》全文及相关文件。（　　　）

157. 可转换公司债券是指发行公司依法发行，在一定期间内依据约定的条件可以转换成股份的公司债券。可转换债券的持有人具有股东的权利和义务。（　　　）

158. 可转换债券的转股价格应在募集说明书中约定。价格的确定应以公布募集说明书前 30 个交易日公司股票的平均收盘价格为基础，上下浮动一定幅度。（　　　）

159. 票面利率是影响可转换公司债券价值的一个重要因素，票面利率越低，可转换公司债券的债权价值越高；反之，票面利率越高，可转换公司债券的债权价值越低。（　　　）

160. 上市公司发行可转换公司债券，必须全部向原股东优先配售，优先配售比例应当在发行公告中披露。（　　　）

161. 发行可转换公司债券的上市公司经股东大会批准变更募集资金投资项目的，应当在股东大会通过决议后 30 个交易日内赋予可转换公司债券的持有人 1 次回售的权利，有关回售公告至少公布 3 次。（　　　）

162. 持有上市公司股份的股东，只要符合法律规定的条件，就可以直接向中国证监会申请发行可交换公司债券。（　　　）

163. 拥有上市公司控制权的股东发行可交换公司债券的，可以通过本次发行直接将控制权转让给他人。（　　　）

164. 我国混合资本债券的期限在 15 年以上，并且在此期间不得赎回。（　　　）

165. 发行金融债券时，发行人应组建承销团，可采用协议承销、招标承销等方式。（　　　）

166. 企业债券可在交易所市场上市，也可以进入银行间市场交易流通。（　　　）

167. 中国证券业协会应当制定证券评级机构的自律准则和执业规范，对违反自律准则和执业规范的行为给予行政处分。（　　　）

168. 中国人民银行负责受理短期融资券的发行注册。（　　　）

169. 企业发行中期票据应制定发行计划，在计划内可灵活设计各期票据的利率形式、期限结构等要素。（　　）

170. 在我国，外部信用增级只限于备用信用证、担保和保险等方式。（　　）

171. 发行境内上市外资股的公司，只能委托境内证券经营机构作为主承销商。（　　）

172. 在香港联合证券交易所接纳的任何条件的规定下，上市文件所述发售期间及公开接受认购期间的截止日期可更改或延长。（　　）

173. 属于物业公司的香港创业板市场的新申请人必须就其绝大部分中国物业拥有长期所有权说明书，及就绝大部分非位于中国的物业拥有其他适当的所有权证明，不论该等物业是否已经竣工或仍在发展中。（　　）

174. 招股章程和信息备忘录在《合同法》和《证券法》上均具有相同的法律意义。（　　）

175. 上市公司筹划重大资产重组事项，应当详细记载筹划过程中每一具体环节的进展情况，制作书面的交易进程备忘录并予以妥当保存。参与每一具体环节的所有人员应当即时在备忘录上签名确认。（　　）

176. 交易标的资产属于同一交易方所有或者控制的，不可认定为同一或者相关资产。（　　）

177. 证券服务机构在其出具的意见中采用其他证券服务机构或者人员的专业意见的，仍然应当进行尽职调查，审慎核查其采用的专业意见的内容，但无须对利用其他证券服务机构或者人员的专业意见所形成的结论负责。（　　）

178. 证券公司从事上市公司并购重组财务顾问业务的，其财务顾问主办人不少于5人。（　　）

179. 财务顾问及其财务顾问主办人被中国证监会采取监管措施的，将被计入诚信档案。（　　）

180. 外国投资者并购境内有限责任公司并将其改制为股份有限公司的，或者境内公司为股份有限公司的，适用关于设立外商股份有限公司的相关规定。（　　）

答案与解析

一、单选题（共60题，每题0.5分，共30分。以下备选答案中只有一项最符合题目要求，不选、错选均不得分）

1. 【答案】B

【解析】我国股票发行监管制度，在1998年以前，采取发行规模和发行企业数量双重控制的办法，即每年先由证券主管部门下达公开发行股票的数量总规模，并在此限额内，各地方和部委切分额度，再由地方或部委确定预选企业，上报中国证券监督管理委员会批准。

2. 【答案】D

【解析】个人申请注册登记为保荐代表人的，应当具有证券从业资格、取得执业证书且符合下列要求，通过所任职的保荐人向中国证监会提出申请：①具备3年以上保荐相关业务经历；②最近3年内在境内证券发行项目（首次公开发行股票并上市、上市公司发行新股、可转换公司债券及中国证监会认定的其他情形）中担任过项目协办人；③参加中国证监会认可的保荐代表人胜任能力考试且成绩合格有效；④诚实守信，品行良好，无不良诚信记录，最近3年未受到中国证监会的行政处罚；⑤未负有数额较大到期未清偿的债务；⑥中国证监会规定的其他要求。

3. 【答案】D

【解析】修订后的《证券发行上市保荐业务管理办法》第三十六条第二款规定，首次公开发行股票并在创业板上市的，持续督导的期间为证券上市当年剩余时间及其后 3 个完整会计年度；创业板上市公司发行新股、可转换公司债券的，持续督导的期间为证券上市当年剩余时间及其后 2 个完整会计年度。

4. 【答案】B

【解析】申请人申请凭证式国债承销团成员资格的，应当将申请材料分别提交财政部和人民银行；申请人申请记账式国债承销团成员资格的，应当将申请材料提交财政部。

5. 【答案】A

【解析】证券公司必须持续符合的风险控制指标标准主要有：①净资本与各项风险准备之和的比例不得低于 100%；②净资本与净资产的比例不得低于 40%；③净资本与负债的比例不得低于 8%；④净资产与负债的比例不得低于 20%。

6. 【答案】B

【解析】我国《公司法》第七十八条规定，股份有限公司的设立可以采取发起设立与募集设立两种方式。发起设立是指由发起人认购公司发行的全部股份而设立公司。在发起设立股份有限公司的方式中，发起人必须认足公司发行的全部股份，社会公众不参加股份认购。

7. 【答案】C

【解析】有限责任公司应当依照公司章程规定的期限将财务会计报告送交各股东。股份有限公司的财务会计报告应当在召开股东大会年会的 20 日前置备于本公司，供股东查阅；公开发行股票的股份有限公司必须公告其财务会计报告。

8. 【答案】A

【解析】董事会是由董事组成的、对内掌管公司事务、对外代表公司的经营决策机构。股份有限公司的董事会设董事长 1 人，可以设副董事长。董事长和副董事长由董事会以全体董事的过半数选举产生。

9. 【答案】D

【解析】我国《公司法》第一百六十七条规定，公司分配当年税后利润时，应当提取利润的 10% 列入公司法定公积金。公司法定公积金累计额为公司注册资本的 50% 以上的，可以不再提取。

10. 【答案】A

【解析】股份有限公司的解散是指股份有限公司法人资格的消失。公司解散时，应当进行必要的清算活动。公司解散后，也就丧失了进行业务活动的能力。

11. 【答案】A

【解析】从我国目前的实践看，公司改组为上市公司时，对上市公司占用的国有土地主要采取四种方式处置：①以土地使用权作价入股；②缴纳土地出让金，取得土地使用权；③缴纳土地年租金；④授权经营。以土地使用权作价入股是指根据需要，国家可以以一定年限的国有土地使用权作价入股，经评估作价后，界定为国家股，由土地管理部门委托国家股持股单位统一持有；如果原公司已经缴纳出让金，取得了土地使用权，也可以将土地作价，以国有法人股的方式投入上市公司。

12. 【答案】D

【解析】关于国有企业改组为股份公司时的股权界定，具体规定为：①有权代表国家投资的机构或部门直接设立的国有企业以其全部资产改建为股份有限公司的，原企业应予撤销，原企业的国家净资产折成的股份界定为国家股；②有权代表国家投资的机构或部门直接设立的国有企业以其部分资产（连同部分负债）改建为股份公司的，如进入股份公司的净资产（指评估前净资产）累计高于原企业所有净资产的50%（含50%），或主营生产部分的全部或大部分资产进入股份制企业，其净资产折成的股份界定为国家股；若进入股份公司的净资产低于50%（不含50%），则其净资产折成的股份界定为国有法人股；国家另有规定的，从其规定；③国有法人单位（行业性总公司和具有政府行政管理职能的公司除外）所拥有的企业，包括产权关系经过界定和确认的国有企业（集团公司）的全资子企业（全资子公司）和控股子企业（控股子公司）及其下属企业，以全部或部分资产改建为股份公司，进入股份公司的净资产折成的股份，界定为国有法人股。

13. 【答案】C

【解析】企业有下列行为之一的，可以不对相关国有资产进行评估：①经各级人民政府或其国有资产监督管理机构批准，对企业整体或者部分资产实施无偿划转；②国有独资企业与其下属独资企业（事业单位）之间或其下属独资企业（事业单位）之间的合并、资产（产权）置换和无偿划转。

14. 【答案】A

【解析】审计风险由固有风险、控制风险和检查风险组成。固有风险是假定没有内部控制的情况下，会计报表某项认定产生重大错报的可能性；控制风险是被审计单位的内部控制制度或程序不能及时防止或发现某项认定发生重大错报的可能性；检查风险则是指审计未能检查出某项认定已存在的重大错误的可能性。

15. 【答案】D

【解析】或有损失是指由某一特定的经济业务所造成的，将来可能会发生，并要由被审计单位承担的潜在损失。这些可能发生的损失，到被审计单位资产负债表日为止，仍不能确定。如果一项潜在损失是可能的，且损失的数额是可以合理地估计出来的，则该项损失应作为应计项目，在会计报表中反映。如果可能损失的金额无法合理估计，或者如果损失仅仅有些可能，则只能在附注中反映，而不在会计报表中列为应计项目。

16. 【答案】C

【解析】从投资者的角度来看，债券的成本可以看作是使投资者预期未来现金流量（利息和本金收入）的现值与目前债券的市场价格相等的一个折现率；从融资者的角度来看，债券的成本是公司为获得资金所支付的各项费用。

17. 【答案】D

【解析】D项，根据净经营收入理论，负债比例的高低不会影响融资总成本，即融资总成本不会随融资结构的变化而变化。

18. 【答案】B

【解析】除B项外，发行可转换证券的风险还包括：①若公司经营业绩不佳，则大部分可转换债券不会转换为普通股，无助于公司渡过财务困境，并将导致今后股权或债券筹资成本增加；②一个高速增长的公司在其普通股价格大幅上升的情况下，利用可转换证券筹资的成本要高于普通股或优先股。

19. 【答案】C

【解析】资产评估报告是评估机构完成评估工作后出具的专业报告。资产评估报告的有效期为自评估基准日起1年。在评估报告中，应当写明评估基准日期。该项日期表述应当是评估中确定汇率、税率、费率、利率和价格标准时所实际采用的基准日期。

20. 【答案】D

【解析】盈利预测是指发行人对未来会计期间经营成果的预计和测算。盈利预测的数据（合并会计报表）至少应包括会计年度营业收入、利润总额、净利润、每股盈利。预测应是在对一般经济条件、经营环境、市场情况、发行人的生产经营条件和财务状况等进行合理假设的基础上，按照发行人正常的发展速度，本着审慎的原则作出的。

21. 【答案】B

【解析】资产评估报告书必须依照客观、公正、实事求是的原则撰写，正确反映评估工作的情况。

22. 【答案】D

【解析】发审委委员由中国证监会的专业人员和中国证监会外的有关专家组成，由中国证监会聘任。发审委委员为25名，部分发审委委员可以为专职。其中，中国证监会的人员5名，中国证监会以外的人员20名；发审委设会议召集人5名。

23. 【答案】C

【解析】询价结束后，公开发行股票数量在4亿股以下、提供有效报价的询价对象不足20家的，或者公开发行股票数量在4亿股以上、提供有效报价的询价对象不足50家的，发行人及其主承销商不得确定发行价格，并应当中止发行。

24. 【答案】D

【解析】股票的发行价格可以等于票面金额，也可以超过票面金额，但不得低于票面金额。

25. 【答案】B

26. 【答案】D

【解析】沪市投资者可以使用其所持的上海证券账户在申购日向上证所申购在上证所发行的新股，每1申购单位为1000股，申购数量不少于1000股，超过1000股的必须是1000股的整数倍，但最高不得超过当次社会公众股上网发行总量的千分之一，且不得超过9999.9万股。

27. 【答案】D

【解析】首次公开发行股票发行人的董事长、总经理、财务负责人、董事会秘书(其他高级管理人员不限)和主承销商的项目负责人应出席公司推介活动。

28. 【答案】D

【解析】首次公开发行公司在发行前，必须通过因特网以网上直播(至少包括图像直播和文字直播)的方式，向投资者进行公司推介。

29. 【答案】D

【解析】首次公开发行股票的信息披露文件主要包括：①招股说明书及其附录和备查文件；②招股说明书摘要；③发行公告；④上市公告书。

30. 【答案】A

【解析】关于披露收购兼并信息，发行人最近1年及1期内收购兼并其他企业资产(或股权），且被收购企业资产总额或营业收入或净利润超过收购前发行人相应项目20%（含）的，应披露被收购企业收购前1年利润表。

31. 【答案】C

【解析】在首次公开发行股票的招股说明书中，发行人应披露会计师事务所的审计意见类型。财务报表被出具带强调事项段的无保留审计意见的，应全文披露审计报告正文以及董事会、监事会及注册会计师对强调事项的详细说明。

32. 【答案】B

【解析】发行境外上市外资股的发行人，由于在境内外披露的财务会计资料所采用的会计准则不同，导致净资产或净利润存在差异的，发行人应披露财务报表差异调节表，并注明境外会计师事务所的名称。境内外会计师事务所的审计意见类型存在差异的，还应披露境外会计师事务所的审计意见类型及差异原因。

33. 【答案】A

【解析】非公开发行股票的特定对象应当符合：①股东大会决议规定的条件；②发行对象不超过10名。若发行对象为境外战略投资者的，应当经国务院相关部门事先批准。

34. 【答案】A

【解析】股东大会应当就本次发行证券的种类和数量、发行方式、发行对象及向原股东配售的安排、定价方式或价格区间、募集资金用途、决议的有效期、对董事会办理本次发行具体事宜的授权、其他必须明确的事项进行逐项表决。

35. 【答案】B

【解析】发审委会议表决采取记名投票方式。表决票设同意票和反对票，发审委委员不得弃权，并且在投票时应当在表决票上说明理由。同意票数未达到5票为未通过，同意票数达到5票为通过。

36. 【答案】B

【解析】配股是上市公司向老股东定价、定量发行新股。配股上市业务操作流程中：T-1日，进行网上路演；T日，股权登记日；T+1日~T+5日为配股缴款时间，发行人和主承销商应连续5天刊登配股提示公告。

37. 【答案】D

【解析】《证券法》第十六条规定，发行可转换为股票的公司债券的上市公司，股份有限公司的净资产不低于人民币3000万元，有限责任公司的净资产不低于人民币6000万元。根据《上市公司证券发行管理办法》第二十七条规定，发行分离交易的可转换公司债券的上市公司，其最近1期末经审计的净资产不低于人民币15亿元。

38. 【答案】A

【解析】转股价格是影响可转换公司债券价值的一个重要因素。转股价格越高，期权价值越低，可转换公司债券的价值越低；反之，转股价格越低，期权价值越高，可转换公司债券的价值越高。

39. 【答案】C

【解析】自中国证监会核准发行之日起，上市公司应在6个月内发行证券；超过6个月未发行的，核准文件失效，须重新经中国证监会核准后方可发行。

40. 【答案】B

【解析】根据可转换公司债券在上海证券交易所的网上定价发行时间安排，T+3日，中签率公告见报；摇号。A 项，T + 2 日，验资报告送达上海证券交易所；上海证券交易所向营业部发送配号。C 项，T + 4 日，摇号结果公告见报。D 项，T + 4 日以后，做好上市前准备工作。

41. 【答案】B

【解析】上市公司股东申请发行可交换公司债券，公司最近 1 期末的净资产额需满足不少于人民币 3 亿元的条件。

42. 【答案】A

【解析】混合式招标的标的为利率时，全场加权平均中标利率为当期国债票面利率，低于或等于票面利率的标位，按面值承销。

43. 【答案】A

【解析】《保险公司次级定期债务管理暂行办法》规定，保险公司次级债务的偿还只有在确保偿还次级债本息后偿付能力充足率不低于 100% 的前提下，募集人才能偿付本息；并且募集人在无法按时支付利息或偿还本金时，债权人无权向法院申请对募集人实施破产清偿。

44. 【答案】C

【解析】发行公司债券，可以申请一次核准，分期发行。自中国证监会核准发行之日起，公司应在 6 个月内首期发行，剩余数量应当在 24 个月内发行完毕。超过核准文件限定的时效未发行的，须重新经中国证监会核准后方可发行。

45. 【答案】C

【解析】企业发行注册短期融资券过程中，交易商协会负责受理短期融资券的发行注册，交易商协会设注册委员会，注册委员会通过注册会议行使职责。参会委员应对是否接受短期融资券的发行注册作出独立判断，2 名以上（含 2 名）委员认为企业没有真实、准确、完整、及时披露信息，或中介机构没有勤勉尽责的，交易商协会不接受发行注册。

46. 【答案】B

【解析】交易商协会向接受注册的企业出具《接受注册通知书》，注册有效期为 2 年。企业在注册有效期内可一次发行或分期发行短期融资券。

47. 【答案】B

【解析】企业发行中期票据除应按交易商协会《银行间债券市场非金融企业债务融资工具信息披露规则》在银行间债券市场披露信息外，还应于中期票据注册之日起 3 个工作日内，在银行间债券市场一次性披露中期票据完整的发行计划。

48. 【答案】A

【解析】在设立股份有限公司时，境内评估机构应当对投入股份有限公司的全部资产进行资产评估。评估的方法主要有重置成本法、现行市价法和收益现值法三种。

49. 【答案】C

【解析】根据《关于股份有限公司境内上市外资股的规定》第八条的规定，以募集方式设立公司，申请发行境内上市外资股的，要符合拟向社会发行的股份达公司股份总数的 25% 以上的规定；若拟发行的股本总额超过 4 亿元人民币的，则其拟向社会发行股份的比例应达 15% 以上。

50. 【答案】B

【解析】按照《国务院关于股份有限公司境内上市外资股的规定》，公司发行境内上市外资股，应当委托经中国证监会认可的境内证券经营机构作为主承销商或者主承销商之一。

51. 【答案】B

【解析】内地企业在中国香港发行股票并上市的股份有限公司，其审核委员会成员须有至少 3 名成员，并必须全部是非执行董事，其中至少 1 名是独立非执行董事且具有适当的专业资格，或具备适当的会计或相关财务管理专长；审核委员会的成员必须以独立非执行董事占大多数，出任主席者也必须是独立非执行董事。

52. 【答案】D

【解析】根据香港联合证券交易所有关规定，内地企业在中国香港发行股票并上市的股份有限公司应满足公众持股市值和持股量的相关要求，新申请人预期证券上市时由公众人士持有的股份的市值须至少为 5000 万港元。无论任何时候，公众人士持有的股份须占发行人已发行股本至少 25%。

53. 【答案】B

【解析】重大资产重组中相关资产以资产评估结果作为定价依据的，资产评估机构原则上应当采取两种以上评估方法进行评估。上市公司董事会应当对评估机构的独立性、评估假设前提的合理性、评估方法与评估目的的相关性以及评估定价的公允性发表明确意见。上市公司独立董事应当对评估机构的独立性、评估假设前提的合理性和评估定价的公允性发表独立意见。B 项，应当由上市公司董事会发表明确意见。

54. 【答案】D

【解析】D 项，在会议记录、审核意见、表决结果等会议资料上签名确认，同时提交工作底稿是参会委员的职责。

55. 【答案】D

【解析】重组未能正常实施情况的处理包括：自收到中国证监会核准文件之日起 60 日内，本次重大资产重组未实施完毕的，上市公司应当于期满后次一工作日将实施进展情况报告中国证监会及其派出机构，并予以公告；此后每 30 日应当公告一次，直至实施完毕。超过 12 个月未实施完毕的，核准文件失效。上市公司在实施重大资产重组的过程中，发生法律、法规要求披露的大事项的，应当及时向中国证监会及其派出机构报告。该事项导致本次重组发生实质性变动的，须重新报经中国证监会核准。

56. 【答案】D

【解析】参见《上市公司重大资产重组管理办法》第二十八条第一款。

57. 【答案】D

【解析】《上市公司重大资产重组管理办法》规定中国证监会依法对上市公司重大资产重组行为进行监管。中国证监会在发行审核委员会中设立上市公司并购重组审核委员会，以投票方式对提交其审议的重大资产重组申请进行表决，提出审核意见。

58. 【答案】C

【解析】参见《上市公司并购重组财务顾问业务管理办法》第七条。

59. 【答案】A

【解析】除 BCD 三项外，证券公司从事上市公司并购重组财务顾问业务，还应当具备的条件有：①公司净资本符合中国证监会的规定；②建立健全尽职调查制度，具备良好的项目风险评估和内核机制；③财务顾问主办人不少于 5 人；④中国证监会规定的其他条件。

60.【答案】A

【解析】外国投资者并购境内企业有下列情形之一的，投资者应就所涉情形向商务部和国家工商行政管理总局报告：①并购一方当事人当年在中国市场营业额超过 15 亿元人民币；②1 年内并购国内关联行业的企业累计超过 10 个；③并购一方当事人在中国的市场占有率已经达到 20％；④并购导致并购一方当事人在中国的市场占有率达到 25％。虽未达到前款所述条件，但是应有竞争关系的境内企业、有关职能部门或者行业协会的请求，商务部或国家工商行政管理总局认为外国投资者并购涉及市场份额巨大，或者存在其他严重影响市场竞争等重要因素的，也可以要求外国投资者作出报告。上述并购一方当事人包括与外国投资者有关联关系的企业。

二、多选题(共 60 题 40 分，其中已标明分值的 20 题每题 1 分，其余 40 题每题 0.5 分。以下备选项中有两项或两项以上符合题目要求，多选、少选、错选均不得分)

61.【答案】BC

【解析】对保荐机构资格的申请，自受理之日起 45 个工作日内作出核准或者不予核准的书面决定；对保荐代表人资格的申请，自受理之日起 20 个工作日内作出核准或者不予核准的书面决定。证券公司和个人应当保证申请文件真实、准确、完整。申请期间，申请文件内容发生重大变化的，应当自变化之日起 2 个工作日内向中国证监会提交更新资料。

62.【答案】ABCD

【解析】个人申请保荐代表人资格时，应当通过所任职的保荐机构向中国证监会提交的材料包括：①申请报告；②个人简历、身份证明文件和学历学位证书；③证券业从业人员资格考试、保荐代表人胜任能力考试成绩合格的证明；④证券业执业证书；⑤从事保荐相关业务的详细情况说明，以及最近 3 年内担任《证券发行上市保荐业务管理办法》规定的境内证券发行项目协办人的工作情况说明；⑥保荐机构出具的推荐函，其中应当说明申请人遵纪守法、业务水平、组织能力等情况；⑦保荐机构对申请文件真实性、准确性、完整性承担责任的承诺函，并应由其董事长或者总经理签字；⑧中国证监会要求的其他材料。

63.【答案】ACD

64.【答案】BCD

【解析】发起人是指依照有关法律规定订立发起人协议，提出设立公司申请，认购公司股份，并对公司设立承担责任者，其既是股份有限公司成立的要件，也是发起或设立行为的实施者。除 BCD 三项外，发起人的义务还包括：①公司成立后，发起人未按照公司章程的规定缴足出资的，应当补缴；其他发起人承担连带责任；②公司成立后，发现作为设立公司出资的非货币财产的实际价额显著低于公司章程所定价额的，应当由交付该出资的发起人补足其差额；其他发起人承担连带责任；③不得虚假出资或者在公司成立后抽逃出资，不得在申请公司登记时使用虚假证明文件或采取其他欺诈手段虚报注册资本，否则，将承担相应的法律责任，严重者依据《中华人民共和国刑法》承担刑事责任。此外，发起人持有的本公司股份，自公司成立之日起 1 年内不得转让。

65.【答案】ABC

【解析】有限责任公司和股份有限公司在公司治理结构简化程度上存在差异：①在有限责任公司中，公司治理结构相对简化，人数较少和规模较小的，可以设1名执行董事，不设董事会；可以设1~2名监事，不设监事会；召开股东会比较方便，因此，立法上赋予股东会的权限较大。②在股份有限公司中，无论公司的大小，均应设立股东大会、董事会、经理和监事会；由于股东人数没有上限，人数较多且分散，召开股东大会比较困难，股东大会的议事程序也比较复杂，所以，股东大会的权限有所限制，董事会的权限较大。

66. 【答案】ABD

【解析】上市公司的独立董事是指不在公司担任除董事外的其他职务，并与其所受聘的上市公司及其主要股东不存在可能妨碍其进行独立、客观判断的关系的董事。独立董事必须具有独立性，以下人员不得担任独立董事：①在上市公司或者其附属企业任职的人员及其直系亲属和主要社会关系（直系亲属是指配偶、父母、子女等；主要社会关系是指兄弟姐妹、岳父母、儿媳、女婿、兄弟姐妹的配偶、配偶的兄弟姐妹等）；②直接或间接持有上市公司已发行股份1%以上或者是上市公司前10名股东中的自然人股东及其直系亲属；③在直接或间接持有上市公司已发行股份5%以上的股东单位或者在上市公司前5名股东单位任职的人员及其直系亲属；④最近1年内曾经具有前3项所列举情形的人员；⑤为上市公司或者其附属企业提供财务、法律、咨询等服务的人员；⑥公司章程规定的其他人员；⑦中国证监会认定的其他人员。研究所所长以及总经理的儿子属于关联方，财政部财产评估司的处长是国家公务人员，按照有关法规规定，他们都不能担任该股份公司的独立董事。

67. 【答案】ABD

【解析】在我国，担任独立董事应当符合的基本条件包括：①根据法律、行政法规及其他有关规定，具备担任上市公司董事的资格；②具有《关于在上市公司建立独立董事制度的指导意见》所要求的独立性；③具备上市公司运作的基本知识，熟悉相关法律、行政法规、规章及规则；④具有五年以上法律、经济或者其他履行独立董事职责所必需的工作经验；⑤公司章程规定的其他条件。

68. 【答案】BCD

【解析】股份有限公司有以下原因之一的，可以解散：①公司章程规定的营业期限届满或者公司章程规定的其他解散事由出现；②股东大会决议解散；③因公司合并或者分立需要解散；④依法被吊销营业执照、责令关闭或者被撤销；⑤人民法院依照《公司法》第一百八十三条的规定予以解散：当公司经营管理发生严重困难，继续存续会使股东利益受到重大损失，通过其他途径不能解决的，持有公司全部股东表决权10%以上的股东，可以请求人民法院解散公司。

69. 【答案】ABCD

【解析】清产核资是指国有资产监督管理机构根据国家专项工作要求或者企业特定经济行为需要，按照规定的工作程序、方法和政策，组织企业进行账务清理、财产清查，并依法认定企业的各项资产损益，从而真实反映企业的资产价值和重新核定企业国有资本金的活动。它主要包括账务清理、资产清查、价值重估、损益认定、资金核实和完善制度等内容。

70. 【答案】ABCD

【解析】拟发行上市公司关联方主要包括：①控股股东；②其他股东；③控股股东及其股东控制或参股的企业；④对控股股东及主要股东有实质影响的法人或自然人；⑤发行人参与的合营企业；⑥发行人参与的联营企业；⑦主要投资者个人、关键管理人员、核心技术人员或与上述关系密切的人士控制的其他企业；⑧其他对发行人有实质影响的法人或自然人。

71. 【答案】ABD

【解析】对占有单位的无形资产，应区别下列情况评定重估价值：①外购的无形资产，根据购入成本以及该项资产具备的获利能力；②自创的或者自身拥有的无形资产，根据其形成时发生的实际成本及该项资产具备的获利能力；③自创的或者自身拥有的未单独计算成本的无形资产，根据该项资产具有的获利能力。

72. 【答案】BCD

【解析】根据净收入理论的假定，当企业增加债券融资比重时，融资总成本会下降。由于降低融资总成本会增加企业的市场价值，所以，在企业融资结构中，随着债务融资数量的增加，其融资总成本将趋于下降，企业市场价值会趋于提高。当企业以100%的债券进行融资时，企业市场价值会达到最大。

73. 【答案】ABC

【解析】D项，由于股东只承担有限责任，普通股实际上是对公司总资产的一项看涨期权。

74. 【答案】AD

【解析】《上海证券交易所上市公司募集资金管理规定》明确，保荐人应当对上市公司募集资金管理事项履行保荐职责，进行持续督导工作，上市公司应当在募集资金到账后两周内与保荐人、存放募集资金的商业银行签订募集资金专户存储三方监管协议。

75. 【答案】ABD

【解析】工作底稿是指保荐机构及其保荐代表人在从事保荐业务全部过程中获取和编写的、与保荐业务相关的各种重要资料和工作记录的总称。无论《证券发行上市保荐业务工作底稿指引》是否有明确规定，凡对保荐机构及其保荐代表人履行保荐职责有重大影响的文件资料及信息，均应当作为工作底稿予以留存。

76. 【答案】BCD

【解析】根据《关于证券公司申请首次公开发行股票并上市监管意见书有关问题的规定》第二条，公司应当向中国证监会提交公司近3年及近1月的财务情况。

77. 【答案】AC

【解析】盈利预测审核报告预测期间的确定原则为：①如果预测是在发行人会计年度的前6个月作出的，则为预测时起至该会计年度结束时止的期限；②如果预测是在发行人会计年度的后6个月作出的，则为预测时起至不超过下一个会计年度结束时止的期限。拟上市公司应当本着审慎的原则作出当年的预测，并经过具有证券业从业资格的注册会计师审核。

78. 【答案】ABC

【解析】发行保荐书应当至少包括的内容有：①明确的推荐意见及其理由；②对发行人发展前景的评价；③有关发行人是否符合发行上市条件及其他有关规定的说明；④发行人主要问题和风险的提示；⑤保荐人内部审核程序简介及内核意见；⑥参与本次发

行的项目组成员及相关经验等。

79. 【答案】ABD

【解析】C项应为两次以上无故不出席发审委会议的发审委委员。中国证监会应当对发审委委员予以解聘的情形还包括经中国证监会考核认为不适合担任发审委委员的其他情形。

80. 【答案】AD

【解析】每股净利润的确定方法包括：①全面摊薄法，就是用全年净利润除以发行后总股本，直接得出每股净利润；②加权平均法，该方法下，每股净利润的计算公式为：

$$每股净利润 = \frac{全年净利润}{发行前总股本数 + 本次公开发行股本数 \times (12 - 发行月份) \div 12}。$$

81. 【答案】ACD

【解析】B项，相对估值法估值时容易产生偏见，主要原因是："可比公司"的选择是个主观概念，世界上没有在风险和成长性方面完全相同的两个公司。

82. 【答案】ABD

【解析】初步询价开始日前两个交易日内，发行人应当向交易所申请股票代码。发行人及主承销商在获得股票代码后刊登招股意向书、发行安排及初步询价公告。

83. 【答案】ACD

【解析】承销团由三家以上承销商组成的，可以设副主承销商，协助主承销商组织承销活动。

84. 【答案】ABCD

【解析】上市保荐书应当包括：①发行股票、可转换公司债券的公司概况；②申请上市的股票、可转换公司债券的发行情况；③保荐人是否存在可能影响其公正履行保荐职责的情形的说明；④保荐人按照有关规定应当承诺的事项；⑤对公司持续督导工作的安排；⑥保荐人和相关保荐代表人的联系地址、电话和其他通讯方式；⑦保荐人认为应当说明的其他事项；⑧交易所要求的其他内容。

85. 【答案】ABD

86. 【答案】BCD

【解析】除BCD三项外，首次公开发行的发行人应披露本次发行的基本情况还包括：①股票种类；②每股面值；③发行股数及占发行后总股本的比例；④预测净利润及发行后每股盈利(如有)；⑤发行前和发行后每股净资产；⑥发行方式与发行对象；⑦承销方式；⑧预计募集资金总额和净额；⑨发行费用概算。

87. 【答案】AB

【解析】在募股资金的运用中，发行人应披露：①预计募集资金数额；②按投资项目的轻重缓急顺序，列表披露预计募集资金投入的时间进度及项目履行的审批、核准或备案情况；③若所筹资金不能满足项目资金需求的，应说明缺口部分的资金来源及落实情况。

88. 【答案】ACD

【解析】发行人最近1期末持有金额较大的交易性金融资产、可供出售的金融资产、借与他人款项、委托理财等财务性投资的，应分析其投资目的、对发行人资金安排的影响、投资期限、发行人对投资的监管方案、投资的可回收性及减值准备的计提是否充足。

89. 【答案】ABCD

【解析】上市公告书至少应披露的发行人的基本情况,包括发行人的中英文名称、注册资本、法定代表人、住所、经营范围、主营业务、所属行业、电话、传真、电子邮箱、董事会秘书。

90. 【答案】ABCD

【解析】上市公司募集资金的使用规定为:除金融类企业外,本次募集资金使用项目不得为持有交易性金融资产和可供出售的金融资产、借予他人、委托理财等财务性投资,不得直接或间接投资于以买卖有价证券为主要业务的公司。

91. 【答案】ABC

【解析】保荐人(主承销商)的尽职调查必须达到的目的有:①充分了解发行人面临的经营情况及风险和问题;②有充分理由确信发行人符合《证券法》等法律、法规及中国证监会规定的发行条件;③确信发行人的申请文件和公开募集文件真实、准确、完整。

92. 【答案】ABD

【解析】C项,新股东增发代码为"730×××",增发简称为"×××增发"。

93. 【答案】AC

【解析】当采取网下、网上同时定价发行方式时,需要披露的文件包括:①T－2日,招股意向书摘要、网上网下发行公告、网上路演公告见报;②T日,刊登公开增发提示性公告;③T＋3日,刊登网下发行结果公告;④T＋4日,刊登网上发行中签结果公告(如有)。

94. 【答案】BCD

【解析】市公司历次募集资金的运用应重点披露的情况除BCD三项外,还包括:①发行人对前次募集资金投资项目的效益作出承诺并披露的,列表披露投资项目效益情况;项目实际效益与承诺效益存在重大差异的,还应披露原因;②发行人最近5年内募集资金的运用发生变更的,应列表披露历次变更情况,并披露募集资金的变更金额及占所募集资金净额的比例;发行人募集资金所投资的项目被以资产置换等方式置换出公司的,应予以单独披露;③发行人应披露会计师事务所对前次募集资金运用所出具的专项报告结论。

95. 【答案】ACD

【解析】根据《上市公司证券发行管理办法》第七条,发行可转换公司债券的上市公司的盈利能力应具有可持续性,并符合下列规定:①最近3个会计年度连续盈利;②最近3个会计年度实现的年均可分配利润不少于公司债券1年的利息;③业务和盈利来源相对稳定,不存在严重依赖于控股股东、实际控制人的情形;④现有主营业务或投资方向能够可持续发展,经营模式和投资计划稳健,主要产品或服务的市场前景良好,行业经营环境和市场需求不存在现实或可预见的重大不利变化;⑤高级管理人员和核心技术人员稳定,最近12个月内未发生重大不利变化;⑥公司重要资产、核心技术或其他重大权益的取得合法,能够持续使用,不存在现实或可预见的重大不利变化;⑦不存在可能严重影响公司持续经营的担保、诉讼、仲裁或其他重大事项;⑧最近24个月内曾公开发行证券的,不存在发行当年营业利润比上年下降50%以上的情形。

96. 【答案】ABCD

【解析】除 ABCD 四项外，上市公司股东大会就发行分离交易的可转换公司债券作出的决定，还应包括：①决议的有效期；②对董事会办理本次发行具体事宜的授权；③债券利率；④债券期限；⑤担保事项；⑥回售条款；⑦还本付息的期限和方式；⑧认股权证的行权价格；⑨认股权证的存续期限；⑩认股权证的行权期间或行权日；⑪其他必须明确的事项。

97. 【答案】ABC

【解析】目前国内可转换债券的发行方式主要有：①全部网上定价发行；②网上定价发行与网下向机构投资者配售相结合；③部分向原社会公众股股东优先配售，剩余部分网上定价发行；④部分向原社会公众股股东优先配售，剩余部分采用网上定价发行和网下向机构投资者配售相结合的方式。

98. 【答案】ABD

【解析】除 ABD 三项外，发行可转换公司债券的上市公司应当及时向交易所报告并披露的情形还有：①出现减资、合并、分立、解散、申请破产及其他涉及上市公司主体变更事项；②可转换公司债券转换为股票的数额累计达到可转换公司债券开始转股前公司已发行股份总额 10% 的；③未转换的可转换公司债券数量少于 3000 万元的；④召开债券持有人会议；⑤公司财务或信用状况发生重大变化，可能影响如期偿还债券本息的；⑥国家法律、法规和中国证监会、证券交易所规定的其他可能影响上市公司偿债能力的事件。

99. 【答案】BCD

【解析】可交换公司债券的申请人应当是符合《公司法》、《证券法》规定的有限责任公司或者股份有限公司。

100. 【答案】ACD

【解析】记账式国债是一种无纸化国债，主要通过银行间债券市场向具备全国银行间债券市场国债承购包销团资格的商业银行、证券公司、保险公司、信托投资公司等机构，以及通过证券交易所的交易系统向具备交易所国债承购包销团资格的证券公司、保险公司和信托投资公司及其他投资者发行。

101. 【答案】ABC

【解析】D 项，国债承销团成员单期国债最低承销额（含追加承销部分）按各期国债竞争性招标额的一定比例计算，甲类成员为 0.2%，乙类成员为 1%。

102. 【答案】AD

【解析】公开发行企业债券，其筹集的资金投向符合国家产业政策，所需相关手续齐全，应遵循的条件有：①用于固定资产投资项目的，应符合固定资产投资项目资本金制度的要求，原则上累计发行额不得超过该项目总投资的 60%；②用于收购产权（股权）的，比照该比例执行；③用于调整债务结构的，不受该比例限制，但企业应提供银行同意以债还贷的证明；④用于补充营运资金的，不超过发债总额的 20%。

103. 【答案】ABC

【解析】除 ABC 三项外，公开发行企业债券必须符合的条件还有：①债券的利率由企业根据市场情况确定，但不得超过国务院限定的利率水平；②最近 3 年平均可分配利润（净利润）足以支付债券 1 年的利息；③已发行的企业债券或者其他债务未处于违约或者延迟支付本息的状态；④累计债券余额不超过发行人净资产（不包括少数股东权益)的 40%。

104. 【答案】BD

【解析】根据《上海证券交易所公司债券上市规则》，公司债券申请上市，应符合下列条件：①经有权部门批准并发行；②债券的期限为 1 年以上；③债券的实际发行额不少于人民币 5000 万元；④债券须经资信评级机构评级，且债券的信用级别良好；⑤申请债券上市时仍符合法定的公司债券发行条件；⑥证券交易所认可的其他条件。

105. 【答案】ABCD

【解析】除 ABCD 四项外，申请发行公司债券，应当由股东会或股东大会作出决议的事项还包括决议的有效期、对董事会的授权事项及其他需要明确的事项。

106. 【答案】ABC

【解析】《证券市场资信评级业务管理暂行办法》第四十条规定，证券评级机构的人员考核和薪酬制度，不得影响评级从业人员依据独立、客观、公正、一致性的原则开展业务。

107. 【答案】ABD

【解析】证券公司公开发行债券，除应当符合《证券法》规定的条件外，还需满足的条件有：①发行人最近 1 期末经审计的净资产不低于 10 亿元；②各项风险监控指标符合中国证监会的有关规定；③最近两年内未发生重大违法违规行为；④具有健全的股东会、董事会运作机制及有效的内部管理制度，具备适当的业务隔离和内部控制技术支持系统；⑤资产未被具有实际控制权的自然人、法人或其他组织及其关联人占用；⑥中国证监会规定的其他条件。

108. 【答案】BCD

【解析】国际开发机构申请在中国境内发行人民币债券应具备的条件有：①财务稳健，资信良好，经在中国境内注册且具备人民币债券评级能力的评级公司评级，人民币债券信用级别为 AA 级以上；②已为中国境内项目或企业提供的贷款和股本资金在 10 亿美元以上；③所募集资金用于向中国境内的建设项目提供中长期固定资产贷款或提供股本资金，投资项目符合中国国家产业政策、利用外资政策和固定资产投资管理规定。主权外债项目应列入相关国外贷款规划。

109. 【答案】ABD

【解析】按照《国务院关于股份有限公司境内上市外资股的规定》，公司发行境内上市外资股，应当委托经中国证监会认可的境内证券经营机构作为主承销商或者主承销商之一。公司也可以聘请国外证券公司担任国际协调人。主承销商和国际协调人共同负责向拟上市的证券交易所推荐、提供咨询、协调联络、制作文件、向投资者推介、承销股票以及上市后持续服务等。

110. 【答案】AC

【解析】在公司申请发行境内上市外资股时，法律顾问的主要职责是：①向公司提供有关企业重组、外资股发行等方面的法律咨询；②协助企业完成股份制改组；③起草与发行有关的重大合同；④调查、收集企业的各方面资料。

111. 【答案】BC

【解析】H 股上市公司的公司治理要求主要有：①公司上市后须至少有两名执行董事常驻香港；②需指定至少 3 名独立非执行董事，其中 1 名独立非执行董事必须具备适当的专业资格，或具备适当的会计或相关财务管理专长；③发行人董事会下须设有审核委员会、薪酬委员会和提名委员会；④审核委员会成员须有至少 3 名成员，并必须全部是非执行董事，其中至少 1 名是独立非执行董事且具有适当的专业资格，或具备适当的会计或相关财务管理专长；审核委员会的成员必须以独立非执行董事占大多数，出任主席者也必须是独立非执行董事。

112. 【答案】AC

【解析】内地企业在香港创业板发行与上市的新申请人必须证明在其呈交上市申请的日期之前，在大致相同的拥有权及管理层管理下，具备至少 24 个月的活跃业务记录。若将规定减至 12 个月，则新申请人应符合的任意条件有：①会计师报告显示过去 12 个月营业额不少于 5 亿港元；②上一个财政年度会计师报告内的资产负债表显示上一个财政期间的资产总值不少于 5 亿港元；③上市时预计市值不少于 5 亿港元。

113. 【答案】BCD

【解析】公司反收购策略主要有：①事先预防策略；②管理层防卫策略；③保持公司控制权策略；④毒丸策略。其中，管理层防卫策略包括：金降落伞策略、银降落伞策略和积极向其股东宣传反收购的思想。

114. 【答案】ACD

【解析】由于债券发行费用较低，且债券利息在税前支付，故发行债券融资筹资成本较低，并保证了公司的控制权，享受了财务杠杆利益。但是，由于存在债券还本付息的义务，加重了公司的财务负担，风险较高。此外，还可以通过发行可转换债券等筹集资金。

115. 【答案】AD

【解析】B 项，《证券法》第九十四条规定，以协议方式收购上市公司时，达成协议后，收购人必须在三日内将该收购协议向国务院证券监督管理机构及证券交易所作出书面报告，并予公告，在公告前不得履行收购协议；C 项，《证券法》第九十六条规定，采取协议收购方式的，收购人收购或者通过协议、其他安排与他人共同收购一个上市公司已发行的股份达到 30%时，继续进行收购的，应当向该上市公司所有股东发出收购上市公司全部或者部分股份的要约。但是，经国务院证券监督管理机构免除发出要约的除外。

116. 【答案】CD

【解析】A 项，上市公司股东大会就重大资产重组事项作出决议，必须经出席会议的股东所持表决权的 2/3 以上通过；B 项，上市公司重大资产重组事宜与本公司股东或者其关联人存在关联关系的，股东大会就重大资产重组事项进行表决时，关联股东应当回避表决。

117. 【答案】ACD

【解析】A 项，进入上市公司的资产是完整经营实体，即应当符合下列条件：①经营业务和经营资产独立、完整，且在最近两年未发生重大变化；②在进入上市公司前已在同一实际控制人之下持续经营两年以上；③在进入上市公司之前实行独立核算，或者虽未独立核算，但与其经营业务相关的收入、费用在会计核算上能够清晰划分；④上市公司与该经营实体的主要高级管理人员签订聘用合同或者采取其他方式，就该经营实体在交易完成后的持续经营和管理作出恰当安排。

118. 【答案】ABD

【解析】C 项，在持续督导期间，财务顾问解除委托协议的，委托人应当在 1 个月内另行聘请财务顾问对其进行持续督导。

119. 【答案】ABD

【解析】中国证监会对财务顾问及其财务顾问主办人可以采取监管谈话、出具警示函、责令改正等监管措施。C 项是对违法犯罪人员的强制措施，属于司法机关的职权。

120. 【答案】ABCD

【解析】外国投资者资产并购的，投资者应根据拟设立的外商投资企业的投资总额、企业类型及所从事的行业，依照设立外商投资企业的法律、行政法规和规章的规定，向具有相应审批权限的审批机关报送的文件除 ABCD 四项外，还包括：①拟设立的外商投资企业与境内企业签署的资产购买协议，或外国投资者与境内企业签署的资产购买协议；②被并购境内企业通知、公告债权人的证明以及债权人是否提出异议的说明；③经公证和依法认证的投资者的身份证明文件或开业证明、有关资信证明文件；④被并购境内企业职工安置计划；⑤前述"被并购境内公司债权和债务的处置"以及"交易价格确定的依据"中要求的文件。

三、判断题(共 60 题，每小题 0.5 分，共 30 分。正确的用 A 表示，错误的用 B 表示，不选、错选、放弃均不得分)

121. 【答案】B

【解析】国务院证券委员会颁布的《1993 年股票发售与认购办法》规定，发行方式可以采用无限量发售申请表和与银行储蓄存款挂钩方式。此方式与无限量发售认购证方式相比，不仅大大减少了社会资源的浪费，降低了一级市场成本，而且可以吸收社会闲资，吸引新股民入市，但由此出现高价转售中签表的现象。

122. 【答案】A

【解析】申请凭证式国债承销团成员资格的申请人除具备基本条件外，还须具备的条件包括：①注册资本不低于人民币 3 亿元或者总资产在人民币 100 亿元以上的存款类金融机构；②营业网点在 40 个以上。

123. 【答案】B

【解析】1999 年 7 月 28 日，中国证监会规定：公司股本总额在 4 亿元以下的公司，仍采用上网定价、全额预缴款或与储蓄存款挂钩的方式发行股票；公司股本总额在 4 亿元以上的公司，可采用对一般投资者上网发行和对法人配售相结合的方式发行股票。2000 年 4 月，取消 4 亿元的额度限制，公司发行股票都可以向法人配售。

124. 【答案】A

125. 【答案】B

【解析】股份有限公司的章程是规范股份有限公司的组织及运营的基本准则，是公司的自治规范。股东大会是股份公司的最高权力机构，但也要受公司章程的约束。

126. 【答案】B

【解析】为了减少公司资本而注销股份或者与持有本公司股票的其他公司合并时，可以收购本公司股票，且必须在 10 日内注销该部分股份。

127. 【答案】B

【解析】股东大会召开前 20 日内或者公司决定分配股利的基准日前 5 日内，不得进行股东名册的变更登记。

128. 【答案】B

【解析】股东大会作出特别决议，应当由出席股东大会的股东（包括股东代理人）所持表决权的 2/3 以上通过。

129. 【答案】A

130. 【答案】B

【解析】拟发行上市公司不得为控股股东及其下属单位、其他关联企业提供担保，或将以拟发行上市公司名义的借款转借给股东单位使用。

131. 【答案】B

【解析】在资产评估时，应根据不同的评估目的、评估对象，选用不同的且最适当的价格标准。对不同公司投入股份有限公司的同类资产，应当采用同一价格标准评估。

132. 【答案】B

【解析】融资成本包括融资费用和使用费用，其中融资费用是指公司在融资过程中发生的各种费用，使用费用是指公司因使用资金而向资金提供者支付的报酬。

133. 【答案】B

【解析】根据净收入理论，当一个公司减少权益融资时，它的权益融资成本不变，融资总成本下降，企业市场价值提高。

134. 【答案】B

【解析】可转换证券由公司债券转换为公司普通股后，公司股权结构发生变化，股本不变，新股东会分享之前积累的盈余，从而稀释每股收益和剩余控制权。

135. 【答案】B

【解析】保荐人应当对招股说明书进行验证，并在验证文件与工作底稿之间建立起索引关系。

136. 【答案】B

【解析】被重组方重组前一个会计年度末的资产总额或前一个会计年度的营业收入或利润总额达到或超过重组前发行人相应项目 50%，但不超过 100% 的，保荐机构和发行人律师应按照相关法律法规对首次公开发行主体的要求，将被重组方纳入尽职调查范围并发表相关意见。

137. 【答案】A

【解析】招股说明书是股份有限公司发行股票时，就发行中的有关事项向公众作出披露，并向非特定投资人提出购买或销售其股票的要约邀请性文件。公司首次公开发行股票必须制作招股说明书。凡在中华人民共和国境内公开发行股票和将其股票在证券交易所交易的发行人，申请公开发行股票时，应当按有关规定编制招股说明书，这是发行准备阶段的基本任务。

138. 【答案】B

【解析】审计报告应当由具有证券从业资格的注册会计师及其所在的事务所签字盖章。

139. 【答案】A

140. 【答案】B

【解析】在招股说明书或招股意见书刊登后至获准上市前，如公司发生重大事项，将有关说明提交后经审阅无异议的，公司方能于第 2 日刊登补充公告。

141. 【答案】B

【解析】发行人及其主承销商应当通过初步询价确定发行价格区间，在发行价格区间内通过累计投标询价确定发行价格。

142. 【答案】B

【解析】公开发行股票数量少于4亿股的，配售数量不超过本次发行总量的20%；公开发行股票数量在4亿股以上的，配售数量不超过向战略投资者配售后剩余发行数量的50%。

143. 【答案】B

【解析】在超额配售选择权行使期内，如果发行人股票的市场交易价格低于发行价格，主承销商用超额发售股票获得的资金，按不高于发行价的价格，从集中竞价交易市场购买发行人的股票，分配给提出认购申请的投资者；如果发行人股票的市场交易价格高于发行价格，主承销商可以根据授权要求发行人增发股票，分配给提出认购申请的投资者，发行人获得发行此部分新股所募集的资金。

144. 【答案】A

145. 【答案】B

【解析】首次公开发行股票达到一定规模的，发行人及其主承销商应当在网下配售和网上发行之间建立回拨机制，根据申购情况调整网下配售和网上发行的比例。

146. 【答案】A

147. 【答案】A

148. 【答案】B

【解析】发行人披露的招股意向书除不含发行价格、筹资金额以外，其内容与格式应当与招股说明书一致，并与招股说明书具有同等法律效力。

149. 【答案】A

150. 【答案】B

【解析】发行人及其主承销商应当刊登发行公告，而不能以新闻发布或答记者问等其他形式代替。

151. 【答案】B

【解析】上市公司公开增发的特别规定要求，除金融类企业外，最近1期末不存在持有金额较大的交易性金融资产和可供出售的金融资产、借予他人款项、委托理财等财务性投资的情形。

152. 【答案】B

【解析】保荐人应当自持续督导工作结束后10个工作日内向中国证监会、证券交易所报送《保荐总结报告书》。

153. 【答案】B

【解析】上市公司非公开发行股票自发行结束之日起，12个月内不得转让；控股股东、实际控制人及其控制的企业认购的股份，36个月内不得转让。

154. 【答案】B

【解析】发行人刊登招股意向书当日停牌1小时，刊登询价区间公告当日停牌1小时，连续停牌日为T日至T+3日。

155. 【答案】B

【解析】发行人及其主承销商应当将发行过程中披露的信息刊登在至少一种中国证监会指定的报刊，同时将其刊登在中国证监会指定的互联网网站，并置备于中国证监会指定的场所，供公众查阅。

156.【答案】B
【解析】发行公司及其主承销商未在证券交易所网站上披露招股意向书全文及相关文件的，不得在报刊上刊登招股意向书及其摘要。

157.【答案】B
【解析】可转换公司债券是指发行公司依法发行，在一定期间内依据约定的条件可以转换成股份的公司债券。可转换公司债券在转换股份前，其持有人不具有股东权利和义务。

158.【答案】B
【解析】可转换公司债券的转股价格应在募集说明书中约定。转股价格应不低于募集说明书公告日前 20 个交易日公司股票交易的均价和前 1 个交易日的均价。

159.【答案】B
【解析】票面利率是影响可转换公司债券价值的一个重要因素，票面利率越高，可转换公司债券的债权价值越高；反之，票面利率越低，可转换公司债券的债权价值越低。

160.【答案】B
【解析】上市公司发行可转换公司债券，可以全部或部分向原股东优先配售，优先配售比例应当在发行公告中披露。

161.【答案】B
【解析】发行可转换公司债券的上市公司经股东大会批准变更募集资金投资项目的，上市公司应当在股东大会通过决议后 20 个交易日内赋予可转换公司债券持有人 1 次回售的权利，有关回售公告至少发布 3 次。

162.【答案】B
【解析】持有上市公司股份的股东，经保荐人保荐，可以向中国证监会申请发行可交换公司债券。

163.【答案】B
【解析】拥有上市公司控制权的股东发行可交换公司债券的，应当合理确定发行方案，不得通过本次发行直接将控制权转让给他人。

164.【答案】B
【解析】我国的混合资本债券是指商业银行为补充附属资本发行的、清偿顺序位于股权资本之前但列在一般债务和次级债务之后、期限在 15 年以上、发行之日起 10 年内不可赎回的债券。

165.【答案】A

166.【答案】A

167.【答案】B
【解析】中国证券业协会应当制定证券评级机构的自律准则和执业规范，对违反自律准则和执业规范的行为给予纪律处分。

168.【答案】B
【解析】根据《银行间债券市场非金融企业短期融资券业务指引》和《银行间债券市场非

金融企业债务融资工具注册规则》，交易商协会负责受理短期融资券的发行注册。

169. 【答案】A

170. 【答案】B

【解析】在我国，信用增级可以采用内部信用增级和/或外部信用增级的方式。内部信用增级包括但不限于超额抵押、资产支持证券分层结构、现金抵押账户和利差账户等方式。外部信用增级包括但不限于备用信用证、担保和保险等方式。

171. 【答案】B

【解析】按照《国务院关于股份有限公司境内上市外资股的规定》，发行境内上市外资股的公司，应委托境内证券经营机构作为主承销商；也可聘请国外证券公司担任国际协调人。

172. 【答案】B

【解析】在香港联交所接纳的任何条件的规定下，上市文件所述发售期间及公开接受认购期间的截止日期不可更改或延长，而发行人、包销商或任何其他人士均不可单方面更改或延长该日期或期间。

173. 【答案】A

174. 【答案】B

【解析】外资股发行的招股说明书可以采取严格的招股章程形式，也可以采取信息备忘录的形式。两者在《合同法》上具有相同的法律意义，它们均是发行人向投资者发出的募股要约邀请。但是，在《证券法》上，两者却有不尽相同的法律意义。信息备忘录是发行人向特定的投资者发售股份的募股要约文件，仅供要约人认股之用，在法律上不视为招股章程，亦无须履行招股书注册手续。

175. 【答案】A

176. 【答案】B

【解析】交易标的资产属于同一交易方所有或者控制，或者属于相同或者相近的业务范围，或者中国证监会认定的其他情形下，可以认定为同一或者相关资产。

177. 【答案】B

【解析】证券服务机构在其出具的意见中采用其他证券服务机构或者人员的专业意见的，仍然应当进行尽职调查，审慎核查其采用的专业意见的内容，并对利用其他证券服务机构或者人员的专业意见所形成的结论负责。

178. 【答案】A

179. 【答案】A

180. 【答案】A

证券发行与承销过关冲刺题(二)

一、单选题(共60题，每题0.5分，共30分。以下备选答案中只有一项最符合题目要求，不选、错选均不得分)

1. （　　）是指由保荐人负责发行人的上市推荐和辅导，核实公司发行文件中所载资料的真实、准确和完整，协助发行人建立严格的信息披露制度。
   A. 首次公开发行股票询价制度
   B. 上市保荐制度
   C. 上市审核制度
   D. 股票定价制度

2. 证券公司经营证券承销与保荐业务且经营证券自营、证券资产管理、其他证券业务中一项以上的，注册资本最低限额为人民币（　　）亿元。
   A. 1
   B. 2
   C. 3
   D. 5

3. 申请保荐机构资格的证券公司，其保荐业务团队中最近3年从事保荐相关业务的人员不得少于（　　）人。
   A. 20
   B. 25
   C. 159
   D. 30

4. 证券公司、保险公司和信托投资公司可以在（　　）上参加记账式国债的招标发行及竞争性定价过程，向财政部直接承销记账式国债。
   A. 证券交易所债券市场
   B. 全国银行间债券市场
   C. 证券交易所股票市场
   D. 全国银行间股票市场

5. 证券公司经营证券经纪业务的，其净资本不得低于人民币（　　）万元。
   A. 1000
   B. 2000
   C. 3000
   D. 5000

6. 以募集方式设立股份有限公司的，发起人认购的股份不得（　　）。
   A. 少于公司股份总数的35%
   B. 少于人民币5000万元
   C. 多于公司股份总数的35%
   D. 多于人民币3000万元

7. 股份有限公司的创立大会必须有代表股份总数（　　）的发起人、认股人出席才能举行。
   A. 过半数
   B. 2/3以上
   C. 3/4以上
   D. 80%以上

8. 下列不属于担任股份有限公司独立董事应当具备的基本条件的是（　　）。
   A. 根据法律、行政法规及其他有关规定，具备担任上市公司董事的资格
   B. 具备上市公司运作的基本知识，熟悉相关法律、行政法规、规章及规则
   C. 具有3年以上法律、经济或者其他履行独立董事职责所必需的工作经验
   D. 具有《关于在上市公司建立独立董事制度的指导意见》所要求的独立性

9. 关于公司解散，下列说法正确的是（　　）。
   A. 股份有限公司的解散是指股份有限公司法人资格的消失
   B. 公司解散时，不需要进行必要的清算活动
   C. 公司解散后，仍具有部分进行业务活动的能力
   D. 股份有限公司的解散是指股份有限公司法人资格的递延

10. 关于企业无形资产，下列说法错误的是（　　）。
    A. 无形资产不具有实物形态
    B. 无形资产具有不确定性
    C. 专利权属于无形资产
    D. 无形资产能在较长时间内使企业收益

11. 占有国有资产的单位设立拟发行上市公司时，资产评估报告应报送（　　）。
    A. 国家发改委　　　　　　　　　　B. 国家商务部
    C. 国有资产监督管理机构　　　　　D. 中国证监会

12. 如果一项潜在损失是可能的，且损失的数额是可以合理地估计出来的，则该项损失应在（　　）上反映。
    A. 评估报告　　　　B. 附注　　　　C. 法律意见书　　　　D. 会计报表

13. 在实际运用中，在进行资本结构决策时一般使用（　　）。
    A. 间接资本成本　　　　　　　　　B. 加权平均资本成本
    C. 个别资本成本　　　　　　　　　D. 边际资本成本

14. 既考虑负债带来税收抵免收益，又考虑负债带来各种风险和额外费用，并对它们进行适当平衡来稳定企业价值的是（　　）。
    A. MM 公司税模型　　　　　　　　B. 米勒模型
    C. 破产成本模型　　　　　　　　　D. 代理成本

15. 内部现金流量是公司筹资的一大来源，它主要包括折旧和留存收益两部分，其中利用留存收益筹资的特点不包括（　　）。
    A. 从未分配利润筹集资金，筹资成本较低
    B. 未分配利润筹资会稀释原有股东的每股收益和控制权
    C. 未分配利润筹资可以能使股东获得税收上的好处
    D. 股利支付过少不利于吸引股利偏好型的机构投资者

16. 证券公司从事证券发行上市保荐业务应当向（　　）申请保荐机构资格。
    A. 中国证监会　　B. 国务院　　　C. 证券业协会　　D. 证券交易所

17. 发行人为他人提供担保的，应当（　　）。
    A. 经过中国证监会批准　　　　　　B. 经过保荐机构批准
    C. 听取中国证监会的意见　　　　　D. 听取保荐机构的意见

18. 刊登证券发行募集文件前终止保荐协议的，保荐机构和发行人应当自终止之日起 5 个工作日内分别向（　　）报告，说明原因。
    A. 中国证监会　　　　　　　　　　B. 证券交易所
    C. 工商行政管理部门　　　　　　　D. 证券业协会

19. 注册会计师为某上市公司进行审计，财务报告截止日为 2008 年 12 月 31 日，注册会计师完成外勤审计工作的日期是 2009 年 2 月 18 日，向上市公司提交审计报告的日期是 2009 年 3 月 1 日，上市公司发布含审计报告的年度报告的日期是 2009 年 3 月 15 日。则注册会计师签署审计报告的日期是（　　）。
    A. 2008 年 12 月 31 日　　　　　　B. 2009 年 2 月 18 日
    C. 2009 年 3 月 1 日　　　　　　　D. 2009 年 3 月 15 日

20. 中国证监会设立发行审核委员会，发审委委员由有关行政机关、行业自律组织、研究机构和高等院校等推荐，由（　　）聘任。
    A. 中国证监会　　　　　　　　　　B. 中国证券业协会
    C. 研究机构　　　　　　　　　　　D. 科研院所

21. 全面摊薄法就是用发行当年预测全部净利润除以（　　），直接得出每股净利润。
    A. 流通股　　　　B. 总股本　　　　C. 社会公众股　　　D. 发行股本

22. 询价对象应当在年度结束后(　　)个月内对上年度参与询价的情况进行总结，并就其是否持续符合规定的条件以及是否遵守《证券发行与承销管理办法》对询价对象的监管要求进行说明。

    A. 1   B. 3   C. 6   D. 10

23. 上海证券交易所上网发行资金申购日后的(　　)日，发行人和主承销商公布中签结果，中国结算上海分公司对未中签部分的申购款予以解冻，如发行价格低于价格区间上限，差价部分退还给投资者。新股认购款集中由中国结算上海分公司划付给主承销商。

    A. T+1   B. T+2   C. T+3   D. T+4

24. 发行新股时的律师费用属于(　　)。

    A. 发行费用   B. 承销费用   C. 发行手续费用   D. 评估费用募股

25. 中小企业板块是在(　　)主板市场中设立的一个运行独立、监察独立、代码独立、指数独立的板块。

    A. 深圳证券交易所   B. 上海证券交易所

    C. 深圳和上海证券交易所   D. 期货交易所

26. 关于发行人报表披露，下列说法错误的是(　　)。

    A. 发行人运行3年以上的，应披露最近3年及1期的资产负债表、利润表和现金流量表

    B. 发行人运行不足3年的，应披露最近1期的资产负债表和现金流量表

    C. 发行人编制合并财务报表的，应同时披露合并财务报表和母公司财务报表

    D. 发行人应披露财务报表的编制基础、合并财务报表范围及变化情况

27. 律师和律师事务所就公司控制权的归属及其变动情况出具的法律意见书是发行审核部门判断发行人最近(　　)年内"实际控制人没有发生变更"的重要依据。

    A. 2   B. 3   C. 4   D. 5

28. 招股说明书结尾应列明备查文件，备查文件不包括(　　)。

    A. 律师工作报告   B. 公司章程(草案)

    C. 盈利预测报告及审核报告(如有)   D. 发行公告

29. 关于上市公司向社会公开发行新股，下列说法正确的是(　　)。

    A. 只能向原股东配售股票

    B. 只能向全体社会公众发售股票

    C. 可以向原股东配售股票，也可以向不特定对象公开募集股份

    D. 可以向社会上特定的社会团体和个人发售股票

30. 股东大会就发行证券事项做出决议，必须经出席会议的股东所持表决权的(　　)以上通过。

    A. 1/3   B. 1/2   C. 2/3   D. 3/4

31. 发审会后至发行前期间，如果发行人公布了新的重大事项临时公告，保荐人(主承销商)、律师应在(　　)个工作日内，向中国证监会报送会后重大事项说明或专业意见。

    A. 2   B. 5   C. 7   D. 10

32. 证券发行申请未获核准的上市公司，自中国证监会作出不予核准的决定之日起(　　)个月后，可再次提出证券发行申请。

    A. 5   B. 6   C. 7   D. 10

33. 配股价格的确定是在一定的价格区间内由( )确定。
   A. 中国证监会
   B. 主承销商
   C. 发行人
   D. 主承销商和发行人协商

34. 发行人和保存人报送发行新股申请文件，初次应报送( )份。
   A. 1   B. 2   C. 3   D. 5

35. 发行分离交易的可转换公司债券的上市公司，其最近3个会计年度经营活动产生的现金流量净额平均应( )。
   A. 不少于公司债券1年的利息   B. 不少于公司债券2年的利息
   C. 不少于公司债券半年的利息   D. 不少于公司债券发行额

36. 认股权证的行权价格应不低于公告募集说明书日前( )个交易日的公司股票均价和前一个交易日的均价。
   A. 7   B. 10   C. 15   D. 20

37. 上市公司申请发行可转换公司证券，董事会应当依法作出决议，并提请股东大会批准的事项不包括( )。
   A. 转股价格
   B. 本次证券发行的方案
   C. 前次募集资金使用的报告
   D. 本次募集资金使用的可行性报告

38. 上市公司应当在可转换公司债券上市交易前( )内，在指定的媒体上披露上市公告书。
   A. 5日   B. 5个交易日   C. 3日   D. 3个交易日

39. 关于可交换公司债券的赎回与回售，下列叙述不正确的是( )。
   A. 可交换公司债券一旦发售，股东就不得再行赎回
   B. 上市公司股东可以按事先约定的条件和价格赎回尚未换股的可交换公司债券
   C. 募集说明书可以约定回售条款
   D. 债券持有人可以按事先约定的条件和价格将所持债券回售给上市公司股东

40. 关于记账式国债和凭证式国债，下列说法不正确的是( )。
   A. 记账式国债是一种无纸化国债
   B. 凭证式国债是一种不可上市流通的储蓄型债券
   C. 记账式国债只能通过银行间债券市场发行
   D. 凭证式国债由具备凭证式国债承销团资格的机构承销

41. 公开招标方式中，全场有效投标总额( )当期国债招标额时，所有有效投标全额募入。
   A. 大于   B. 小于或等于   C. 大于或等于   D. 等于

42. 关于金融债券担保，下列说法错误的是( )。
   A. 对于商业银行发行金融债券，没有强制担保要求
   B. 对于财务公司发行金融债券，可由财务公司的母公司提供相应担保
   C. 对于财务公司发行金融债券，可由其他非成员单位提供相应担保
   D. 经中国银监会批准的财务公司，可以免于担保

43. 证券交易所对债券上市实行上市推荐人制度，债券在本所申请上市，必须由( )个证券交易所认可的机构推荐并出具上市推荐书。
   A. 1~2   B. 2~3   C. 3~5   D. 5~7

44. 关于债券交易流通期间信息披露，下列说法错误的是(   )。
    A. 发行人应在每年3月30日前向市场投资者披露上一年度的年度报告和信用跟踪评级报告
    B. 发行人发生主体变更或经营、财务状况出现重大变化等重大事件时，应在第一时间向市场投资者公告，并向中国人民银行报告
    C. 中央结算公司在每季结束后的10个工作日内，向中国人民银行提交该季度公司债券托管结算情况的书面报告
    D. 公司债券发行人未按要求履行信息披露等相关义务的，由同业中心和中央结算公司通过中国货币网和中国债券信息网向市场投资者公告

45. 债券募集说明书所引用的审计报告、资产评估报告、资信评级报告，应当由有资格的证券服务机构出具，并由(   )有从业资格的人员签署。
    A. 1名   B. 至少2名   C. 3名以上   D. 5名以上

46. 每年_____和_____以前，企业应披露本年度第一季度和第三季度的资产负债表、利润表及现金流量表。(   )
    A. 3月31日；11月30日   B. 3月31日；10月31日
    C. 4月30日；11月31日   D. 4月30日；10月31日

47. 下列各项属于外部信用增级的是(   )。
    A. 超额抵押   B. 备用信用证
    C. 资产支持证券分层结构   D. 现金抵押账户

48. 正式承销前的市场预测和承销协议签署具备(   )。
    A. 有限的商业和法律意义   B. 无限的商业和法律意义
    C. 正式的商业和法律意义   D. 暂时的商业和法律意义

49. 在B股发行的过程中，境内的资产评估机构应当是(   )的机构。
    A. 具有良好资信   B. 具有从事证券相关业务资格
    C. 具有从事境外上市外资股发行经验   D. 具有国外办事处

50. 对于H股的发行，新申请人预期证券上市时由公众人士持有股份的市值须至少为(   )万元港币。
    A. 3000   B. 5000   C. 7000   D. 9000

51. H股公司上市后的公司治理要求是，公司上市后须指定至少(   )名独立非执行董事。
    A. 1   B. 2   C. 3   D. 5

52. 内地企业在香港发行股票，若发行人拥有超过一种类别的证券，正在申请上市的证券类别占发行人已发行股本总额的百分比不得少于_____，上市时的预期市值也不得少于_____万港元。(   )
    A. 10%；3000   B. 15%；3000   C. 15%；5000   D. 10%；5000

53. 在发行准备工作已经基本完成，并且发行审查已经原则通过(有时可能是取得附加条件通过的承诺)的情况下，主承销商(或全球协调人)将安排承销前的国际推介与询价，下列各项中，(   )不属于这一阶段工作的环节。
    A. 预路演   B. 路演推介   C. 簿记定价   D. 分销

54. 在上市公司的收购及相关股份变动活动中有一致行动情形的投资者，可称为一致行动人。下列情形与此概念一致的是(   )。

A. 投资者参股另一个投资人，可以对目标公司的重大决策产生重大影响

B. 投资者受目标公司大股东的控制

C. 投资者在业务上有合作关系

D. 持有投资者30%以上股份的自然人，与投资者持有同一上市公司的股份

55. 上市公司购买、出售的资产净额占上市公司最近1个会计年度经审计的合并财务会计报告期末净资产额的比例达到_____以上，且超过人民币_____万元的，构成重大资产重组。(　　)

A. 30%；3000　　　　B. 30%；5000　　　　C. 50%；3000　　　　D. 50%；5000

56. 有权对并购重组申请人的申请文件和中国证监会有关职能部门的初审报告进行审核的机构是(　　)。

A. 中国证监会　　　B. 并购重组委　　　C. 国务院　　　D. 证券业协会

57. 关于并购重组委会议中的表决权的行使，下列说法错误的是(　　)。

A. 并购重组委会议表决采取无记名投票方式

B. 表决票设同意票和反对票，并购重组委委员不得弃权

C. 表决投票时同意票数达到3票为通过，同意票数未达到3票为未通过

D. 并购重组委委员在投票时应当在表决票上说明理由

58. 在持续督导期间，财务顾问解除委托协议的，委托人应当在(　　)内另行聘请财务顾问对其进行持续督导。

A. 15日　　　　B. 1个月　　　　C. 3个月　　　　D. 6个月

59. 受让上市公司国有股和法人股的外商应具备的条件不包括(　　)。

A. 有较强的经营管理能力和资金实力

B. 有较好的财务状况和信誉

C. 具有改善上市公司治理结构和促进上市公司持续发展的能力

D. 有高素质的管理团队

60. 商务部收到外国投资者战略投资申报的全部文件后应在_____日内作出原则批复，原则批复有效期_____日。(　　)

A. 10；60　　　　B. 15；100　　　　C. 30；180　　　　D. 45；180

二、**多选题**(共60题40分，其中已标明分值的20题每题1分，其余40题每题0.5分。以下备选项中有两项或两项以上符合题目要求，多选、少选、错选均不得分)

61. 当保荐机构出现(　　)情形的，中国证监会自确认之日起暂停其保荐机构资格3个月；情节严重的，暂停其保荐机构资格6个月，并可以责令保荐机构更换保荐业务负责人、内核负责人；情节特别严重的，撤销其保荐机构资格。

A. 内部控制制度未有效执行

B. 尽职调查制度、内部核查制度、持续督导制度、保荐工作底稿制度未有效执行

C. 保荐工作底稿存在虚假记载、误导性陈述或者重大遗漏

D. 通过从事保荐业务谋取不正当利益

62. 当发行人有下列(　　)情形之一时，中国证监会自确认之日起暂停保荐机构的保荐机构资格3个月，撤销相关人员的保荐代表人资格。(1分)

A. 公开发行证券上市当年即亏损

B. 未完成或者未参加辅导工作

C. 持续督导期间信息披露文件存在虚假记载

D. 持续督导期间信息披露文件存在误导性陈述

63. 证券公司应向( )等机构报送年度报告。

　　A. 中国证监会　　　　　　　　　　B. 深圳证券交易所

　　C. 中国证券业协会　　　　　　　　D. 中国证券登记结算公司

64. 设立股份有限公司,在公司章程中应载明( )。

　　A. 公司名称和住所　　　　　　　　B. 公司注册资本

　　C. 公司总资产　　　　　　　　　　D. 公司法定代表人

65. 下列关于股份有限公司资本的表述不正确的是( )。

　　A. 资本确定原则是指股份有限公司的净资产必须具有确定性

　　B. 资本维持原则强调公司应当保持与其章程规定一致的资本,是静态的维护

　　C. 资本不变原则强调的是非经修改公司章程,不得变动公司资本,是动态的维护

　　D. 限制股份的不适当发行与交易属于资本维持原则的保障制度

66. 下列事项可由股东大会以特别决议通过的有( )。(1分)

　　A. 公司增加或者减少注册资本　　　B. 公司章程的修改

　　C. 公司的合并、分立和解散　　　　D. 公司年度报告

67. 审计委员会的主要职责有( )。

　　A. 提议聘请或更换外部审计机构

　　B. 监督公司的内部审计制度及其实施

　　C. 研究董事与经理人员考核的标准,进行考核并提出建议

　　D. 审核公司的财务信息及其披露

68. 下列各项中的股份可以界定为国有法人股的是( )。

　　A. 有权代表国家投资的机构或部门,向股份公司投资形成或依法定程序取得的股份

　　B. 国有企业(行业性总公司和具有政府行政管理职能的公司除外)以其依法占用的法人资产直接向新设立的股份公司投资入股形成的股份

　　C. 国有法人单位(行业性总公司和具有政府行政管理职能的公司除外)所拥有的企业,以全部或部分资产改建为股份公司,进入股份公司的净资产折成的股份

　　D. 国有企业(集团公司)的全资子企业(子公司)和控股子企业(控股子公司)以其依法占用的法人资产直接向新设立的股份公司投资入股形成的股份

69. 无形资产的处置与原企业的整体改组方案往往结合在一起考虑,一般采用的处置方式包括( )。(1分)

　　A. 当企业整体改组为上市公司的时候,无形资产产权一般全部转移到上市公司,由国有股权的持股单位,即原企业的上级单位享有无形资产产权的折股

　　B. 当企业以分立或合并的方式改组,成立了对上市公司控股的公司的时候,直接作为投资折股,产权归上市公司,控股公司不再使用该无形资产

　　C. 当企业以分立或合并的方式改组,成立了对上市公司控股的公司的时候,产权归上市公司,但允许控股公司或其他关联公司有偿或无偿使用该无形资产

　　D. 当企业以分立或合并的方式改组,成立了对上市公司控股的公司的时候,由控股公司和原企业的上级单位共同享有无形资产产权的折股

70. 企业有下列( )行为之一的,应当对相关资产进行评估。

A. 整体或部分改建为有限责任公司或股份有限公司

B. 经上级主管部门对企业资产进行审核之后

C. 以非货币资产对外投资

D. 企业合并、分立、破产、解散

71. 关于资产评估的基本方法，下列叙述正确的有（　　）。（1分）

A. 收益现值法通常用于有收益企业的整体评估及无形资产评估等

B. 用重置成本法进行资产评估时，被评估资产的原有成本是其应考虑的因素之一

C. 现行市价法的适用条件：一是存在着3个及3个以上具有可比性的参照物；二是价值影响因素明确并可量化

D. 采用清算价格法评估资产，应当根据公司清算时其资产可变现的价值，评定重估价值

72. 下列各项属于早期资本结构理论中净收入理论的假定的有（　　）。（1分）

A. 当企业融资结构变化时，企业发行债券和股票进行融资其成本均不变，即企业的债务融资成本和股票融资成本不随债券和股票发行量的变化而变化

B. 债务融资的税前成本比股票融资成本低

C. 由于降低融资总成本会增加企业的市场价值，所以，在企业融资结构中，随着债务融资数量的增加，其融资总成本将趋于下降，企业市场价值会趋于提高

D. 不管企业财务杠杆多大，债务融资成本和企业融资总成本是不变的

73. 公司发行认股权证筹资，其所涉及的认股权证是独立流通的和不可赎回的，因而对公司的影响也与发行可转换证券不同，其特点有（　　）。

A. 发行认股权证具有降低筹资成本、改善公司未来资本结构的好处，这与可转换证券筹资相似

B. 认股权证的执行增加的是公司的权益资本，而不改变其负债

C. 公司发行认股权证有利于未来资本结构的调整

D. 发行认股权证通过出售看涨期权可降低筹资成本

74. 可转换证券筹资的特点包括（　　）。

A. 可转换证券通过出售看涨期权可降低筹资成本

B. 可转换证券有利于未来资本结构的调整

C. 一个高速增长的公司在其普通股价格大幅上升的情况下，利用可转换证券筹资的成本要低于普通股或优先股

D. 若公司经营业绩不佳，则大部分可转换债券会转换为普通股，有助于公司渡过财务困境

75. 关于保荐机构，下列说法正确的有（　　）。

A. 保荐机构应当保证所出具的文件真实、准确、完整

B. 中国证监会依法对发行人申请文件、证券发行募集文件进行核查，核查通过后由保荐机构出具保荐意见

C. 证券发行采取联合保荐形式的，保荐机构不得少于两家

D. 保荐机构可以同时担任证券发行的主承销商

76. 《首次公开发行股票并上市管理办法》规定"最近3年内实际控制人没有发生变更"的立法意图是（　　）。（1分）

A. 以公司控制权的稳定为标准，判断公司是否具有持续发展、持续盈利的能力

B. 便于投资者在对公司的持续发展和盈利能力拥有较为明确预期的情况下作出投资决策

C. 防止公司抽逃资金

D. 保障公司切实履行信息公开的义务

77. 律师应对发行人是否符合股票发行上市条件、发行人的行为是否存在违法、违规，以及招股说明书及其摘要引用的法律意见书和律师工作报告的内容是否适当，明确发表意见。律师发表意见可分为(   )。

A. 肯定性意见　　　B. 否定性意见　　　C. 保留意见　　　D. 拒绝表示意见

78. 下列各项属于资产评估报告正文内容的有(   )。

A. 评估资产的汇总表　　　　　　　　B. 评估方法和计价标准

C. 评估目的与评估范围　　　　　　　D. 评估资产的明细表

79. 发行人首次公开发行股票的主体资格包括(   )。

A. 发行人应当是依法设立且合法存续的有限责任公司

B. 发行人自股份有限公司成立后，持续经营时间应当在 3 年以上

C. 发行人最近 2 年内主营业务和董事、高级管理人员没有发生重大变化

D. 发行人的股权清晰，控股股东和受控股股东、实际控制人支配的股东持有的发行人股份不存在重大权属纠纷

80. 国有股权无偿划转的，满足以下(   )条件的，可以视为控制权没有发生变更。

A. 国务院国有资产监督管理机构按照相关程序决策通过

B. 发行人能够提供有关决策或者批复文件

C. 省级国有资产监督管理机构按照相关程序通过

D. 发行人最近 3 年内持有、实际支配公司股份表决权比例最高的人存在重大不确定性的

81. 发行人与承销团各成员之间的关联关系情况披露，主要应包括(   )。

A. 发行人、保荐人、副主承销商的前 5 位股东情况

B. 发行人、保荐人、副主承销商的持有 5% 以上股份的股东情况

C. 发行人、保荐人、副主承销商的持有 7% 以上股份的股东情况

D. 发行人、保荐人、副主承销商的公司背景

82. 下列各项中，(   )不属于中国证券业协会应将公司从询价对象名单中去除的情形。(1 分)

A. 不再符合《证券发行与承销管理办法》规定的条件

B. 被中国证监会公开谴责超过 3 次

C. 在年度结束后 1 个月内未对上年度参与询价的情况进行总结

D. 最近 12 个月内因违反相关监管要求被监管谈话三次以上

83. 关于向战略投资者配售，下列说法正确的是(   )。

A. 首次公开发行股票数量在 4 亿股以上的，可以向战略投资者配售股票

B. 发行人及其主承销商应当在发行公告中披露战略投资者的选择标准、向战略投资者配售的股票总量、占本次发行股票的比例，以及持有期限等

C. 战略投资者可以参与首次公开发行股票的初步询价，但不得参与累计投标询价

D. 发行人应当与战略投资者事先签署配售协议，并报中国证监会备案

84. 下列关于上网发行资金申购流程的说法正确的有(　　)。
    A. T+1日，投资者申购
    B. T+2日，公布中签结果
    C. T+3日，收缴股款、清算、登记
    D. T+4日，交割

85. 深交所资金申购上网实施办法与上交所不同之处在于(　　)。(1分)
    A. 放宽投资者申购上限
    B. 申购单位
    C. 深交所规定，每一证券账户只能申购一次，同一证券账户的多次申购委托(包括在不同的营业网点各进行一次申购的情况)，除第一次申购外，均视为无效申购
    D. 上交所规定，每一证券账户只能申购一次，同一证券账户的多次申购委托(包括在不同的营业网点各进行一次申购的情况)，除第一次申购外，均视为无效申购

86. 在超额配售选择权行使完成后的3个工作日内，主承销商应当在中国证监会指定报刊披露(　　)等有关超额配售选择权的行使情况。
    A. 因行使超额配售选择权而发行的新股数
    B. 从集中竞价交易市场购买发行人股票的数量及所支付的总金额
    C. 发行人本次发行股份总量
    D. 发行人本次发行股份的截止时间

87. 发行费用主要包括(　　)。
    A. 承销费用
    B. 注册会计师费用
    C. 资产评估费用
    D. 财务顾问费

88. 下列各项属于股票上市保荐书内容的是(　　)。
    A. 发行股票的公司概况
    B. 申请上市股票的发行情况
    C. 发行人的上市费用
    D. 保荐人是否存在可能影响其公正履行保荐职责的情形的说明

89. 根据《公开发行证券的公司信息披露内容与格式准则第1号——招股说明书》的规定，发行人应设置招股说明书概览，发行人应在概览中披露(　　)。
    A. 发行人及其控股股东、实际控制人的简要情况
    B. 发行人的主要财务数据
    C. 本次发行情况
    D. 募股资金的主要用途

90. 盈利能力分析一般应包括(　　)。(1分)
    A. 最近3年及一期营业收入的构成及比例
    B. 最近3年及一期利润的主要来源、可能影响发行人盈利能力连续性和稳定性的主要因素
    C. 发行人主要产品的销售价格
    D. 最近3年及一期公司综合毛利率、分行业毛利率的数据及变动情况

91. 发行人编制招股说明书时，(　　)。
    A. 可编制外文译本
    B. 可刊载少量广告性词句

C. 文本幅面应相当于标准的 A4 纸规格

D. 引用的数字应采用阿拉伯数字

92. 根据《公开发行证券的公司信息披露内容与格式准则第 1 号——招股说明书》的规定，对招股说明书的发行人基本情况部分应披露的信息理解正确的有(   )。

A. 发行人的基本情况。包括名称、注册资本、法定代表人等资料

B. 发行人的股本变化情况。发行人应详细披露设立以来股本的形成及其变化和重大资产重组情况

C. 发行人的关联方情况。发行人应披露其控股子公司、参股子公司的简要情况

D. 重要承诺及其履行情况。发行人应披露持有 10% 以上股份的主要股东以及作为股东的董事、监事、高级管理人员作出的重要承诺及其履行情况

93. 关于募股资金的运用，发行人应披露(   )。

A. 预计募集资金数额

B. 按投资项目的轻重缓急顺序，列表披露预计募集资金投入的时间进度

C. 按投资项目的先后顺序，列表披露项目履行的审批、核准或备案情况

D. 若所筹资金不能满足项目资金需求，应说明缺口部分的资金来源及落实情况

94. 上市公司申请发行新股时，公司盈利能力须符合的规定包括(   )。(1分)

A. 最近 3 个会计年度连续盈利，扣除非经常性损益后的净利润与扣除前的净利润相比，以低者作为计算依据

B. 业务和盈利来源相对稳定，不存在严重依赖于控股股东、实际控制人的情形

C. 现有的主营业务或投资方向能够持续发展，经营模式和投资计划稳健，主要产品或服务的市场前景良好，行业经营环境和市场需求不存在现实的或可预见的重大不利变化

D. 高级管理人员和核心技术人员稳定，最近 12 个月内未发生重大不利变化

95. 非公开发行股票的特定对象应当符合(   )的规定。

A. 特定对象符合股东大会决议规定的条件

B. 发行对象不超过 10 名

C. 发行对象不超过 5 名

D. 发行对象为境外战略投资者的，应当经国务院相关部门事先批准

96. 上市公司存在下列(   )情形之一的，不得非公开发行股票。(1分)

A. 现任董事、高级管理人员最近 48 个月内受到过中国证监会的行政处罚

B. 现任董事、高级管理人员最近 12 个月内受到过证券交易所公开谴责

C. 上市公司或其现任董事、高级管理人员因涉嫌犯罪正被司法机关立案侦查或涉嫌违法违规正被中国证监会立案调查

D. 最近 3 年及 1 期财务报表被注册会计师出具保留意见、否定意见或无法表示意见的审计报告

97. 上市公司发行新股信息披露的一般要求有(   )。

A. 上市公司在公开发行证券前的 2 ~ 5 个工作日内，应当将经中国证监会核准的募集说明书摘要或者募集意向书摘要刊登在至少一种中国证监会指定的报刊，同时将其全文刊登在中国证监会指定的互联网网站，置备于中国证监会指定的场所，供公众查阅

B. 上市公司在非公开发行新股后，应当将发行情况报告书刊登在至少一种中国证监会指定的报刊，同时将其刊登在中国证监会指定的互联网网站，置备于中国证监会指定的场所，供公众查阅

C. 上市公司可以将公开募集证券说明书全文或摘要、发行情况公告书刊登于其他网站和报刊，但不得早于法定披露信息的时间

D. 上市公司可以早于法定披露信息的时间将公开募集证券说明书全文或摘要、发行情况公告书刊登于其他网站和报刊

98. 可转换债券发行的担保范围应包括(　　)。
　　A. 可转换债券的本金　　　　　　　B. 违约金
　　C. 损害赔偿金　　　　　　　　　　D. 实现债权的费用

99. 申请发行可转换债券，应由发行人的股东大会作出决议。股东大会作出的决议至少应包括(　　)。
　　A. 本次发行的种类和数量　　　　　B. 还本付息的期限和方式
　　C. 债券利率　　　　　　　　　　　D. 转股价格的确定和修正

100. 发行可转换公司债券的上市公司的财务状况应当良好，符合(　　)。(1分)
　　A. 最近3年及1期财务报表未被注册会计师出具保留意见、否定意见或无法表示意见的审计报告
　　B. 资产质量良好
　　C. 经营成果真实，现金流量正常
　　D. 最近3年以现金或股票方式累计分配的利润不少于最近3年实现的年均可分配利润的10%

101. 关于可转换公司债券发行核准程序，下列说法错误的有(　　)。
　　A. 中国证监会收到申请文件后，5个工作日内决定是否受理
　　B. 自中国证监会核准发行之日起，上市公司应在6个月内发行证券
　　C. 证券发行申请未获核准的上市公司，自中国证监会作出不予核准的决定之日起3个月后，可再次提出证券发行申请
　　D. 上市公司发行证券前发生重大事项的，应暂缓发行，但不需向中国证监会报告

102. 上市公司申请可转换公司债券在证券交易所上市，应当符合(　　)。(1分)
　　A. 可转换公司债券的期限为1年以上
　　B. 可转换公司债券的期限为2年以上
　　C. 可转换公司债券实际发行额不少于人民币5000万元
　　D. 最近1期末经审计的净资产不低于人民币15亿元

103. 企业债券募集说明书的主要内容应包括(　　)。
　　A. 债券发行依据
　　B. 发行概要、承销方式、认购与托管
　　C. 发行人基本情况、业务情况、财务情况
　　D. 偿债保证措施及风险与对策

104. 在企业债券的募集说明书中，发行人的基本情况主要有(　　)。
　　A. 历史沿革　　　　　　　　　　　B. 股东情况
　　C. 公司治理和组织结构　　　　　　D. 发行人与母公司、子公司等投资关系

105. 证券评级机构应当建立(　　)。
    A. 评级委员会制度
    B. 证券评级业务档案管理制度
    C. 评级结果公布制度
    D. 跟踪评级制度

106. 关于为公司债券提供担保，下列说法正确的有(　　)。(1分)
    A. 担保范围包括债券的本金及利息、违约金、损害赔偿金和实现债权的费用
    B. 以保证方式提供担保的，应当为连带责任保证，且保证人资产质量良好
    C. 设定担保的，担保财产权属应当清晰，尚未被设定担保或者采取保全措施，且担保财产的价值经有资格的资产评估机构评估不低于担保金额
    D. 公司债券的发行必须提供担保

107. 企业应通过中国货币网和中国债券信息网公布当期发行文件。发行文件至少应包括(　　)。
    A. 企业治理情况
    B. 募集说明书
    C. 信用评级报告
    D. 跟踪评级安排

108. 企业应在中期票据发行文件中约定投资者保护机制，具体包括(　　)。(1分)
    A. 应对企业信用评级下降的有效措施
    B. 中期票据利息的计算方法
    C. 中期票据的后期偿还安排
    D. 中期票据发生违约后的清偿安排

109. 证券公司申请发行债券，应当向中国证监会报送(　　)文件。
    A. 发行人申请报告
    B. 董事会、股东会决议
    C. 主承销商推荐函
    D. 经审计的最近2年及最近1期的财务会计报告

110. 公司发行境内上市外资股，下列对应聘请的评估机构要求正确的是(　　)。
    A. 主要由境内的评估机构担任
    B. 境内的资产评估应当是具有从事证券相关业务资格的机构
    C. 主要由境外的评估机构担任
    D. 企业只可以聘请境内估值师对公司的物业和机器设备等固定资产进行评估

111. H股上市的有关文本包括(　　)。
    A. 招股书
    B. 认购申请书
    C. 董事及监事声明
    D. 承销协议

112. 根据中国香港联交所发布的《创业板上市规则》，适用于所有发行人的一般条件包括(　　)。(1分)
    A. 发行人必须在所在地证券交易所备案
    B. 发行人及其业务必须属于香港联交所认定的适合上市者
    C. 发行人须委任有关人士担任董事、公司秘书和资格会计师、监察主任和授权代表等职责。发行人必须确保这些人士于被聘任前符合《创业板上市规则》的有关规定条件
    D. 发行人须有经核准的股票过户登记处，或须聘有经核准的股票过户登记处，以便在中国香港特区设置其股东名册

113. 在国际推介活动中，应当注意的内容有(　　)。

A. 防止推销违例

B. 注意宣传公司改组上市方面的实质性内容

C. 宣传的内容一定要真实

D. 把握推销发行的时机

114. 通过银行贷款筹资收购，收购公司申请贷款时必须考虑的因素有(　　)。

A. 银行对贷款的期限及用途有一定的限制

B. 世界金融信贷市场的限制

C. 向银行申请贷款有较严格的审批手续

D. 影响公司经营灵活性

115. 投资者及其一致行动人不是上市公司的第一大股东或者实际控制人，其拥有权益的股份达到或者超过该公司已发行股份的5%，但未达到20%的，应当编制的简式权益报告书的内容包括(　　)。(1分)

A. 投资者及其一致行动人为法人的，其名称、注册地及法定代表人

B. 持股目的，是否有意在未来6个月内继续增加其在上市公司中拥有的权益

C. 上市公司的名称，股票的种类、数量、比例

D. 在上市公司中拥有权益的股份达到或者超过上市公司已发行股份的5%或者拥有权益的股份增减变化达到5%的时间及方式

116. 重大资产重组中相关资产以资产评估结果作为定价依据的，上市公司董事会应当对(　　)发表明确意见。

A. 评估机构的独立性　　　　　　　B. 评估假设前提的合理性

C. 评估方法与评估目的的相关性　　D. 评估假设前提和评估方法的法定性

117. 有下列(　　)情形之一的，收购人可以向中国证监会提出免于以要约方式增持股份的申请。(1分)

A. 收购人与出让人能够证明本次转让未导致上市公司的实际控制人发生变化

B. 上市公司面临严重财务困难，收购人提出的挽救公司的重组方案取得该公司股东大会批准，且收购人承诺3年内不转让其在该公司中所拥有的权益

C. 经上市公司股东大会非关联股东批准，收购人取得上市公司向其发行的新股，导致其在该公司拥有权益的股份超过该公司已发行股份的50%，收购人承诺3年内不转让其拥有权益的股份，且公司股东大会同意收购人免于发出要约

D. 在一个上市公司中拥有权益的股份达到或者超过该公司已发行股份的50%的，继续增加其在该公司拥有的权益不影响该公司的上市地位

118. 并购重组委委员有下列(　　)情形之一的，中国证监会应当予以解聘。(1分)

A. 应当执行审核回避制度而未回避的

B. 未按照中国证监会的规定勤勉尽职的

C. 违反法律、行政法规、规章和并购重组委审核工作纪律的

D. 两次以上无故不出席并购重组委会议的

119. 在我国，财务顾问的监管主体包括(　　)。

A. 国务院　　　　　　　　　　　　B. 证监会

C. 证券交易所　　　　　　　　　　D. 中国证券业协会

120. 外国投资者对上市公司进行战略投资应符合的要求有(　　)。(1分)

A. 以协议转让、上市公司定向发行新股方式以及国家法律法规规定的其他方式取得上市公司 A 股股份

B. 投资可分期进行，首次投资完成后取得的股份比例不低于该公司已发行股份的20%，但特殊行业有特别规定或经相关主管部门批准的除外

C. 取得的上市公司 A 股股份 2 年内不得转让

D. 法律法规对外商投资持股比例有明确规定的行业，投资者持有股份比例应符合相关规定

三、判断题(共 60 题，每小题 0.5 分，共 30 分。正确的用 A 表示，错误的用 B 表示，不选、错选、放弃均不得分)

121. 个人通过中国证监会认可的保荐代表人胜任能力考试后，未按要求参加保荐代表人年度业务培训的，其保荐代表人胜任能力考试成绩依然有效。(　　)

122. 国债承销团成员资格的有效期为 2 年，期满后需重新审批。(　　)

123. 中国证监会只能对保荐机构及其保荐代表人从事保荐业务的情况进行定期现场检查，且需提前通知。(　　)

124. 根据《公司法》的规定，股份有限公司的设立必须经过国务院授权的部门或者省级人民政府批准，即公司设立采取"注册设立"的原则。(　　)

125. 股份有限公司减资生效后，如果是因资本过剩而减资，应当按照股东所持股份的比例向股东发还股款，或者免除或减少股东缴纳股款的义务。如果是因亏损而减资，则通常由公司按比例注销股份。(　　)

126. 股份有限公司的董事会成员为 5～19 人，设董事长 1 人，可以设副董事长。董事长和副董事长由董事会全体通过选举产生，董事长为公司的法定代表人。(　　)

127. 上市公司独立董事的产生由董事会决定。(　　)

128. 清算组在清理公司财产、编制资产负债表和财产清单后，发现公司财产不足以清偿债务的，应当直接宣告其破产。(　　)

129. 当企业整体改组为上市公司的时候，无形资产产权一般全部转移到上市公司，由原企业享有无形资产权的折股。(　　)

130. 现行市价法是通过市场调查，选择一个与评估对象相同或类似的资产作为比较对象，分析比较对象的成交价格和交易条件，进行对比调整，估算出资产价值的方法。(　　)

131. 检查风险是被审计单位的内部控制制度或程序不能及时防止或发现某项认定发生重大错报的可能性。(　　)

132. 从投资者的角度来看，债券的成本可以看作是使投资者预期未来现金流量(利息和本金收入)的终值与目前债券的市场价格相等的一个折现率。(　　)

133. MM 定理命题一认为，企业价值取决于资产的取得形式。(　　)

134. 保荐代表人及其近亲属不得以任何名义或者方式持有发行人的股份。(　　)

135. 法律意见书是对公司在发行准备阶段的律师工作过程、每一法律意见所依据的事实和有关法律规定做出的详尽、完整的阐述。(　　)

136. 如果注册会计师在审计过程中认为被审计单位的会计处理方法严重违反《企业会计准则》及国家其他有关财务会计法规的规定，或者委托人提供的会计报表严重失实，且

被审计单位拒绝调整，此时，注册会计师应出具否定意见的报告，如被审单位拒绝接受否定意见，注册会计师可拒绝发表意见。（　　）

137. 创业板上市公司股票发行人应当自中国证监会核准之日起 12 个月内发行股票。（　　）

138. 在相对估值法中，承销商审查可比较的发行公司的初次定价和其二级市场表现，然后根据发行公司的特质进行价格调整，为新股发行进行估价。（　　）

139. 发行人及其主承销商应当向参与网下配售的询价对象配售股票，并应当与网上发行同时进行。本次发行的股票向战略投资者配售的，发行完成后无持有期限制的股票数量不得低于本次发行股票数量的 15%。（　　）

140. 初步询价期间，原则上每一个询价对象只能提交 1 次报价，因特殊原因（如市场发生突然变化需要调整估值、经办人员出错等）需要调整报价的，应在申购平台填写具体原因。（　　）

141. 回拨机制是指在同一次发行中采取两种发行方式时，为了保证发行成功和公平对待不同类型投资者，先人为设定不同发行方式下的发行数量，然后根据认购结果，按照预先公布的规则在两者之间适当调整发行数量。（　　）

142. 主承销商行使超额配售选择权，应一次行使完毕。（　　）

143. 在股票发行前，主承销商应当向中国证监会申请开立专门用于行使超额配售选择权的账户，并向证券交易所和中国证监会提交授权委托书及授权代表的有效签字样本。（　　）

144. 目前，收取承销费用的标准是：包销商收取的包销佣金为包销股票总金额的 2%～3%；代销佣金为实际售出股票总金额的 0.5%～1.5%。（　　）

145. 上市公司申请其首次公开发行的股票、上市后发行的新股和可转换公司债券上市，以及公司股票被暂停上市后申请恢复上市的，不再需要保荐人保荐。（　　）

146. 董事会秘书空缺期间超过 6 个月之后，董事长应当代行董事会秘书职责，直至公司正式聘任董事会秘书。（　　）

147. 发行人如果向单个供应商的采购比例或对单个客户的销售比例超过总额的 40%，则应披露其名称及采购或销售的比例。（　　）

148. 发行人计算同非经常性损益相关的财务指标时，如涉及少数股东损益和所得税影响的，应当予以扣除。（　　）

149. 根据《公开发行证券的公司信息披露内容与格式准则第 1 号——招股说明书》的规定，在招股说明书中，发行人不可对其产品、服务或者业务进行发展趋势预测。（　　）

150. 上市公告书是发行人在股票上市后向公众公告发行与上市有关事项的信息披露文件。（　　）

151. 上市公告书可以同时刊登祝贺性、广告性的词句。（　　）

152. 上市公司的募集资金应建立资金专项存储制度，但募集的资金无需存放于公司董事会决定的专项账户。（　　）

153. 控股股东不履行认配股份的承诺，或者代销期限届满，原股东认购股票的数量未达到拟配售数量 60% 的，发行人应当按照发行价并加算银行同期存款利息返还已经认购的股东。（　　）

154. 公开募集证券说明书自最后签署之日起 12 个月内有效。（　　）

155. 发审委委员发现存在尚待调查核实并影响明确判断的重大问题，应当在发审委会议前以书面方式提议暂缓表决。发审委会议首先对股票发行申请是否需要暂缓表决进行投票，同意票数达到 5 票的，可以对该股票发行申请暂缓表决；同意票数未达到 5 票的，发审委会议按正常程序对该股票发行申请进行审核。（　　）

156. 上市公司公开发行股票，应当由证券公司承销；非公开发行股票，如发行对象均属于原前 15 名股东的，则可以由上市公司自行销售。（　　）

157. 配股价格区间通常以股权登记日前 20 或 30 个交易日该股二级市场的平均值为上限，下限为上限的一定折扣，一般为 20% ~ 30%。（　　）

158. 公开发行可转换公司债券后，累计公司债券余额不得超过最近 1 期末净资产额的 60%。（　　）

159. 认股权证的存续期间不超过公司债券的期限，自发行结束之日起不少于 6 个月。募集说明书公告的权证存续期限不得调整。（　　）

160. 上市公司确实需要改变转债募集资金用途的，经股东大会批准即可。（　　）

161. 转换价值是可转换公司债券实际转换时按转换成普通股的市场价格计算的理论价值。转换价值等于每股普通股的市价除以转换比例。（　　）

162. 在上海证券交易所上网定价发行方式下，转债发行人应在 T－4 日刊登募集说明书概要和发行公告。（　　）

163. 可交换公司债券持有人申请换股的，应当向证券交易所发出换股指令。（　　）

164. 市场利率的高低及其变化对国债销售价格起着显著的导向作用。市场利率趋于下降，就限制了承销商确定销售价格的空间；市场利率趋于上升，就为承销商确定销售价格拓宽了空间。（　　）

165. 公司债券没有强制性担保要求。（　　）

166. 证券评级机构应当建立评级委员会制度，评级委员会是确定评级对象信用等级的初级机构。（　　）

167. 证券评级机构及从业人员违反规定的，中国证监会派出机构应当向证券评级机构发出警示函，对责任人或者高级管理人员进行监管谈话，责令限期整改。（　　）

168. 在短期融资券存续期内，企业应每年 4 月 30 日以前，披露本年度上半年的资产负债表、利润表和现金流量表。（　　）

169. 证券公司如属于《公司法》界定的股份有限公司和有限责任公司，则根据《证券法》的规定，其累计发行的债券总额不得超过公司净资产额的 40%。（　　）

170. 中国证券业协会应当建立证券评级机构及其从业人员从事证券评级业务的资料库和诚信档案。（　　）

171. 境内上市外资股发行的核准程序中，企业申报材料经中国证监会审核委员会审核合格的，提交监管部审议。（　　）

172. 如就任何仍未上市的证券类别申请在香港创业板市场上市，则申请必须与已发行或拟发行的该类别所有额外证券有关。（　　）

173. 内地企业在中国香港发行股票并上市，无论任何时候，公众人士持有的股份须占发行人已发行股本至少 35%。（　　）

174. 主承销商和全球协调人在拟订发行与上市方案时，通常倾向于选择与发行人和股票上市地有密切投资关系、经贸关系和信息交换关系的地区为国际配售地。（　　）

175. 因上市公司减少股本导致投资者及其一致行动人取得被收购公司的股份达到3%及之后变动3%的，投资者及其一致行动人免于履行报告和公告义务。（　　）

176. 收购期限届满后15日内，收购人应当向中国证监会报送关于收购情况的书面报告，同时抄报派出机构，抄送证券交易所，通知被收购公司。（　　）

177. 并购重组委员会会议表决采取记名投票方式，并购重组委员会委员可以弃权。（　　）

178. 委托人不能提供必要的材料、不配合进行尽职调查或者限制调查范围的，财务顾问应当终止委托关系或者相应修改其结论性意见。（　　）

179. 中国证监会责令改正的，财务顾问及其财务顾问主办人在改正期间可以接受新的上市公司并购重组财务顾问业务。（　　）

180. 投资者通过协议转让方式进行战略投资的，上市公司根据《外国投资者对上市公司战略投资管理办法》的有关规定向商务部报送相关申请文件，有特殊规定的从其规定。（　　）

答案与解析

一、单选题(共60题，每题0.5分，共30分。以下备选答案中只有一项最符合题目要求，不选、错选均不得分)

1. 【答案】B.

【解析】根据中国证监会2009年5月修订的《证券发行上市保荐业务管理办法》，上市保荐制是指由保荐人负责发行人的上市推荐和辅导，核实公司发行文件中所载资料的真实、准确和完整，协助发行人建立严格的信息披露制度，不仅承担上市后持续督导的责任，还将责任落实到个人。

2. 【答案】D

【解析】修订后的《证券法》于2006年1月1日实施，该法规定，经国务院证券监督管理机构批准，证券公司可以经营证券承销与保荐业务。经营单项证券承销与保荐业务的，注册资本最低限额为人民币1亿元；经营证券承销与保荐业务且经营证券自营、证券资产管理、其他证券业务中一项以上的，注册资本最低限额为人民币5亿元。

3. 【答案】A

【解析】证券公司申请保荐机构资格应当具备的条件之一为：具有良好的保荐业务团队且专业结构合理，从业人员不少于35人，其中最近3年从事保荐相关业务的人员不少于20人。

4. 【答案】A

【解析】记账式国债在证券交易所债券市场和全国银行间债券市场发行并交易。证券公司、保险公司和信托投资公司可以在证券交易所债券市场上参加记账式国债的招标发行及竞争性定价过程，向财政部直接承销记账式国债；商业银行、农村信用社联社、保险公司和少数证券公司可以在全国银行间债券市场上参加记账式国债的招标发行及竞争性定价过程，向财政部直接承销记账式国债。

5. 【答案】B

【解析】证券公司经营证券经纪业务的，其净资本不得低于人民币2000万元；经营证券承销与保荐、证券自营、证券资产管理、其他证券业务等业务之一的，其净资本不得低于人民币5000万元；经营证券经纪业务，同时经营证券承销与保荐、证券自营、证券资产管理、其他证券业务等业务之一的，其净资本不得低于人民1亿元；经营证券承销与保荐、证券自营、证券资产管理、其他证券业务中两项及两项以上的，其净资本不得低于人民币2亿元。

6. 【答案】A

【解析】以募集方式设立股份有限公司的，发起人认购的股份不得少于公司股份总数的35%；法律、行政法规另有规定的，从其规定。

7. 【答案】A

【解析】《公司法》第九十一条规定，发起人应当在创立大会召开十五日前将会议日期通知各认股人或者予以公告。创立大会应有代表股份总数过半数的发起人、认股人出席，方可举行。

8. 【答案】C

【解析】C项，担任独立董事应该具有5年以上法律、经济或者其他履行独立董事职责所必需的工作经验。

9. 【答案】A

【解析】股份有限公司的解散是指股份有限公司法人资格的消失。公司解散时，应当进行必要的清算活动。公司解散后，也就丧失了进行业务活动的能力。

10. 【答案】B

【解析】无形资产本身具有确定性，其给企业带来的收益具有较高的不确定性。

11. 【答案】C

【解析】资产评估项目的备案程序包括企业收到资产评估机构出具的评估报告后，将备案材料逐级报送到国有资产监督管理机构或其所出资企业，自评估基准日起9个月内提出备案申请；国有资产监督管理机构或者所出资企业收到备案材料后，对材料齐全的，在20个工作日内办理备案手续，必要时可组织有关专家参与备案审查。

12. 【答案】D

【解析】如果一项潜在损失是可能的，且损失的数额是可以合理地估计出来的，则该项损失应作为应计项目，在会计报表中反映。如果可能损失的金额无法合理估计，或者如果损失仅仅有些可能，则只能在附注中反映，而不在会计报表中列为应计项目。

13. 【答案】B

【解析】在实际运用中，在比较各种筹资方式时，使用个别资本成本；在进行资本结构决策时，使用加权平均资本成本；在进行追加筹资决策时，使用边际资本成本。

14. 【答案】C

【解析】既考虑负债带来税收抵免收益，又考虑负债带来各种风险和额外费用，并对它们进行适当平衡来稳定企业价值，是破产成本模型希望解决的问题。

15. 【答案】B

【解析】B项，未分配利润筹资而增加的权益资本不会稀释原有股东的每股收益和控制权，同时还可以增加公司的净资产，支持公司扩大其他方式的筹资。

16. 【答案】A

【解析】中国证监会属于国家证券监督管理部门，证券公司从事证券发行上市保荐业务，应依照规定向中国证监会申请保荐机构资格。未经中国证监会核准，任何机构和个人不得从事保荐业务。

17. 【答案】D

【解析】保荐机构不属于行政机关，不享有行政批准权。但是保荐机构应当持续关注发行人为他人提供担保等事项，并发表意见。

18. 【答案】A

【解析】参见《证券发行上市保荐业务管理办法》第四十四条规定。

19. 【答案】B

【解析】审计报告日期是指注册会计师完成外勤审计工作的日期。

20. 【答案】A

【解析】中国证监会设立发行审核委员会(简称"发审委")，审核发行人股票发行申请和可转换公司债券等中国证监会认可的其他证券的发行申请。发审委委员由中国证监会的专业人员和中国证监会外的有关专家组成，由中国证监会聘任。发审委委员为25名，部分发审委委员可以为专职。其中中国证监会的人员5名，中国证监会以外的人员20名。

21. 【答案】B

【解析】确定每股净利润的方法包括：①全面摊薄法；②加权平均法。其中，全面摊薄法是指如果事先有注册会计师的盈利预测审核报告，即用发行当年预测全年净利润除以发行后总股本，直接得出每股净利润。

22. 【答案】A

【解析】询价对象应当在年度结束后一个月内对上年度参与询价的情况进行总结，并就其是否持续符合规定的条件以及是否遵守《证券发行与承销管理办法》对询价对象的监管要求进行说明。总结报告应当报中国证券业协会备案。

23. 【答案】D

【解析】申购日后的第4天(T+4日)，发行人和主承销商公布中签结果，中国结算上海分公司对未中签部分的申购款予以解冻，如发行价格低于价格区间上限，差价部分退还给投资者。新股认购款集中由中国结算上海分公司划付给主承销商。

24. 【答案】A

【解析】发行费用是指发行人在股票发行申请和实际发行过程中发生的费用，该费用可在股票溢价发行收入中扣除，主要包括承销费用、发行人支付给中介机构的费用(包括申报会计师费用、律师费用、评估费用、承销费用、保荐费用以及上网发行费用等)。

25. 【答案】A

26. 【答案】B

【解析】发行人运行3年以上的，应披露最近3年及1期的资产负债表、利润表和现金流量表；运行不足3年的，应披露最近3年及1期的利润表以及设立后各年及最近1期的资产负债表和现金流量表。

27. 【答案】B

28. 【答案】D

【解析】招股说明书结尾应列明备查文件，并在指定网站上披露。备查文件包括：发行保荐书、财务报表及审计报告、盈利预测报告及审核报告(如有)、内部控制鉴证报告、经注册会计师核验的非经常性损益明细表、法律意见书及律师工作报告、公司章程(草案)、中国证监会核准本次发行的文件和其他与本次发行有关的重要文件。

29.【答案】C

【解析】上市公司发行新股，可以公开发行，也可以非公开发行。上市公司公开发行新股是指上市公司向不特定对象发行新股，包括向原股东配售股份(简称"配股")和向不特定对象公开募集股份(简称"增发")。

30.【答案】C

【解析】股东大会就发行证券事项作出决议，必须经出席会议的股东所持表决权的 2/3 以上通过。向本公司特定的股东及其关联人发行证券的，股东大会就发行方案进行表决时，关联股东应当回避。

31.【答案】B

32.【答案】B

【解析】依据发审委的审核意见，中国证监会对发行人的发行申请作出核准或不予核准的决定。予以核准的，中国证监会出具核准公开发行的文件；不予核准的，中国证监会出具书面意见，说明不予核准的理由。证券发行申请未获核准的上市公司，自中国证监会作出不予核准的决定之日起 6 个月后，可再次提出证券发行申请。

33.【答案】D

【解析】配股一般采取网上定价发行的方式。配股价格的确定是在一定的价格区间内由主承销商和发行人协商确定。价格区间通常以股权登记日前 20 个或 30 个交易日该股二级市场价格的平均值为上限，下限为上限的一定折扣。

34.【答案】C

【解析】发行人和保荐人报送发行申请文件，初次应提交原件 1 份，复印件 2 份；在提交发审委审核之前，根据中国证监会要求的书面文件份数补报申请文件。

35.【答案】A

【解析】发行分离交易的可转换公司债券的上市公司，其最近 3 个会计年度经营活动产生的现金流量净额平均应不少于公司债券 1 年的利息(若其最近 3 个会计年度加权平均净资产收益率平均不低于 6%，则可不作此现金流量要求)；此加权平均净资产收益率，以扣除非经常性损益后的净利润与扣除前的净利润相比，低者作为其计算依据。

36.【答案】D

【解析】《上市公司证券发行管理办法》第三十二条规定，认股权证的行权价格应不低于公告募集说明书日前 20 交易日的公司股票均价和前一个交易日的均价。

37.【答案】A

【解析】上市公司申请发行可转换公司证券，董事会应当依法就下列事项作出决议，并提请股东大会批准：①本次证券发行的方案；②本次募集资金使用的可行性报告；③前次募集资金使用的报告；④其他必须明确的事项。

38.【答案】B

【解析】可转换公司债券获准上市后，上市公司应当在可转换公司债券上市交易前 5 个交易日内，在指定的媒体上披露上市公告书。

39.【答案】A

【解析】可交换公司债券的募集说明书可以约定赎回条款，规定上市公司股东可以按事先约定的条件和价格赎回尚未换股的可交换公司债券。同时，募集说明书也可以约定回售条款，规定债券持有人可以按事先约定的条件和价格将所持债券回售给上市公司股东。

40. 【答案】C

【解析】记账式国债是一种无纸化国债，主要通过银行间债券市场向具备全国银行间债券市场国债承购包销团资格的商业银行、证券公司、保险公司、信托投资公司等机构，以及通过证券交易所的交易系统向具备交易所国债承购包销团资格的证券公司、保险公司和信托投资公司及其他投资者发行。

41. 【答案】B

【解析】公开招标方式中，全场有效投标总额小于或等于当期国债招标额时，所有有效投标全额募入；全场有效投标总额大于当期国债招标额时，按照低利率（利差）或高价格优先的原则对有效投标逐笔募入，直到募满招标额为止。

42. 【答案】C

【解析】商业银行发行金融债券没有强制担保要求；而财务公司发行金融债券，则需要由财务公司的母公司或其他有担保能力的成员单位提供相应担保，经中国银监会批准免于担保的除外。

43. 【答案】A

44. 【答案】A

【解析】A项，在债券交易流通期间，发行人应在每年6月30日前向市场投资者披露上一年度的年度报告和信用跟踪评级报告。

45. 【答案】B

【解析】《公司债券发行试点办法》第十八条规定，债券募集说明书所引用的审计报告、资产评估报告、资信评级报告，应当由有资格的证券服务机构出具，并由至少二名有从业资格的人员签署。

46. 【答案】D

【解析】在短期融资券存续期内，企业应按下列要求持续披露信息：①每年4月30日以前，披露上一年度的年度报告和审计报告；②每年8月31日以前，披露本年度上半年的资产负债表、利润表和现金流量表；③每年4月30日和10月31日以前，披露本年度第一季度和第三季度的资产负债表、利润表及现金流量表。

47. 【答案】B

【解析】内部信用增级包括但不限于超额抵押、资产支持证券分层结构、现金抵押账户和利差账户等方式；外部信用增级包括但不限于备用信用证、担保和保险等方式。

48. 【答案】A

【解析】主承销商在承销前的较早阶段即已通过向其网络内客户的推介或路演，初步确定了认购量和投资者可以接受的发行价格，正式承销前的市场预测和承销协议签署仅具备有限的商业和法律意义。

49. 【答案】B

【解析】境内上市外资股的评估机构主要由境内的评估机构担任。境内的资产评估机构应当是具有从事证券相关业务资格的机构。但是，在某些情况下，企业也可以聘请境外估值师对公司的物业和机器设备等固定资产进行评估。

50. 【答案】B

【解析】新申请人预期证券上市时，由公众人士持有的股份的市值须至少为5000万港元。无论任何时候，公众人士持有的股份须占发行人已发行股本至少25%。

51. 【答案】C
【解析】H股公司上市后须至少有两名执行董事常驻香港，需指定至少3名独立非执行董事，其中1名独立非执行董事必须具备适当的专业资格，或具备适当的会计或相关财务管理专长。

52. 【答案】C
【解析】若发行人拥有超过一种类别的证券，其上市时由公众人士持有的证券总数必须占发行人已发行股本总额至少25%；但正在申请上市的证券类别占发行人已发行股本总额的百分比不得少于15%，上市时的预期市值也不得少于5000万港元。

53. 【答案】D
【解析】在国际推介与询价阶段，其工作主要包括以下三个环节：①预路演；②路演推介；③簿记定价。

54. 【答案】D
【解析】在上市公司的收购及相关股份权益变动活动中有一致行动情形的投资者，互为一致行动人。A项，投资者参股另一个投资人，可以对参股公司的重大决策产生重大影响时可称为一致行动人；B项，投资者受同一主体控制时称为一致行动人；C项，投资者之间有股权控制关系才称为一致行动人，在业务上有合作关系不能称为一致行动人。

55. 【答案】D
【解析】上市公司及其控股或者控制的公司购买、出售资产，达到下列标准之一的，构成重大资产重组：①购买、出售的资产总额占上市公司最近一个会计年度经审计的合并财务会计报告期末资产总额的比例达到50%以上；②购买、出售的资产在最近一个会计年度所产生的营业收入占上市公司同期经审计的合并财务会计报告营业收入的比例达到50%以上；③购买、出售的资产净额占上市公司最近一个会计年度经审计的合并财务会计报告期末净资产额的比例达到50%以上，且超过5000万元人民币。

56. 【答案】B
【解析】《中国证券监督管理委员会上市公司并购重组审核委员会工作规程》第三条第一款规定，并购重组委根据《中华人民共和国公司法》、《中华人民共和国证券法》等法律、行政法规和中国证监会的规定，对并购重组申请人的申请文件和中国证监会有关职能部门的初审报告进行审核。

57. 【答案】A
【解析】A项，并购重组委委员会议表决采取的是记名投票方式。

58. 【答案】B
【解析】参见《上市公司并购重组财务顾问业务管理办法》第三十二条规定。

59. 【答案】D
【解析】受让上市公司国有股和法人股的外商，应当具备以下条件：①有较强的经营管理能力和资金实力；②较好的财务状况和信誉；③具有改善上市公司治理结构和促进上市公司持续发展的能力。

60. 【答案】C
【解析】在外国投资者进行战略投资的程序中，商务部收到外国投资者战略投资申报的全部文件后应在 30 日内作出原则批复，原则批复有效期 180 日。投资者应在资金结汇之日起 15 日内启动战略投资行为，并在原则批复之日起 180 日内完成战略投资。投资者未能在规定时间内按战略投资方案完成战略投资的，审批机关的原则批复自动失效。投资者应在原则批复失效之日起 45 日内，经外汇局核准后将结汇所得人民币资金购汇并汇出境外。

二、多选题(共 60 题 40 分，其中已标明分值的 20 题每题 1 分，其余 40 题每题 0.5 分。以下备选项中有两项或两项以上符合题目要求，多选、少选、错选均不得分)

61. 【答案】ABCD

【解析】除 ABCD 四项外，修订后的《证券发行上市保荐业务管理办法》第六十七条还规定，保荐机构出现下列四种情形之一的，中国证监会自确认之日起暂停其保荐机构资格 3 个月；情节严重的，暂停其保荐机构资格 6 个月，并可以责令保荐机构更换保荐业务负责人、内核负责人；情节特别严重的，撤销其保荐机构资格：①向中国证监会、证券交易所提交的与保荐工作相关的文件存在虚假记载、误导性陈述或者重大遗漏；②唆使、协助或者参与发行人及证券服务机构提供存在虚假记载、误导性陈述或者重大遗漏的文件；③唆使、协助或者参与发行人干扰中国证监会及其发行审核委员会的审核工作；④严重违反诚实守信、勤勉尽责义务的其他情形。

62. 【答案】ACD

【解析】修订后的《证券发行上市保荐业务管理办法》第七十一条规定，发行人出现下列情形之一的，中国证监会自确认之日起暂停保荐机构的保荐机构资格 3 个月，撤销相关人员的保荐代表人资格：①证券发行募集文件等申请文件存在虚假记载、误导性陈述或者重大遗漏；②公开发行证券上市当年即亏损；③持续督导期间信息披露文件存在虚假记载、误导性陈述或者重大遗漏。B 项是关于保荐人的规定。

63. 【答案】ABCD

【解析】证券公司应向中国证监会，沪、深证券交易所，公司住所地的中国证监会派出机构，中国证券登记结算公司和中国证券业协会报送年度报告。中国证监会鼓励证券公司将年度报告对外公开披露。上市的证券公司还应当遵从相关上市公司的特别规定。

64. 【答案】ABD

【解析】我国《公司法》第八十二条规定，公司章程必须记载以下事项：公司名称和住所；公司经营范围；公司设立方式；公司股份总数、每股金额和注册资本；发起人的姓名或者名称、认购的股份数、出资方式和出资时间；董事会的组成、职权和议事规则；公司法定代表人；监事会的组成、职权和议事规则；公司利润分配办法；公司的解散事由与清算办法；公司的通知和公告办法；股东大会认为需要规定的其他事项。

65. 【答案】ABC

【解析】A 项，资本确定原则是指股份有限公司的资本必须具有确定性；B 项，资本维持原则强调公司应当保持与其章程规定一致的资本，是动态的维护；C 项，资本不变原则强调的是非经修改公司章程，不得变动公司资本，是静态的维护。

66. 【答案】ABC

【解析】股东大会作出特别决议，应当由出席股东大会的股东(包括股东代理人)所持表决权的 2/3 以上通过。下列事项须由股东大会以特别决议通过：①公司章程的修改；②公司增加或者减少注册资本；③公司的合并、分立和解散；④变更公司形式；⑤公司章程规定和股东大会以特别决议认定会对公司产生重大影响的、需要以特别决议通过的其他事项。公司年度报告和公司年度预算方案、决算方案须经股东大会普通决议通过。

67. 【答案】ABD

【解析】审计委员会的主要职责有：①提议聘请或更换外部审计机构；②监督公司的内部审计制度及其实施；③负责内部审计与外部审计之间的沟通；④审核公司的财务信息及其披露；⑤审查公司的内控制度。

68. 【答案】BCD

【解析】有权代表国家投资的机构或部门，向股份公司投资形成或依法定程序取得的股份属于国家股。

69. 【答案】ABC

【解析】D项，当企业以分立或合并的方式改组，成立了对上市公司控股的公司的时候，由上市公司出资取得无形资产的产权。

70. 【答案】ACD

【解析】除ACD三项外，企业应当对相关资产进行评估的情形还有：①非上市公司国有股东股权比例变动；②产权转让；③整体资产或者部分资产租赁给非国有单位；④以非货币资产偿还债务；⑤资产涉讼；⑥收购非国有单位的资产；⑦接受非国有单位以非货币资产出资；⑧接受非国有单位以非货币资产抵债；⑨资产转让、置换；⑩法律、行政法规规定的其他需要进行资产评估的事项。

71. 【答案】ACD

【解析】B项，重置成本法是在现时条件下，被评估资产全新状态的重置成本减去该项资产的实体性贬值、功能性贬值和经济性贬值，估算资产价值的方法，其中，重置全价是指被评估资产在全新状态下的重置成本。

72. 【答案】ABC

【解析】D项属于净经营收入理论的假定，该理论假定，不管企业财务杠杆多大，债务融资成本和企业融资总成本是不变的，但是当企业增加债务融资时，股票融资的成本就会上升。原因在于股票融资的增加会由于额外负债的增加，使企业风险增大，促使股东要求更高的回报。

73. 【答案】AB

【解析】C项，可转换证券有利于未来资本结构的调整，由债券或优先股转换成普通股可降低财务杠杆，为今后进一步筹资创造条件；D项，可转换证券通过出售看涨期权可降低筹资成本。

74. 【答案】AB

【解析】C项，一个高速增长的公司在其普通股价格大幅上升的情况下，利用可转换证券筹资的成本要高于普通股或优先股，因为持有者可以被低估的转换价格成为普通股股东，获取丰厚股利；D项，若公司经营业绩不佳，则大部分可转换债券不会转换为普通股，无助于公司渡过财务困境，并将导致今后股权或债券筹资成本增加。

75. 【答案】AD

【解析】保荐机构依法对发行人申请文件、证券发行募集文件进行核查，向中国证监会、证券交易所出具保荐意见。证券发行规模达到一定数量的，可以采用联合保荐，但参与联合保荐的保荐机构不得超过 2 家。证券发行的主承销商可以由该保荐机构担任，也可以由其他具有保荐机构资格的证券公司与该保荐机构共同担任。

76. 【答案】AB
【解析】参见中国证监会《证券期货法律适用意见第 1 号》第一条的规定。

77. 【答案】AC
【解析】律师应对发行人是否符合股票发行上市条件、发行人的行为是否存在违法、违规，以及招股说明书及其摘要引用的法律意见书和律师工作报告的内容是否适当，明确发表总体结论性意见。律师已勤勉尽责仍不能发表肯定性意见的，应发表保留意见，并说明相应的理由及其对本次发行上市的影响程度。因此，律师的意见可以分为保留意见和肯定性意见。

78. 【答案】BC
【解析】资产评估报告的正文包括：评估机构与委托单位的名称、评估目的与评估范围、资产状况与产权归属、评估基准日期、评估原则、评估依据、评估方法和计价标准、资产评估说明、资产评估结论、评估附件名称、评估日期、评估人员签章。

79. 【答案】BD
【解析】A 项，发行人应当是依法设立且合法存续的股份有限公司；C 项，发行人最近 3 年内主营业务和董事、高级管理人员没有发生重大变化，实际控制人没有发生变更。

80. 【答案】ABC
【解析】D 项属于公司控制权发生变化的情形。

81. 【答案】AC
【解析】发行人与承销团各成员之间的关联关系情况披露，主要应包括发行人、保荐人（主承销商）、副主承销商的前 5 位股东及持有 7% 以上股份的股东情况。

82. 【答案】BC
【解析】询价对象有下列情形之一的，中国证券业协会应当将其从询价对象名单中去除：①不再符合《证券发行与承销管理办法》规定的条件；②最近 12 个月内因违反相关监管要求被监管谈话 3 次以上；③未按时提交年度总结报告。

83. 【答案】ABD
【解析】C 项，战略投资者不得参与首次公开发行股票的初步询价和累计投标询价。

84. 【答案】BCD
【解析】T + 1 日，根据总配号量组织统一摇号抽签。

85. 【答案】AB
【解析】CD 两项是深交所与上交所的相同之处。

86. 【答案】ABC
【解析】在超额配售选择权行使完成后的 3 个工作日内，主承销商应当在中国证监会指定报刊披露有关超额配售选择权的行使情况包括：①因行使超额配售选择权而发行的新股数，如未行使，应当说明原因；②从集中竞价交易市场购买发行人股票的数量及所支付的总金额、平均价格、最高与最低价格；③发行人本次发行股份总量；④发行人本次筹资总金额。

87. 【答案】ABC
【解析】发行费用是指发行人在股票发行申请和实际发行过程中发生的费用，该费用可在股票溢价发行收入中扣除，主要包括上网费用、资产评估费用、律师费用、承销费用、注册会计师费用(审计费用)。

88. 【答案】ABD

【解析】上市保荐书的内容应当包括：①发行股票、可转换公司债券的公司概况；②申请上市的股票、可转换公司债券的发行情况；③保荐人是否存在可能影响其公正履行保荐职责的情形的说明；④保荐人按照有关规定应当承诺的事项；⑤对公司持续督导工作的安排；⑥保荐人和相关保荐代表人的联系地址、电话和其他通讯方式；⑦保荐人认为应当说明的其他事项；⑧交易所要求的其他内容。

89. 【答案】ABCD

【解析】发行人应设置招股说明书概览，并在本部分起首声明："本概览仅对招股说明书全文作扼要提示。投资者作出投资决策前，应认真阅读招股说明书全文。"此外，发行人应在招股说明书概览中披露发行人及其控股股东、实际控制人的简要情况，发行人的主要财务数据及主要财务指标，本次发行情况及募集资金用途等。

90. 【答案】ABCD

【解析】除ABCD四项外，盈利能力分析内容还应包括：①按照利润表项目逐项分析最近3年及1期经营成果变化的原因。对于变动幅度较大的项目应重点说明；②发行人主要产品的销售价格或主要原材料、燃料价格频繁变动且影响较大的，应针对价格变动对公司利润的影响作敏感性分析；③发行人最近3年非经常性损益、合并财务报表范围以外的投资收益以及少数股东损益对公司经营成果有重大影响的，应当分析原因及对公司盈利能力稳定性的影响。

91. 【答案】ACD

【解析】招股说明书应使用事实描述性语言，保证其内容简明而要、通俗易懂，突出事件实质，不得有视贺性、广告性、恭维性或诋毁性的词句。

92. 【答案】ABC

【解析】D项，发行人应披露持有5%以上股份的主要股东以及作为股东的董事、监事、高级管理人员作出的重要承诺及其履行情况。

93. 【答案】ABD

【解析】在募股资金的运用中，发行人应披露：①预计募集资金数额；②按投资项目的轻重缓急顺序，列表披露预计募集资金投入的时间进度及项目履行的审批、核准或备案情况；③若所筹资金不能满足项目资金需求的，应说明缺口部分的资金来源及落实情况。

94. 【答案】ABCD

【解析】除ABCD四项外，上市公司的盈利能力还应符合下列规定：①不存在可能严重影响公司持续经营的担保、诉讼、仲裁或其他重大事项；②最近24个月内曾公开发行证券的，不存在发行当年营业利润比上年下降50%以上的情形；③公司重要资产、核心技术或其他重大权益的取得合法，能够持续使用，不存在现实或可预见的重大不利变化。

95. 【答案】ABD

【解析】非公开发行股票是指上市公司采用非公开方式，向特定对象发行股票的行为。非公开发行股票的特定对象应当符合的规定有：①符合股东大会决议规定的条件；②

发行对象不超过 10 名；③发行对象为境外战略投资者的，应当经国务院相关部门事先批准。

96. 【答案】BC
【解析】存在下列情形之一的，上市公司不得非公开发行股票：①本次发行申请文件有虚假记载、误导性陈述或重大遗漏；②上市公司的权益被控股股东或实际控制人严重损害且尚未消除；③上市公司及其附属公司违规对外提供担保且尚未解除；④现任董事、高级管理人员最近 36 个月内受到过中国证监会的行政处罚，或者最近 12 个月内受到过证券交易所公开谴责；⑤上市公司或其现任董事、高级管理人员因涉嫌犯罪正被司法机关立案侦查，或涉嫌违法违规正被中国证监会立案调查；⑥最近 1 年及 1 期财务报表被注册会计师出具保留意见、否定意见或无法表示意见的审计报告。保留意见、否定意见或无法表示意见所涉及事项的重大影响已经消除或者本次发行涉及重大重组的除外；⑦严重损害投资者合法权益和社会公共利益的其他情形。

97. 【答案】ABC
【解析】D 项，上市公司可以将公开募集证券说明书全文或摘要、发行情况公告书刊登于其他网站和报刊，但不得早于法定披露信息的时间。

98. 【答案】ABCD
【解析】公开发行可转换公司债券应当提供担保，但最近 1 期末经审计的净资产不低于人民币 15 亿元的公司除外。可转换债券提供担保的，应当为全额担保，其发行的担保范围应包括可转换债券的本金及利息、违约金、损害赔偿金和实现债权的费用。

99. 【答案】ABCD
【解析】除 ABCD 四项外，股东大会就发行可转换公司债券作出的决定至少还应当包括：①发行方式、发行对象及向原股东配售的安排；②定价方式或价格区间；③募集资金用途；④决议的有效期；⑤对董事会办理本次发行具体事宜的授权；⑥债券期限；⑦回售条款；⑧担保事项；⑨转股期；⑩其他必须明确的事项。

100. 【答案】ABC
【解析】《上市公司证券发行管理办法》第八条规定，发行可转换公司债券的上市公司的财务状况应当良好，符合下列要求：①会计基础工作规范，严格遵循国家统一会计制度的规定；②最近 3 年及 1 期财务报表未被注册会计师出具保留意见、否定意见或无法表示意见的审计报告；被注册会计师出具带强调事项段的无保留意见审计报告的，所涉及的事项对发行人无重大不利影响或者在发行前重大不利影响已经消除；③资产质量良好，不良资产不足以对公司财务状况造成重大不利影响；④经营成果真实，现金流量正常，营业收入和成本费用的确认严格遵循国家有关企业会计准则的规定，最近 3 年资产减值准备计提充分合理，不存在操纵经营业绩的情形；⑤最近 3 年以现金或股票方式累计分配的利润不少于最近 3 年实现的年均可分配利润的 20%。

101. 【答案】CD
【解析】根据《上市公司证券发行管理办法》，中国证监会依照下列程序审核发行证券的申请：①受理申请文件。中国证监会在收到申请文件后 5 个工作日内决定是否受理；未按规定要求制作申请文件的，中国证监会不予受理；②初审。中国证监会受理申请文件后，对申请文件进行初审；③发审委审核。发审委审核申请文件；④核准。中国证监会作出核准或者不予核准的决定；⑤证券发行。自中国证监会核准发行之日起，上市公司应在 6 个月内发行证券；超过 6 个月未发行的，核准文件失效，须重新经中国证监会核准后方可发行；⑥再次申请。证券发行申请未获核准的上市公司，自中国证监会作出不予核准的决定之日起 6 个月后，可再次提出证券发行申请；上市公司发行证券前发生重大事项的，应暂缓发行，并及时报告中国证监会；该事项对本次发行条件构成重大影响的，发行证券的申请应重新经过中国证监会核准；⑦证券承销。上市公司发行证券，应当由证券公司承销。

102．【答案】AC
【解析】上市公司申请可转换公司债券在证券交易所上市，应当符合的条件包括：①可转换公司债券的期限为 1 年以上；②可转换公司债券实际发行额不少于人民币 5000 万元；③申请上市时仍符合法定的可转换公司债券发行条件。

103．【答案】ABCD
【解析】募集说明书的主要内容包括：①债券发行依据；②本次债券发行的有关机构；③发行概要；④承销方式；⑤认购与托管；⑥债券发行网点；⑦认购人承诺；⑧债券本息兑付办法；⑨发行人基本情况；⑩发行人业务情况；⑪发行人财务情况；⑫已发行尚未兑付的债券；⑬筹集资金用途；⑭偿债保证措施；⑮风险与对策；⑯信用评级、备查文件等。

104．【答案】ABCD
【解析】发行人的基本情况主要包括：①发行人概况；②历史沿革；③股东情况；④公司治理和组织结构；⑤发行人与母公司、子公司等投资关系；⑥主要控股子公司情况；⑦发行人领导成员或董事、监事及高级管理人员情况等。

105．【答案】ABCD
【解析】证券评级机构应当建立完善的业务制度，包括信用等级划分及定义、评级标准、评级程序、评级委员会制度、评级结果公布制度、跟踪评级制度、信息保密制度、证券评级业务档案管理制度等。

106．【答案】ABC
【解析】对公司债券发行没有强制性担保要求。若为公司债券提供担保，则应当符合下列规定：①担保范围包括债券的本金及利息、违约金、损害赔偿金和实现债权的费用；②以保证方式提供担保的，应当为连带责任保证，且保证人资产质量良好；③设定担保的，担保财产权属应当清晰，尚未被设定担保或者采取保全措施，且担保财产的价值经有资格的资产评估机构评估不低于担保金额；④符合《物权法》、《担保法》和其他有关法律、法规的规定。

107．【答案】BCD
【解析】企业应通过中国货币网和中国债券信息网公布当期发行文件。发行文件内容至少应包括：①发行公告；②募集说明书；③信用评级报告和跟踪评级安排；④法律意见书；⑤企业最近 3 年经审计的财务报告和最近 1 期会计报表。

108．【答案】AD
【解析】企业应在中期票据发行文件中约定投资者保护机制，包括应对企业信用评级下降、财务状况恶化或其他可能影响投资者利益情况的有效措施，以及中期票据发生违约后的清偿安排。

109．【答案】ABC

【解析】证券公司申请发行债券，应当向中国证监会报送下列文件：①发行人申请报告；②董事会、股东会决议；③主承销商推荐函（附尽职调查报告）；④募集说明书（附发行方案）；⑤法律意见书（附律师工作报告）；⑥经审计的最近3年及最近1期的财务会计报告；⑦信用评级报告及跟踪评级安排的说明；⑧偿债计划及保障措施的专项报告；⑨关于支付本期债券本息的现金流分析报告；⑩担保协议及相关文件；⑪债权代理协议；⑫发行人章程和营业执照复印件；⑬与债券发行相关的其他重要合同；⑭中国证监会要求报送的其他文件。

110. 【答案】AB

【解析】公司发行境内上市外资股，对应聘请的评估机构的要求有：①主要由境内的评估机构担任。在某些情况下，企业也可以聘请境外估值师对公司的物业和机器设备等固定资产进行评估；②境内的资产评估机构应当是具有从事证券相关业务资格的机构；③聘请的国际估值人员通常是在外资股上市地具有一定声誉，特别是具有国际资产估值标准委员会（TIAVSC）会籍资格或者英国皇家特许测量师学会（ARICS）会籍资格的估值机构的人员；④还需要有一家国内的土地评估机构评估土地。

111. 【答案】ABCD

【解析】H股发行上市的有关文本包括招股书、认购申请书、董事及监事声明、承销协议、物业评估报告、审计报告等。

112. 【答案】BCD

【解析】除BCD三项外，适用于所有发行人的一般条件还包括：①新申请人及上市发行人必须拥有按《创业板上市规则》所编制的会计师报告；②发行人必须依据中国内地及香港地区、百慕大或开曼群岛的法律正式注册成立，并须遵守该类地区的法律（包括有关配发及发行证券的法律）及其公司组织章程大纲及细则或同等文件的规定。

113. 【答案】ACD

【解析】国际推介活动中应当注意的内容有：①防止推销违例。例如，在美国证券交易委员会（SEC）及中国香港联交所批准全方位宣传之前，不能宣传（尤其在美国）公司改组上市方面的实质性内容；②宣传的内容一定要真实；③推销时间应尽量缩短和集中；④把握推销发行的时机。

114. 【答案】ACD

【解析】银行贷款筹资是公司收购较常采用的一种筹资方式。但是，向银行申请贷款一般有比较严格的审批手续，对贷款的期限及用途也有一定的限制。因此，银行贷款筹资有时会给公司的经营灵活性造成一定的影响。另外，国家金融信贷政策也会给银行的贷款活动带来限制（目前我国法律禁止公司利用银行贷款进行股权投资）。这些都是公司申请贷款时必须考虑的因素。

115. 【答案】ACD

【解析】投资者及其一致行动人不是上市公司的第一大股东或者实际控制人，其拥有权益的股份达到或者超过该公司已发行股份的5%，但未达到20%的，应当编制的简式权益报告书的内容包括：①投资者及其一致行动人的姓名、住所；投资者及其一致行动人为法人的，其名称、注册地及法定代表人；②持股目的，是否有意在未来12个月内继续增加其在上市公司中拥有的权益；③上市公司的名称，股票的种类、数量、比例；④在上市公司中拥有权益的股份达到或者超过上市公司已发行股份的5%或者

67

拥有权益的股份增减变化达到 5% 的时间及方式；⑤权益变动事实发生之日前 6 个月内通过证券交易所的证券交易买卖该公司股票的简要情况；⑥中国证监会、证券交易所要求披露的其他内容。

116.【答案】ABC
　　【解析】《上市公司重大资产重组管理办法》第十八条第二款规定，上市公司董事会应当对评估机构的独立性、评估假设前提的合理性、评估方法与评估目的的相关性以及评估定价的公允性发表明确意见。上市公司独立董事应当对评估机构的独立性、评估假设前提的合理性和评估定价的公允性发表独立意见。

117.【答案】ABD
　　【解析】C 项，经上市公司股东大会非关联股东批准，收购人取得上市公司向其发行的新股，导致其在该公司拥有权益的股份超过该公司已发行股份的 30%，收购人承诺 3 年内不转让其拥有权益的股份，且公司股东大会同意收购人免于发出要约时，收购人可以向中国证监会提出免于以要约方式增持股份的申请。

118.【答案】BCD
　　【解析】《中国证券监督管理委员会上市公司并购重组审核委员会工作规程》第九条规定，并购重组委委员有下列情形之一的，中国证监会应当予以解聘：①违反法律、行政法规、规章和并购重组委审核工作纪律的；②未按照中国证监会的规定勤勉尽职的；③本人提出辞职申请的；④两次以上无故不出席并购重组委会议的；⑤经中国证监会考核认为不适合担任并购重组委委员的其他情形。

119.【答案】BD
　　【解析】中国证监会依照法律、行政法规和《财务顾问管理办法》的规定，对财务顾问实行资格许可管理，对财务顾问及其负责并购重组项目的签名人员的执业情况进行监督管理。中国证券业协会依法对财务顾问及其财务顾问主办人进行自律管理。

120.【答案】AD
　　【解析】外国投资者对上市公司进行战略投资应符合以下要求：①以协议转让、上市公司定向发行新股方式以及国家法律法规规定的其他方式取得上市公司 A 股股份；②投资可分期进行，首次投资完成后取得的股份比例不低于该公司已发行股份的 10%，但特殊行业有特别规定或经相关主管部门批准的除外；取得的上市公司 A 股股份 3 年内不得转让；③法律法规对外商投资持股比例有明确规定的行业，投资者持有上述行业股份比例应符合相关规定；属法律法规禁止外商投资的领域，投资者不得对上述领域的上市公司进行投资；④涉及上市公司国有股股东的，应符合国有资产管理的相关规定。

三、判断题(共 60 题，每小题 0.5 分，共 30 分。正确的用 A 表示，错误的用 B 表示，不选、错选、放弃均不得分)

121.【答案】B
　　【解析】通过保荐代表人胜任能力考试而未取得保荐代表人资格的个人，未按要求参加保荐代表人年度业务培训的，其保荐代表人胜任能力考试成绩不再有效。

122.【答案】B
　　【解析】国债承销团成员资格的有效期为 3 年，期满后，成员资格依照《国债承销团成员资格审批办法》再次审批。

123. 【答案】B

【解析】中国证监会可以对保荐机构及其保荐代表人从事保荐业务的情况进行定期或者不定期现场检查。

124. 【答案】B

【解析】根据《公司法》的规定，股份有限公司的发起设立和向特定对象募集设立，实行准则设立原则。但某些特殊行业在申请登记前，须经行业监管部门批准；股份有限公司的公开募集设立，实行核准设立制度。

125. 【答案】A

126. 【答案】B

【解析】股份有限公司的董事会成员为 5~19 人，设董事长 1 人，可以设副董事长。董事长和副董事长由董事会以全体董事的过半数选举产生，董事长为公司的法定代表人。

127. 【答案】B

【解析】上市公司董事会、监事会、单独或者合并持有上市公司已发行股份 1% 以上的股东可以提出独立董事候选人，并经股东大会选举决定。

128. 【答案】B

【解析】清算组在清理公司财产、编制资产负债表和财产清单后，发现公司财产不足以清偿债务的，应当依法向人民法院申请宣告破产。

129. 【答案】B

【解析】当企业整体改组为上市公司的时候，无形资产产权一般全部转移到上市公司，由原企业的上级单位享有无形资产产权的折股。

130. 【答案】B

【解析】现行市价法是通过市场调查，选择一个或 n 个与评估对象相同或类似的资产作为比较对象，分析比较对象的成交价格和交易条件，进行对比调整，估算出资产价值的方法。

131. 【答案】B

【解析】检查风险是指审计未能检查出某项认定已存在的重大错误的可能性。

132. 【答案】B

【解析】从投资者的角度来看，债券的成本可以看作是使投资者预期未来现金流量(利息和本金收入)的现值与目前债券的市场价格相等的一个折现率。

133. 【答案】B

【解析】MM 定理命题一认为，当不考虑公司税时，企业的价值是由它的实际资产决定的，而不取决于这些资产的取得形式，即企业的价值与资本结构无关。

134. 【答案】B

【解析】保荐代表人及其配偶不得以任何名义或者方式持有发行人的股份。

135. 【答案】B

【解析】法律意见书是律师对发行人本次发行上市的法律问题依法明确作出的结论性意见。律师工作报告是对律师工作过程、法律意见书所涉及的事实及其发展过程、每一法律意见所依据的事实和有关法律规定作出的详尽、完整的阐述。

136. 【答案】B

【解析】如果注册会计师在审计过程中认为被审计单位的会计处理方法严重违反《企业会

计准则》及国家其他有关财务会计法规的规定，或者委托人提供的会计报表严重失实，且被审计单位拒绝调整，此时，注册会计师应出具否定意见的报告。注册会计师明知应当出具保留意见和否定意见的审计报告时，不得以拒绝表示意见的审计报告代替。

137. 【答案】B

【解析】发行人应当自中国证监会核准之日起6个月内发行股票；超过6个月未发行的，核准文件失效。

138. 【答案】A

139. 【答案】B

【解析】本次发行的股票向战略投资者配售的，发行完成后无持有期限制的股票数量不得低于本次发行股票数量的25%。

140. 【答案】A

141. 【答案】A

142. 【答案】B

【解析】主承销商行使超额配售选择权，可以根据市场情况一次或分次进行。

143. 【答案】B

【解析】在股票发行前，主承销商应当向中国证券登记结算有限责任公司申请开立专门用于行使超额配售选择权的账户，并向证券交易所和中国证券登记结算有限责任公司提交授权委托书及授权代表的有效签字样本。

144. 【答案】B

【解析】目前，包销商收取的包销佣金为包销股票总金额的1.5%～3%；代销佣金为实际售出股票总金额的0.5%～1.5%。

145. 【答案】B

【解析】发行人（上市公司）申请其首次公开发行的股票、上市后发行的新股和可转换公司债券上市，以及公司股票被暂停上市后申请恢复上市的，应当由保荐人保荐。

146. 【答案】B

【解析】董事会秘书空缺期间超过3个月之后，董事长应当代行董事会秘书职责，直至公司正式聘任董事会秘书。

147. 【答案】B

【解析】发行人如果向单个供应商的采购比例或对单个客户的销售比例超过总额的50%，则应披露其名称及采购或销售的比例。

148. 【答案】A

149. 【答案】B

【解析】根据《公开发行证券的公司信息披露内容与格式准则第1号——招股说明书》的规定，在招股说明书中，发行人可对其产品、服务或者业务的发展趋势进行预测，但应采取审慎态度，并披露有关的假设基准等。涉及盈利预测的，应遵循盈利预测的相关规定。

150. 【答案】B

【解析】上市公告书是发行人在股票上市前向公众公告发行与上市有关事项的信息披露文件。

151. 【答案】B

【解析】上市公告书不得刊登任何有祝贺性、恭维性或广告性的词句。

152. 【答案】B

【解析】上市公司募集资金的数额和使用应当符合下列规定：建立募集资金专项存储制度，募集资金必须存放于公司董事会决定的专项账户。

153. 【答案】B

【解析】控股股东不履行认配股份的承诺，或者代销期限届满，原股东认购股票的数量未达到拟配售数量70%的，发行人应当按照发行价并加算银行同期存款利息返还已经认购的股东。

154. 【答案】B

【解析】公开募集证券说明书自最后签署之日起6个月内有效。

155. 【答案】A

156. 【答案】B

【解析】上市公司公开发行股票，应当由证券公司承销；非公开发行股票，如发行对象均属于原前10名股东的，则可以由上市公司自行销售。

157. 【答案】B

【解析】配股价格区间通常以股权登记日前20或30个交易日该股二级市场价格的平均值为上限，下限为上限的一定折扣，但未规定具体比例。

158. 【答案】B

【解析】可转换公司债券的发行规模由发行人根据其投资计划和财务状况确定。可转换公司债券发行后，累计公司债券余额不得超过最近1期末净资产额的40%。对于分离交易的可转换公司债券，发行后累计公司债券余额不得高于最近1期末公司净资产额的40%。

159. 【答案】A

【解析】分离交易的可转换公司债券的期限最短为1年，无最长期限限制；认股权证的存续期间不超过公司债券的期限，自发行结束之日起不少于6个月。募集说明书公告的权证存续期限不得调整。

160. 【答案】B

【解析】按照《上市公司证券发行管理办法》，上市公司必须按照募集说明书披露的用途使用募集资金，原则上不得改变募集资金用途。确实需要改变的，必须经发行人股东大会批准，并赋予转债持有人一次回售的权利。这一点对于分离交易的可转换公司债券也同样适用。

161. 【答案】B

【解析】转换价值是可转换公司债券实际转换时按转换成普通股的市场价格计算的理论价值。转换价值等于每股普通股的市价乘以转换比例，用公式表示为：$CV = P \times R$（CV是转换价值；P是股票价格；R是转换比例）。

162. 【答案】A

163. 【答案】B

【解析】可交换公司债券持有人申请换股的，应当通过其托管证券公司向证券交易所发出换股指令，指令视同为债券受托管理人与发行人认可的解除担保指令。

164. 【答案】B

【解析】市场利率趋于上升，就限制了承销商确定销售价格的空间；市场利率趋于下降，就为承销商确定销售价格拓宽了空间。

165. 【答案】A

166. 【答案】B

【解析】证券评级机构应当建立评级委员会制度，评级委员会是确定评级对象信用等级的最高机构。

167. 【答案】A

168. 【答案】B

【解析】在短期融资券存续期内，企业应每年8月31日以前，披露本年度上半年的资产负债表、利润表和现金流量表。

169. 【答案】A

170. 【答案】A

171. 【答案】B

【解析】境内上市外资股发行的核准程序中，企业申报材料经中国证监会审核委员会审核合格的，提交审核委员会审议。

172. 【答案】B

【解析】就任何证券类别申请上市时，如该类别证券仍未上市，则申请必须与已发行或拟发行的该类别所有证券有关；或如该类别其中一些证券已上市，则申请必须与已发行或拟发行的该类别所有额外证券有关。

173. 【答案】B

【解析】内地企业在中国香港发行股票并上市，无论任何时候，公众人士持有的股份须占发行人已发行股本至少25%。

174. 【答案】A

175. 【答案】B

【解析】因上市公司减少股本导致投资者及其一致行动人取得被收购公司的股份达到5%及之后变动5%的，投资者及其一致行动人免于履行报告和公告义务。

176. 【答案】A

177. 【答案】B

【解析】并购重组委员会会议表决采取记名投票方式。表决票设同意票和反对票，并购重组委员会委员不得弃权。表决投票时同意票数达到3票为通过，同意票数未达到3票为未通过。并购重组委员会委员在投票时应当在表决票说明理由。

178. 【答案】A

179. 【答案】B

【解析】中国证监会责令改正的，财务顾问及其财务顾问主办人在改正期间，或者按照要求完成整改并经中国证监会验收合格之前，不得接受新的上市公司并购重组财务顾问业务。

180. 【答案】B

【解析】投资者通过上市公司定向发行方式进行战略投资的，上市公司根据《外国投资者对上市公司战略投资管理办法》的有关规定向商务部报送相关申请文件，有特殊规定的从其规定。

证券发行与承销过关冲刺题(三)

一、单选题(共60题,每题0.5分,共30分。以下备选答案中只有一项最符合题目要求,不选、错选均不得分)

1. ( )标志着我国首次公开发行股票市场化定价机制的初步建立。
   - A. 首次公开发行股票询价制度
   - B. 上市保荐制度
   - C. 上市审核制度
   - D. 股票定价制度

2. 证券公司经营( )的,注册资本最低限额为人民币1亿元。
   - A. 单项证券承销与保荐业务
   - B. 证券承销与保荐业务且经营证券自营
   - C. 证券承销与保荐业务且经营证券资产管理
   - D. 证券承销与保荐业务且经营其他业务

3. 保荐机构和保荐代表人的注册登记事项发生变化的,保荐机构应当自变化之日起( )个工作日内向中国证监会书面报告。
   - A. 5
   - B. 7
   - C. 9
   - D. 10

4. 国债承销团成员资格的有效期为( )年。
   - A. 2
   - B. 3
   - C. 4
   - D. 5

5. 全体发起人的货币出资金额不得低于公司注册资本的( )。
   - A. 50%
   - B. 40%
   - C. 30%
   - D. 20%

6. 发起人持有的本公司股份,自公司成立之日起( )年内不得转让。
   - A. 1
   - B. 3
   - C. 5
   - D. 7

7. 下列各项不属于股东大会职权的是( )。
   - A. 制定公司利润分配方案
   - B. 对发行公司债券作出决议
   - C. 修改公司章程
   - D. 审议公司财务决算方案

8. 上市公司独立董事连续( )次未亲自出席董事会会议的,由董事会提请股东大会予以撤换。
   - A. 二
   - B. 三
   - C. 五
   - D. 六

9. 根据我国《公司法》规定,公司分配当年税后利润时,应当提取利润的( )列入公司的法定公积金。
   - A. 5%
   - B. 7%
   - C. 10%
   - D. 15%

10. 股份有限公司股本总额超过人民币4亿元的,若拟申请其股票在证券交易所上市交易,其向社会公开发行股份的比例为( )以上。
    - A. 10%
    - B. 15%
    - C. 20%
    - D. 25%

11. 企业股份制改组不必聘请的专业中介机构是( )。
    - A. 具有从事证券相关业务资格的会计审计机构
    - B. 具有证券投资咨询资格的投资咨询公司
    - C. 具有从事证券相关业务资格的资产评估机构
    - D. 律师事务所

12. 国有企业改组为股份有限公司时，若进入股份公司的净资产低于(　　)，则折成的股份界定为国有法人股。

    A. 40%　　　　　B. 50%　　　　　C. 51%　　　　　D. 60%

13. 无形资产的处置与原企业的整体改组方案往往结合在一起考虑，当企业以分立或合并的方式改组，成立了对上市公司控股的公司的时候，可以(　　)。

    A. 直接作为投资折股，产权归上市公司，控股公司不再使用该无形资产

    B. 直接作为投资折股，产权归上市公司，控股公司具有使用该无形资产的权利

    C. 直接作为投资折股，产权归控股公司

    D. 直接作为投资折股，控股公司拥有该无形资产的处置权

14. (　　)是将评估对象剩余寿命期间每年(或每月)的预期收益，用适当的折现率折现，累加得出评估基准日的现值，以此估算资产价值的方法。

    A. 重置成本法　　B. 收益现值法　　C. 清算价格法　　D. 现行市价法

15. A 公司的负债价值为 2000 万元，债务资本成本率 K_D 为 10%，权益价值为 1 亿元，同一风险等级中某一无负债公司的权益成本 K_{S_U} 为 15%，A 公司的权益成本 K_{S_L} 为(　　)。

    A. 17%　　　　　B. 16.5%　　　　C. 16%　　　　　D. 15.5%

16. 净收入理论的基本假定不包括(　　)。

    A. 当企业融资结构变化时，企业发行债券和股票进行融资，其成本均不变，即企业的债务融资成本和股票融资成本不随债券和股票发行量的变化而变化

    B. 债务融资的税前成本比股票融资成本高

    C. 由于降低融资总成本会增加企业的市场价值，所以，在企业融资结构中，随着债务融资数量的增加，其融资总成本将趋于下降，企业市场价值会趋于提高

    D. 当企业以 100% 的债券进行融资时，企业市场价值会达到最大

17. 关于保荐机构的保荐业务，下列说法不正确的是(　　)。

    A. 证券公司从事保荐业务，必须向中国证监会申请保荐业务资格

    B. 保荐机构的具体保荐业务应当由取得保荐代表人资格的人负责

    C. 保荐机构及保荐代表人的职责在于负责推荐发行人证券发行上市

    D. 保荐代表人应当维护发行人的合法权益

18. 审计报告应当由具有证券从业资格的(　　)及其所在的事务所签字盖章。

    A. 会计师　　　　B. 注册会计师　　C. 审计师　　　　D. 评估师

19. 如果注册会计师在审计过程中，由于审计范围受到委托人、被审计单位或客观环境的严重限制，不能获取必要的审计证据，以致无法对会计报表整体发表审计意见时，应当出具(　　)的审计报告。

    A. 保留意见　　　B. 否定意见　　　C. 拒绝表示意见　D. 无保留意见

20. 下列情形可以视为公司控制权发生变更的是(　　)。

    A. 发行人最近 3 年内持有、实际支配公司股份表决权比例最高的人存在重大不确定性的

    B. 发行人的股权及控制结构不影响公司治理有效性

    C. 发行人及其保荐人和律师能够提供证据充分证明

    D. 发行人最近 3 年内持有、实际支配公司股份表决权比例最高的人发生变化

21. 发审委委员为(　　)名，部分发审委委员可以为专职。

A. 15   B. 20   C. 25   D. 30

22. 发审委委员连续任期最长不超过( )届。

     A. 2   B. 3   C. 4   D. 5

23. 2009 年,某股份有限公司发行股票 4000 万股,缴款结束日为 10 月 30 日,2009 年预计税后净利润为 6400 万元,公司发行新股前的总股本为 12000 万股,用全面摊薄法计算的每股净收益为( )元。

     A. 0.50   B. 0.45   C. 0.40   D. 0.30

24. 2009 年 6 月 1 日,某股份有限公司刊登招股说明书,上网定价发行 3500 万股,承销期为 6 月 1 日~7 月 1 日,公司注册股本为 7500 万股,2009 年盈利预测中的利润总额为 2323 万元,净利润为 1711 万元,那么,加权平均法下的每股收益为( )元。

     A. 0.494   B. 0.379   C. 0.236   D. 0.143

25. 在超额配售权行使完成后的 3 个工作日内,主承销商应当在证监会指定报刊披露的内容不包括( )。

     A. 发行人本次发行的股份总量

     B. 发行人本次筹资总金额

     C. 因行使超额配售选择权而发行的新股数

     D. 从集中竞价交易市场购买发行人股票所发生的费用

26. 中小企业板块是在( )中设立的一个运行独立、监察独立、代码独立、指数独立的板块,集中安排符合主板发行上市条件的企业中规模较小的企业上市。

     A. 深圳证券交易所 B 股市场   B. 深圳证券交易所主板市场

     C. 上海证券交易所 B 股市场   D. 上海证券交易所主板市场

27. 根据《公开发行证券的公司信息披露内容与格式准则第 1 号——招股说明书》的规定,在招股说明书中,发行人应披露发行当年及未来( )年内的发展计划。

     A. 1   B. 2   C. 3   D. 5

28. 发行人应按规定披露关联方、关联关系和关联交易,根据交易的性质和频率,按照( )分类披露关联交易及关联交易对其财务状况和经营成果的影响。

     A. 重要性和可靠性   B. 敏感性和迟钝性

     C. 经常性和偶发性   D. 相似性和差异性

29. 招股说明书结尾应列明备查文件,备查文件不包括( )。

     A. 发行保荐书   B. 财务报表及审计报告

     C. 内部控制鉴证报告   D. 发行公告

30. 上市公司最近( )个月内受到过证券交易所公开谴责的,不得公开发行证券。

     A. 12   B. 18   C. 24   D. 36

31. 发审委会议首先对该股票发行申请是否需要暂缓表决进行投票,同意票数达到( )票的,可以对该股票发行申请暂缓表决。

     A. 2   B. 3   C. 5   D. 7

32. 保荐人应当自持续督导工作结束后_____个工作日内向_____报送"保荐总结报告书"。( )

     A. 15;中国证监会   B. 10;证券交易所

     C. 15;中国证监会和证券交易所   D. 10;中国证监会和证券交易所

33. 增发新股可流通部分上市交易，（　　）。

    A．T＋2日，不设涨跌幅限制　　　　　　B．T＋1日，不受涨跌幅限制

    C．T日，不受涨跌幅限制　　　　　　　　D．T日，设涨跌幅限制

34. 股份变动及上市公告，须在交易所对上市申请文件审查同意后，且所配股票上市前（　　）个工作日内刊登。

    A．1　　　　　　　B．2　　　　　　　C．3　　　　　　　D．4

35. 分离交易的可转换公司债券的期限最短为（　　）年，无最长期限限制。

    A．1　　　　　　　B．2　　　　　　　C．3　　　　　　　D．4

36. 转股价格修正方案须提交公司股东大会表决，且须经出席会议的股东所持表决权的（　　）以上同意。

    A．20%　　　　　　B．半数　　　　　　C．2/3　　　　　　D．3/4

37. 关于可转换公司债券，下列说法错误的是（　　）。

    A．赎回期限越长、转换比率越低、赎回价格越高，赎回的期权价值就越小，越有利于转债持有人

    B．在股价走势向好时，赎回条款实际上起到强制转股的作用

    C．股票波动率越大，期权的价值越高，可转换公司债券的价值越高

    D．转股价格越低，期权价值越高，可转换公司债券的价值越高

38. 向中国证监会提出可转换公司债券上市交易申请时，无须提交（　　）。

    A．上市报告书（申请书）

    B．公司章程

    C．申请上市的董事会决议

    D．保荐协议和保荐人出具的上市保荐书

39. 关于荷兰式招标，下列说法错误的是（　　）。

    A．标的为利率或利差时，全场最高中标利率或利差为当期国债票面利率或基本利差

    B．标的为利率或利差时，各中标机构均按面值承销

    C．标的为价格时，全场最高中标价格为当期国债发行价格

    D．标的为价格时，各中标机构均按发行价格承销

40. 凭证式国债是一种不可上市流通的债券，下列（　　）不能成为凭证式国债的承销机构。

    A．中国工商银行　　　　　　　　　　　B．中国建设银行

    C．海通证券有限责任公司　　　　　　　D．中国邮政储蓄银行

41. 保险公司募集的定期次级债务应当在到期日前按照一定比例折算确认为认可负债，以折算后的账面余额作为其认可价值。剩余年限在1年以内的，折算比例为＿＿＿＿＿＿＿；剩余年限在1年以上（含1年）2年以内的，折算比例为＿＿＿＿＿＿＿。（　　）

    A．60%；80%　　　B．70%；60%　　　C．80%；60%　　　D．80%；70%

42. 根据《公司债券发行试点办法》，发行人违反本办法规定，存在不履行信息披露义务，或者不按照约定召集债券持有人会议，损害债券持有人权益等行为的，中国证监会可以＿＿＿＿＿＿＿；对其直接负责的主管人员和其他直接责任人员，可以采取＿＿＿＿＿＿＿、认定为不适当人选等行政监管措施，记入诚信档案并公布。（　　）

    A．责令整改；记过处分　　　　　　　　B．责令整改；监管谈话

    C．吊销营业执照；记过处分　　　　　　D．吊销营业执照；监管谈话

43. 发行公司债券,首期发行数量应当不少于总发行数量的_____,剩余各期发行的数量由公司自行确定,每期发行完毕后_____个工作日内报中国证监会备案。( )
    A. 25%;3　　　B. 25%;5　　　C. 50%;3　　　D. 50%;5

44. 首期发行短期融资券的,应至少于发行日前( )个工作日公布发行文件。
    A. 2　　　　　B. 3　　　　　C. 5　　　　　D. 7

45. 证券公司定向发行债券的担保金额原则上不少于债券本息总额的( )。
    A. 20%　　　　B. 30%　　　　C. 50%　　　　D. 80%

46. 国际开发机构申请在中国境内发行人民币债券须财务稳健,资信良好,经在中国境内注册且具备人民币债券评级能力的评级公司评级,人民币债券信用级别为( )级以上。
    A. AAA　　　　B. AA　　　　C. A　　　　D. BBB

47. 以募集方式设立公司,申请发行境内上市外资股,发起人出资总额应不少于( )亿元人民币。
    A. 1　　　　　B. 1.5　　　　C. 2　　　　　D. 2.5

48. 国有企业、集体企业及其他所有制形式的企业经重组改制为股份有限公司后,向中国证监会提出境外上市申请,净资产应不少于_____亿元人民币,过去1年税后利润应不少于_____万元人民币。( )
    A. 2;600　　　B. 3;5000　　　C. 4;6000　　　D. 5;5000

49. 内地企业在香港创业板上市,如新申请人具备24个月活跃业务记录,则公司的最低上市市值应达到( )。
    A. 3000万元人民币　　　　　　B. 3500万港元
    C. 4000万元人民币　　　　　　D. 4600万港元

50. 在拟订发行与上市方案时,主承销商和全球协调人计划安排国际分销的地区与发行人的原则是( )。
    A. 选择关系简单的地区
    B. 选择大型城市
    C. 选择与发行人和股票上市地有密切投资关系、经贸关系和信息交换关系的地区为国际配售地
    D. 选择法律宽松的地区

51. 对于募股规模较大的项目来说,每个国际配售地区通常要安排( )主要经办人。
    A. 一家　　　　B. 两家　　　　C. 一家或两家　　　D. 多家

52. 关于白衣骑士策略,下列说法正确的是( )。
    A. 有目标公司与白衣骑士假戏真做的时候,这种收购一般称为主动性收购
    B. 是指目标公司为避免被其他公司收购,采取了一些在特定情况下,如公司一旦被收购,就会对本身造成严重损害的手段,以降低本身吸引力,收购方一旦收购,就好像吞食了毒丸一样不好处理
    C. 当目标公司遇到恶意收购者收购时,可以寻找一个具有良好合作关系的公司,以比收购方所提要约更高的价格提出收购,这时,收购方若不以更高的价格来进行收购,则肯定不能取得成功。这种方法即使不能赶走收购方,也会使其付出较为高昂

的代价

D. 从大量收购案例来看，最大受益者是公司经营者

53. 持有、控制一个上市公司的股份低于该公司已发行股份的30%的收购人，以要约收购方式增持该上市公司股份的，其预定收购的股份比例不得低于(　　)。

A. 1%　　　　B. 5%　　　　C. 10%　　　　D. 15%

54. 投资者及其一致行动人拥有权益的股份达到一个上市公司已发行股份的5%后，通过证券交易所的证券交易，其拥有权益的股份占该上市公司已发行股份的比例每增加_____或者减少_____，应当按规定进行报告和公告。(　　)

A. 3%；3%　　B. 3%；5%　　C. 5%；3%　　D. 5%；5%

55. 上市公司收到中国证监会就其重大资产重组申请作出的予以核准或者不予核准的决定后，应当在(　　)予以公告。

A. 次一工作日　　B. 次日　　C. 次三个工作日内　　D. 次周内

56. 以下行为不适用于《上市公司重大资产重组管理办法》的是(　　)。

A. 在日常经营活动之外购买、出售资产

B. 与他人新设企业、对已设立的企业增资或者减资

C. 按照经中国证监会核准的发行证券文件披露的募集资金用途，使用募集资金购买资产、对外投资的行为

D. 受托经营、租赁其他企业资产或者将经营性资产委托他人经营、租赁

57. 上市公司购买、出售的资产总额占公司最近1个会计年度经审计的合并财务报告末期资产总额的比例达到(　　)以上，即可按上市公司重大购买、出售资产的行为进行规范。

A. 25%　　　　B. 30%　　　　C. 40%　　　　D. 50%

58. 并购重组委员会会议表决投票时，同意票数达到_____票为通过，并购重组委员会委员在投票时，_____。(　　)

A. 2；应当在表决票上说明理由　　　　B. 2；无须在表决票上说明理由

C. 3；应当在表决票上说明理由　　　　D. 3；无须在表决票上说明理由

59. 证券投资咨询机构从事上市公司并购重组财务顾问业务，必须具有_____年以上从事公司并购重组财务顾问业务活动的执业经历，且最近_____年每年财务顾问业务收入不低于_____万元。(　　)

A. 2；2；100　　B. 2；2；500　　C. 3；3；100　　D. 3；3；500

60. 财务顾问将申报文件报中国证监会审核期间，委托人和财务顾问终止委托协议的，财务顾问和委托人应当自终止之日起(　　)个工作日内向中国证监会报告，申请撤回申报文件，并说明原因。

A. 3　　　　B. 5　　　　C. 7　　　　D. 15

二、多选题(共60题40分，其中已标明分值的20题每题1分，其余40题每题0.5分。以下备选项中有两项或两项以上符合题目要求，多选、少选、错选均不得分)

61. 申请凭证式国债承销团成员资格的申请人应当具备的条件包括(　　)。(1分)

A. 国债承销团成员应具备的基本条件

B. 注册资本不低于人民币3亿元或总资产在100亿元以上的存款类金融机构

C. 注册资本不低于人民币8亿元或总资产在100亿元以上的非存款类金融机构

D. 总资产在人民币 50 亿元以上的存款类金融机构

62. 证券公司的内部控制应当遵循内部防火墙原则，做到投资银行业务和(　　)分开管理，以防止利益冲突。

   A. 经纪业务　　　B. 自营业务　　　C. 证券研究　　　D. 承销业务

63. 在中国证监会现场检查过程中，证券承销业务的(　　)是现场检查的重要内容。

   A. 合规性　　　　B. 透明性　　　　C. 正常性　　　　D. 安全性

64. 发行人、认股人缴纳股款或者交付抵作股款的出资后，除(　　)的情形外，不得抽回资本。(1分)

   A. 未按期募足股份　　　　　　　　B. 发起人未按期召开创立大会
   C. 公司章程未经创立大会通过　　　D. 创立大会决议不设立公司

65. 下列各项不宜作为股份有限公司发起人的有(　　)。

   A. 工会　　　　　　　　　　　　　B. 自然人
   C. 国家拨款的大学　　　　　　　　D. 有限公司

66. 股份有限公司增资的方式通常有(　　)。

   A. 公司债转换为公司股份　　　　　B. 扩大营业规模
   C. 向现有股东配售股份　　　　　　D. 向社会公众发行股份

67. 股份有限公司的监事会成员不少于 3 人，由(　　)组成。

   A. 股东代表　　　B. 公司职工代表　　　C. 董事会代表　　　D. 工会代表

68. 有下列(　　)情形的，不得担任股份有限公司的董事。(1分)

   A. 个人所负数额较大债务
   B. 无民事行为能力或限制民事行为能力者
   C. 因犯罪被剥夺政治权利，执行期满未逾 5 年
   D. 担任破产清算的公司董事，并对该公司的破产负有个人责任的，自该公司、企业破产清算完结之日起未逾 3 年

69. 拟发行上市公司提出上市申请前，存在数量较大的关联交易，应制订有针对性减少关联交易的实施方案，应该注意的问题包括(　　)。

   A. 发起人或股东不得通过保留采购、销售机构，以及垄断业务渠道等方式干预拟发行上市公司的业务经营
   B. 从事生产经营的拟发行上市公司应拥有独立的产、供、销系统，主要原材料和产品销售不得依赖股东及其下属企业
   C. 专为拟发行上市公司生产经营提供服务的机构，应由关联方或无关联的第三方经营
   D. 主要为拟发行上市公司进行的专业化服务，应由关联方纳入(通过出资投入或出售)拟发行上市公司，或转由无关联的第三方经营

70. 关于关联方、关联交易的具体要求中，下列说法正确的有(　　)。

   A. 关联方包括发行人参与的合营企业
   B. 关联交易的价格或收费，原则上应偏离市场独立第三方的标准
   C. 与关联方合作研究与开发或技术项目的转移也属于关联交易
   D. 无法避免的交联交易应遵循市场公正、公平、公开的原则

71. 关于国有企业改组为股份公司时的股权界定，下列说法正确的有(　　)。(1分)

   A. 有权代表国家投资的机构或部门直接设立的国有企业以其全部资产改建为股份有限

公司的，原企业应撤销，原企业的国家净资产折成的股份界定为国家股

　　B. 有权代表国家投资的机构或部门直接设立的国有企业以其全部主营生产部分进入股份制企业的，其净资产折成的股份界定为国家股

　　C. 有权代表国家投资的机构或部门直接设立的国有企业以净资产的40%进入股份制企业的，其净资产折成的股份界定为国家股

　　D. 国有法人单位所拥有的企业，以全部资产改建为股份公司，进入股份公司的净资产折成的股份界定为国家股

72. 无形资产主要包括(　　)等。
　　A. 商标权　　　　B. 著作权　　　　C. 专有技术　　　　D. 土地使用权

73. 资本成本中的使用费用包括(　　)。
　　A. 委托金融机构的手续费　　　　　　B. 向股东支付的股息
　　C. 向银行支付的利息　　　　　　　　D. 为租用资产支付的租金

74. 在计算资本成本时，就不同的融资情况与投资决策，可运用的参考资本成本有(　　)。
　　A. 个别资本成本　　　　　　　　　　B. 边际资本成本
　　C. 几何平均资本成本　　　　　　　　D. 加权平均资本成本

75. A公司的留存收益相当可观，但有比较高的财务杠杆，股票的市值与公司都正处于成长期，此时若想融资，适合采用的方法有(　　)。(1分)
　　A. 发行可转换证券　　　　　　　　　B. 发行认股权证
　　C. 发行股票　　　　　　　　　　　　D. 留存收益融资

76. 下列各项符合保荐机构尽职调查规则要求的有(　　)。
　　A. 保荐机构应当对发行人进行全面调查
　　B. 对于涉及相关人员出具的专业意见的内容，保荐机构应当对其进行审慎核查
　　C. 保荐机构所作的判断与证券服务机构的专业意见存在重大差异的，应当提请中国证监会予以处理
　　D. 保荐机构在审查文件时应当始终坚持独立的地位，对文件内容进行独立判断

77. 保荐机构承诺事项部分应当包括的内容有(　　)。
　　A. 已按照法律、行政法规和中国证监会的规定，对发行人及其控股股东、实际控制人进行了尽职调查、审慎核查
　　B. 有充分理由确信发行人符合法律法规及中国证监会有关证券发行上市的相关规定
　　C. 有充分理由确信发行人申请文件和信息披露资料不存在虚假记载、误导性陈述或者重大遗漏
　　D. 有充分理由确信申请文件和信息披露资料与证券服务机构发表的意见不存在任何差异

78. 内部核查部门审核本次证券发行项目的主要过程包括(　　)。
　　A. 内核小组会议时间　　　　　　　　B. 现场核查的次数
　　C. 工作时间　　　　　　　　　　　　D. 内部核查部门的成员构成

79. 创业板上市公司申请受此公开发行股票的，经过审查，发现有(　　)情形的，不得认定为发行人具有持续盈利能力。
　　A. 发行人的经营模式、产品或服务的品种结构将发生重大变化，并对发行人的持续盈利能力构成重大不利影响

B. 发行人最近1年的营业收入或净利润对关联方或者有重大不确定性的客户存在重大依赖

C. 发行人在用的商标、专利、专有技术、特许经营权等重要资产或者技术的取得或者使用存在重大不利变化的风险

D. 其他可能对发行人持续盈利能力构成重大不利影响的情形

80. 首次公开发行股票，对于募集资金的使用，下列符合相关规定的有(　　　)。(1分)

A. 募集资金应当有明确的使用方向，原则上应当用于主营业务

B. 募集资金数额和投资项目应当与发行人现有生产经营规模、财务状况、技术水平和管理能力等相适应

C. 募集资金使用项目不得为持有交易性金融资产和可供出售的金融资产、借予他人、委托理财等财务性投资，不得直接或者间接投资于以买卖有价证券为主要业务的公司

D. 募集资金投资项目实施后，不会产生同业竞争或者对发行人的独立性产生不利影响

81. 首次公开发行股票的发行人在财务与会计方面应当符合的条件包括(　　　)。

A. 最近3个会计年度净利润均为正数，且累计超过人民币3000万元

B. 最近2个会计年度经营获得产生的现金流量净额累计超过人民币5000万元

C. 发行前股本总额不少于人民币5000万元

D. 最近一期末无形资产占净资产的比例不高于20%

82. 发审委委员审核股票发行申请文件时，有(　　　)情形之一的，应及时提出回避。

A. 发审委委员或者其亲属担任发行人或者保荐机构的董事(含独立董事)、监事、经理或者其他高级管理人员的

B. 发审委委员或者其所在工作单位近2年来为发行人提供保荐、承销、审计、评估、法律、咨询等服务，可能妨碍其公正履行职责的

C. 发审委委员或者其亲属、发审委委员所在工作单位持有发行人的股票，可能影响其公正履行职责的

D. 发审委委员或者其亲属担任董事、监事、经理或者其他高级管理人员的公司与发行人或者保荐机构有行业竞争关系，经认定可能影响其公正履行职责的

83. 控制权发生变化必须满足的条件是(　　　)。

A. 最近3年内持有、实际支配公司股份表决权比例最高的人发生变化

B. 最近1年内持有、实际支配公司股份表决权比例最高的人发生变化

C. 变化前后的股东不属于同一实际控制人

D. 变化前后的股东为同一实际控制人

84. 会计师事务所对首次公开发行股票的公司进行专项复核后，出具的专项复核报告至少应包括(　　　)。

A. 复核时间、范围及目的 　　　　　B. 相关责任

C. 履行的复核程序 　　　　　　　　D. 复核结论

85. 通过市盈率法估值的程序有(　　　)。

A. 计算出发行人的每股收益

B. 根据二级市场的平均市盈率、发行人的行业情况、发行人的经营状况及其成长性等拟订发行市盈率

C. 依据发行市盈率与每股收益的乘积决定估值

D. 根据相关规则人为规定市盈率

86. 询价对象有下列( )情形之一的,中国证券业协会应当将其从询价对象名单中去除。(1分)

A. 财务公司成立两年以上,注册资本不低于3亿元,最近12个月有活跃的证券市场投资记录

B. 最近24个月内因违反相关监管要求被监管谈话2次以上

C. 未按时提交年度总结报告

D. 证券公司经批准可以经营证券自营或者证券资产管理业务

87. 主承销商按照中国证监会相关规定组织验资时应当以( )为依据。(1分)

A. 获取的 T 日 16:00 资金到账情况

B. 获取的 T+1 日 16:00 资金到账情况

C. 结算银行提供的网下申购资金专户截止 T 日 16:00 的资金余额

D. 结算银行提供的网下申购资金专户截止 T+1 日 16:00 的资金余额

88. 证券发行费用包括承销费用和发行人支付给中介机构的费用。目前,我国收取承销费用的标准是( )。

A. 包销商收取的包销佣金为包销股票总金额的 1.5% ~3%

B. 包销商收取的包销佣金为包销股票总金额的 0.5% ~1.5%

C. 代销佣金为实际售出股票总金额的 0.5% ~1.5%

D. 代销佣金为实际售出股票总金额的 1.5% ~3%

89. 关于公开推介活动,下列说法错误的有( )。

A. 参加推介活动的人员在推介活动前应向中国证监会承销商作出书面承诺

B. 主承销商的项目负责人可以不出席公司推介活动

C. 首次公开发行股票发行人的高级管理人员应出席公司推介活动,但对具体的出席人员有明确的限制

D. 参加推介活动的人员向投资者发布的信息不应存在虚假记载、误导性陈述或有重大遗漏

90. 关于报告期内主要产品的原材料和能源及其供应情况,发行人应披露( )。(1分)

A. 主要原材料和能源的价格变动趋势

B. 主要原材料和能源占成本的比重

C. 报告期内各期向前3名供应商合计的采购额占当期采购总额的百分比

D. 如向单个供应商的采购比例超过总额的30%或严重依赖于少数供应商的,应披露其名称及采购比例

91. 下列各项中,( )属于发行人在招股说明书应披露的财务信息中的财务指标。

A. 流动比率

B. 应收账款周转率

C. 息税折旧摊销前利润

D. 研究与开发费用占主营业务收入比例

92. 募集资金拟用于向其他企业增资或收购其他企业股份的,发行人应披露( )。

A. 拟增资或收购的企业的基本情况及最近3年及1期经具有证券期货相关业务资格的

会计师事务所审计的资产负债表和利润表

B. 增资资金折合股份或收购股份的评估、定价情况

C. 增资或收购前后持股比例及控制情况

D. 拟收购资产与发行人主营业务的关系

93. 关于招股说明书中股利分配政策的披露，下列说法正确的是(　　)。(1分)

A. 发行人应披露最近3年股利分配政策、实际股利分配情况以及发行后的股利分配政策

B. 发行人应披露本次发行完成前滚存利润或损失的分配安排和已履行的决策程序

C. 若发行前的滚存利润归发行前的股东享有，应披露滚存利润的审计和实际派发情况，同时在招股说明书首页对滚存利润中由发行前股东单独享有的金额以及是否派发完毕作"重大事项提示"

D. 发行人已发行境外上市外资股的，应披露股利分配的下限为按中国会计准则和制度与上市地会计准则确定的未分配利润数字中较低者

94. 关于关联交易及其披露，下列说法正确的是(　　)。

A. 发行人应根据证监会和中国证券业协会的相关规定披露关联方、关联关系和关联交易

B. 发行人应根据交易的性质和频率，按照经常性和偶发性分类披露关联交易及关联交易对其财务状况和经营成果的影响

C. 对于购销商品、提供劳务等经常性的关联交易，应分别披露最近3年及1期关联交易方名称、交易内容、交易金额、交易价格的确定方法、占当期营业收入或营业成本的比重、占当期同类型交易的比重以及关联交易增减变化的趋势，与交易相关应收应付款项的余额及增减变化的原因，以及上述关联交易是否仍将持续进行等

D. 对于偶发性关联交易，应披露关联交易方名称、交易时间、交易内容、交易金额、交易价格的确定方法、资金的结算情况、交易产生利润及对发行人当期经营成果的影响、交易对公司主营业务的影响等

95. 在《上市公告书》中，发行人应披露招股说明书刊登日至上市公告书刊登前已发生的可能对发行人有较大影响的其他重要事项，主要包括(　　)。

A. 原材料采购价格和产品销售价格的重大变化

B. 发行人住所的变更

C. 律师事务所的变动

D. 财务状况和经营成果的重大变化

96. 上市公司公开发行新股，必须具备(　　)的条件。(1分)

A. 具有持续盈利能力，财务状况良好

B. 公司在最近3年内财务会计文件无虚假记载，无其他重大违法行为

C. 具备健全且运行良好的组织机构

D. 改变招股说明书所列资金用途，必须经中国证监会同意

97. 根据申请公开发行证券的再融资公司会后事项的相关要求，发审会后至封卷期间，(　　)。

A. 如果发行人公布了新的定期报告、重大事项临时公告或调整盈利预测，封卷材料中的募集说明书应包括初次申报时的募集说明书以及根据发审会意见修改并根据新公

告内容更新的募集说明书

B. 发行人、保荐人(主承销商)、律师应出具会后重大事项说明或专业意见

C. 发行人、保荐人(主承销商)、财务顾问应出具会后重大事项说明或专业意见

D. 中国证监会将根据发行人和中介机构的专项说明或专业意见，决定是否需要重新提交发审会审核

98. 询价增发、比例配售操作流程中，假设 T 日为增发发行日、老股东配售缴款日，下列说法正确的有(　　)。

A. T－3 日，询价区间公告见报，股票停牌 1 个小时

B. T＋1 日，主承销商联系会计师事务所

C. T＋2 日，主承销商刊登《发行价格及配售情况结果公告》

D. T＋3 日，主承销商刊登《发行价格及配售情况结果公告》

99. 对于公开发行的可转换公司债券，当存在(　　)事项时，应当召开债券持有人会议。(1分)

A. 拟变更募集说明书的约定

B. 发行人不能按期支付本息

C. 发行人减资、合并、分立、解散或者申请破产

D. 保证人发生重大变化

100. 下列各项属于可转换公司债券发行核准程序的有(　　)。

A. 受理申请文件 　　　　　　　　 B. 初审

C. 发审委审核 　　　　　　　　　 D. 出具法律意见书

101. 上海证券交易所按照下列(　　)规定，停止可转换公司债券的交易。

A. 可转换公司债券流通面值少于 1000 万元时，在上市公司发布相关公告 3 个交易日后停止其可转换公司债券的交易

B. 可转换公司债券应当在出现中国证监会和证券交易所认为必须停止交易的其他情况时停止交易

C. 可转换公司债券自转换期结束之前的第 10 个交易日起停止交易

D. 可转换公司债券在赎回期间停止交易

102. 关于债券持有人交换股份的规定，下列说法正确的有(　　)。

A. 当债券持有人按照约定条件交换股份时，从作为担保物的股票中提取相应数额用于支付

B. 债券持有人部分或者全部未选择换股且上市公司股东到期未能清偿债务时，作为担保物的股票及其孳息处分所得的价款优先用于清偿对债券持有人的负债

C. 可交换公司债券持有人申请换股的，应当向证券交易所发出换股指令

D. 可交换公司债券发行以后，应当按照证券登记结算机构的业务规则设定担保，办理相关登记手续

103. 企业集团财务公司发行金融债券应具备的条件有(　　)。(1分)

A. 具有良好的公司治理结构、完善的投资决策机制、健全有效的内部管理和风险控制制度及相应的管理信息系统

B. 财务公司已发行、尚未兑付的金融债券总额不得超过其净资产总额的 80%。发行金融债券后，资本充足率不低于 10%

C. 财务公司设立 1 年以上，经营状况良好，申请前 1 年利润率不低于行业平均水平，且有稳定的盈利预期

D. 近 1 年无重大违法违规记录

104. 企业债券进入银行间债券市场交易流通的条件不包括(   )。

A. 依法公开发行

B. 近两年没有违法和重大违规行为

C. 实际发行额不少于人民币 3 亿元

D. 单个投资人持有量不超过该期公司债券发行量的 20%

105. 证券评级机构评级委员会委员在开展评级业务期间有(   )情形的，应当回避。

A. 本人持有受评级机构或者受评级证券发行人的股份达到 4%

B. 本人、直系亲属持有受评级机构或者受评级证券发行人的股份达到 5% 以上，或者是受评级机构、受评级证券发行人的实际控制人

C. 本人担任受评级机构或者受评级证券发行人聘任的会计师事务所、律师事务所、财务顾问等证券服务机构的负责人或者项目签字人

D. 旁系亲属担任受评级机构或者受评级证券发行人的董事、监事和高级管理人员

106. 发行人申请债券上市，应当符合的条件有(   )。(1分)

A. 经有权部门批准并发行

B. 债券的期限为 1 年以上

C. 债券的实际发行额不少于人民币 5000 万元

D. 债券须经资信评级机构评级，且债券的信用级别为 B 级以上

107. 资信评级机构负责证券评级业务的高级管理人员，应当具备的条件有(   )。

A. 取得证券从业资格

B. 熟悉资信评级业务有关的专业知识、法律知识

C. 无《公司法》、《证券法》规定的禁止任职情形

D. 最近 5 年未因违法经营受到行政处罚，不存在因涉嫌违法经营、犯罪正在被调查的情形

108. 企业应在中期票据发行文件中约定投资者保护机制，包括(   )。

A. 应对企业信用评级下降的有效措施

B. 应对财务状况恶化的有效措施

C. 应对突发重大事件的有效措施

D. 中期票据发生违约后的清偿安排

109. 下列各项属于境内上市外资股投资主体的有(   )。

A. 外国的自然人、法人和其他组织

B. 中国香港、澳门地区的自然人、法人和其他组织

C. 中国台湾地区的自然人、法人和其他组织

D. 定居在国外的中国公民

110. 中国证监会规定的企业申请境外上市的具体条件包括(   )。(1分)

A. 符合我国有关境外上市的法律、法规和规则

B. 筹资用途符合国家产业政策、利用外资政策及有关固定资产投资立项的规定

C. 净资产不少于 3 亿元人民币，过去 1 年税后利润不少于 5000 万元，并有增长潜

力，按合理预期市盈率计算，筹资额不少于 4000 万美元

- D. 具有规范的法人治理结构及较完善的内部管理制度，有较稳定的高级管理层及较高的管理水平

111. 内地企业在中国香港发行股票并上市的股份有限公司在公众持股市值和持股量方面应满足(　　)。

- A. 新申请人预期证券上市时，若新申请人具备 24 个月活跃业务记录，则由公众人士持有的股份的市值须至少为 3000 万港元
- B. 若新申请人上市时市值不超过 40 亿港元，则无论在任何时候公众人士持有的股份须占发行人已发行股本总额至少 25%
- C. 若发行人拥有超过一种类别的证券，其上市时由公众人士持有的证券总数必须占发行人已发行股本总额至少 25%；但正在申请上市的证券类别占发行人已发行股本总额的百分比不得少于 10%，上市时的预期市值也不得少于 5000 万港元
- D. 如发行人预期上市时市值超过 200 亿港元，则交易所可酌情接纳一个介乎 15% ~ 25% 之间的较低百分比

112. 关于境内上市公司所属企业申请境外上市，下列说法正确的是(　　)。(1分)

- A. 境内上市公司可以 2 年前配股所募集资金投资项目作为对所属企业的出资，申请境外上市
- B. 上市公司最近 1 个会计年度合并报表中按权益享有的所属企业的净利润不得超过上市公司合并报表净利润的 30%
- C. 境内上市公司所属企业申请到境外上市，上市公司应当聘请经中国证监会注册登记并列入保荐人名单的证券公司担任财务顾问
- D. 上市公司所属企业申请到境外上市，应当按照中国证监会的要求编制并报送申请文件及相关材料

113. 为了保持公司的控制权，通常管理层会在公司章程中设置反收购条款。常见的反收购条款有(　　)。

- A. 每年部分改选董事会成员
- B. 限制董事的任职资格
- C. 超级多数条款
- D. 绝对多数条款

114. 有下列(　　)情形之一的，不得收购上市公司。(1分)

- A. 收购人负有数额较大债务，到期未清偿，且处于持续状态
- B. 收购人最近 5 年有重大违法行为或者涉嫌有重大违法行为
- C. 收购人最近 3 年有严重的证券市场失信行为
- D. 投资者通过实际支配上市公司股份表决权能够决定公司董事会半数以上成员选任

115. 根据中国证监会"关于修改《上市公司收购管理办法》第六十三条的决定"，下列说法有误的是(　　)。(1分)

- A. 大股东豁免要约收购的申请由事前调整到了事后
- B. 上市公司控股股东的增持行为更具有灵活性
- C. 当事人向中国证监会申请以简易程序免除以要约方式增持股份的范围大大增加
- D. 中国证监会不同意其以简易程序申请的，相关投资者应当按照《上市公司收购管理办法》申请免于以要约方式增持股份

116. 财务顾问受托向中国证监会报送申报文件，应当在财务顾问报告中作出的承诺包括

（　　）。

A. 已对收购人申报文件进行核查，确信申报文件的内容与格式符合规定

B. 就本次收购所出具的专业意见已提交其内核机构审查，并获得通过

C. 在担任财务顾问期间，已采取严格的保密措施，严格执行内部防火墙制度

D. 与收购人已订立持续督导协议

117. 上市公司实施重大资产重组，应当遵循的原则有（　　）。（1分）

A. 不会导致上市公司经营状况发生波动

B. 重大资产重组所涉及的资产定价公允，不存在损害上市公司和股东合法权益的情形

C. 重大资产重组所涉及的资产权属清晰，资产过户或者转移不存在法律障碍，相关债权债务处理合法

D. 有利于上市公司增强持续经营能力，不存在可能导致上市公司重组后主要资产为现金或者无具体经营业务的情形

118. 并购重组委员会审核下列（　　）并购重组事项的，适用《中国证券监督管理委员会上市公司并购重组审核委员会工作规程》。

A. 根据中国证监会的相关规定构成上市公司重大资产重组的

B. 上市公司以新增股份向特定对象购买资产的

C. 上市公司实施合并、分立的

D. 上市公司以原有股份向特定对象购买资产的

119. 财务顾问应当建立健全内部报告制度，财务顾问主办人应当就中国证监会在反馈意见中提出的问题按照内部程序向（　　）报告。

A. 部门负责人　　　　　　　　B. 当地行政主管机构

C. 内部核查机构负责人　　　　D. 当地证券业协会

120. 向外商转让上市公司国有股和法人股，必须在下列（　　）范围内进行。（1分）

A. 向外商转让上市公司国有股和法人股，应当符合《外商投资产业指导目录》的要求

B. 凡禁止外商投资的，其国有股和法人股不得向外商转让

C. 原由外资股东持有的上市公司股权转让不在此约束范围内

D. 获得国资委的书面批准

三、判断题（共60题，每小题0.5分，共30分。正确的用 A 表示，错误的用 B 表示，不选、错选、放弃均不得分）

121. 根据中国证监会2003年8月30日发布（2004年10月15日修订）的《证券公司债券管理暂行办法》的规定，证券公司债券包括证券公司发行的可转换债券和次级债券。（　　）

122. 股份公司通过证券交易所交易系统采用上网资金申购方式公开发行股票。（　　）

123. 证券公司申请保荐机构资格时，注册资本应当不低于人民币2亿元。（　　）

124. 证券公司不可以在全国银行间债券市场上参加记账式国债的招标发行及竞争性定价过程，只能在证券交易所债券市场上参加。（　　）

125. 股份有限公司注册资本最低限额为人民币1000万元。以募集方式设立的，发起人认购的股份不得少于公司股份总数的25%。（　　）

126. 公司债券是一种不可转让的债权债务关系。（　　）

127. 无记名股票持有人出席股东大会的，应当于会议召开 5 日前至股东大会闭会时止，将股票交存于公司。（　　）

128. 独立董事的每届任期与该上市公司其他董事的任期相同，任期届满，连选可以连任，但是，连任时间不得超过 5 年。（　　）

129. 债权人会议依据法定程序通过的决议，对全体破产债权人发生效力。如果债权人会议的决议违反法律的要求，债务人可以在决议作出后 10 日内向人民法院请求裁决。（　　）

130. 价值重估是指国有资产监督管理机构依据国家清产核资政策和有关财务会计制度规定，对企业申报的各项资产损益和资金挂账进行认证。（　　）

131. 国家股是指具有法人资格的国有企业、事业及其他单位以其依法占用的法人资产形成或依法定程序取得的股份；国有法人股是指有权代表国家投资的机构或部门向股份公司投资形成的或依法定程序取得的股份。（　　）

132. 因股权融资无需支付利息，所以，融资成本一般比债务融资成本低。（　　）

133. 在考虑所得税的情况下，有负债企业的权益资本比不计所得税时少，所以，在赋税情况下，公司允许更大的权益规模。（　　）

134. 发行认股权证具有降低筹资成本、改善公司未来资本结构的好处，这与可转换证券筹资相似。不同之处在于认股权证的执行增加的是公司的负债。（　　）

135. 保荐机构应当与发行人签订保荐协议，明确双方的权利和义务。终止保荐协议的，保荐机构和发行人应当自终止之日起 3 个工作日内向中国证监会报告，说明原因。（　　）

136. 保荐机构及其保荐代表人有权列席发行人的股东大会和股东会，但不得参加发行人的监事会。（　　）

137. 保荐机构对证券服务机构及其签字人员出具的专业意见存有疑义的，应当拒绝保荐。（　　）

138. 有限责任公司按原账面净资产值折股整体变更为股份有限公司并首次公开发行股票上市的，持续经营时间 3 年的规定条件可以从有限责任公司成立之日起计算。（　　）

139. 发行人的总经理、副总经理、财务负责人和董事会秘书等高级管理人员不得在控股股东、实际控制人及其控制的其他企业中担任董事、监事等职务。（　　）

140. 发审委在对首次公开发行股票的审核过程中，发审委会议表决采取记名投票方式。表决票设同意票、反对票、弃权。（　　）

141. 首次公开发行股票的审核过程中，发行监管部认为必要时，可委托具备证券执业资格的会计师事务所对公司财务资料进行专项复核。（　　）

142. 绝对估值法又称可比公司法，是指对股票进行估值时，对可比较的或者代表性的公司进行分析，尤其注意有着相似业务的公司的新近发行以及相似规模的其他新近的首次公开发行，以获得估值基础。（　　）

143. 相对估值法反映的是内在价值决定价格，现金流折现法体现了市场供求决定的股票价格。（　　）

144. 发行人及其保荐机构应向不少于30家询价对象进行初步询价，并根据询价对象的报价结果确定发行价格区间及相应的市盈率区间。（　　）

145. 发行人计划实施超额配售选择权的，应当提请股东大会批准，因行使超额配售选择权

而发行的新股不作为本次发行的一部分。（   ）

146. 中小企业板是现有主板市场的一个板块，其适用的基本制度规范和发行上市标准与现有主板市场有所不同。（   ）

147. 在董事会秘书不能履行职责时，由证券事务代表行使其权利并履行其职责。在此期间，免除董事会秘书对公司信息披露事务所负有的责任。（   ）

148. 在证监会受理首次公开发行申请文件后、发审委审核以前，发行人的招股说明书申报稿必须保密，不得预先披露。（   ）

149. 招股说明书中引用的财务报告在其最近1期截止日后6个月内有效。特别情况下发行人可申请适当延长，但至多不超过3个月。（   ）

150. 发行人应披露交易金额在1000万元以上或者虽未达到1000万元以上但对生产经营活动、未来发展或财务状况具有重要影响的合同内容。（   ）

151. 上市公告书引用保荐人、证券服务机构的专业意见或者报告的，相关内容可以与保荐人、证券服务机构出具的文件内容不一致，确保引用保荐人、证券服务机构的意见不会产生误导。（   ）

152. 发行人应在披露上市公告书后10日内，将上市公告书文本一式五份分别报送发行人注册地的中国证监会派出机构、上市的证券交易所。（   ）

153. 上市公司申请发行新股，其最近2年及1期财务报表应未被注册会计师出具保留意见、否定意见或无法表示意见的审计报告。（   ）

154. 公司对公开发行股票所募集资金，必须按照招股说明书所列资金用途使用。改变招股说明书所列资金用途，必须经董事会作出决议。（   ）

155. 非公开发行股票发行价格不低于定价基准日前20个交易日公司股票均价的80%。（   ）

156. 中国证监会受理申请文件后，对发行人申请文件的合规性进行初审。在初审过程中，中国证监会将就发行人的投资项目是否符合国家产业政策征求国家发改革委的意见。国家发改委自收到文件后，在10个工作日内将有关意见函告中国证监会。（   ）

157. 发审委审核上市公司非公开发行股票申请，适用普通程序。（   ）

158. 发行人对前次募集资金投资项目的效益作出承诺并披露的，应列表披露投资项目效益情况；项目实际效益与承诺效益存在重大差异的，还应披露原因。（   ）

159. 可转换债券持有人可按约定的条件在规定的转股期内随时转股，并于转股完成后的当日成为发行公司的股东。（   ）

160. 上市公司应当在可转换公司债券期满后10个工作日内，办理完毕偿还债券余额本息的事项；分离交易的可转换公司债券的偿还事宜与此相同。（   ）

161. 回售条款相当于债券持有人同时拥有发行人出售的1张美式卖权。（   ）

162. 在股价走势向好时，赎回条款实际上起到强制转股的作用，当公司股票增长到一定幅度，转债持有人若不进行转股，那么，他从转债赎回得到的收益将远高于从转股中获得的收益。（   ）

163. 若公司最近2年连续亏损，交易所可暂停其可转换公司债券上市。（   ）

164. 债券持有人购买可交换债券后，可以按事先约定的条件和价格将所持债券回售给上市公司股东。（   ）

165. 储蓄国债是指财政部在中华人民共和国境内发行，通过商业银行面向个人投资者销

售、以电子方式记录债权的不可流通的人民币债券。（　　　）

166. 当利率或利差招标时，标位变动幅度为 0.1%。（　　　）

167. 财务公司发行金融债券没有强制担保要求。（　　　）

168. 发行人应当聘请具有企业债券评估从业资格的信用评级机构对其债券进行信用评级。债券资信评级机构对评级结果的客观、公正和及时性承担责任。（　　　）

169. 目前的企业债券发行核准程序分为先核定规模（额度）、后核准发行两个环节。（　　　）

170. 债券受托管理人由本次发行的保荐人或者其他经中国证监会认可的机构担任。为本次发行提供担保的机构经证监会批准可以担任本次债券发行的受托管理人。（　　　）

171. 企业发行中期票据应披露企业主体信用评级和债项评级。（　　　）

172. 在境内上市外资股的准备发行过程中，必须选聘境外具有证券相关业务资格的会计师事务所作为审计机构。（　　　）

173. 香港联交所《上市规则》规定，如果公司在相同的管理层人员的管理下有连续 3 年的营业记录，以往 3 年盈利合计 5000 万港元，并且市值不低于 1 亿港元，则可以上市。（　　　）

174. 股份有限公司申请在香港创业板上市，上市时的管理层股东及高持股量股东于上市时必须最少共持有新申请人已发行股本的 35%。（　　　）

175. 簿记定价主要是统计投资者在不同价格区间的订单需求量，以把握投资者需求对价格的敏感性，从而为主承销商（或全球协调人）的市场研究人员对定价区间、承销结果、上市后的基本表现等进行研究和分析提供依据。（　　　）

176. 特定对象以现金或者资产认购上市公司非公开发行的股份后，上市公司用同一次非公开发行所募集的资金向该特定对象购买资产的，视同上市公司发行股份购买资产。（　　　）

177. 上市公司国有股和法人股向外商转让后，上市公司仍然执行原有关政策，享受外商投资企业待遇。（　　　）

178. 投资者可以持证监会对投资者对上市公司进行战略投资的批准文件和有效身份证明，向证券登记结算机构办理相关手续。（　　　）

179. 财务顾问的工作档案和工作底稿应当真实、准确、完整，保存期不少于 15 年。（　　　）

180. 中国证券会对财务顾问及其财务顾问主办人违反自律规范的行为，依法进行调查，给予纪律处分。（　　　）

答案与解析

一、单选题（共 60 题，每题 0.5 分，共 30 分。以下备选答案中只有一项最符合题目要求，不选、错选均不得分）

1. 【答案】A
   【解析】我国于 2005 年 1 月 1 日试行首次公开发行股票询价制度。按照中国证监会的规定，首次公开发行股票的公司及其保荐人应通过向询价对象询价的方式确定股票发行价格，这标志着我国首次公开发行股票市场化定价机制的初步建立。

2. 【答案】A

3. 【答案】A

4. 【答案】B

【解析】国债承销团成员资格有效期为 3 年，期满后，成员资格依照《国债承销团成员资格审批办法》再次审批。

5. 【答案】C

【解析】股份有限公司采取发起设立方式设立的，公司全体发起人的首次出资额不得低于注册资本的 20%，其余部分由发起人自公司成立之日起两年内缴足。全体发起人的货币出资金额不得低于公司注册资本的 30%。

6. 【答案】A

【解析】《公司法》第一百四十二条规定，发起人持有的本公司股份，自公司成立之日起一年内不得转让。公司公开发行股份前已发行的股份，自公司股票在证券交易所上市交易之日起一年内不得转让。

7. 【答案】A

【解析】股东大会负责审议批准公司的利润分配方案和弥补亏损方案，制定公司的利润分配方案和弥补亏损方案属于董事会的职权。

8. 【答案】B

【解析】独立董事连续三次未亲自出席董事会会议的，由董事会提请股东大会予以撤换。除了出现上述情况及《公司法》中规定的不得担任董事的情形外，独立董事在任期届满前不得无故被免职。提前免职的，上市公司应将其作为特别披露事项予以披露；被免职的独立董事认为公司的免职理由不当的，可以作出公开声明。

9. 【答案】C

【解析】《公司法》第一百六十七条规定，公司分配当年税后利润时，应当提取利润的 10% 列入公司法定公积金。公司法定公积金累计额为公司注册资本 50% 以上的，可以不再提取。

10. 【答案】A

【解析】《证券法》第五十条规定，股份有限公司申请股票上市，如果公司股本总额超过人民币 4 亿元的，公开发行股份的比例为 10% 以上。

11. 【答案】B

【解析】改组为拟上市的股份有限公司需要聘请的中介机构除了财务顾问外，一般还包括具有从事证券相关业务资格的会计师事务所、具有从事证券相关业务资格资产评估机构和律师事务所。

12. 【答案】B

【解析】有权代表国家投资的机构或部门直接设立的国有企业以其部分资产(连同部分负债)改建为股份公司的，如进入股份公司的净资产(指评估前净资产)累计高于原企业所有净资产的 50%(含 50%)，或主营生产部分的全部或大部分资产进入股份制企业，其净资产折成的股份界定为国家股；若进入股份公司的净资产低于 50%，则其净资产折成的股份界定为国有法人股。

13. 【答案】A

【解析】当企业以分立或合并的方式改组，成立了对上市公司控股的公司的时候，其无形资产有以下几种处置方式：①直接作为投资折股，产权归上市公司，控股公司不再使用该无形资产;②产权归上市公司,但允许控股公司或其他关联公司有偿或无偿使用该无形资产;③无形资产产权由上市公司的控股公司掌握,控股公司与上市公司签订关于无形资产使用的许可协议,由上市公司有偿使用;④由上市公司出资取得无形资产的产权。

14. 【答案】B

【解析】我国采用资产评估的方法主要有收益现值法、重置成本法、现行市价法和清算价格法。收益现值法是将评估对象剩余寿命期间每年(或每月)的预期收益,用适当的折现率折现,累加得出评估基准日的现值,以此估算资产价值的方法。重置成本法是在现时条件下,被评估资产全新状态的重置成本减去该项资产的实体性贬值、功能性贬值和经济性贬值,估算资产价值的方法。清算价格法适用于依照《中华人民共和国企业破产法》的规定,经人民法院宣告破产的公司。现行市价法是通过市场调查,选择一个或 n 个与评估对象相同或类似的资产作为比较对象,分析比较对象的成交价格和交易条件,进行对比调整,估算出资产价值的方法。

15. 【答案】C

【解析】$D = 0.2$ 亿元,$S_L = 1$ 亿元,则根据公式可得 A 公司的权益成本 K_{S_L} 为:

$$K_{S_L} = K_{S_U} + (K_{S_U} - K_D)(D/S_L) = 15\% + (15\% - 10\%) \times (0.2/1) = 16\%。$$

16. 【答案】B

【解析】B 项债务融资的税前成本比股票融资成本低。

17. 【答案】C

【解析】保荐机构及其保荐代表人不仅要负责推荐发行人证券发行上市,同时还要持续督导发行人履行规范运作、信守承诺、信息披露等义务。

18. 【答案】B

【解析】审计报告应当由注册会计师签名、盖章,加盖会计师事务所的公章。对上市公司及企业改组上市的审计,应由两名具有证券相关业务资格证的注册会计师签名、盖章。

19. 【答案】C

【解析】注册会计师在审计过程中,由于审计范围受到委托人、被审计单位或客观环境的严重限制,不能获取必要的审计证据,以致无法对会计报表整体发表审计意见时,应当出具拒绝表示意见的审计报告。注册会计师明知应当出具保留意见和否定意见的审计报告时,不得以拒绝表示意见的审计报告代替。

20. 【答案】A

【解析】BC 两项可视为公司控制权没有发生变更;D 项只有同时满足变化前后的股东不属于同一实际控制人的条件时才视为公司控制权发生变更的情形。

21. 【答案】C

【解析】发审委委员由中国证监会的专业人员和中国证监会外的有关专家组成,由中国证监会聘任。发审委委员为 25 名,部分发审委委员可以为专职。其中中国证监会的人员 5 名,中国证监会以外的人员 20 名。发审委设会议召集人 5 名。

22. 【答案】B

【解析】发审委委员每届任期 1 年,可以连任,但连续任期最长不超过 3 届。

23. 【答案】C

【解析】用全面摊薄法计算如下：

$$每股净利润 = \frac{全年净利润}{发行前的总股本 + 本次公开发行股票数} = \frac{6400}{12000 + 4000} = 0.40（元）。$$

24. 【答案】A

【解析】在加权平均法下：

$$每股净利润 = \frac{全年净利润}{发行前总股本数 + 本次公开发行股本数 \times (12 - 发行月份) \div 12}$$

$$= \frac{1711}{7500 + 3500 \times (12 - 6) \div 12}$$

$$= 0.494（元）$$

25. 【答案】D

【解析】在超额配售选择权行使完成后的3个工作日内，主承销商应当在中国证监会指定报刊披露有关超额配售选择权的行使情况包括：①因行使超额配售选择权而发行的新股数，如未行使，应当说明原因；②从集中竞价交易市场购买发行人股票的数量及所支付的总金额、平均价格、最高与最低价格；③发行人本次发行股份总量；④发行人本次筹资总金额。

26. 【答案】B

【解析】中小企业板块是在深圳证券交易所主板市场中设立的一个运行独立、监察独立、代码独立、指数独立的板块，集中安排符合主板发行上市条件的企业中规模较小的企业上市。中小企业板是现有主板市场的一个板块，其适用的基本制度规范与现有市场完全相同。

27. 【答案】B

【解析】关于业务发展目标的披露，发行人应披露发行当年和未来两年的发展计划，包括提高竞争能力、市场和业务开拓、筹资等方面的计划。

28. 【答案】C

【解析】发行人应根据《公司法》和《企业会计准则》的相关规定披露关联方、关联关系和关联交易。发行人应根据交易的性质和频率，按照经常性和偶发性分类披露关联交易及关联交易对其财务状况和经营成果的影响。

29. 【答案】D

【解析】招股说明书结尾应列明备查文件，并在指定网站上披露。备查文件包括：①发行保荐书；②财务报表及审计报告；③盈利预测报告及审核报告（如有）；④内部控制鉴证报告；⑤经注册会计师核验的非经常性损益明细表；⑥法律意见书及律师工作报告；⑦公司章程（草案）；⑧中国证监会核准本次发行的文件；⑨其他与本次发行有关的重要文件。

30. 【答案】A

【解析】上市公司存在下列情形之一的，不得公开发行证券：①本次发行申请文件有虚假记载、误导性陈述或重大遗漏；②擅自改变前次公开发行证券募集资金的用途而未作纠正；③上市公司最近12个月内受到过证券交易所的公开谴责；④上市公司及其控股股东或实际控制人最近12个月内存在未履行向投资者作出的公开承诺的行为；⑤上市公司或其现任董事、高级管理人员因涉嫌犯罪被司法机关立案侦查或涉嫌违法违规被中国证监会立案调查；⑥严重损害投资者的合法权益和社会公共利益的其他情形。

31. 【答案】C

【解析】发审委委员发现存在尚待调查核实并影响明确判断的重大问题，应当在发审委会议前以书面方式提议暂缓表决。发审委会议首先对该股票发行申请是否需要暂缓表决进行投票，同意票数达到5票的，可以对该股票发行申请暂缓表决；同意票数未达到5票的，发审委会议按正常程序对该股票发行申请进行审核。

32. 【答案】D

【解析】上市公司发行新股的，持续督导的期间为证券上市当年剩余时间及其后1个完整会计年度。持续督导的期间自证券上市之日起计算。持续督导期届满，如有尚未完结的保荐工作，保荐人应当继续完成。保荐人应当自持续督导工作结束后10个工作日内向中国证监会、证券交易所报送"保荐总结报告书"。

33. 【答案】C

【解析】在询价增发、比例配售操作流程中，T+1日，主承销商联系会计师事务所，如果采用摇号方式，还须联系公证处；而在定价增发操作流程中，T+1日，主承销商联系会计师事务所进行网下申购定金验资；在T日，增发新股可流通部分上市交易，当日股票不设涨跌幅限制。

34. 【答案】C

【解析】上市公司配股信息披露有以下规定：T+X日，刊登股份变动及上市公告书。该公告须在交易所对上市申请文件审查同意后，且所配股票上市前3个工作日内刊登。

35. 【答案】A

【解析】可转换公司债券的最短期限为1年，最长期限为6年。分离交易的可转换公司债券的期限最短为1年，无最长期限限制；认股权证的存续期间不超过公司债券的期限，自发行结束之日起不少于6个月。募集说明书公告的权证存续期限不得调整。

36. 【答案】C

【解析】转股价格修正方案须提交公司股东大会表决，且须经出席会议的股东所持表决权的2/3以上同意；股东大会进行表决时，持有公司可转换债券的股东应当回避。

37. 【答案】A

【解析】A项，通常情况下，赎回期限越长、转换比率越低、赎回价格越低，赎回的期权价值就越大，越有利于发行人。

38. 【答案】B

【解析】上市公司向证券交易所申请可转换公司债券上市，应当提交的文件包括：①上市报告书(申请书)；②申请上市的董事会和股东大会决议；③按照有关规定编制的上市公告书；④保荐协议和保荐人出具的上市保荐书；⑤发行结束后经具有执行证券、期货相关业务资格的会计师事务所出具的验资报告；⑥登记公司对新增股份和可转换公司债券登记托管的书面确认文件；⑦证券交易所要求的其他文件。

39. 【答案】C

【解析】C项，荷兰式招标的标的为价格时，全场最低中标价格为当期国债发行价格，各中标机构均按发行价格承销。

40. 【答案】C

【解析】凭证式国债是一种不可上市流通的储蓄型债券，由具备凭证式国债承销团资格的机构承销。财政部和中国人民银行一般每年确定一次凭证式国债承销团资格，各类商业银行、邮政储蓄银行均有资格申请加入凭证式国债承销团，证券公司除外。

41. 【答案】C
【解析】根据《保险公司偿付能力报告编报规则第6号：认可负债》的相关规定，保险公司募集的定期次级债务应当在到期日前按照一定比例折算确认为认可负债，以折算后的账面余额作为其认可价值。剩余年限在1年以内的，折算比例为80%；剩余年限在1年以上(含1年)2年以内的，折算比例为60%；剩余年限在2年以上(含2年)3年以内的，折算比例为40%；剩余年限在3年以上(含3年)4年以内的，折算比例为20%；剩余年限在4年以上(含4年)的，折算比例为0。

42. 【答案】B
【解析】《公司债券发行试点办法》第二十八条规定，发行人违反本办法规定，存在不履行信息披露义务，或者不按照约定召集债券持有人会议，损害债券持有人权益等行为的，中国证监会可以责令整改；对其直接负责的主管人员和其他直接责任人员，可以采取监管谈话、认定为不适当人选等行政监管措施，记入诚信档案并公布。

43. 【答案】D
【解析】《公司债券发行试点办法》第二十一条规定，首期发行数量应当不少于总发行数量的50%，剩余各期发行的数量由公司自行确定，每期发行完毕后5个工作日内报中国证监会备案。

44. 【答案】C
【解析】首期发行短期融资券的，应至少于发行日前5个工作日公布发行文件；后续发行的，应至少于发行日前3个工作日公布发行文件。

45. 【答案】C
【解析】证券公司定向发行债券的担保金额原则上应不少于债券本息总额的50%；担保金额不足50%或者未提供担保定向发行债券的，应当在发行和转让时向投资者作特别风险提示，并由投资者签字。

46. 【答案】B
【解析】国际开发机构申请在中国境内发行人民币债券应具备以下条件：①财务稳健，资信良好，经在中国境内注册且具备人民币债券评级能力的评级公司评级，人民币债券信用级别为AA级以上；②已为中国境内项目或企业提供的贷款和股本资金在10亿美元以上；③所募集资金用于向中国境内的建设项目提供中长期固定资产贷款或提供股本资金，投资项目符合中国国家产业政策、利用外资政策和固定资产投资管理规定。主权外债项目应列入相关国外贷款规划。

47. 【答案】B
【解析】根据《关于股份有限公司境内上市外资股的规定》第八条的规定，以募集方式设立公司，申请发行境内上市外资股的，发起人的出资总额不少于1.5亿元人民币。

48. 【答案】C
【解析】国有企业、集体企业及其他所有制形式的企业经重组改制为股份有限公司后，凡符合境外上市条件的，均可向中国证监会提出境外上市申请。具体申请条件包括：①符合我国有关境外上市的法律法规和规则；②筹资用途符合国家产业政策、利用外资政策及国家有关固定资产投资立项的规定；③净资产不少于4亿元人民币，过去1

年税后利润不少于6000万元人民币，并有增长潜力，按合理预期市盈率计算，筹资额不少于5000万美元；④具有规范的法人治理结构及较完善的内部管理制度，有较稳定的高级管理层及较高的管理水平；⑤上市后分红派息有可靠的外汇来源，符合国家外汇管理的有关规定；⑥证监会规定的其他条件。

49. **【答案】**D

【解析】内地企业在香港创业板上市，如新申请人具备24个月活跃业务记录，则公司预期上市时的市值不得少于4600万港元；如新申请人具备12个月活跃业务记录，则公司预期上市时的市值不得少于5亿港元。

50. **【答案】**C

【解析】主承销商和全球协调人在计划安排国际分销的地区与发行人和股票上市地的关系时通常倾向于选择与发行人和股票上市地有密切投资关系、经贸关系和信息交换关系的地区为国际配售地。

51. **【答案】**A

【解析】在确定国际分销方案时，一般选择当地法律对配售没有限制和严格审查要求的地区作为配售地，以简化发行准备工作。对于募股规模较大的项目来说，每个国际配售地区通常要安排一家主要经办人。

52. **【答案】**C

【解析】A项，为防御性收购；B项，为毒丸策略；D项，防御性收购的最大受益者是公司经营者。

53. **【答案】**B

【解析】在以下情况下，收购人以要约方式收购一个上市公司股份的，其预定收购的股份比例均不得低于该上市公司已发行股份的5%：①投资者自愿选择以要约方式收购上市公司股份；②收购人通过证券交易所的证券交易，持有一个上市公司的股份达到该公司已发行股份的30%时，继续增持股份；③收购人通过协议方式在一个上市公司中拥有权益的股份达到该公司已发行股份的5%，但未超过30%；④收购人虽不是上市公司的股东，通过投资关系、协议或者其他安排导致其拥有权益的股份达到或超过该公司已发行股份的5%，但未超过30%。

54. **【答案】**D

【解析】通过证券交易所的证券交易取得权益的信息披露规定：投资者及其一致行动人拥有权益的股份达到一个上市公司已发行股份的5%后，通过证券交易所的证券交易，其拥有权益的股份占该上市公司已发行股份的比例每增加或者减少5%，应当依照规定进行报告和公告。在报告期限内和作出报告、公告后2日内，不得再行买卖该上市公司的股票。

55. **【答案】**A

【解析】《上市公司重大资产重组管理办法》第二十九条规定，上市公司收到中国证监会就其重大资产重组申请作出的予以核准或者不予核准的决定后，应当在次一工作日予以公告。中国证监会予以核准的，上市公司应当在公告核准决定的同时，按照相关信息披露准则的规定补充披露相关文件。

56. **【答案】**C

【解析】《上市公司重大资产重组管理办法》适用于上市公司及其控股或者控制的公司在

日常经营活动之外购买、出售资产或者通过其他方式进行资产交易达到规定的比例，导致上市公司的主营业务、资产、收入发生重大变化的资产交易行为。其中，"通过其他方式进行资产交易"包括：①与他人新设企业、对已设立的企业增资或者减资；②受托经营、租赁其他企业资产或者将经营性资产委托他人经营、租赁；③接受附义务的资产赠与或者对外捐赠资产；④中国证监会根据审慎监管原则认定的其他情形。

57.【答案】D

【解析】上市公司及其控股或者控制的公司购买、出售资产或者通过其他方式进行资产交易的活动构成重大资产重组行为时，应按上市公司重大购买、出售资产的行为进行规范。上市公司及其控股或者控制的公司购买、出售资产，达到下列标准之一的，构成重大资产重组：①购买、出售的资产总额占上市公司最近1个会计年度经审计的合并财务会计报告期末资产总额的比例达到50%以上；②购买、出售的资产在最近1个会计年度所产生的营业收入占上市公司同期经审计的合并财务会计报告营业收入的比例达到50%以上；③购买、出售的资产净额占上市公司最近1个会计年度经审计的合并财务会计报告期末净资产额的比例达到50%以上，且超过5000万元人民币。

58.【答案】C

【解析】并购重组委员会会议在充分讨论的基础上，对申请人的并购重组申请是否符合相关条件进行表决。表决采取记名投票方式。表决票设同意票和反对票，并购重组委员会委员不得弃权。表决投票时同意票数达到3票为通过，同意票数未达到3票为未通过。并购重组委员会委员在投票时应当在表决票上说明理由。

59.【答案】A

【解析】参见《上市公司并购重组财务顾问业务管理办法》第七条规定。

60.【答案】B

【解析】参见《上市公司并购重组财务顾问业务管理办法》第三十条规定。

二、多选题（共60题40分，其中已标明分值的20题每题1分，其余40题每题0.5分。以下备选项中有两项或两项以上符合题目要求，多选、少选、错选均不得分）

61.【答案】AB

【解析】申请凭证式国债承销团成员资格的申请人除具备基本条件外，还须具备下列条件：①注册资本不低于人民币3亿元或者总资产在人民币100亿元以上的存款类金融机构；②营业网点在40个以上。

62.【答案】ABC

【解析】根据《证券公司管理办法》的规定，投资银行部门应当遵循内部防火墙原则，建立有关隔离制度，严格制定各种管理规章、操作流程和岗位手册，并针对各个风险点设置必要的控制程序，做到投资银行业务和经纪业务、自营业务、受托投资管理业务、证券研究和证券投资咨询业务等在人员、信息、账户、办公地点上严格分开管理，以防止利益冲突。

63.【答案】ACD

【解析】中国证监会各派出机构对辖区内的证券公司进行检查，证券承销业务的合规性、正常性和安全性是现场检查的重要内容。对承销业务的现场检查包括：①机构、制度与人员的检查；②业务的检查。

64.【答案】ABD

【解析】我国《公司法》第九十二条规定，发起人、认股人缴纳股款或者交付抵作股款的出资后，除未按期募足股份、发起人未按期召开创立大会或者创立大会决议不设立公司的情形外，不得抽回其股本。

65. 【答案】AC

【解析】自然人、法人均可以作为发起人。自然人作为发起人应有完全民事行为能力，必须可以独立承担民事责任。法人作为发起人时，它应与营利性质相适应，如工会、国家拨款的大学不宜作为股份有限公司的发起人。

66. 【答案】ACD

【解析】公司增资的方式有：①向社会公众发行股份；②向特定对象发行股份；③向现有股东配售股份；④向现有股东派送红股；⑤以公积金转增股本；⑥公司债转换为公司股份等。以公开发行新股方式增资的，应当经过中国证监会的核准。

67. 【答案】AB

【解析】监事会由股东代表和适当比例的公司职工代表组成，其中职工代表的比例不得低于1/3，具体比例由公司章程规定。监事会中的职工代表由公司职工通过职工代表大会、职工大会或者其他形式民主选举产生。

68. 【答案】BCD

【解析】依据《公司法》第一百四十七条的规定，有以下情形的，不得担任股份有限公司的董事：①无民事行为能力或限制民事行为能力者；②因贪污、贿赂、侵占财产、挪用财产罪和破坏社会主义市场经济秩序，被判处刑罚，执行期满未逾5年，或者因犯罪被剥夺政治权利，执行期满未逾5年；③担任破产清算的公司、企业的董事或厂长、经理，并对该公司、企业的破产负有个人责任的，自该公司、企业破产清算完结之日起未逾3年；④担任因违法被吊销营业执照、责令关闭的公司、企业的法定代表人，并负有个人责任的，自该公司、企业被吊销执照之日起未逾3年；⑤个人所负数额较大的债务到期未清偿。A项必须同时符合债务数额较大且到期未清偿。

69. 【答案】ABD

【解析】C项专为拟发行上市公司生产经营提供服务的机构，应重组进入拟发行上市公司。

70. 【答案】ACD

【解析】关联交易的价格或收费，原则上应不偏离市场独立第三方的标准。对于难以比较市场价格或订价受到限制的关联交易，应通过合同明确有关成本和利润的标准。

71. 【答案】AB

【解析】有权代表国家投资的机构或部门直接设立的国有企业以其部分资产（连同部分负债）改建为股份公司的，若进入股份公司的净资产低于50%（不含50%），则其净资产折成的股份界定为国有法人股。国有法人单位（行业性总公司和具有政府行政管理职能的公司除外）所拥有的企业，包括产权关系经过界定和确认的国有企业的全资子企业（全资子公司）和控股子企业（控股子公司）及其下属企业，以全部或部分资产改建为股份公司，进入股份公司的净资产折成的股份，界定为国有法人股。

72. 【答案】ABCD

【解析】无形资产是指得到法律认可和保护，不具有实物形态，并在较长时间内（超过1年）使企业在生产经营中受益的资产。无形资产实际上是企业拥有的一种特殊权利，给企业带来的收益具有较高的不确定性，主要包括商标权、专利权、著作权、专有技术、土地使用权、商誉、特许经营权、开采权等。

73.【答案】BCD

【解析】资本成本包括融资费用和使用费用。前者是公司在融资过程中发生的各种费用，如委托金融机构代理发行股票、债券而支付的手续费；后者是公司因使用资金而向资金提供者支付的报酬，如股票融资向股东支付的股息和红利、发行债券和借款支付的利息，使用租用资产支付的租金等等。

74.【答案】ABD

【解析】在实际运用中，在比较各种筹资方式时，使用个别资本成本；在进行资本结构决策时，使用加权平均资本成本；在进行追加筹资决策时，使用边际资本成本。

75.【答案】BCD

【解析】一个高速增长的公司在其普通股价格大幅上升的情况下，利用可转换证券筹资的成本要高于普通股或优先股，所以不适合用发行转换证券的方法融资。而股票市值处于成长期，发行股票和认股权证是较好的融资方法。同时由于公司的留存收益相当可观，在筹资费用相当高的今天，利用留存收益融资对公司非常有益。

76.【答案】ABD

【解析】C项，保荐机构所作的判断与证券服务机构的专业意见存在重大差异的，应当对有关事项进行调查、复核，并可聘请其他证券服务机构提供专业服务。

77.【答案】ABC

【解析】根据《证券发行上市保荐业务管理办法》第三十三条第四项，只要保荐机构有充分理由确信申请文件和信息披露资料与证券服务机构发表的意见不存在实质性差异即可，不要求不存在任何差异。

78.【答案】BCD

【解析】内部核查部门审核本次证券发行项目的主要过程，包括内部核查部门的成员构成、现场核查的次数及工作时间。A项属于内核小组对发行人本次证券发行项目的审核过程的内容。

79.【答案】ABCD

【解析】参见《首次公开发行股票并在创业板上市管理暂行办法》第十四条。

80.【答案】ABD

【解析】C项，除金融类企业外，募集资金使用项目不得为持有交易性金融资产和可供出售的金融资产、借予他人、委托理财等财务性投资，不得直接或者间接投资于以买卖有价证券为主要业务的公司。

81.【答案】AD

【解析】首次公开发行股票的发行人在财务与会计方面应当符合下列条件：①最近3个会计年度净利润均为正数且累计超过人民币3000万元，净利润以扣除非经常性损益前后较低者为计算依据；②最近3个会计年度经营活动产生的现金流量净额累计超过人民币5000万元；或者最近3个会计年度营业收入累计超过人民币3亿元；③发行前股本总额不少于人民币3000万元；④最近1期末无形资产（扣除土地使用权、水面养殖权和采矿权等后）占净资产的比例不高于20%；⑤最近1期末不存在未弥补亏损。

82.【答案】ABCD

【解析】发审委委员审核股票发行申请文件时，应及时提出回避的情形除了ABCD四项外，还包括：①发审委会议召开前，与本次所审核发行人及其他相关单位或者个人进行过接触，可能影响其公正履行职责的；②中国证监会认定的可能产生利害冲突或者发审委委员认为可能影响其公正履行职责的其他情形。

83. 【答案】AC

【解析】根据中国证监会《证券期货法律适用意见第1号》第三条，只有同时满足AC两项内容的才能够视为控制权发生变化。

84. 【答案】ABCD

【解析】对首次公开发行股票的公司进行专项复核后由执行专项复核的会计师事务所出具的专项复核报告至少应包括四个部分：①复核时间、范围及目的；②相关责任；③履行的复核程序；④复核结论。

85. 【答案】ABC

【解析】通过市盈率法估值时的基本程序为：①计算出发行人的每股收益；②根据二级市场的平均市盈率、发行人的行业情况(同类行业公司股票的市盈率)、发行人的经营状况及其成长性等拟订发行市盈率；③依据发行市盈率与每股收益的乘积决定估值。

86. 【答案】BC

【解析】询价对象有下列情形之一的，中国证券业协会应当将其从询价对象名单中去除：①不再符合《证券发行与承销管理办法》规定的条件；②最近12个月内因违反相关监管要求被监管谈话3次以上；③未按时提交年度总结报告。

87. 【答案】AC

【解析】主承销商于T日17:30后通过其PROP信箱获取各配售对象截至T日16:00的申购资金到账情况。主承销商根据其获取的T日16:00资金到账情况以及结算银行提供的网下申购资金专户截止T日16:00的资金余额，按照中国证监会相关规定组织验资。主承销商于T+2 7:00前将确定的配售结果数据，包括发行价格、获配股数、配售款、证券账户、获配股份限售期限、配售对象证件代码等通过PROP发送至登记结算平台。

88. 【答案】AC

【解析】承销费用一般根据股票发行规模确定。目前收取承销费用的标准是：包销商收取的包销佣金为包销股票总金额的1.5%～3%；代销佣金为实际售出股票总金额的0.5%～1.5%。

89. 【答案】BC

【解析】首次公开发行股票发行人的高级管理人员(不限)和主承销商的项目负责人应出席公司推介活动；参加推介活动的人员在推介活动前应进行认真、充分的准备，并向中国证监会书面承诺其向投资者发布的信息不存在虚假记载、误导性陈述或有重大遗漏。

90. 【答案】AB

【解析】发行人应根据重要性原则披露报告期内主要产品的原材料和能源及其供应情况，具体包括：①主要原材料和能源的价格变动趋势、主要原材料和能源占成本的比重；②报告期内各期向前5名供应商合计的采购额占当期采购总额的百分比，如向单个供应商的采购比例超过总额的50%或严重依赖少数供应商的，应披露其名称及采购比例；③受同一实际控制人控制的供应商，应合并计算采购额。

91. 【答案】ABC

【解析】在招股说明书中，发行人应列表披露最近3年及1期的流动比率、速动比率、资产负债率（母公司）、应收账款周转率、存货周转率、息税折旧摊销前利润、利息保障倍数、每股经营活动产生的现金流量、每股净现金流量、每股收益、净资产收益率、无形资产（扣除土地使用权、水面养殖权和采矿权等后）占净资产的比例。

92. 【答案】BC

【解析】募集资金拟用于向其他企业增资或收购其他企业股份的，发行人应披露的内容是：①拟增资或收购的企业的基本情况及最近1年及1期经具有证券、期货相关业务资格的会计师事务所审计的资产负债表和利润表；②增资资金折合股份或收购股份的评估、定价情况；③增资或收购前后持股比例及控制情况；④增资或收购行为与发行人业务发展规划的关系。

93. 【答案】ABC

【解析】招股说明书中股利分配政策的披露内容包括：①发行人应披露最近3年股利分配政策、实际股利分配情况以及发行后的股利分配政策；②发行人应披露本次发行完成前滚存利润的分配安排和已履行的决策程序，若发行前的滚存利润归发行前的股东享有，应披露滚存利润的审计和实际派发情况，同时在招股说明书首页对滚存利润中由发行前股东单独享有的金额以及是否派发完毕作"重大事项提示"；③发行人已发行境外上市外资股的，应披露股利分配的上限为按中国会计准则和制度与上市地会计准则确定的未分配利润数字中较低者。

94. 【答案】BCD

【解析】A项，发行人应根据《公司法》和《企业会计准则》的相关规定披露关联方、关联关系和关联交易。

95. 【答案】ABD

【解析】在《上市公告书》中，除ABD三项外，发行人应披露的招股说明书刊登日至上市公告书刊登前已发生的可能对发行人有较大影响的重要事项还包括：①主要业务发展目标的进展；②所处行业或市场的重大变化；③重大关联交易事项；④重大投资；⑤重大资产（股权）购买、出售及置换；⑥董事、监事、高级管理人员及核心技术人员的变化；⑦重大诉讼、仲裁事项；⑧对外担保等或有事项；⑨其他应披露的重大事项。

96. 【答案】ABC

【解析】根据《证券法》第十三条的有关规定，上市公司公开发行新股，必须具备的条件有：①具备健全且运行良好的组织机构；②具有持续盈利能力，财务状况良好；③公司在最近3年内财务会计文件无虚假记载，无其他重大违法行为；④经国务院批准的国务院证券监督管理机构规定的其他条件。而《证券法》第十五条规定，上市公司发行新股，还必须满足下列要求："公司对公开发行股票所募集资金，必须按照招股说明书所列资金用途使用。改变招股说明书所列资金用途，必须经股东大会作出决议。擅自改变用途而未作纠正的，或者未经股东大会认可的，不得公开发行新股。"

97. 【答案】ABD

98. 【答案】BD

【解析】询价增发、比例配售操作流程是：①T－3日，《招股意向书》、《网下发行公告》和《网上发行公告》见报并见于交易所网站，上午上市公司股票停牌1小时。刊登询价区间公告前一日 15：45 前，将盖章后的价格区间公告送上海证券交易所；②T－1日，询价区间公告见报，股票停牌 1 个小时；③T＋1 日，主承销商联系会计师事务所。如果采用摇号方式，还须联系公证处；④T＋2 日，11：00 前，主承销商根据验资结果，确定本次网上网下发行数量、配售比例和发行价格，盖章后将结果报上海证券交易所上市公司部；15：00 前，主承销商向上市公司部送达验资报告。主承销商拟定价格、申购数量及回拨情况等发行结果公告准备见报；⑤T＋3 日，主承销商刊登《发行价格及配售情况结果公告》；⑥T＋4 日，股票复牌。

99.【答案】ABCD

【解析】公开发行可转换公司债券或可分离交易的可转换公司债券，应当约定保护债券持有人权利的办法以及债券持有人会议的权利、程序和决议生效条件。存在下列事项之一的，应当召开债券持有人会议：①拟变更募集说明书的约定；②发行人不能按期支付本息；③发行人减资、合并、分立、解散或者申请破产；④保证人或者担保物发生重大变化；⑤其他影响债券持有人重大权益的事项。

100.【答案】ABC

【解析】根据《上市公司证券发行管理办法》，中国证监会依照下列程序审核发行证券的申请：①受理申请文件；②初审；③发审委审核；④核准；⑤证券发行；⑥再次申请；⑦证券承销。

101.【答案】BCD

【解析】《上海证券交易所股票上市规则》12.20 规定，上海证券交易所按照下列规定停止可转换公司债券的交易：①可转换公司债券流通面值少于 3000 万元时，在上市公司发布相关公告 3 个交易日后停止其可转换公司债券的交易；②可转换公司债券自转换期结束之前的第 10 个交易日起停止交易；③可转换公司债券在赎回期间停止交易。除此之外，可转换公司债券还应当在出现中国证监会和证券交易所认为必须停止交易的其他情况时停止交易。

102.【答案】AB

【解析】C 项，可交换公司债券持有人申请换股的，应当通过其托管证券公司向证券交易所发出换股指令，指令视同为债券受托管理人与发行人认可的解除担保指令。D 项，在可交换公司债券发行前，公司债券受托管理人应当与上市公司股东就预备用于交换的股票签订担保合同，按照证券登记结算机构的业务规则设定担保，办理相关登记手续，将其专户存放，并取得担保权利证明文件。

103.【答案】AC

【解析】企业集团财务公司发行金融债券应具备以下条件：①具有良好的公司治理结构、完善的投资决策机制、健全有效的内部管理和风险控制制度及相应的管理信息系统；②具有从事金融债券发行的合格专业人员；③依法合规经营，符合中国银监会有关审慎监管的要求，风险监管指标符合监管机构的有关规定；④财务公司已发行、尚未兑付的金融债券总额不得超过其净资产总额的 100%，发行金融债券后，资本充足率不低于 10%；⑤财务公司设立 1 年以上，经营状况良好，申请前 1 年利润率不低行业平均水平，且有稳定的盈利预期；⑥申请前 1 年，不良资产率低于行业平均水平，资产损失准备拨备充足；⑦申请前 1 年，注册资本金不低于 3 亿元人民币，净资产不低于行业平均水平；⑧近 3 年无重大违法违规记录；⑨无到期不能支付债务；⑩中国人民银行和中国银监会规定的其他条件。

104. 【答案】CD

【解析】符合以下条件的公司债券可以进入银行间债券市场交易流通，但公司债券募集办法或发行章程约定不交易流通的债券除外：①依法公开发行；②债权债务关系确立并登记完毕；③发行人具有较完善的治理结构和机制，近两年没有违法和重大违规行为；④实际发行额不少于人民币5亿元；⑤单个投资人持有量不超过该期公司债券发行量的30%。

105. 【答案】BC

【解析】证券评级机构评级委员会委员及评级从业人员在开展证券评级业务期间有下列情形之一的，应当回避：①本人、直系亲属持有受评级机构或者受评级证券发行人的股份达到5%以上，或者是受评级机构、受评级证券发行人的实际控制人；②本人、直系亲属担任受评级机构或者受评级证券发行人的董事、监事和高级管理人员；③本人、直系亲属担任受评级机构或者受评级证券发行人聘任的会计师事务所、律师事务所、财务顾问等证券服务机构的负责人或者项目签字人；④本人、直系亲属持有受评级证券或者受评级机构发行的证券金额超过50万元，或者与受评级机构、受评级证券发行人发生累计超过50万元的交易；⑤中国证监会认定的足以影响独立、客观、公正原则的其他情形。

106. 【答案】ABC

【解析】根据《上海证券交易所公司债券上市规则》，公司债券申请上市，应当符合下列条件：①经有权部门批准并发行；②债券的期限为1年以上；③债券的实际发行额不少于人民币5000万元；④债券须经资信评级机构评级，且债券的信用级别良好；⑤申请债券上市时仍符合法定的公司债券发行条件；⑥证券交易所认可的其他条件。

107. 【答案】ABC

【解析】《证券市场资信评级业务管理暂行办法》第八条规定，资信评级机构负责证券评级业务的高级管理人员，应当具备下列条件：①取得证券从业资格；②熟悉资信评级业务有关的专业知识、法律知识，具备履行职责所需要的经营管理能力和组织协调能力，且通过证券评级业务高级管理人员资质测试；③无《公司法》、《证券法》规定的禁止任职情形；④未被金融监管机构采取市场禁入措施，或者禁入期已满；⑤最近3年未因违法经营受到行政处罚，不存在因涉嫌违法经营、犯罪正在被调查的情形；⑥正直诚实，品行良好，最近3年在税务、工商、金融等行政管理机关，以及自律组织、商业银行等机构无不良诚信记录。境外人士担任前款规定职务的，还应当在中国境内或者香港、澳门等地区工作不少于3年。

108. 【答案】ABD

【解析】《银行间债券市场非金融企业中期票据业务指引》第七条规定，企业应在中期票据发行文件中约定投资者保护机制，包括应对企业信用评级下降、财务状况恶化或其他可能影响投资者利益情况的有效措施，以及中期票据发生违约后的清偿安排。

109. 【答案】ABCD

【解析】境内上市外资股的投资主体主要有：①外国的自然人、法人和其他组织；②中国香港、澳门、台湾地区的自然人、法人和其他组织；③定居在国外的中国公民；④拥有外汇的境内居民；⑤中国证监会认定的其他投资人。

110. 【答案】ABD

【解析】企业申请境外上市的具体条件包括：①符合我国有关境外上市的法律法规和规则；②筹资用途符合国家产业政策、利用外资政策及国家有关固定资产投资立项的规定；③净资产不少于4亿元人民币，过去1年税后利润不少于6000万元人民币，并有增长潜力，按合理预期市盈率计算，筹资额不少于5000万美元；④具有规范的法人治理结构及较完善的内部管理制度，有较稳定的高级管理层及较高的管理水平；⑤上市后分红派息有可靠的外汇来源，符合国家外汇管理的有关规定；⑥证监会规定的其他条件。

111. 【答案】AB

【解析】C项，若发行人拥有超过一种类别的证券，其上市时由公众人士持有的证券总数必须占发行人已发行股本总额至少25%；但正在申请上市的证券类别占发行人已发行股本总额的百分比不得少于15%，上市时的预期市值也不得少于5000万港元。D项，如发行人预期上市时市值超过100亿港元，则交易所可酌情接纳一个介乎15%～25%之间的较低百分比。

112. 【答案】CD

【解析】A项，境内上市公司所属企业申请境外上市，应符合上市公司最近3个会计年度内发行股份及募集资金投向的业务和资产不得作为对所属企业的出资申请境外上市的规定；B项，上市公司最近1个会计年度合并报表中按权益享有的所属企业的净利润不得超过上市公司合并报表净利润的50%。

113. 【答案】ABC

【解析】在没有遭受收购打击前，各公司可以通过在公司章程中加入反收购条款，使将来的收购成本加大，接收难度增加。常见的反收购条款有：①每年部分改选董事会成员；②限制董事资格；③超级多数条款。

114. 【答案】AC

【解析】任何人不得利用上市公司的收购损害被收购公司及其股东的合法权益。有下列情形之一的，不得收购上市公司：①收购人负有数额较大债务，到期未清偿，且处于持续状态；②收购人最近3年有重大违法行为或者涉嫌有重大违法行为；③收购人最近3年有严重的证券市场失信行为；④收购人为自然人的，存在《公司法》第一百四十七条规定的情形；⑤法律、行政法规规定以及中国证监会认定的不得收购上市公司的其他情形。

115. 【答案】ABD

【解析】C项，中国证监会发布"关于修改《上市公司收购管理办法》第六十三条的决定"的前后，当事人可以向中国证监会申请以简易程序免除以要约方式增持股份的情形没有发生变化。

116. 【答案】ABCD

【解析】财务顾问受托向中国证监会报送申报文件，应当在财务顾问报告中作出的承诺除ABCD四项外，还包括：①已按照《上市公司收购管理办法》的规定履行尽职调查义务，有充分理由确信所发表的专业意见与收购人申报文件的内容不存在实质性差异；②有充分理由确信本次收购符合法律、行政法规和中国证监会的规定，有充分理由确信收购人披露的信息真实、准确、完整，不存在虚假记载、误导性陈述和重大遗漏。

117. 【答案】BCD

【解析】除 BCD 三项外，上市公司实施重大资产重组应当遵循的原则还有：①符合国家产业政策和有关环境保护、土地管理、反垄断等法律和行政法规的规定；②不会导致上市公司不符合股票上市条件；③有利于上市公司在业务、资产、财务、人员、机构等方面与实际控制人及其关联人保持独立，符合中国证监会关于上市公司独立性的相关规定；④有利于上市公司形成或者保持健全有效的法人治理结构。

118. 【答案】ABC

【解析】适用《中国证券监督管理委员会上市公司并购重组审核委员会工作规程》的情形：①根据中国证监会的相关规定构成上市公司重大资产重组的；②上市公司以新增股份向特定对象购买资产的；③上市公司实施合并、分立的；④中国证监会规定的其他并购重组事项。

119. 【答案】AC

【解析】财务顾问应当建立健全内部报告制度，财务顾问主办人应当就中国证监会在反馈意见中提出的问题按照内部程序向部门负责人、内部核查机构负责人等相关负责人报告，并对中国证监会提出的问题进行充分的研究、论证，审慎回复。

120. 【答案】AB

【解析】向外商转让上市公司国有股和法人股须在下列范围内进行：①向外商转让上市公司国有股和法人股，应当符合《外商投资产业指导目录》的要求；②凡禁止外商投资的产业，上市公司的国有股和法人股不得向外商转让；③必须由中方控股或相对控股的，转让后应保持中方控股或相对控股地位。

三、判断题（共 60 题，每小题 0.5 分，共 30 分。正确的用 A 表示，错误的用 B 表示，不选、错选、放弃均不得分）

121. 【答案】B

【解析】《证券公司债券管理暂行办法》规定，证券公司债券不包括证券公司发行的可转换债券和次级债券。

122. 【答案】A

123. 【答案】B

【解析】《证券发行上市保荐业务管理办法》第九条第一款规定，证券公司申请保荐机构资格时，注册资本应当不低于人民币 1 亿元。

124. 【答案】B

【解析】证券公司、保险公司和信托投资公司可以在证券交易所债券市场上参加记账式国债的招标发行及竞争性定价过程，向财政部直接承销记账式国债。

125. 【答案】B

【解析】股份有限公司注册资本的最低限额为人民币 500 万元；以募集方式设立的，发起人认购的股份不得少于公司股份总数的 35%。

126. 【答案】B

【解析】公司债券是一种可转让的债权债务关系，而一般的公司债务是依法限制转让的债权债务关系。

127. 【答案】A

128. 【答案】B

【解析】独立董事的每届任期与该上市公司其他董事的任期相同，任期届满，连选可以连任，但是，连任时间不得超过6年。

129. 【答案】B

【解析】债权人会议依据法定程序通过的决议，对全体破产债权人发生效力。如果债权人会议的决议违反法律的要求，债务人可以在决议作出后7日内向人民法院请求裁决。

130. 【答案】B

【解析】价值重估是对企业账面价值和实际价值背离较大的主要固定资产和流动资产按照国家规定的方法、标准进行重新估价。损益认定是指国有资产监督管理机构依据国家清产核资政策和有关财务会计制度规定，对企业申报的各项资产损益和资金挂账进行认证。

131. 【答案】B

【解析】国家股是指有权代表国家投资的机构或部门向股份公司投资形成或依法定程序取得的股份。国有法人股是具有法人资格的国有企业、事业及其他单位，以其依法占用的法人资产，向独立于自己的股份公司出资形成或依法定程序取得的股份。

132. 【答案】B

【解析】首先，由于股东比债权人承担更大的风险，因而比债权人要求的回报更高；其次，由于股东的红利只能从税后利润中支付，使得股权融资不具备冲减税基的作用；第三，股权融资也不利于企业财务杠杆作用的发挥。因此，股权融资的成本一般高于债务融资的成本。

133. 【答案】B

【解析】在考虑所得税的情况下，当负债比率增加时，股东面临财务风险所要求增加的风险报酬的程度小于无税条件下风险报酬的增加程度，即在赋税条件下公司允许更大的负债规模。

134. 【答案】B

【解析】发行认股权证与发行可转换证券筹资的不同之处在于认股权证的执行增加的是公司的权益资本，而不改变其负债。

135. 【答案】B

【解析】终止保荐协议的，保荐机构和发行人应当自终止之日起5个工作日内向中国证监会、证券交易所报告，说明原因。

136. 【答案】B

【解析】保荐机构及其保荐代表人履行保荐职责时有权列席发行人的股东大会、董事会和监事会。

137. 【答案】B

【解析】保荐机构对证券服务机构及其签字人员出具的专业意见存有疑义的，应当主动与证券服务机构进行协商，并可要求其作出解释或者出具依据。

138. 【答案】A

139. 【答案】B

【解析】发行人的总经理、副总经理、财务负责人和董事会秘书等高级管理人员不得在控股股东、实际控制人及其控制的其他企业中担任董事、监事以外的职务。

140. 【答案】B

【解析】发审委在对首次公开发行股票的审核过程中，发审委会议表决采取记名投票方式。表决票设同意票和反对票，发审委委员不得弃权。

141. 【答案】A
142. 【答案】B

【解析】绝对估值法又称贴现法，主要包括公司贴现现金流量法（DCF）、现金分红折现法（DDM）。题中描述的是相对估值法的概念。

143. 【答案】B

【解析】可比公司法（相对估值法）反映的是市场供求决定的股票价格，现金流折现法体现的是内在价值决定价格。

144. 【答案】B

【解析】发行人及其保荐机构应当通过初步询价确定发行价格区间，在发行价格区间内通过累计投标询价确定发行价格。

145. 【答案】B

【解析】发行人计划实施超额配售选择权的，应当提请股东大会批准，因行使超额配售选择权而发行的新股属于本次发行的一部分。

146. 【答案】B

【解析】中小企业板是现有主板市场的一个板块，其适用的基本制度规范与现有市场完全相同，适用的发行上市标准也与现有主板市场完全相同，必须满足信息披露、发行上市辅导、财务指标、盈利能力、股本规模、公众持股比例等各方面的要求。

147. 【答案】B

【解析】证券事务代表协助董事会秘书履行职责。在董事会秘书不能履行职责时，由证券事务代表行使其权利并履行其职责。在此期间，并不当然免除董事会秘书对公司信息披露事务所负有的责任。

148. 【答案】B

【解析】在申请文件受理后、发行审核委员会审核前，发行人应当将招股说明书（申报稿）在中国证监会网站预先披露。发行人可以将招股说明书（申报稿）刊登于其企业网站，但披露内容应当完全一致，且不得早于在中国证监会网站的披露时间。

149. 【答案】B

【解析】招股说明书中引用的财务报告在其最近1期截止日后6个月内有效。特别情况下发行人可申请适当延长，但至多不超过1个月。财务报告应当以年度末、半年度末或者季度末为截止日。

150. 【答案】B

【解析】发行人应披露交易金额在500万元以上或者虽未达到500万元以上但对生产经营活动、未来发展或财务状况具有重要影响的合同内容。

151. 【答案】B

【解析】上市公告书引用保荐人、证券服务机构的专业意见或者报告的，相关内容应当与保荐人、证券服务机构出具的文件内容一致，确保引用保荐人、证券服务机构的意见不会产生误导。

152. 【答案】A
153. 【答案】B

【解析】上市公司申请发行新股，其最近3年及1期财务报表应未被注册会计师出具保留意见、否定意见或无法表示意见的审计报告。

154. 【答案】B

【解析】公司对公开发行股票所募集资金，必须按照招股说明书所列资金用途使用。改变招股说明书所列资金用途，必须经股东大会作出决议。擅自改变用途而未作纠正的，或者未经股东大会认可的，不得公开发行新股。

155. 【答案】B

【解析】非公开发行股票发行价格不低于定价基准日前20个交易日公司股票均价的90%。

156. 【答案】B

【解析】中国证监会受理申请文件后，对发行人申请文件的合规性进行初审。在初审过程中，中国证监会将就发行人的投资项目是否符合国家产业政策征求国家发改委的意见。国家发改委自收到文件后，在15个工作日内将有关意见函告中国证监会。

157. 【答案】B

【解析】发审委审核上市公司非公开发行股票申请，适用特别程序。每次参加发审委会议的委员为5名。表决投票时同意票数达到3票为通过，同意票数未达到3票为未通过。

158. 【答案】A

159. 【答案】B

【解析】可转换公司债券持有人对转换股票或不转换股票有选择权，并于转股完成后的次日成为发行公司的股东。

160. 【答案】B

【解析】上市公司应当在可转换公司债券期满后5个工作日内，办理完毕偿还债券余额本息的事项；分离交易的可转换公司债券的偿还事宜与此相同。

161. 【答案】A

【解析】可转换公司债券中的回售条款规定，如果股票价格连续若干个交易日收盘价低于某一回售启动价格(该回售启动价要低于转股价格)，债券持有人有权按一定金额回售给发行人，所以，回售条款相当于债券持有人同时拥有发行人出售的1张美式卖权。

162. 【答案】B

【解析】在股价走势向好时，赎回条款实际上起到强制转股的作用。也就是说，当公司股票增长到一定幅度，转债持有人若不进行转股，则其从转债赎回得到的收益将远低于从转股中获得的收益。

163. 【答案】A

【解析】上市公司出现下列情形之一的，证券交易所暂停其可转换公司债券上市：①公司有重大违法行为；②公司情况发生重大变化不符合可转换公司债券上市条件；③发行可转换公司债券所募集的资金不按照核准的用途使用；④未按照可转换公司债券募集办法履行义务；⑤公司最近两年连续亏损；⑥证券交易所认为应当暂停其可转换公司债券上市的其他情形。

164. 【答案】A

165. 【答案】B

【解析】储蓄国债是指财政部在中华人民共和国境内发行，通过试点商业银行面向个人投资者销售、以电子方式记录债权的不可流通的人民币债券。

166. 【答案】B

【解析】利率或利差招标时，标位变动幅度为0.01%；价格招标时，标位变动幅度在当期国债发行文件中另行规定。

167. 【答案】B

【解析】商业银行发行金融债券没有强制担保要求；而财务公司发行金融债券，则需要由财务公司的母公司或其他有担保能力的成员单位提供相应担保，经中国银监会批准免于担保的除外。

168. 【答案】A

169. 【答案】B

【解析】根据《国家发展改革委关于推进企业债券市场发展、简化发行核准程序有关事项的通知》，为进一步推动企业债券市场发展，扩大发行规模，经国务院同意，对企业债券发行核准程序进行改革，将先核定规模（额度）、后核准发行两个环节，简化为直接核准发行一个环节。

170. 【答案】B

【解析】《公司债券发行试点办法》第二十四条规定，债券受托管理人由本次发行的保荐人或者其他经中国证监会认可的机构担任。为本次发行提供担保的机构不得担任本次债券发行的受托管理人。

171. 【答案】B

【解析】企业发行中期票据应披露企业主体信用评级。中期票据若含有可能影响评级结果的特殊条款，企业还应披露中期票据的债项评级。

172. 【答案】B

【解析】境内上市外资股的准备发行过程中，可选聘中国境内具有证券相关业务资格的会计师事务所和国际会计师事务所作为审计机构。

173. 【答案】B

【解析】香港联交所《上市规则》规定，如果公司在相同的管理层人员的管理下有连续3年的营业记录，以往3年盈利合计5000万港元，并且市值不低于2亿港元，则可以上市。

174. 【答案】A

175. 【答案】A

176. 【答案】A

177. 【答案】B

【解析】上市公司国有股和法人股向外商转让后，上市公司仍然执行原有关政策，不享受外商投资企业待遇。

178. 【答案】B

【解析】投资者可以持商务部对该投资者对上市公司进行战略投资的批准文件和有效身份证明，向证券登记结算机构办理相关手续。

179. 【答案】B

【解析】财务顾问的工作档案和工作底稿应当真实、准确、完整，保存期不少于10年。

180. 【答案】B

【解析】中国证券业协会对财务顾问及其财务顾问主办人违反自律规范的行为，依法进行调查，给予纪律处分。

证券发行与承销过关冲刺题（四）

一、单选题(共60题，每题0.5分，共30分。以下备选答案中只有一项最符合题目要求，不选、错选均不得分)

1. 具有法人资格的非金融企业在银行间债券市场按照计划分期发行的，约定在一定期限还本付息的债务融资工具是(   )。
   A. 银行票据　　　　B. 商业票据　　　　C. 中期票据　　　　D. 短期票据

2. 企业短期融资券的最长期限不能超过(   )天。
   A. 180　　　　　　B. 270　　　　　　C. 365　　　　　　D. 545

3. 大兴证券公司的经营范围仅限于证券承销与保荐业务，则该证券公司的注册资本最低限额为(   )元。
   A. 3000万　　　　B. 5000万　　　　C. 1亿　　　　　　D. 5亿

4. 根据《证券法》的规定，下列各项中，证券公司不可以从事的业务是(   )。
   A. 证券承销业务　　　　　　　　B. 保荐业务
   C. 证券资产管理业务　　　　　　D. 储蓄存款业务

5. 保荐机构在1个自然年度内被采取监管措施累计_____次以上，中国证监会可暂停保荐机构的保荐机构资格_____个月。(   )
   A. 2；2　　　　　B. 3；3　　　　　C. 5；2　　　　　D. 5；3

6. 发行人在公开发行证券上市当年即亏损，中国证监会自确认之日起暂停保荐机构的保荐机构资格(   )个月，撤销相关人员的保荐代表人资格。
   A. 3　　　　　　　B. 6　　　　　　　C. 12　　　　　　D. 24

7. (   )可以在证券交易所债券市场上，向财政部直接承销记账式国债。
   A. 保险公司　　　B. 农村信用社联社　C. 商业银行　　　D. 中国人民银行

8. 根据我国现行规定，下列通常不作为无形资产作价入股的是(   )。
   A. 商誉　　　　　B. 非专利技术　　　C. 土地使用权　　D. 商标权

9. 根据《公司法》的规定，代表公司发行在外有表决权股份总数的(   )以上的股东有权提出议案交由股东大会审议。
   A. 1%　　　　　　B. 3%　　　　　　C. 5%　　　　　　D. 10%

10. 上市公司在每一会计年度结束之日起_____个月内向中国证监会和证券交易所报送年度财务会计报告，在每一会计年度前6个月结束之日起_____个月内向中国证监会派出机构和证券交易所报送半年度财务会计报告。(   )
    A. 3；2　　　　　B. 3；3　　　　　C. 4；2　　　　　D. 4；3

11. 当公司经营管理发生严重困难，继续存续会使股东利益受到重大损失，通过其他途径不能解决的，持有公司全部股东表决权(   )以上的股东，可以请求人民法院解散公司。
    A. 30%　　　　　B. 20%　　　　　C. 10%　　　　　D. 5%

12. 关于拟发行上市公司改组治理规范的具体要求，下列说法错误的是(   )。
    A. 拟发行上市公司须以出让方式取得土地使用权，不得通过租赁方式取得土地使用权

B. 拟发行上市公司的总经理、副总经理、财务负责人、董事会秘书等高级管理人员应专职在公司工作并领取薪酬，不得在持有拟发行上市公司 5% 以上股权的股东单位及其下属企业担任除董事、监事以外的任何职务

C. 控股股东及其职能部门与拟发行上市公司及其职能部门之间不得存在上下级关系

D. 拟发行上市公司不得为控股股东及其下属单位、其他关联企业提供担保，或将以拟发行上市公司名义的借款转借给股东单位使用

13. 国有资产折股时，如果净资产未全部折股，其差额部分应计入（　　）。

A. 公司负债　　　　B. 任意公积金　　　　C. 盈余公积金　　　　D. 资本公积金

14. 在股份制改组的会计报表审计的完成阶段，被审计单位资产负债表截止日到审计报告日发生的，以及审计报告日至会计报表公布日发生的对会计报表产生影响的事项称为（　　）。

A. 期中事项　　　　B. 期前事项　　　　C. 期后事项　　　　D. 后续事项

15. 关于股份制改组的法律审查，下列说法错误的是（　　）。

A. 律师应查阅改组企业签订的尚未履行完结的重要合同，审查重大合同的合法性和履行合同可能产生的负面影响或取得的权利是否存在瑕疵

B. 律师应尽责了解原企业尚未完结的诉讼、仲裁或其他争议，并依法对这些诉讼、仲裁或争议的处理结果以及可能带来的经济后果发表意见

C. 律师必须审查企业商标权、专利权等知识产权是否仍在保护期内

D. 鉴于券商是各中介机构的主协调人，因此律师作出法律意见时应与券商保持一致

16. 融资成本是指（　　）。

A. 资本的使用费　　　B. 融资的费用　　　C. 资本的价格　　　D. 中介费用

17. 关于米勒模型 $V_L = V_U + \left[1 - \dfrac{(1-T_C)(1-T_S)}{1-T_D} \right] D$ 的含义，下列说法错误的是（　　）。

A. $\left[1 - \dfrac{(1-T_C)(1-T_S)}{1-T_D} \right] D$ 代表负债杠杆效应，即负债所带来的公司价值的增加额

B. 如果忽略所有的税率，即 $T_C = T_S = T_D = 0$，那么米勒模型与 MM 公司税模型相同

C. 如果忽略了个人所得税，即 $T_S = T_D = 0$，那么米勒模型与 MM 公司税模型相同

D. 如果股票和债券收益的个人所得税相等，即 $T_S = T_D$，那么米勒模型与 MM 公司税模型相同

18. 如果将留存收益作为公司的筹资，可能会给股东带来的好处是（　　）。

A. 缺少了股利分配，则股票在市场上的吸引力不大，股东的控制权不会受到威胁

B. 股利分配所得缴纳个人所得税，不分配股利而可能的股票升值带来的资本收益缴纳资本利得税，后者比前者低

C. 股东可以要求其股利支付在一定水平之上

D. 股利支付少，公司今后的筹资成本可能会增加

19. 保荐代表人在从事保荐业务过程中，不得持有发行人的股份。除保荐人以外，下列人员中（　　）同样受到该限制。

A. 保荐人的配偶　　B. 保荐人的父母　　C. 保荐人的朋友　　D. 保荐人的兄弟

20. 资产评估报告须报送（　　）审核、验证、确认。

A. 主管部门　　　　　　　　　　　　B. 中国证监会

C. 当地国有资产管理部门　　　　　　D. 国家国有资产管理部门

21. 提交中国证监会的法律意见书和律师工作报告应是经( )签名，并经该律师事务所加盖公章、签署日期的正式文本。

　　A. 2名以上经办律师

　　B. 2名以上经办律师和其所在律师事务所的负责人

　　C. 3名以上经办律师

　　D. 3名以上经办律师和其所在律师事务所的负责人

22. 被重组方重组前一个会计年度末的资产总额或前一个会计年度的营业收入或利润总额达到或超过重组前发行人相应项目100%的，( )。

　　A. 发行人重组完成后就可以申请发行

　　B. 保荐机构和发行人律师应将被重组方纳入尽职调查范围并发表相关意见

　　C. 发行人重组运行后三年内不得申请发行

　　D. 发行人重组后运行一个会计年度后方可申请发行

23. 发审委委员由有关行政机关、行业自律组织、研究机构和高等院校等推荐，由( )聘任。

　　A. 中国证监会　　B. 中国证券业协会　　C. 研究机构　　D. 科研院所

24. 首次公开发行股票的公司及其保荐机构应通过向询价对象询价的方式确定股票发行价格。而估值是定价的基础，通常的估值方法有两大类，即( )。

　　A. 市盈率法和市净率法　　　　　　B. 市净率法和相对估值法

　　C. 相对估值法和现金流量贴现法　　D. 现金流量贴现法和重置成本法

25. ( )负责超额配售选择权的行使和股票的配售。

　　A. 承销团　　　　　　　　　　　　B. 发行人的董事会秘书

　　C. 发行人的授权代表　　　　　　　D. 主承销商的授权代表

26. 上海证券交易所通过交易所交易系统采用上网资金申购方式公开发行股票，申购日后的第( )天，对未中签部分的申购款予以解冻。

　　A. 1　　　　　　　B. 2　　　　　　　C. 3　　　　　　　D. 4

27. 上网费用、律师费用、审计费用属于( )。

　　A. 承销费用　　B. 发行费用　　C. 资产评估费用　　D. 成本费用

28. 在签订保荐协议时，保荐人应当指定( )名保荐代表人具体负责保荐工作，并作为保荐人与交易所之间的指定联络人。

　　A. 2　　　　　　　B. 5　　　　　　　C. 6　　　　　　　D. 7

29. 上市公司在履行信息披露义务时，可以负责信息披露事务的是该公司的( )。

　　A. 董事　　　　　　B. 监事　　　　　　C. 董事会秘书　　　　D. 独立董事

30. 发行人应披露近( )年及1期关联交易对其财务状况和经营成果的影响。

　　A. 1　　　　　　　B. 2　　　　　　　C. 3　　　　　　　D. 4

31. 根据《公开发行证券的公司信息披露内容与格式准则第1号——招股说明书》在招股说明书中发行人应披露经审计财务报告期间的财务指标不包括( )。

　　A. 速动比率　　B. 应收账款周转率　　C. 资产负债率　　D. 销售净利率

32. 报告期内，发行人向单个供应商的采购比例超过( )，应披露其名称及销售比例。

　　A. 总额的10%的

B. 总额的20%或严重依赖于少数客户的

C. 总额的30%或严重依赖于少数客户的

D. 总额的50%或严重依赖于少数客户的

33. 根据《证券法》等的规定，股票依法发行后，发行人经营与收益的变化，由发行人自行负责；由此变化引致的投资风险，由(　　)自行负责。

A. 发行人　　　　B. 保荐人　　　　C. 经纪人　　　　D. 投资人

34. 上市公司非公开发行股票的发行价格应不低于定价基准日前20个交易日公司股票均价的(　　)。

A. 50%　　　　　B. 70%　　　　　C. 90%　　　　　D. 110%

35. 中国证监会自受理股票发行申请文件到作出决定的期限为(　　)。

A. 30日　　　　　B. 40个工作日　　C. 60日　　　　　D. 3个月

36. 在上市公司发行新股的《招股说明书》中，发行人应披露最近(　　)年内募集资金运用的基本情况。

A. 2　　　　　　B. 3　　　　　　C. 4　　　　　　D. 5

37. 上市公司决定撤回证券发行申请的，应当在撤回申请文件的次(　　)工作日予以公告。

A. 1　　　　　　B. 2　　　　　　C. 3　　　　　　D. 4

38. 上市公司配股的信息披露中，假设T日为股权登记日，则在(　　)日，刊登配股说明书、发行公告及网上路演公告。

A. T-3　　　　　B. T-2　　　　　C. T-1　　　　　D. T+3

39. 发行可转换公司债券的上市公司，股份有限公司的净资产不低于人民币(　　)万元。

A. 2000　　　　　B. 3000　　　　　C. 5000　　　　　D. 6000

40. 认股权证的存续期间不超过公司债券的期限，自发行结束之日起不少于(　　)。

A. 30日　　　　　B. 2个月　　　　C. 3个月　　　　D. 6个月

41. 关于可转换公司债券的转股期限与其价值的关系，下列表述正确的是(　　)。

A. 转股期限越长，可转换公司债券的价值越小

B. 转股期限越长，可转换公司债券的价值越大

C. 转股期限长，则可转换公司债券的价值难以确定

D. 可转换公司债券的价值随转股期限的增加呈先高后低的变化趋势

42. 上市公司股东申请发行可交换公司债券的，发行债券的金额应不超过预备用于交换的股票按募集说明书公告日前20个交易日均价计算的市值的(　　)。

A. 30%　　　　　B. 40%　　　　　C. 70%　　　　　D. 80%

43. 发行人按规定提前赎回混合资本债券到期延期支付本金和利息时，应通过(　　)、中国债券信息网公开披露；同时，作为重大会计事项在年度财务报告中披露。

A. 证监会官网　　B. 中国货币网　　C. 中国资本网　　D. 中国货币信息网

44. 发行企业债券，发行人首先应当向有关主管部门申请发行额度，目前负责额度申请受理的主管部门为(　　)。

A. 国有资产管理委员会　　　　　　B. 中国人民银行

C. 国家发展与改革委员会　　　　　D. 中国证监会

45. 公开发行企业债券的，若所筹集的资金用于固定资产投资项目的，应符合固定资产投资项目资本金制度的要求，原则上累计发行额不得超过该项目总投资的(　　)。

A. 10%   B. 30%   C. 50%   D. 60%

46. 公司与资信评级机构应当约定，在债券有效存续期间，资信评级机构每年至少公告（   ）次跟踪评级报告。

A. 1   B. 2   C. 3   D. 5

47. 业务档案的保存期限不得少于（   ）年。

A. 3   B. 5   C. 10   D. 15

48. 在注册会议中，决定是否接受企业的发行注册的参会会员数目至少是（   ）。

A. 1名   B. 2名   C. 3名   D. 全体参会人员

49. 注册资本不低于（   ）亿元人民币是资产支持证券承销机构必须具备的条件之一。

A. 1   B. 2   C. 3   D. 4

50. 国有企业、集体企业及其他所有制形式的企业经重组改制为股份有限公司后，可向中国证监会提出境外上市申请，申请条件有（   ）。

A. 筹资用途符合国家产业政策、利用外资政策及国家有关固定资产投资立项的规定

B. 净资产不少于 3 亿元人民币

C. 过去 1 年税后利润不少于 5000 万元人民币

D. 按合理预期市盈率计算，筹资额不少于 3000 万美元

51. H 股控股股东必须承诺上市后 _____ 个月内不得出售公司的股份，并且在随后的 6 个月内控股股东可以减持，但必须维持控股股东地位，即 _____ 的持股比例。（   ）

A. 6；20%   B. 6；30%   C. 12；20%   D. 12；30%

52. 外资股招股的说明书的制作在采用向一定的机构投资者或专业投资者进行配售的方式发行外资股时，发行人和承销商一般需要准备（   ）。

A. 信息备忘录

B. 招股章程

C. 适合配售或私募的信息备忘录和符合外资股上市地要求的招股章程

D. 招股说明书概要

53. 公司反收购战略中，保持公司控制权的策略不包括（   ）。

A. 限制董事资格   B. 每年部分改选董事会成员

C. MBO 收购   D. 超级多数条款

54. 投资者有下列（   ）情形的，拥有上市公司的控制权。

A. 投资者为上市公司持股 40% 以上的控股股东

B. 投资者可以实际支配上市公司股份表决权超过 25%

C. 投资者依其可实际支配的上市公司股份表决权足以对公司股东大会的决议产生重大影响

D. 投资者通过实际支配上市公司股份表决权能够决定公司董事会 1/3 以上成员选任

55. 收购要约期满前（   ）日内，收购人不得更改收购要约条件；但是出现竞争要约的除外。

A. 5   B. 10   C. 15   D. 30

56. 上市公司出售的资产为非股权资产的，其资产净额以（   ）为准。

A. 成交金额

B. 相关资产与负债账面值的差额

C. 相关资产与负债的账面值差额和成交金额二者中的较高者

D. 相关资产与负债的账面值差额和成交金额二者中的较低者

57. 上市公司及其控股或者控制的公司购买、出售的资产净额占上市公司最近 1 个会计年度经审计的合并财务会计报告期末净资产额的比例达到(   )以上,且超过 5000 万元人民币的,构成重大资产重组。

  A. 30%   B. 40%   C. 50%   D. 70%

58. 财务顾问主办人发生变化的,财务顾问应当在(   )个工作日内向中国证监会报告。

  A. 3   B. 5   C. 7   D. 15

59. 外国投资者对上市公司进行战略投资可分期进行,首次投资完成后取得的股份比例不低于该公司已发行股份的(   ),但特殊行业有特别规定或经相关主管部门批准的除外。

  A. 50%   B. 30%   C. 20%   D. 10%

60. 下列各项不属于并购一方当事人可以向商务部和国家工商行政管理总局申请审查豁免情况的是(   )。

  A. 可以改善市场公平竞争条件的

  B. 重组亏损企业并保障就业的

  C. 引进先进技术和管理人才并能提高企业国际竞争力的

  D. 具有领先科技成果的

二、多选题(共 60 题 40 分,其中已标明分值的 20 题每题 1 分,其余 40 题每题 0.5 分。以下备选项中有两项或两项以上符合题目要求,多选、少选、错选均不得分)

61. 2008 年,为了防范华尔街危机扩散,美国联邦储备委员会批准了(   )从投资银行转型为传统的银行控股公司。

  A. 高盛   B. 雷曼兄弟   C. 贝尔斯登   D. 摩根斯坦利

62. 政策性金融债券经中国人民银行批准,由我国政策性银行用计划派购或市场化的方式,向(   )等金融机构发行。

  A. 国有商业银行 B. 国家开发银行 C. 农村信用社 D. 商业保险公司

63. 保荐代表人有下列(   )情形之一的,中国证监会撤销其保荐人资格。(1 分)

  A. 负有未到期债务

  B. 受到中国证监会行政处罚

  C. 被注销或者吊销执业证书

  D. 不具备从事证券业务的注册会计师或律师资格

64. 关于证监会对保荐代表人资格申请文件存在虚假记载的处理,下列说法正确的是(   )。

  A. 不予核准

  B. 已核准的,撤销其保荐代表人资格

  C. 不再受理提交该申请文件的保荐机构推荐的保荐代表人资格申请

  D. 自撤销之日起 6 个月内不再受理提交该申请文件的保荐机构推荐的保荐代表人资格申请

65. 关于证券公司必须持续符合的风险控制指标标准,下列说法正确的是(   )。(1 分)

A. 净资本与各项风险资本准备之和的比例不得低于10%

B. 净资本与净资产的比例不得低于40%

C. 净资产与负债的比例不得低于20%

D. 流动资产与流动负债的比例不得低于80%

66. 外商投资企业作为公司发起人时，其在公司中所占股本的比例，按照下列( )规定执行。(1分)

A. 属于国家鼓励外商直接投资的行业，外商投资企业所占股本比例不受限制(国家另有规定的除外)

B. 属于国家限制外商直接投资的行业，公司注册资本中所有外商投资企业所占股本的比例不得超过注册资本的20%

C. 外商投资企业不得作为国家禁止外商投资行业的公司的发起人

D. 以公司作为组织形式的外商投资企业向其他公司投资时，依照公司章程的规定，由董事会或者股东会、股东大会决议

67. 与一般的公司债务相比，公司债券具有的特点包括( )。

A. 公司债券是公司与不特定的社会公众形成的债权债务关系，一般不同于公司与金融机构或其他特定的债权人形成的债权债务关系

B. 公司债券是一种不可转让的债权债务关系，而一般的公司债务是依法限制转让的债权债务关系

C. 公司债券通过债券的方式表现，而一般的公司债务通过其他债权文书形式表现出来

D. 公司债券的偿还具有一律性，而一般的公司债务可以有不同的偿还期

68. 监事的任期每届为3年，监事任期届满，可以连选连任，( )不得兼任监事。(1分)

A. 独立董事　　　B. 董事　　　　　C. 经理　　　　　D. 职工代表

69. 上市公司董事会可以按照股东大会的有关决议，设立战略、( )等专门委员会。

A. 审计　　　　　B. 提名　　　　　C. 计划　　　　　D. 薪酬与考核

70. 清算组成员的义务有( )。

A. 在清算期间，如果公司存续，可以开展与清算无关的经营活动

B. 公司财产在未依照规定清偿前，不得分配给股东

C. 公司财产在未依照规定清偿前，可以先分配给股东

D. 清算组成员因故意或者重大过失给公司或者债权人造成损失的，应当承担赔偿责任

71. 拟发行上市公司的高级管理人员可以在持有公司5%以上股权的股东单位及其下属企业担任( )的职务。

A. 董事　　　　　B. 财务负责人　　C. 总经理　　　　D. 监事

72. 拟发行上市公司在改组时，应避免其主要业务与实际控制人及其控制的法人同业竞争，针对存在的同业竞争，应采取的措施包括( )。

A. 通过收购等方式，将互相竞争的业务集中到实际控制人及其控制的法人

B. 竞争方将有关业务转给无关联的第三方

C. 拟发行上市公司放弃与竞争方存在同业竞争的业务

D. 竞争方就解决同业竞争，以及今后不再进行同业竞争做出口头或书面承诺

73. 下列各项属于拟发行上市公司关联方的有( )。

A. 控股股东　　　　　　　　　　　B. 发行人参与的合营企业

116

C. 发行人参与的联营企业　　　　　D. 关键管理人员、核心技术人员

74. 根据股份有限公司国有股权管理的有关规定，下列（　　）情况下，进入股份有限公司的净资产折成的股份应界定为国有法人股。(1分)
    A. 有权代表国家投资的机构直接设立的国有企业以其部分资产改建为股份公司，进入股份公司的净资产累计高于原国有企业净资产 50% 的
    B. 有权代表国家投资的机构直接设立的国有企业以部分资产改建为股份公司的，其主营生产部分全部资产进入股份制企业
    C. 产权关系经过界定和确认的国有企业的全资子企业，以全部资产改建为股份公司
    D. 产权关系经过界定和确认的国有企业的控股子公司，以部分资产改建为股份公司

75. 代理成本包括（　　）。
    A. 债券的代理成本　　　　　　　　B. 外部股东代理成本
    C. 内部股东代理成本　　　　　　　D. 权益的代理成本

76. 债券筹资的特点有（　　）。
    A. 债券的税后成本高于股票的税后成本
    B. 债券筹资有固定的到期日，须定期支付利息
    C. 债券投资具有杠杆作用
    D. 公司债券通常不需要抵押和担保

77. 下列各项属于发行保荐工作报告必备内容的有（　　）。
    A. 项目运作流程　　　　　　　　　B. 项目存在问题
    C. 项目存在问题的解决情况　　　　D. 发行人面临的主要风险

78. 保荐机构对证券服务机构及其签字人员出具的专业意见存有疑义的，应当（　　）。
    A. 主动与证券服务机构进行协商　　B. 要求其作出解释或者出具依据
    C. 向中国证监会报告　　　　　　　D. 出具保留意见

79. 下列情况需要保荐机构发表意见的有（　　）。
    A. 上市公司以闲置募集资金暂时用于补充流动资金
    B. 单个募投项目完成后，上市公司将该项目节余募集资金(包括利息收入)用于其他募投项目的
    C. 募投项目全部完成后，低于 500 万元的节余募集资金(包括利息收入)的使用
    D. 募投项目全部完成后，低于募集资金净额 5% 的节余募集资金(包括利息收入)的使用

80. 关于注册会计师出具否定意见，下列说法正确的是（　　）。(1分)
    A. 注册会计师在审计过程中，审计范围受到委托人、被审计单位的严重限制，应当出具否定意见
    B. 委托人提供的会计报表严重失实且被审计单位拒绝调整，注册会计师应当出具否定意见
    C. 注册会计师在审计过程中，审计范围受到客观环境的严重限制，应当出具否定意见
    D. 被审计单位的会计处理方法严重违反企业会计准则及国家其他有关财务会计法规的规定，注册会计师应当出具否定意见

81. 关于包销金额，下列说法正确的是（　　）。(1分)
    A. 单项包销金额不得超过其净资本的 30%

117

B. 单项包销金额最高不超过 3 亿元人民币

C. 包销金额以确定的新股发行价格、配股价格或增发价格区间的上限为基础计算

D. 包销金额不得超过其总资本的 30%

82. 关于发审委会议，下列说法正确的是(　　)。

A. 参加发审委会议的发审委委员为 9 名，表决投票时同意票数达到 4 票为通过

B. 发审委委员每届任期 1 年，可以连任，但连续任期最长不超过 3 届

C. 发审委会议首先对该股票发行申请是否需要暂缓表决进行投票，同意票数达到 5 票的，可以对该股票发行申请暂缓表决

D. 发审委会议表决采取记名投票方式

83. 首次公开发行股票，应当通过向询价对象询价的方式确定股票发行价格。询价对象应当符合的条件包含(　　)。(1分)

A. 依法设立，最近 24 个月未因重大违法违规行为被相关监管部门给予行政处罚、采取监管措施或者受到刑事处罚

B. 依法可以进行股票投资

C. 信用记录良好，具有独立从事证券投资所必需的机构和人员

D. 具有健全的内部风险评估和控制系统并能够有效执行，风险控制指标符合有关规定

84. 关于上海证券交易所电子化网下发行的程序，下列说法正确的是(　　)。(1分)

A. T 日 16：00 为网下申购资金入账的截止时点

B. 主承销商在确认累计投标询价申报结果数据后，于 T 日 15：30 前通过申购平台发送至登记结算平台

C. 主承销商于 T＋2 日 17：30 后通过其 PROP 信箱获取各配售对象截至 T 日 16：00 的申购资金到账情况

D. 结算银行于 T＋4 日根据主承销商通过登记结算平台提供的电子退款明细数据，按照原留存的配售对象汇款凭证办理配售对象的退款

85. (　　)属于网下发行的方式。

A. 全额预缴款、比例配售、余款转存　　　B. 全额预缴款、比例配售、余款即退

C. 储蓄存款挂钩　　　　　　　　　　　　D. 市值配售

86. 公开发行证券的，主承销商应向中国证监会报备承销总结报告，并提供(　　)。

A. 律师鉴证意见(限于首次公开发行)　　　B. 会计师事务所验资报告

C. 承销协议及承销团协议　　　　　　　　D. 投资价值研究报告

87. 股票发行费用包括承销费用和支付给中介机构的费用。下列费用中，属于支付给中介机构费用的是(　　)。

A. 财务顾问费　　B. 申报会计师费用　　C. 律师费用　　　　D. 上网发行费用

88. 关于股份有限公司申请其股票上市必须符合的条件，下列表述正确的是(　　)。(1分)

A. 股票经中国证监会批准已向社会公开发行

B. 公司股本总额不少于人民币 7000 万元

C. 开业时间在 3 年以上，最近 3 年连续盈利

D. 公司最近三年无重大违法行为

89. 上市公司应当制定信息披露事务管理制度，其内容包括(　　)。

A. 明确上市公司应当披露的信息，确定披露标准；未公开信息的传递、审核、披露流程；信息披露事务管理部门及其负责人在信息披露中的职责；董事和董事会、监事和监事会、高级管理人员等的报告、审议和披露的职责

B. 董事、监事、高级管理人员履行职责的记录和保管制度；未公开信息的保密措施

C. 信息披露相关文件、资料的档案管理；涉及子公司的信息披露事务管理和报告制度；未按规定披露信息的责任追究机制，对违反规定人员的处理措施

D. 上市公司信息披露事务管理制度应当经公司董事会审议通过，报注册地证监局和证券交易所备案

90. 根据《公开发行证券的公司信息披露内容与格式准则第1号——招股说明书》，招股说明书全文文本扉页应刊登的内容包括(   )。

A. 发行股票的类型、发行股数、每股面值、每股发行价格和预计发行日期

B. 拟上市的证券交易所

C. 发行人主管部门

D. 正式申报的招股说明书签署日期

91. 如发行过内部职工股，在招股说明书中，发行人应披露(   )。(1分)

A. 发行缴款及验资情况

B. 前15名自然人股东名单

C. 内部职工股转让和交易中的违法违规情况

D. 通过增发、配股、国家股和法人股转配等形式变相增加内部职工股的情况

92. 在招股说明书中，发行人应采用方框图或其他有效形式，全面披露(   )。

A. 发行人参与的合资企业　　　　B. 实际控制人所控制的其他企业

C. 持有发行人5%以上股份的主要股东　D. 核心技术人员控制的其他企业

93. 披露上市公告书的具体要求有(   )。

A. 发行人应在其股票上市前，将上市公告书全文刊登在至少一种由中国证监会指定的报刊及中国证监会指定的网站上，并将上市公告书文本置备于发行人住所、拟上市的证券交易所住所、有关证券经营机构住所及其营业网点，以供公众查阅

B. 发行人可将上市公告书刊载于其他报刊和网站，披露时间可以早于在中国证监会指定报刊和网站的披露时间

C. 上市公告书在披露前，任何当事人不得泄露有关信息，或利用这些信息牟取利益

D. 发行人应在披露上市公告书后10日内，将上市公告书文本一式五份分别报送发行人注册地的中国证监会派出机构、上市的证券交易所

94. 公司募集资金的数额和使用应当符合的规定有(   )。

A. 募集资金数额不超过项目需要量

B. 募集资金用途符合国家产业政策和有关环境保护、土地管理等法律和行政法规的规定

C. 除金融类企业外，本次募集资金使用项目不得为持有交易性金融资产和可供出售的金融资产、借予他人、委托理财等财务性投资，不得直接或间接投资于以买卖有价证券为主要业务的公司

D. 投资项目实施后，不会与控股股东或实际控制人产生同业竞争或影响公司生产经营的独立性

95. 下列对内核小组成员要求正确的有(　　)。(1分)
    A. 内核小组通常由 5~10 名专业人士组成
    B. 成员应保持独立性和稳定性
    C. 公司主管投资银行业务的负责人及投资银行部门的负责人通常为内核小组的成员
    D. 成员中应有熟悉法律、财务的专业人员

96. 发审会后,如果发行人新公布(　　)时公告未涉及重大不利变化,募集说明书中可以索引的方式就发行人定期报告、重大事项临时公告的相关信息进行提示性披露。
    A. 年度报告　　　　　　　　　　　　B. 半年度报告
    C. 定期报告　　　　　　　　　　　　D. 重大事项临时公告

97. 关于发行定价方法,下列说法正确的有(　　)。
    A. 上网定价发行与网下配售相结合,即网下按机构投资者累计投标询价结果定价并配售,网上对公众投资者定价发行
    B. 网上网下同时定价发行,即发行人和主承销商按照"发行价格应不低于公告招股意向书前 10 个交易日公司股票均价或前 1 周交易日的均价"的原则确定增发价格,网下对机构投资者与网上对公众投资者同时公开发行
    C. 在网上网下同时定价发行方式下,对于网上发行部分,既可以按统一配售比例对所有公众投资者进行配售,也可以按一定的中签率以摇号抽签方式确定获配对象,但发行人和主承销商必须在发行公告中预先说明
    D. 增发除采用上网定价发行与网下配售相结合、网下网上同时定价发行的方式外,还可以采用中国证监会认可的其他形式

98. 下列有关增发新股过程中信息披露的说法正确的有(　　)。
    A. 发行公司及其主承销商必须在刊登招股意向书摘要前 5 个工作日 17:00 时前,向证券交易所提交中国证监会核准发行公司增发股份的文件,以及发行公司招股意向书全文及相关文件
    B. 发行公司及其主承销商须在刊登招股意向书摘要的当日,将招股意向书全文及相关文件在证券交易所网站上披露,并对其内容负责
    C. 发行公司及其主承销商未在证券交易所网站上披露招股意向书全文及相关文件的,不得在报刊上刊登招股意向书及其摘要
    D. 发行公司及其主承销商未在证券交易所网站上披露招股意向书全文及相关文件的,可以在报刊上刊登招股意向书及其摘要

99. 可转债的具体转股期限应根据(　　)来确定。
    A. 可转换公司债券的存续期限　　　　B. 可转债的发行总额
    C. 可转债的利率　　　　　　　　　　D. 公司财务状况

100. 含有赎回、回售条款规定的可转换公司债券实质上是由(　　)构成的复合金融工具。
    A. 普通债券　　　　　　　　　　　　B. 投资人美式买权
    C. 投资人美式卖权　　　　　　　　　D. 发行人美式卖权

101. 关于在上海证券交易所上网定价发行方式中的发行时间安排,下列说法正确的有(　　)。(1分)
    A. T-5 日,所有材料报上海证券交易所,准备刊登债券募集说明书摘要和发行公告
    B. T-4 日,所有材料报上海证券交易所,准备刊登债券募集说明书概要和发行公告

C. T日，上网定价发行日

D. T+1日，冻结申购资金

102. 上市公司出现以下(　　)情行之一的，证券交易所可暂停其可转换公司债券上市。(1分)

   A. 公司有重大违法行为

   B. 发行可转换公司债券所募集的资金不按照核准的用途使用

   C. 未按照可转换公司债券募集办法履行义务

   D. 公司最近3年连续亏损

103. 关于股票交换的价格，下列说法正确的有(　　)。

   A. 公司债券交换为每股股份的价格，应当不低于公告募集说明书日前20个交易日公司股票均价和前一个交易日的均价

   B. 公司债券交换为每股股份的价格，一旦确定后不得进行调整

   C. 募集说明书应当事先约定交换价格及其调整、修正原则

   D. 若调整或修正交换价格，将造成预备用于交换的股票数量少于未偿还可交换公司债券全部换股所需股票的，公司必须事先补充提供预备用于交换的股票，并就该等股票设定担保，办理相关登记手续

104. 我国目前记账式国债的招标方式有(　　)。

   A. 美国式招标　　　　　　　　　　B. 英国式招标

   C. 荷兰式招标　　　　　　　　　　D. 混合式招标

105. 公司债券在全国银行间债券市场交易流通的条件有(　　)。

   A. 依法公开发行

   B. 债权债务关系确立并登记完毕

   C. 实际发行额不少于人民币10亿元

   D. 单个投资人持有量不超过该期公司债券发行量的30%

106. 根据《企业债券管理条例》，企业发行企业债券所筹集资金应当按照审批机关批准的用途使用，不得用于(　　)。(1分)

   A. 房地产买卖　　B. 生产经营　　　　C. 买卖股票　　　　D. 期货交易

107. 根据《公司债券发行试点办法》，不得发行公司债券的情形有(　　)。(1分)

   A. 最近24个月内公司财务会计文件存在虚假记载，或公司存在其他重大违法行为

   B. 本次发行申请文件存在虚假记载、误导性陈述或者重大遗漏

   C. 对已发行的公司债券或者其他债务有违约或者迟延支付本息的事实，仍处于继续状态

   D. 严重损害投资者合法权益的其他情形

108. 申请证券评级业务许可的资信评级机构，应当向中国证监会提交的材料有(　　)。

   A. 申请报告

   B. 企业法人营业执照复印件

   C. 公司章程

   D. 股东名册及其出资额、出资方式、出资比例、背景材料，股东之间是否存在关联关系的说明

109. 在短期融资券存续期内，企业应按(　　)要求持续披露信息。

A. 每年 4 月 30 日以前，披露上一年度的年度报告

B. 每年 4 月 30 日以前，披露上一年度的审计报告

C. 每年 8 月 31 日以前，披露本年度上半年的资产负债表、利润表和现金流量表

D. 每年 10 月 31 日以前，披露本年度上半年的资产负债表、利润表和现金流量表

110. 证券公司从事企业债券的承销，注册地中国证监会派出机构应要求主承销商报送(　　)。

A. 申请书　　　　　B. 辅导报告　　　　　C. 承销协议　　　　　D. 承销团协议

111. 公司申请发行境内上市外资股，会计师事务所的任务主要有(　　)。

A. 协助编写公司改制方案及原企业的有关财务资料

B. 对公司的财务状况进行审计，并出具审计报告

C. 调查、收集企业的各方面资料

D. 对公司的盈利预测进行审核

112. H 股发行的核准程序包括(　　)。

A. 取得地方政府或国务院有关主管部门的同意和推荐，向中国证监会提出申请

B. 由中国证监会就有关申请是否符合国家产业政策、利用外资政策以及有关固定资产投资立项规定会商国家发改委等有关部门

C. 聘请中介机构，报送有关材料

D. 实施企业重组

113. 香港创业板市场关于公开招股确定发售期间的规定包括(　　)。(1 分)

A. 涉及向公众人士招股的任何上市方法，发行人须于上市文件内载明有关发售期限的详情

B. 上市文件所订明的可更改或延长发售期间或公开接受认购期间的权利必须限于香港联合证券交易所接纳的因热带气旋警告讯号或类似的外来因素而可能引致的延误

C. 上市文件所订明的可更改或延长发售期间或公开接受认购期间的权利必须载于文件的有关详情内

D. 在香港联交所接纳的特定条件的规定下，发行人可单方面更改或延长该日期或期间

114. 主承销商和全球协调人在拟订发行与上市方案时，通常应明确拟采取的(　　)，尽早确定这些内容。

A. 发行方式　　　　　　　　　　　　B. 上市地的选择

C. 国际配售与公开募股的比例　　　　D. 拟进行国际分销与配售的地区

115. 在横向收购中，收购公司的目的通常在于(　　)。

A. 消除竞争　　　　　　　　　　　　B. 扩大生产份额

C. 增加垄断实力，形成规模效应　　　D. 降低交易成本

116. 有下列(　　)情形之一的，当事人可以向中国证监会申请以简易程序免除以要约方式增持股份。(1 分)

A. 经政府或者国有资产管理部门批准进行国有资产无偿划转、变更、合并，导致投资者在一个上市公司中拥有权益的股份占该公司已发行股份的比例超过 30%

B. 在一个上市公司中拥有权益的股份达到或者超过该公司已发行股份的 30% 的，自

过该公司已发行股份的30%

    C. 在一个上市公司中拥有权益的股份达到或者超过该公司已发行股份的50%的，继续增加其在该公司拥有的权益不影响该公司的上市地位

    D. 因上市公司按照股东大会批准的确定价格向特定股东回购股份而减少股本，导致当事人在该公司中拥有权益的股份超过该公司已发行股份的20%

117. 上市公司股东大会就重大资产重组作出的决议，至少应当包括(　　)等事项。(1分)

    A. 本次重大资产重组的方式、交易标的和交易对方

    B. 交易价格或者价格区间

    C. 决议的失效期

    D. 对董事会办理本次重大资产重组事宜的具体授权

118. 在审核并购重组申请事项时，并购重组委员会委员(　　)。

    A. 对初审报告中提请其关注的问题和审核意见有异议的，应当在工作底稿上对相关内容提出有依据、明确的审核意见

    B. 认为申请人存在初审报告提请关注问题以外的其他问题的，应当在工作底稿上提出有依据、明确的审核意见

    C. 认为申请人存在尚待调查核实但不影响明确判断的重大问题的，应当在工作底稿上提出有依据、明确的审核意见

    D. 表决投票时同意票数达到5票为通过，同意票数未达到5票为未通过。并购重组委员会委员在投票时应当在表决票上说明理由

119. 独立财务顾问自年报披露之日起15日内，对重大资产重组实施的下列(　　)事项出具持续督导意见，向派出机构报告，并予以公告。(1分)

    A. 交易资产的交付或者过户情况

    B. 交易各方当事人承诺的履行情况

    C. 盈利预测的实现情况

    D. 管理层讨论与分析部分提及的各项业务的发展现状

120. 外国投资者以股权并购境内公司所涉及的境内外公司的股权，应符合的条件包括(　　)。

    A. 股东合法持有并依法可以转让

    B. 无所有权争议且没有设定质押及任何其他权利限制

    C. 境外公司的股权应在境外柜台交易市场挂牌交易

    D. 境外公司的股权最近3年交易价格稳定

三、判断题(共60题，每小题0.5分，共30分。正确的用A表示，错误的用B表示，不选、错选、放弃均不得分)

121. 在2008年的金融风暴中，美国著名投资银行贝尔斯登和高盛崩溃的主要原因在于风险控制失误和激励约束机制的弊端。(　　)

122. 股票发行核准制是指在股票发行之前，发行人必须按法定程序向监管部门提交有关信息，申请注册，并对信息的完整性、真实性负责。这种制度赋予监管当局决定权。(　　)

123. 企业发行中期票据应制定发行计划，在计划内各期票据的利率形式、期限结构等要素

严格按照有关规定执行，不得自行设计。（　　　）

124. 投资银行业务人员负有数额较大到期未清偿的债务，属于个人行为，可以向中国证监会提出申请注册登记为保荐代表人。（　　　）

125. 经营单项证券承销与保荐业务的证券公司，其注册资本最低限额为人民币 1.5 亿元。（　　　）

126. 派生分立是指原公司将其财产或业务的一部分分离出去设立一个或数个公司，原公司不再存在，公司分立前的债务按所达成的协议，由分立后的公司承担。（　　　）

127. 发起人持有的本公司股份，自公司成立之日起 2 年内不得转让。公司公开发行股份前已发行的股份，自公司股票在证券交易所上市交易之日起 1 年内不得转让。（　　　）

128. 上市公司只有董事会、单独或合并持有上市公司已发行股份 1% 以上的股东可以提出独立董事候选人，并经股东大会选举决定。（　　　）

129. 公司解散时，应当依法组成清算组进行清算。清算组由董事会确定其人选。逾期不成立清算组进行清算的，债权人可以申请人民法院指定有关人员成立清算组。（　　　）

130. 改组为拟上市的股份有限公司一般需要聘请的中介机构除了财务顾问外还包括：证券公司、证券交易所、证券托管银行等。（　　　）

131. 根据需要，国家可以一定年限的国有土地使用权作价入股，经评估作价后，界定为国家股，由土地管理部门委托国家股持股单位统一持有。如果原公司已经缴纳出让金，取得了土地使用权，也可以将土地作价，以国有股的方式投入上市公司。（　　　）

132. 具体审计计划包括被审计单位的基本情况，审计目的、审计范围及审计策略，重要会计问题及重点审计领域，审计工作进度及时间、费用预算，审计小组组成及人员分工，审计重要性水平的确定及审计风险的评估，对专家、内审人员及其他审计人员工作的利用等其他有关内容。（　　　）

133. 公司向其内部关联人员融资的行为，称为内部融资。（　　　）

134. 实际运用中，在比较各种筹资方式时使用的是边际资本成本；在进行资本结构决策时使用加权平均资本成本；在进行追加筹资决策时使用个别资本成本。（　　　）

135. 传统折中理论认为如果公司采取适度数量的债务筹资，影响到普通股股东可分配盈利的债务利息和股权成本会与因债务筹资而增加的风险补偿得到同步增加。（　　　）

136. 保荐协议签订后，保荐机构应在 7 个工作日内报发行人所在地的中国证监会派出机构批准。（　　　）

137. 中国证监会出具监管意见书时，应当审查公司最近 1 年股权结构是否发生重大变化，实际控制人是否发生变更。（　　　）

138. 首次公开发行股票的，发行人最近 3 个会计年度净利润均为正数且累计超过人民币 1000 万元，净利润以扣除非经常性损益前后较低者为计算依据。（　　　）

139. 创业板上市公司股票发行申请未获核准的，一年内不得再次申请。（　　　）

140. 发行人及其控股股东、实际控制人 3 年前未经法定机关核准，擅自公开或者变相公开发行证券的，不会影响到创业板上市公司公开发行股票。（　　　）

141. 会计师事务所在间隔专项复核报告出具日至少两个完整会计年度后，方可向同一发行人提供审计服务及相关服务。（　　　）

142. 询价结束后，公开发行股票数量在 4 亿股以下，提供有效报价的询价对象不足 20 家的，或者公开发行股票数量在 4 亿股以上，提供有效报价的询价对象不足 50 家的，

发行人及其主承销商不得确定发行价格，并应当中止发行。（　　）

143. 投资者可使用多个证券账户参与网上公开发行股票的申购。（　　）

144. 证券公司客户定向资产管理专用证券账户以及指定交易在不同证券公司的企业年金账户可按现有开立账户参与申购。（　　）

145. "全额预缴款、比例配售、余额转存"方式是"全额预缴款、比例配售、余额即退"方式和"对于一般投资者上网发行和对机构投资者配售相结合"的发行方式的结合。（　　）

146. 超额配售选择权的实施过程中，发行人应当披露因行使超额配售选择权而可能增发股票所募集资金的用途，并提请董事会批准。（　　）

147. 首次公开发行公司在发行前，必须通过因特网以网上直播（至少包括图像直播和文字直播）的方式，向投资者进行公司推介。（　　）

148. 首次公开发行公司在发行前，必须通过因特网以网上直播的方式，向投资者进行公司推介。网上直播推介活动的内容应以书面形式报备中国证监会和拟上市的交易所。（　　）

149. 上市公司董事会秘书空缺期间，董事会应当指定1名董事或高级管理人员代行董事会秘书的职责，并报交易所备案，同时尽快确定董事会秘书人选。（　　）

150. 发行人应披露最近3年内是否存在违法、违规行为，若不存在，不用明确声明。（　　）

151. 律师和律师事务所就公司控制权的归属及其变动情况出具的法律意见书是发行审核部门判断发行人最近5年内"实际控制人没有发生变更"的依据。（　　）

152. 在首次公开发行股票的招股说明书中，发行人对所披露的风险必须做定量分析。（　　）

153. 发行人应披露持有3%以上股份的主要股东以及作为股东的董事、监事、高级管理人员作出的重要承诺及其履行情况。（　　）

154. 提供盈利预测的发行人应当补充披露基于盈利预测的发行市盈率。每股收益按发行当年经会计师事务所审核的、扣除非经常性损益前后孰低的净利润预测数除以发行后总股本计算。（　　）

155. 招股说明书或招股意向书刊登后至获准上市前，拟发行公司发生重大事项的，应于该事项发生后第1个工作日向中国证监会提交书面说明，保荐人和相关专业中介机构应出具专业意见。（　　）

156. 主承销商应当在内核程序结束后出具推荐函。（　　）

157. 网上配售比例只能保留小数点后3位；网下配售比例不受限制，由此形成的余股由主承销商包销。（　　）

158. 如发生重大事项后，拟发行公司仍符合发行上市条件的，拟发行公司应在报告中国证监会后第3日刊登补充公告。（　　）

159. 对于分离交易的可转换公司债券，发行后累计公司债券余额不得高于最近1期末公司净资产额的40%；预计所附认股权全部行权后募集的资金总量不超过拟发行公司债券金额。（　　）

160. 转股价格修正方案须提交公司股东大会表决，且须经出席会议的股东所持表决权的半数以上同意。（　　）

161. 转股价格越低，可转换债券的价值越低；转股价格越高，可转换债券的价值越高。（　　）

162. 未转换的可转换公司债券数量少于 3000 万元的，应当及时向证券交易所报告并披露。（　　）

163. 可交换公司债券是否交换为预备交换的股票由债券持有人行使选择权。（　　）

164. 发行人应在其发行的公司债券进入银行间债券市场交易流通后的 5 个工作日内，向市场投资者披露其向国债登记结算公司提交的材料。（　　）

165. 发行公司债券，可以申请两次核准，分期发行。（　　）

166. 招标日前 3 个工作日(T−3)，发行人通过中国债券信息网、中国货币网披露公司债券发行公告。（　　）

167. 短期融资券第一季度的信息披露时间应当早于上一年度信息披露时间。（　　）

168. 中期票据是指具有法人资格的金融企业在银行间债券市场按照计划分期发行的，约定在一定期限还本付息的债务融资工具。（　　）

169. 受托机构应与信用评级机构就资产支持证券跟踪评级的有关安排作出约定，并应于资产支持证券存续期内每年的 7 月 31 日前向投资者披露上年度的跟踪评级报告。（　　）

170. 发行境内上市外资股的公司，只能委托境内证券经营机构作为主承销商。（　　）

171. 香港联交所《上市规则》规定，如果公司在相同的管理层人员的管理下有连续 3 年的营业记录，以往 3 年盈利合计 5000 万港元，并且市值不低于 1 亿港元，则可以上市。（　　）

172. 香港联交所《创业板上市规则》规定，如属新申请人，其申报会计师最近期报告的财政期间，不得早于上市文件刊发日期前 6 个月。（　　）

173. 外资股招股说明书的会计师报告项下应披露公司过去 3 年(甚至 5 年)经审计的财务记录，并应披露公司的主要会计方针与有关附注。（　　）

174. 在公司收购活动中，收购公司和目标公司一般都要聘请会计师事务所等作为财务顾问。（　　）

175. 投资者及其一致行动人拥有权益的股份达到或超过一个上市公司已发行股份的 20% 但未超过 30% 的，应当编制详式权益变动报告书。（　　）

176. 上市公司及交易对方与证券服务机构签订聘用合同后，可以随时更换证券服务机构。（　　）

177. 上市公司购买的资产符合关于完整经营实体的规定且业绩需要模拟计算的，不得向中国证监会申请将本次重组方案提交并购重组委员会审核。（　　）

178. 上市公司破产重整，涉及公司重大资产重组拟发行股份购买资产的，其发行股份价格由相关各方协商确定后，提交股东大会作出决议，关联股东可以参与表决。（　　）

179. 未经中国证监会核准，任何单位和个人不得从事上市公司并购重组财务顾问业务。（　　）

180. 外国投资者认购境内股份有限公司增资的，并购后所设外商投资企业的注册资本为原境内公司注册资本与增资额之和。（　　）

答案与解析

一、单选题(共60题，每题0.5分，共30分。以下备选答案中只有一项最符合题目要求，不选、错选均不得分)

1. 【答案】C
   【解析】根据中国银行间市场交易商协会发布的《银行间债券市场非金融企业中期票据业务指引》，中期票据是指具有法人资格的非金融企业在银行间债券市场按照计划分期发行的、约定在一定期限还本付息的债务融资工具。

2. 【答案】C
   【解析】根据中国人民银行发布的《短期融资券管理办法》第一章第三条和第二章第十三条，企业短期融资券是指企业依照该办法规定的条件和程序在银行间债券市场发行和交易，约定在一定期限内还本付息，最长期限不超过365天的有价证券。

3. 【答案】C
   【解析】《证券法》规定，经国务院证券监督管理机构批准，证券公司可以经营证券承销与保荐业务。经营单项证券承销与保荐业务的，注册资本最低限额为人民币1亿元；经营证券承销与保荐业务且经营证券自营、证券资产管理、其他证券业务中一项以上的，注册资本最低限额为人民币5亿元。

4. 【答案】D
   【解析】证券公司主要在证券市场上经营证券业务，包括证券承销、保荐和证券资产管理等。D项储蓄存款是银行的业务。

5. 【答案】D
   【解析】《证券发行上市保荐业务管理办法》第六十七条规定，保荐机构、保荐业务负责人或者内核负责人在1个自然年度内被采取监管措施累计5次以上，中国证监会可暂停保荐机构的保荐机构资格3个月，责令保荐机构更换保荐业务负责人、内核负责人。

6. 【答案】A
   【解析】《证券发行上市保荐业务管理办法》第七十一条规定，发行人出现公开发行证券上市当年即亏损情形的，中国证监会自确认之日起暂停保荐机构的保荐机构资格3个月，撤销相关人员的保荐代表人资格。

7. 【答案】A
   【解析】证券公司、保险公司和信托投资公司可以在证券交易所债券市场上参加记账式国债的招标发行及竞争性定价过程，向财政部直接承销记账式国债；商业银行、农村信用社联社、保险公司和少数证券公司可以在全国银行间债券市场上参加记账式国债的招标发行及竞争性定价过程，向财政部直接承销记账式国债。

8. 【答案】A
   【解析】发起人可以用货币出资，也可以用实物、知识产权、土地使用权等可以用货币估价并可以依法转让的非货币财产作价出资；但是，法律、行政法规规定不得作为出资的财产除外。发起人不得以劳务、信用、自然人姓名、商誉、特许经营权或者设定担保的财产等作价出资。对作为出资的非货币财产应当评估作价，核实财产，不得高估或低估作价。土地使用权的评估作价，依照法律、行政法规的规定办理。

9. 【答案】B

【解析】股东大会审议的事项，一般由董事会提出。我国《公司法》第一百零三条赋予持有一定股份的股东临时提案权：单独或者合计持有公司3%以上股份的股东，可以在股东大会召开10日前提出临时提案并书面提交董事会；董事会应当在收到提案后2日内通知其他股东，并将该临时提案提交股东大会审议。

10.【答案】C

【解析】上市公司在每一会计年度结束之日起4个月内向中国证监会和证券交易所报送年度财务会计报告，在每一会计年度前6个月结束之日起2个月内向中国证监会派出机构和证券交易所报送半年度财务会计报告。财务会计报告应当依照法律、行政法规和国务院财政部门的规定制作。

11.【答案】C

【解析】参见《公司法》第一百八十三条。

12.【答案】A

【解析】拟发行上市公司原则上应以出让方式取得土地使用权，以租赁方式从主发起人或控股股东、国家土地管理部门取得合法土地使用权的，应保证有较长的租赁期限和确定的取费方式。

13.【答案】D

【解析】国有资产折股时，净资产未全部折股的差额部分应计入资本公积金，不得以任何形式将资本(净资产)转为负债。净资产折股后，股东权益等于净资产。

14.【答案】C

【解析】在股份制改组的会计报表审计的完成阶段，被审计单位的资产负债表截止日到审计报告日发生的，以及审计报告日至会计报表公布日发生的对会计报表产生影响的事项，称为期后事项。期后事项主要有两类：一是对会计报表有直接影响，并需要调整的事项；二是对会计报表没有直接影响，但应予以关注、反映的事项。

15.【答案】D

【解析】律师及其所在的律师事务所在履行职责时，应当按照行业公认的业务标准和道德规范，对其出具文件内容的真实性、准确性和完整性进行核查和验证。在核查和验证完毕后，对企业的申请文件是否齐全、是否符合审批的程序、是否得到充分的授权、是否满足法律规定的实质要件、法律障碍是否排除等方面进行审核、验证，并进行综合分析，从而独立地发表明确的法律意见。

16.【答案】C

【解析】融资成本是指资本的价格。从投资者的角度来看，融资成本是投资者因提供资本而要求得到补偿的资本报酬率；从融资者的角度来看，融资成本是公司为获得资金所必须支付的最低价格(代价)。

17.【答案】B

【解析】B项，如果忽略所有的税率，即 $T_C = T_S = T_D = 0$，那么米勒模型与MM无公司税模型相同。

18.【答案】B

【解析】将留存收益作为公司的筹资可以使股东获得税收上的好处。如果公司将税后利润全部分配给股东，则需缴纳个人所得税；相反，少发股利可能引发公司股价上涨，股东可出售部分股票代替其股利收入，而所缴纳的资本利得税一般较低。

19. 【答案】A

【解析】根据《证券发行上市保荐业务管理办法》第五条，保荐代表人及其配偶不得以任何名义或者方式持有发行人的股份。

20. 【答案】D

【解析】资产评估报告由委托单位的主管部门签署意见后，报送国家国有资产管理部门审核、验证、确认。

21. 【答案】B

【解析】提交中国证监会的法律意见书和律师工作报告应是经两名以上经办律师和其所在律师事务所的负责人签名，并经该律师事务所加盖公章、签署日期的正式文本。

22. 【答案】D

【解析】根据《证券期货法律适用意见第3号》第三条第一项，被重组方重组前一个会计年度末的资产总额或前一个会计年度的营业收入或利润总额达到或超过重组前发行人相应项目100%的，为便于投资者了解重组后的整体运营情况，发行人重组后运行一个会计年度后方可申请发行。

23. 【答案】A

【解析】中国证监会设立发行审核委员会(简称"发审委")，审核发行人股票发行申请和可转换公司债券等中国证监会认可的其他证券的发行申请。发审委委员由中国证监会的专业人员和中国证监会外的有关专家组成，由中国证监会聘任。发审委委员为25名，部分发审委委员可以为专职。其中，中国证监会的人员5名，中国证监会以外的人员20名。发审委设会议召集人5名。

24. 【答案】C

【解析】对拟发行股票的合理估值是定价的基础。通常的估值方法有两大类：一类是相对估值法，另一类是绝对估值法。相对估值法是指对股票进行估值时，对可比较的或者代表性的公司进行分析，尤其注意有着相似业务的公司的新近发行以及相似规模的其他新近的首次公开发行，以获得估值基础；绝对估值法又称为现金流量贴现法，是通过对企业估值，而后计算每股价值，从而估算股票的价值。

25. 【答案】C

【解析】超额配售选择权是指发行人授予主承销商的一项选择权，获此授权的主承销商按同一价格超额发售不超过包销数额15%的股份。

26. 【答案】D

【解析】上海证券交易所通过交易所交易系统采用上网资金申购方式公开发行股票，申购日后的第4天(T+4日)，发行人和主承销商公布中签结果，中国结算上海分公司对未中签部分的申购款予以解冻，如发行价格低于价格区间上限，差价部分退还给投资者。新股认购款集中由中国结算上海分公司划付给主承销商。

27. 【答案】B

【解析】发行费用是指发行人在股票发行申请和实际发行过程中发生的费用，该费用可在股票溢价发行收入中扣除，主要包括：上网费用、资产评估费用、律师费用、承销费用、注册会计师费用(审计费用)。

28. 【答案】A

【解析】保荐人应当在签订保荐协议时指定两名保荐代表人具体负责保荐工作，并作为保荐人与交易所之间的指定联络人。保荐代表人应为经中国证监会注册登记并列入保荐代表人名单的自然人。

29.【答案】C

【解析】上市公司在履行信息披露义务时，应当指派董事会秘书、证券事务代表或者代行董事会秘书职责的人员负责与交易所联系，办理信息披露与股权管理事务。

30.【答案】C

【解析】对于购销商品、提供劳务等经常性的关联交易，应分别披露最近3年及1期关联交易方名称、交易内容、交易金额、交易价格的确定方法、占当期营业收入或营业成本的比重、占当期公司类型交易的比重以及关联交易增减变化的趋势，与交易相关应收应付款项的余额及增减变化的原因，以及上述关联交易是否仍将持续进行等。

31.【答案】D

【解析】在招股说明书中，发行人应列表披露最近3年及1期的流动比率、速动比率、资产负债率(母公司)、应收账款周转率、存货周转率、息税折旧摊销前利润、利息保障倍数、每股经营活动产生的现金流量、每股净现金流量、每股收益、净资产收益率、无形资产(扣除土地使用权、水面养殖权和采矿权等后)占净资产的比例。

32.【答案】D

【解析】发行人应披露报告期内各期向前5名供应商合计的销售额占当期采购总额的百分比，如向单个供应商的采购比例超过总额的50%或严重依赖少数客户的，应披露其名称及采购比例；如该客户为发行人的关联方，则应披露产品最终实现销售的情况；受同一实际控制人控制的供应商，应合并计算采购额。

33.【答案】D

【解析】根据《证券法》等的规定，股票依法发行后，发行人经营与收益的变化由发行人自行负责，由此变化引致的投资风险，由投资者自行负责。这是招股说明书扉页应刊登的发行人董事会的声明之一。

34.【答案】C

【解析】上市公司非公开发行股票的规定要求发行价格不低于定价基准日前20个交易日公司股票均价的90%。《上市公司证券发行管理办法》所称"定价基准日"，是指计算发行底价的基准日。定价基准日可以为关于本次非公开发行股票的董事会决议公告日、股东大会决议公告日，也可以为发行期的首日。

35.【答案】D

【解析】中国证监会自受理申请文件到作出决定的期限为3个月，发行人根据要求补充、修改发行申请文件的时间不计算在内。

36.【答案】D

【解析】在上市公司发行新股的《招股说明书》中，发行人应披露最近5年内募集资金运用的基本情况。发行人最近5年内募集资金的运用发生变更的，应列表披露历次变更情况，并披露募集资金的变更金额及占所募集资金净额的比例；发行人募集资金所投资的项目被以资产置换等方式置换出公司的，应予以单独披露。

37.【答案】A

38.【答案】B

【解析】在上市公司配股的信息披露中，假设T日为股权登记日，则有关公告刊登的时间和顺序为（所有日期为工作日）：①T－2日，刊登配股说明书、发行公告及网上路演公告；②T＋1日～T＋5日，刊登配股提示性公告；③T＋X日，刊登股份变动及上市公告书。该公告须在交易所对上市申请文件审查同意后，且所配股票上市前3个工作日内刊登。

39. 【答案】B

【解析】我国《证券法》第十六条规定，发行可转换为股票的公司债券的上市公司，股份有限公司的净资产不低于人民币3000万元，有限责任公司的净资产不低于人民币6000万元。《上市公司证券发行管理办法》第二十七条规定，发行分离交易的可转换公司债券的上市公司，其最近1期末经审计的净资产不低于人民币15亿元。

40. 【答案】D

【解析】可转换公司债券的最短期限为1年，最长期限为6年。分离交易的可转换公司债券的期限最短为1年，无最长期限限制；认股权证的存续期间不超过公司债券的期限，自发行结束之日起不少于6个月。募集说明书公告的权证存续期限不得调整。

41. 【答案】B

【解析】可转换公司债券的期权是一种美式期权，因此，转股期限越长，转股权价值就越大，可转换公司债券的价值越高；反之，转股期限越短，转股权价值就越小，可转换公司债券的价值越低。

42. 【答案】C

【解析】持有上市公司股份的股东，经保荐人保荐，可以向中国证监会申请发行可交换公司债券。申请发行可交换公司债券，应当符合下列规定：①申请人应当是符合《公司法》、《证券法》规定的有限责任公司或者股份有限公司；②公司组织机构健全，运行良好，内部控制制度不存在重大缺陷；③公司最近1期末的净资产额不少于人民币3亿元；④公司最近3个会计年度实现的年均可分配利润不少于公司债券1年的利息；⑤本次发行后累计公司债券余额不超过最近1期末净资产额的40％；⑥本次发行债券的金额不超过预备用于交换的股票按募集说明书公告日前20个交易日均价计算的市值的70％，且应当将预备用于交换的股票设定为本次发行的公司债券的担保物；⑦经资信评级机构评级，债券信用级别良好；⑧不存在《公司债券发行试点办法》第八条规定的不得发行公司债券的情形。

43. 【答案】B

【解析】发行人按规定提前赎回混合资本债券、延期支付利息或混合资本债券到期延期支付本金和利息时，应提前5个工作日报中国人民银行备案，通过中国货币网、中国债券信息网公开披露；同时，作为重大会计事项在年度财务报告中披露。

44. 【答案】C

【解析】发行企业债券，发行人需要经过向有关主管部门进行额度申请和发行申报两个过程。额度申请受理的主管部门为国家发展与改革委员会；发行申报的主管部门主要为国家发改委，国家发改委核准通过并经中国人民银行和中国证监会会签后，由国家发改委下达发行批复文件。

45. 【答案】D

【解析】公开发行企业债券，筹集的资金投向应符合以下国家产业政策：①用于固定资产投资项目的，应符合固定资产投资项目资本金制度的要求，原则上累计发行额不得超过该项目总投资的60%；②用于收购产权（股权）的，比照该比例执行；③用于调整债务结构的，不受该比例限制，但企业应提供银行同意以债还贷的证明；④用于补充营运资金的，不超过发债总额的20%。

46. 【答案】A
【解析】《公司债券发行试点办法》第十条规定，公司与资信评级机构应当约定，在债券有效存续期间，资信评级机构每年至少公告1次跟踪评级报告。

47. 【答案】C
【解析】《证券市场资信评级业务管理暂行办法》第二十三条规定，业务档案应当保存到评级合同期满后5年，或者评级对象存续期满后5年，业务档案的保存期限不得少于10年。

48. 【答案】B
【解析】注册会议中，参会委员应对是否接受短期融资券的发行注册作出独立判断。两名以上（含两名）委员认为企业没有真实、准确、完整、及时披露信息，或中介机构没有勤勉尽责的，交易商协会不接受发行注册。

49. 【答案】B
【解析】资产支持证券承销机构应为金融机构，并须具备下列条件：①注册资本不低于2亿元人民币；②具有较强的债券分销能力；③具有合格的从事债券市场业务的专业人员和债券分销渠道；④最近两年内没有重大违法、违规行为；⑤中国人民银行要求的其他条件。

50. 【答案】A
【解析】国有企业、集体企业及其他所有制形式的企业经重组改制为股份有限公司后，凡符合境外上市条件的，均可向中国证监会提出境外上市申请。具体申请条件包括：①符合我国有关境外上市的法律法规和规则；②筹资用途符合国家产业政策、利用外资政策及国家有关固定资产投资立项的规定；③净资产不少于4亿元人民币，过去1年税后利润不少于6000万元人民币，并有增长潜力，按合理预期市盈率计算，筹资额不少于5000万美元；④具有规范的法人治理结构及较完善的内部管理制度，有较稳定的高级管理层及较高的管理水平；⑤上市后分红派息有可靠的外汇来源，符合国家外汇管理的有关规定；⑥证监会规定的其他条件。

51. 【答案】B

52. 【答案】C
【解析】如果发行人拟在公开发行股票的同时，还准备向一定的机构投资者或专业投资者进行配售，则应当准备符合外资股上市地要求的招股章程，同时准备适合配售或私募的信息备忘录。

53. 【答案】C
【解析】在没有遭受收购打击前，各公司可以通过在公司章程中加入反收购条款，使将来的收购成本加大，接收难度增加。常见的反收购条款有：①每年部分改选董事会成员；②限制董事资格；③超级多数条款。

54. 【答案】C
【解析】投资者有下列情形之一的，拥有上市公司控制权：①投资者为上市公司持股50%以上的控股股东；②投资者可以实际支配上市公司股份表决权超过30%；③投资者通过实际支配上市公司股份表决权能够决定公司董事会半数以上成员选任；④投资者依其可实际支配的上市公司股份表决权足以对公司股东大会的决议产生重大影响；⑤中国证监会认定的其他情形。

55. 【答案】C

【解析】《中国证券监督管理委员会令第 10 号——上市公司收购管理办法》第三十八条规定，收购要约期满前十五日内，收购人不得更改收购要约条件；但是出现竞争要约的除外。

56. 【答案】B

【解析】上市公司购买的资产为非股权资产的，其资产总额以该资产的账面值和成交金额二者中的较高者为准，资产净额以相关资产与负债的账面值差额和成交金额二者中的较高者为准；出售的资产为非股权资产的，其资产总额、资产净额分别以该资产的账面值、相关资产与负债账面值的差额为准。

57. 【答案】C

【解析】上市公司及其控股或者控制的公司购买、出售资产，达到下列标准之一的，构成重大资产重组：①购买、出售的资产总额占上市公司最近 1 个会计年度经审计的合并财务会计报告期末资产总额的比例达到 50% 以上；②购买、出售的资产在最近 1 个会计年度所产生的营业收入占上市公司同期经审计的合并财务会计报告营业收入的比例达到 50% 以上；③购买、出售的资产净额占上市公司最近 1 个会计年度经审计的合并财务会计报告期末净资产额的比例达到 50% 以上，且超过 5000 万元人民币。

58. 【答案】B

【解析】参见《上市公司并购重组财务顾问业务管理办法》第四十一条。

59. 【答案】D

60. 【答案】D

【解析】有下列情况之一的并购，并购一方当事人可以向商务部和国家工商行政管理总局申请审查豁免：①可以改善市场公平竞争条件的；②重组亏损企业并保障就业的；③引进先进技术和管理人才并能提高企业国际竞争力的；④可以改善环境的。

二、多选题(共 60 题 40 分，其中已标明分值的 20 题每题 1 分，其余 40 题每题 0.5 分。以下备选项中有两项或两项以上符合题目要求，多选、少选、错选均不得分)

61. 【答案】AD

【解析】为了防范华尔街危机波及高盛和摩根斯坦利，美国联邦储备委员会批准了摩根斯坦利和高盛从投资银行转型为传统的银行控股公司。银行控股公司可以接受零售客户的存款，成为银行控股公司将有助于两家公司重构自己的资产和资本结构。

62. 【答案】ACD

【解析】政策性金融债券经中国人民银行批准，由我国政策性银行(国家开发银行、中国进出口银行、中国农业发展银行)用计划派购或市场化的方式，向国有商业银行、区域性商业银行、商业保险公司、城市合作银行、农村信用社、邮政储蓄银行等金融机构发行。

63. 【答案】BC

【解析】个人如果取得保荐代表人资格后，应当持续符合下列条件：①诚实守信，品行良好，无不良诚信记录，未受到中国证监会的行政处罚；②不负数额较大到期未清偿的债务；③中国证监会规定的其他条件。保荐代表人被吊销、注销证券业执业证书，或者受到中国证监会行政处罚的，中国证监会撤销其保荐代表人资格。

64. 【答案】ABD

【解析】保荐代表人资格申请文件存在虚假记载、误导性陈述或者重大遗漏的，中国证监会不予核准；已核准的，撤销其保荐代表人资格。对提交该申请文件的保荐机构，中国证监会自撤销之日起6个月内不再受理该保荐机构推荐的保荐代表人资格申请。

65. 【答案】BC

【解析】证券公司必须持续符合的风险控制指标标准包括：①净资本与各项风险资本准备之和的比例不得低于100%；②净资本与净资产的比例不得低于40%；③净资本与负债的比例不得低于8%；④净资产与负债的比例不得低于20%。

66. 【答案】ACD

【解析】外商投资企业作为公司发起人时，其在公司中所占股本的比例，按照下列规定执行：①属于国家鼓励外商直接投资的行业，外商投资企业所占股本比例不受限制（国家另有规定的除外）；②属于《外商投资产业指导目录》限制外商控股的或仅限于外商合资、合作的行业，不得违反《外商投资产业指导目录》的规定；③外商投资企业不得作为国家禁止外商投资行业的公司的发起人；④以公司作为组织形式的外商投资企业向其他公司投资时，依照公司章程的规定，由董事会或者股东会、股东大会决议；公司章程对投资总额及单项投资的数额有限额规定的，不得超过规定的限额。

67. 【答案】ACD

【解析】公司债券是指公司依照法定程序发行的，约定在一定期限还本付息的有价证券。与一般的公司债务相比，公司债券的特点包括：①公司债券是公司与不特定的社会公众形成的债权债务关系；②公司债券是一种可转让的债权债务关系，而一般的公司债务是依法限制转让的债权债务关系；③公司债券通过债券的方式表现，而一般的公司债务通过其他债权文书形式表现出来；④同次发行的公司债券的偿还期是一样的，而一般的公司债务可以有不同的偿还期。

68. 【答案】BC

【解析】监事的任期每届为3年。监事任期届满，连选可以连任。监事应具有法律、会计等方面的专业知识或工作经验。董事、高级管理人员不得兼任监事。

69. 【答案】ABD

【解析】为了进一步落实董事会的职权，上市公司董事会可以按照股东大会的有关决议，设立战略、审计、提名、薪酬与考核等专门委员会。专门委员会的成员全部由董事组成。其中，在审计委员会、提名委员会、薪酬与考核委员会中，独立董事应占多数并担任召集人；在审计委员会中，至少应有一名独立董事是会计专业人士。

70. 【答案】BD

【解析】清算组成员应当忠于职守，依法履行清算义务：①在清算期间，即使公司存续，也不得开展与清算无关的经营活动；②公司财产在未依照规定清偿前，不得分配给股东；③清算组成员不得利用职权收受贿赂或者其他非法收入，不得侵占公司财产；④清算组成员因故意或者重大过失给公司或者债权人造成损失的，应当承担赔偿责任。

71. 【答案】AD

【解析】拟发行上市公司的总经理、副总经理、财务负责人、董事会秘书等高级管理人员应专职在公司工作并领取薪酬，不得在持有拟发行上市公司5%以上股权的股东单位及其下属企业担任除董事、监事以外的任何职务，也不得在与所任职的拟发行上市公司业务相同或相近的其他企业任职。

72. 【答案】BC

【解析】针对存在同业竞争，拟发行上市公司可以采取以下措施加以解决：①针对存在的同业竞争，通过收购、委托经营等方式，将相竞争的业务集中到拟发行上市公司；②竞争方将有关业务转让给无关联的第三方；③拟发行上市公司放弃与竞争方存在同业竞争的业务；④竞争方对解决同业竞争以及今后不再进行同业竞争做出有法律约束力的书面承诺。

73. 【答案】ABCD

【解析】拟发行上市公司关联方主要包括：①控股股东；②其他股东；③控股股东及其股东控制或参股的企业；④对控股股东及主要股东有实质影响的法人或自然人；⑤发行人参与的合营企业；⑥发行人参与的联营企业；⑦主要投资者个人、关键管理人员、核心技术人员或与上述关系密切的人士控制的其他企业；⑧其他对发行人有实质影响的法人或自然人。

74. 【答案】CD

【解析】A项，有权代表国家投资的机构或部门直接设立的国有企业以其部分资产（连同部分负债）改建为股份公司的，若进入股份公司的净资产低于50%（不含50%），则其净资产折成的股份界定为国有法人股；B项，有权代表国家投资的机构或部门直接设立的国有企业以其部分资产（连同部分负债）改建为股份公司的，如进入股份公司的净资产（指评估前净资产）累计高于原企业所有净资产的50%（含50%），或主营生产部分的全部或大部分资产进入股份制企业，其净资产折成的股份界定为国家股。

75. 【答案】AB

【解析】代理成本理论区分了两种公司利益冲突：股东与经理层之间的利益冲突和债权人与股东之间的利益冲突。其中，股东与经理层之间的利益冲突所导致的代理成本称为"外部股东代理成本"，债权人与股东之间的利益冲突以及与债权相伴随的破产成本称为"债券的代理成本"。

76. 【答案】BC

【解析】债券筹资的特点有：①债券筹资的成本较低，债券的税后成本低于股票的税后成本；②公司运用债券投资，不仅取得一笔营运资本，而且还向债权人购得一项以公司总资产为基础资产的看跌期权；③债券投资具有杠杆作用；④债券筹资有固定的到期日，须定期支付利息，如不能兑现承诺则可能引起公司破产；⑤债券筹资具有一定限度，随着财务杠杆的上升，债券筹资的成本也不断上升，加大财务风险和经营风险，可能导致公司破产和最后清算；⑥公司债券通常需要抵押和担保，而且有一些限制性条款，这实质上是取得一部分控制权，削弱经理控制权和股东的剩余控制权，从而可能影响公司的正常发展和进一步的筹资能力。

77. 【答案】ABC

【解析】发行保荐工作报告是发行保荐书的辅助性文件。保荐机构应在发行保荐工作报告中，全面记载尽职推荐发行人的主要工作过程，详细说明尽职推荐过程中发现的发行人存在的主要问题及解决情况，充分揭示发行人面临的主要风险。发行保荐工作报告的必备内容包括：项目运作流程、项目存在问题及其解决情况。

78. **【答案】**AB

【解析】参见《证券发行上市保荐业务管理办法》第五十九条。

79. **【答案】**AB

【解析】募投项目全部完成后，节余募集资金(包括利息收入)的使用需要保荐人发表意见，但是节余募集资金(包括利息收入)低于500万元或低于募集资金净额5%的除外。

80. **【答案】**BD

【解析】AC两项，注册会计师在审计过程中，由于审计范围受到委托人、被审计单位或客观环境的严重限制，不能获取必要的审计证据，以致无法对会计报表整体发表审计意见时，应当出具拒绝表示意见的审计报告。

81. **【答案】**ABC

【解析】D项，包销金额不得超过其净资本的60%。

82. **【答案】**BCD

【解析】每次参加发审委会议的发审委委员为7名；表决投票时同意票数达到5票为通过，同意票数未达到5票为未通过。

83. **【答案】**BCD

【解析】询价对象应当符合的条件有：①依法设立，最近12个月未因重大违法违规行为被相关监管部门给予行政处罚、采取监管措施或者受到刑事处罚；②依法可以进行股票投资；③信用记录良好，具有独立从事证券投资所必需的机构和人员；④具有健全的内部风险评估和控制系统并能够有效执行，风险控制指标符合有关规定；⑤按照《证券发行与承销管理办法》的规定被中国证券业协会从询价对象名单中去除的，自去除之日起已满12个月。

84. **【答案】**ABC

【解析】D项，结算银行于T+2日根据主承销商通过登记结算平台提供的电子退款明细数据，按照原留存的配售对象汇款凭证办理配售对象的退款；根据主承销商于初步询价截止日前通过登记结算平台提供的主承销商网下发行募集款收款银行账户办理募集款的划付。

85. **【答案】**ABC

【解析】我国股票发行历史上曾采取过全额预缴款方式、储蓄存款挂钩方式、上网竞价和市值配售等方式。前两种股票发行方式都属于网下发行的方式，其中全额预缴款方式又包括"全额预缴款、比例配售、余款即退"方式和"全额预缴款、比例配售、余款转存"两种方式。

86. **【答案】**ABC

【解析】公开发行证券的，主承销商应当在证券上市后10日内向中国证监会报备承销总结报告，总结说明发行期间的基本情况及新股上市后的表现，并提供下列文件：①募集说明书单行本；②承销协议及承销团协议；③律师鉴证意见(限于首次公开发行)；④会计师事务所验资报告；⑤中国证监会要求的其他文件。

87. **【答案】**BCD

【解析】支付给中介机构的费用包括申报会计师费用、律师费用、评估费用、承销费用、保荐费用以及上网发行费用等。在发行费用中不应包括"财务顾问费"。

88. 【答案】AD

【解析】根据《证券法》及交易所上市规则的规定，股份有限公司申请其股票上市必须符合的条件有：①股票经中国证监会核准已公开发行；②公司股本总额不少于人民币5000万元；③公开发行的股份达到公司股份总数的25%以上，公司股本总额超过人民币4亿元的，公开发行股份的比例为10%以上；④公司最近三年无重大违法行为，财务会计报告无虚假记载；⑤交易所要求的其他条件。

89. 【答案】ABC

【解析】D项属于信息披露事务管理制度的审议、备案程序。

90. 【答案】ABD

【解析】招股说明书全文文本扉页应载有的内容有：①发行股票类型；②发行股数；③每股面值；④每股发行价格；⑤预计发行日期；⑥拟上市的证券交易所；⑦发行后总股本，发行境外上市外资股的公司还应披露在境内上市流通的股份数量和在境外上市流通的股份数量；⑧本次发行前股东所持股份的流通限制、股东对所持股份自愿锁定的承诺；⑨保荐人、主承销商；⑩招股说明书签署日期。

91. 【答案】ACD

【解析】如发行过内部职工股，发行人在招股说明书中应披露以下情况：①内部职工股的审批及发行情况，包括审批机关、审批日期、发行数量、发行方式、发行范围、发行缴款及验资情况；②本次发行前的内部职工股托管情况，包括托管单位、前10名自然人股东名单、持股数量及比例、应托管数量、实际托管数量、托管完成时间，未托管股票数额及原因、未托管股票的处理办法，省级人民政府对发行人内部职工股托管情况及真实性的确认情况；③发生过的违法违规情况，包括超范围和超比例发行的情况，通过增发、配股、国家股和法人股转配等形式变相增加内部职工股的情况，内部职工股转让和交易中的违法违规情况，法人股个人化的情况，这些违法违规行为的纠正情况及省级人民政府对清理、纠正情况的确认意见；④对尚存在内部职工股潜在问题和风险隐患的，应披露有关责任的承担主体等。

92. 【答案】BC

【解析】发行人应采用方框图或其他有效形式，全面披露发起人、持有发行人5%以上股份的主要股东、实际控制人，控股股东、实际控制人所控制的其他企业，发行人的职能部门、分公司、控股子公司、参股子公司以及其他有重要影响的关联方。

93. 【答案】ACD

【解析】B项，发行人可将上市公告书刊载于其他报刊和网站，但其披露时间不得早于在中国证监会指定报刊和网站的披露时间。

94. 【答案】ABCD

【解析】除ABCD四项外，上市公司募集资金的数额和使用还应当符合的规定有：建立募集资金专项存储制度，募集资金必须存放于公司董事会决定的专项账户。

95. 【答案】BCD

【解析】内核是指保荐人（主承销商）的内核小组对拟向中国证监会报送的发行申请材料进行核查，确保证券发行不存在重大法律和政策障碍以及发行申请材料具有较高质量的行为。内核小组通常由8~15名专业人士组成，这些人员要保持稳定性和独立性。公司主管投资银行业务的负责人及投资银行部门的负责人通常为内核小组的成员。此外，内核小组成员中应有熟悉法律、财务的专业人员。

96. 【答案】CD

【解析】发审会后发行人新公布定期报告、重大事项临时公告，如果定期报告(年度报告和半年度报告除外)和重大事项临时公告未涉及重大不利变化，募集说明书中可以索引的方式就发行人定期报告、重大事项临时公告的相关信息进行提示性披露。

97. 【答案】ACD

【解析】网上网下同时定价发行是指发行人和主承销商按照"发行价格应不低于公告招股意向书前20个交易日公司股票均价或前1个交易日的均价"的原则确定增发价格，网下对机构投资者与网上对公众投资者同时公开发行，这是目前通常的增发方式。

98. 【答案】BC

【解析】发行公司及其主承销商必须在刊登招股意向书摘要前一个工作日17：00前，向证券交易所提交中国证监会核准发行公司增发股份的文件，以及发行公司招股意向书全文及相关文件。发行公司及其主承销商在证券交易所网站上披露招股意向书全文等，暂不需要缴纳费用。

99. 【答案】AD

【解析】根据《上市公司证券发行管理办法》，上市公司发行的可转换公司债券在发行结束6个月后，方可转换为公司股票，转股期限由公司根据可转换公司债券的存续期限及公司财务状况确定。

100. 【答案】ABC

【解析】可转换公司债券实质上是一种由普通债权和股票期权两个基本工具构成的复合融资工具，投资者购买可转换公司债券等价于同时购买了一个普通债券和一个对公司股票的看涨期权。可转换公司债券相当于这样一种投资组合：投资者持有1张与可转债相同利率的普通债券，1张数量为转换比例、期权行使价为初始转股价格的美式买权，1张美式卖权，同时向发行人无条件出售了1张美式买权。

101. 【答案】ACD

【解析】在上海证券交易所上网定价发行方式下，具体程序如表1所示。

表1

时间	程序内容
T－5日	所有材料报上海证券交易所，准备刊登债券募集说明书概要和发行公告
T－4日	刊登债券募集说明书概要和发行公告
T日	上网定价发行日
T＋1日	冻结申购资金
T＋2日	验资报告送达上海证券交易所；上海证券交易所向营业部发送配号
T＋3日	中签率公告见报；摇号
T＋4日	摇号结果公告见报
T＋4日以后	做好上市前准备工作

注：可转换公司债券在深圳证券交易所的网上定价发行程序与上海证券交易所基本相同。

102. 【答案】ABC

【解析】上市公司出现下列情形之一的，证券交易所暂停其可转换公司债券上市：①公司有重大违法行为；②公司情况发生重大变化不符合可转换公司债券上市条件；③发行可转换公司债券所募集的资金不按照核准的用途使用；④未按照可转换公司债券募集办法履行义务；⑤公司最近2年连续亏损；⑥证券交易所认为应当暂停其可转换公司债券上市的其他情形。

103. 【答案】ACD

【解析】可交换公司债券主要条款中的股票交换的价格及其调整与修正的内容是：①公司债券交换为每股股份的价格，应当不低于公告募集说明书日前20个交易日公司股票均价和前一个交易日的均价；②募集说明书应当事先约定交换价格及其调整、修正原则；③若调整或修正交换价格，将造成预备用于交换的股票数量少于未偿还可交换公司债券全部换股所需股票的，公司必须事先补充提供预备用于交换的股票，并就该等股票设定担保，办理相关登记手续。

104. 【答案】ACD

【解析】根据中华人民共和国财政部财库[2009]12号文件《财政部关于印发2009年记账式国债招投标规则的通知》，目前记账式国债的招标方式包括荷兰式招标、美国式招标、混合式招标。

105. 【答案】ABD

【解析】符合以下条件的公司债券可以进入银行间债券市场交易流通，但公司债券募集办法或发行章程约定不交易流通的债券除外：①依法公开发行；②债权债务关系确立并登记完毕；③发行人具有较完善的治理结构和机制，近2年没有违法和重大违规行为；④实际发行额不少于人民币5亿元；⑤单个投资人持有量不超过该期公司债券发行量的30%。

106. 【答案】ACD

【解析】根据《企业债券管理条例》第二十条，企业发行企业债券所筹资金应当按照审批机关批准的用途，用于本企业的生产经营。企业发行企业债券所筹资金不得用于房地产买卖、股票买卖和期货交易等与本企业生产经营无关的风险性投资。

107. 【答案】BCD

【解析】根据《公司债券发行试点办法》第八条，存在下列情形之一的，不得发行公司债券：①最近36个月内公司财务会计文件存在虚假记载，或公司存在其他重大违法行为；②本次发行申请文件存在虚假记载、误导性陈述或者重大遗漏；③对已发行的公司债券或者其他债务有违约或者迟延支付本息的事实，仍处于继续状态；④严重损害投资者合法权益和社会公共利益的其他情形。

108. 【答案】ABCD

【解析】除ABCD四项外，申请证券评级业务许可的资信评级机构应当向中国证监会提交的材料还包括：①高级管理人员和评级从业人员情况的说明及其证明文件；②内部控制机制、管理制度及其实施情况的说明；③经具有证券、期货相关业务资格的会计师事务所审计的财务报告；④业务制度及其实施情况的说明；⑤中国证监会规定的其他材料。

109. 【答案】ABC

【解析】在短期融资券存续期内，企业应按下列要求持续披露信息：①每年4月30日以前，披露上一年度的年度报告和审计报告；②每年8月31日以前，披露本年度上半年的资产负债表、利润表和现金流量表；③每年 4 月 30 日和 10 月 31 日以前，披露本年度第一季度和第三季度的资产负债表、利润表及现金流量表。

110. **【答案】**ACD

【解析】证券公司从事企业债券的承销，注册地中国证监会派出机构应要求主承销商报送下列申请材料：①申请书；②具备承销条件的证明材料或陈述材料；③承销协议；④承销团协议；⑤市场调查与可行性报告；⑥主承销商对承销团成员的内核审查报告；⑦风险处置预案。

111. **【答案】**BD

【解析】公司申请发行境内上市外资股，会计师事务所的任务主要有两项：①对公司的财务状况进行审计，并出具会计师报告(审计报告)；②对公司的盈利预测进行审核。

112. **【答案】**ABC

【解析】H 股发行的核准程序包括：①取得地方政府或国务院有关主管部门的同意和推荐，向中国证监会提出申请；②由中国证监会就有关申请是否符合国家产业政策、利用外资政策以及有关固定资产投资立项规定会商国家发改委等有关部门；③聘请中介机构，报送有关材料；④中国证监会审批；⑤向香港联交所提出申请，并履行相关核准或登记程序。

113. **【答案】**ABC

【解析】D 项，在香港联交所接纳的任何条件的规定下，发行人、包销商或任何其他人士均不可单方面更改或延长该日期或期间。

114. **【答案】**ABCD

【解析】外资股发行时，主承销商和全球协调人在拟定发行上市方案时，通常应明确采取的发行方式、上市地的选择、国际配售与公开募股的比例、拟进行国际分销与配售的地区、不同地区国际分销或配售的基本份额等内容。尽早确定上述内容，对于选择承销团成员、安排各成员的工作内容、起草工作文件都是十分必要的。

115. **【答案】**ABC

【解析】横向收购是指同属于一个产业或行业、生产或销售同类产品的企业之间发生的收购行为。实质上，横向收购是两个或两个以上生产或销售相同、相似产品的公司间的收购，其目的在于消除竞争，扩大市场份额，增加收购公司的垄断实力或形成规模效应。

116. **【答案】**AC

【解析】B 项应为，在一个上市公司中拥有权益的股份达到或超过该公司已发行股份的 30%的，自上述事实发生之日起 1 年后，每 12 个月内增加其在该公司中拥有权益的股份不超过该公司已发行股份的 2%；D 项应为，因上市公司按照股东大会批准的确定价格向特定股东回购股份而减少股本，导致当事人在该公司中拥有权益的股份超过该公司已发行股份的 30%。

117. **【答案】**ABD

【解析】上市公司股东大会就重大资产重组作出的决议，至少应当包括下列事项：①本次重大资产重组的方式、交易标的和交易对方；②交易价格或者价格区间；③定价方式或者定价依据；④相关资产自定价基准日至交割日期间损益的归属；⑤相关资产办理权属转移的合同义务和违约责任；⑥决议的有效期；⑦对董事会办理本次重大资重组事宜的具体授权；⑧其他需要明确的事项。

118. 【答案】AB

【解析】C 项，认为申请人存在尚待调查核实并影响明确判断的重大问题的，应当在工作底稿上提出有关个人审核意见。在并购重组委员会会议上应当根据自己的工作底稿发表个人审核意见；D 项，表决投票时同意票数达到 3 票为通过，同意票数未达到 3 票为未通过。并购重组委员会委员在投票时应当在表决票上说明理由。

119. 【答案】ABCD

【解析】独立财务顾问应当结合上市公司重大资产重组当年和实施完毕后的第 1 个会计年度的年报，自年报披露之日起 15 日内，对重大资产重组实施下列事项出具持续督导意见，向派出机构报告，并予以公告：①交易资产的交付或者过户情况；②交易各方当事人承诺的履行情况；③盈利预测的实现情况；④管理层讨论与分析部分提及的各项业务的发展现状；⑤公司治理结构与运行情况；⑥与已公布的重组方案存在差异的其他事项。

120. 【答案】AB

【解析】外国投资者以股权并购境内公司所涉及的境内外公司的股权，应符合以下条件：①股东合法持有并依法可以转让；②无所有权争议且没有设定质押及任何其他权利限制；③境外公司的股权应在境外公开合法证券交易市场（柜台交易市场除外）挂牌交易；④境外公司的股权最近 1 年交易价格稳定。

三、判断题（共 60 题，每小题 0.5 分，共 30 分。正确的用 A 表示，错误的用 B 表示，不选、错选、放弃均不得分）

121. 【答案】B

【解析】2008 年美国由于次贷危机而引发的连锁反应导致了罕见的金融风暴，在此次金融风暴中，美国著名投资银行贝尔斯登和雷曼兄弟崩溃，其原因主要在于风险控制失误和激励约束机制的弊端。

122. 【答案】B

【解析】发行监管制度的核心内容是股票发行决定权的归属。目前国际上有两种类型：一种是政府主导型，即核准制。核准制要求发行人在发行证券过程中，不仅要公开披露有关信息，而且必须符合一系列实质性的条件。这种制度赋予监管当局决定权；另一种是市场主导型，即注册制。本题所述为注册制，这种制度强调市场对股票发行的决定权。

123. 【答案】B

【解析】企业发行中期票据应制定发行计划，在计划内可灵活设计各期票据的利率形式、期限结构等要素。

124. 【答案】B

【解析】投资银行业务人员负有数额较大到期未清偿的债务，中国证监会应将其从保荐代表人名单中去除。

125. 【答案】B

【解析】根据新修订的《证券法》，证券公司经营单项证券承销与保荐业务的，注册资本最低限额为人民币 1 亿元。

126. 【答案】B

【解析】派生分立是指原公司将其财产或业务的一部分分离出去设立一个或数个公司，原公司继续存在。公司分立，其财产作相应的分割并应当编制资产负债表及财产清单。

127. 【答案】B

【解析】发起人持有的本公司股份，自公司成立之日起 1 年内不得转让。公司公开发行股份前已发行的股份，自公司股票在证券交易所上市交易之日起 1 年内不得转让。

128. 【答案】B

【解析】上市公司董事会、监事会、单独或者合并持有上市公司已发行股份 1% 以上的股东可以提出独立董事候选人，并经股东大会选举决定。

129. 【答案】B

【解析】股份有限公司的清算组由董事或者股东大会确定的人员组成。

130. 【答案】B

【解析】改组为拟上市的股份有限公司一般需要聘请的中介机构除了财务顾问外，还包括：①具有从事证券相关业务资格的会计师事务所；②具有从事证券相关业务资格的资产评估机构；③律师事务所。

131. 【答案】B

【解析】根据需要，国家可以以一定年限的国有土地使用权作价入股，经评估作价后，界定为国家股，由土地管理部门委托国家股持股单位统一持有。如果原公司已经缴纳出让金，取得了土地使用权，也可以将土地作价，以国有法人股的方式投入上市公司。

132. 【答案】B

【解析】总体审计计划包括被审计单位的基本情况、审计目的、审计范围及审计策略，重要会计问题及重点审计领域，审计工作进度及时间、费用预算，审计小组组成及人员分工，审计重要性水平的确定及审计风险的评估，对专家、内审人员及其他审计人员工作的利用等其他有关内容。具体审计计划是依据总体审计计划制定的，对实施总体审计计划所需要审计程序的性质、时间和范围所作的详细规划和说明。具体审计计划包括审计目标、审计程序、执行人员及执行时间、审计工作底稿的索引号及其他有关内容。

133. 【答案】B

【解析】内部融资是来源于公司内部的融资，即公司将自己的储蓄(未分配利润和折旧等)转化为投资的融资方式。

134. 【答案】B

【解析】实际运用中，在比较各种筹资方式时使用的是个别资本成本；在进行资本结构决策时使用加权平均资本成本；在进行追加筹资决策时使用边际资本成本。

135. 【答案】B

【解析】传统折中理论认为如果公司采取适度数量的债务筹资，影响到普通股股东可分配盈利的债务利息和股权成本不会与因债务筹资而增加的风险补偿得到同步增加。

136. 【答案】B

【解析】保荐协议签订后，保荐机构应在 5 个工作日内报发行人所在地的中国证监会派出机构备案。

137. 【答案】B

【解析】中国证监会出具监管意见书时，应当审查公司最近三年股权结构是否发生重大变化，实际控制人是否发生变更。

138. 【答案】B

【解析】首次公开发行股票的，发行人最近 3 个会计年度净利润均为正数且累计超过人民币 3000 万元，净利润以扣除非经常性损益前后较低者为计算依据。

139. 【答案】B

【解析】在创业板上市公司股票发行申请未获核准的，发行人可自中国证监会作出不予核准决定之日起 6 个月后再次提出股票发行申请。

140. 【答案】B

【解析】根据《首次公开发行股票并在创业板上市管理暂行办法》第二十六条，发行人及其控股股东、实际控制人的有关违法行为虽然发生在 3 年前，但目前仍处于持续状态的，创业板上市公司仍然不能公开发行股票。

141. 【答案】B

【解析】在间隔专项复核报告出具日至少 1 个完整会计年度后，会计师事务所方可向同一发行人提供审计服务及相关服务。

142. 【答案】A

143. 【答案】B

【解析】投资者参与网上公开发行股票的申购，只能使用一个证券账户。

144. 【答案】A

145. 【答案】B

【解析】"全额预缴款、比例配售、余款转存"方式在全额预缴、比例配售阶段的处理方式与"全额预缴款、比例配售、余款即退"的处理方式相同，但申购余款转为存款，利息按同期银行存款利率计算。

146. 【答案】B

【解析】发行人计划实施超额配售选择权的，应当提请股东大会批准，因行使超额配售选择权而发行的新股为本次发行的一部分。

147. 【答案】A

148. 【答案】B

【解析】网上直播推介活动的内容应以电子方式报备中国证监会和拟上市证券交易所。

149. 【答案】A

150. 【答案】B

【解析】发行人应披露近 3 年内是否存在违法违规行为，若存在违法违规行为，应披露违规事实和受到处罚的情况，并说明对发行人的影响；若不存在违法违规行为，应明确声明。

151. 【答案】B

【解析】律师和律师事务所就公司控制权的归属及其变动情况出具的法律意见书是发行审核部门判断发行人最近 3 年内"实际控制人没有发生变更"的重要依据。

152. 【答案】B

【解析】在首次公开发行股票的招股说明书中，发行人对披露的风险因素应作定量分析；无法进行定量分析的，应有针对性地作出定性描述。

153. 【答案】B

【解析】发行人应披露持有 5% 以上股份的主要股东以及作为股东的董事、监事、高级管理人员作出的重要承诺及其履行情况。

154. 【答案】A

155. 【答案】A

156. 【答案】B

【解析】保荐人（主承销商）应当在内核程序结束后作出是否推荐发行的决定。决定推荐发行的，应出具发行保荐书。对于发行人的不规范行为，保荐人（主承销商）应当要求其整改，并将整改情况在尽职调查报告或核查意见中予以说明。因发行人不配合，使尽职调查范围受到限制，导致保荐人（主承销商）无法作出判断的，保荐人（主承销商）不得为发行人的发行申请出具推荐函。

157. 【答案】A

158. 【答案】B

【解析】如发生重大事项后，拟发行公司仍符合发行上市条件的，拟发行公司应在报告中国证监会后第 2 日刊登补充公告。

159. 【答案】A

160. 【答案】B

【解析】转股价格修正方案须提交公司股东大会表决，且须经出席会议的股东所持表决权的 2/3 以上同意；股东大会进行表决时，持有公司可转换债券的股东应当回避。

161. 【答案】B

【解析】转股价格越高，期权价值越低，可转换公司债券的价值越低；反之，转股价格越低，期权价值越高，可转换公司债券的价值越高。

162. 【答案】A

163. 【答案】A

164. 【答案】B

【解析】发行人应在其发行的公司债券进入银行间债券市场交易流通后的 3 个工作日内，向市场投资者披露其向国债登记结算公司提交的材料。

165. 【答案】B

【解析】《公司债券发行试点办法》第二十一条规定，发行公司债券，可以申请一次核准，分期发行。

166. 【答案】A

167. 【答案】B

【解析】短期融资券第一季度的信息披露时间不得早于上一年度信息披露时间。

168. 【答案】B

【解析】中期票据是指具有法人资格的非金融企业在银行间债券市场按照计划分期发行的，约定在一定期限还本付息的债务融资工具。

169. 【答案】A

170. 【答案】B

【解析】发行境内上市外资股的公司，应委托境内证券经营机构作为主承销商；也可聘请国外证券公司担任国际协调人（相当于联席主承销商）。

171. **【答案】**B

【解析】香港联交所《上市规则》规定，如果公司在相同的管理层人员的管理下有连续3年的营业记录，以往3年盈利合计5000万港元，并且市值不低于2亿港元，则可以上市。

172. **【答案】**A

173. **【答案】**A

174. **【答案】**B

【解析】在公司收购活动中，收购公司和目标公司一般都要聘请证券公司等作为财务顾问。一家财务顾问既可以为收购公司服务，也可以为目标公司服务，但不能同时为收购公司和目标公司服务。

175. **【答案】**A

176. **【答案】**B

【解析】根据《上市公司重大资产重组管理办法》第十六条，上市公司及交易对方与证券服务机构签订聘用合同后，非因正当事由不得更换证券服务机构。

177. **【答案】**B

【解析】存在下列情形之一的，上市公司可以向中国证监会申请将本次重组方案提交并购重组委员会审核：①上市公司购买的资产符合《重组管理办法》关于完整经营实体的规定且业绩需要模拟计算的；②上市公司对中国证监会有关职能部门提出的反馈意见表示异议的。

178. **【答案】**B

【解析】上市公司破产重整，涉及公司重大资产重组拟发行股份购买资产的，其发行股份价格由相关各方协商确定后，提交股东大会作出决议，关联股东应当回避表决。

179. **【答案】**A

180. **【答案】**B

【解析】外国投资者认购境内有限责任公司增资的，并购后所设外商投资企业的注册资本为原境内公司注册资本与增资额之和。外国投资者与被并购境内公司原其他股东，在境内公司资产评估的基础上，确定各自在外商投资企业注册资本中的出资比例。

证券发行与承销过关冲刺题(五)

一、单选题(共 60 题,每题 0.5 分,共 30 分。以下备选答案中只有一项最符合题目要求,不选、错选均不得分)

1. 取消了禁止商业银行承销股票的规定的法律是( )。
   A.《国民银行法》　　　　　　　　　　B.《麦克法顿法》
   C.《格拉斯·斯蒂格尔法》　　　　　　D.《金融服务现代化法案》

2. ( )是指进行开发性贷款和投资的国际开发性金融机构。
   A. 国际投资银行　　B. 国际商业银行　　C. 国际开发机构　　D. 国际金融组织

3. 保荐代表人在 2 个自然年度内被采取监管措施累计_____次以上,中国证监会可在_____个月内不受理相关保荐代表人具体负责的推荐。
   A. 2;3　　　　　B. 2;6　　　　　C. 3;3　　　　　D. 3;6

4. 中国境内商业银行等存款类金融机构和国家邮政局邮政储汇局可以申请成为( )国债承销团成员。
   A. 记账式　　　　B. 凭证式　　　　C. 电子式　　　　D. 不记名式

5. 证券发行上市后,首次公开发行股票的,持续督导期间为上市当年剩余时间及其后( )个完整会计年度。
   A. 1　　　　　　B. 2　　　　　　C. 3　　　　　　D. 4

6. 设立股份有限公司,应当至少有( )个发起人,其中,必须有过半数的发起人在中国境内有住所。
   A. 2　　　　　　B. 5　　　　　　C. 8　　　　　　D. 10

7. 股份有限公司创立大会对公司章程的决议,必须经( )通过。
   A. 出席大会的认股人所持表决权的 1/2 以上
   B. 出席大会的认股人所持表决权的 2/3 以上
   C. 出席大会的认股人所持表决权的 3/4 以上
   D. 全体发起人表决

8. 上市公司股东大会对利润分配方案作出决议后,公司董事会须在股东大会召开后( )个月内完成股利(或股份)的派发事项。
   A. 1　　　　　　B. 2　　　　　　C. 3　　　　　　D. 4

9. 股份有限公司的资本是指在公司登记机关登记的( )。
   A. 总投资　　　　B. 货币资本　　　　C. 注册资本　　　　D. 资产净值

10. 无法避免的关联交易应遵循市场公正、公平、公开的原则,关联交易的价格原则上应不偏离( )的价格标准。
    A. 市场独立第三方　　　　　　　　　B. 市场平均
    C. 由中国证监会核准　　　　　　　　D. 由母公司核准

11. 根据我国《证券法》第五十条规定,股份有限公司股本总额超过人民币 4 亿元的,若拟申请其股票在证券交易所上市交易,其向社会公开发行股份的比例为( )。
    A. 10% 以上　　　B. 15% 以上　　　C. 20% 以上　　　D. 25% 以上

12. 下列关于国有资产折股的说法错误的是( )。

A. 国有企业改组设立股份公司，在资产评估和产权界定后，须将净资产一并折股，股权性质不得分设

B. 国有资产折股的票面价值总额不得低于经资产评估并确认的净资产总额

C. 国有企业进行股份制改组，要按《在股份制试点工作中贯彻国家产业政策若干问题的暂行规定》，保证国家股或国有法人股的控股地位

D. 国有资产折股时，不得低估作价并折股，一般应以评估确认后的净资产折为国有股股本

13. 企业改组为上市公司时，处理承担社会职能的非经营性资产时应当坚持( )原则。

A. 非经营性资产和经营性资产划分开
B. 坚持划分经营资产使用权
C. 坚持划分经营资产所有权
D. 非经营性资产和经营性资产合并

14. 关于间接融资，下列说法正确的是( )。

A. 间接融资是指资金盈余者通过存款等形式，将资金首先提供给银行等金融机构，然后由这些金融机构再以贷款、贴现等形式将资金提供给资金短缺者使用的资金融通活动

B. 股票融资、公司债券融资、国债融资等都属于间接融资的范畴

C. 间接融资是指资金盈余者与短缺者相互之间直接进行协商或者在金融市场上由前者购买后者发行的有价证券，从而资金盈余者将资金的使用权让渡给资金短缺者的资金融通活动

D. 我国间接融资比例较小

15. 公司融资方式中的留存收益实质上是( )。

A. 内部融资
B. 追加投资
C. 股东放弃索偿权
D. 公司剥夺股东权利

16. A公司拟增发普通股，每股发行价格15元，每股发行费用3元。预定第一年分派现金股利每股1.5元，以后每年股利增长5%，其资本成本为( )。

A. 17.5%
B. 15.5%
C. 14%
D. 13.6%

17. 在代理成本模型中，( )所导致的代理成本又被称为"外部股东代理成本"。

A. 股东之间的利益冲突

B. 与债权相伴随的破产成本

C. 债权人、股东与经理层之间的利益冲突

D. 股东与经理层之间的利益冲突

18. 下列各种融资方式中，( )会导致公司的每股收益被稀释，从而可能引发股价下跌。

A. 公司发行债券
B. 公司进行银行借贷
C. 公司发行新股
D. 公司进行未分配利润融资

19. 下列不属于保荐机构及其代表人履行保荐职责时对发行人行使的权利的是( )。

A. 要求发行人及时通报信息

B. 按照中国证监会、证券交易所信息披露规定，对发行人违法违规的事项发表公开声明

C. 列席发行人的股东大会、董事会和监事会

D. 变更募集资金及投资项目等承诺事项，及时通知或者咨询保荐机构

20. 关于创业板上市公司首次公开发行股票应当满足的基本条件,下列描述正确的是(　　)。
    A. 发行人是依法设立且持续经营3年以上的股份有限公司或者有限责任公司
    B. 最近三年连续盈利,最近两年净利润累计不少于1000万元
    C. 最近1期末净资产不少于3000万元,且不存在未弥补亏损
    D. 发行后股本总额不少于3000万元

21. 关于在创业板上市公司首次公开发行股票的核准程序,下列描述不正确的是(　　)。
    A. 保荐人应当对发行人的成长性进行尽职调查和审慎判断并出具专项意见
    B. 发行人为自主创新企业的,应当在专项意见中说明发行人的自主创新能力
    C. 中国证监会收到申请文件后,在10个工作日内作出是否受理的决定
    D. 股票发行申请未获核准的,发行人可自中国证监会作出不予核准决定之日起6个月后再次提出股票发行申请

22. 在主板上市公司首次公开发行股票的,发行人应当符合的条件之一是:最近3个会计年度经营活动产生的现金流量净额累计超过人民币_____万元;或者最近3个会计年度营业收入累计超过人民币_____亿元。(　　)
    A. 3000；3　　　　　B. 5000；3　　　　　C. 3000；1　　　　　D. 5000；1

23. 市盈率(P/E)是指(　　)的比率。
    A. 股票市场价格与每股利润　　　　　B. 股票市场价格与每股资产
    C. 股票平均价格与每股收益　　　　　D. 股票市场价格与每股收益

24. 下列各项中,(　　)不属于股票投资价值研究报告中的基本内容。
    A. 公司现状与发展前景分析　　　　　B. 行业分析
    C. 主承销商研发实力分析　　　　　D. 宏观经济走势分析

25. 首次公开发行股票,如果将上网定价发行的申购日作为T日,则对申购资金进行验资日为(　　)日。
    A. T+1　　　　　B. T+2　　　　　C. T+3　　　　　D. T+4

26. 股票的上网竞价发行方式是指利用证券交易所的交易系统,(　　)作为新股的惟一卖方,投资者在指定的时间内,按现行委托买入股票的方式进行申购的股票发行方式。
    A. 发行人　　　　　B. 承销商　　　　　C. 主承销商　　　　　D. 证券交易所

27. 股票发行过程中,采取代销方式承销时收取的费用应为实际售出股票总金额的(　　)。
    A. 0.5%～1.0%　　　B. 0.5%～1.5%　　　C. 1.0%～1.5%　　　D. 1.0%～2.0%

28. 股票上市申请过程中,证券交易所在收到发行人提交的全部上市申请文件后(　　)个交易日内,作出是否同意上市的决定并通知发行人。
    A. 5　　　　　B. 7　　　　　C. 9　　　　　D. 10

29. 信息披露义务人所公开的情况不得有任何虚假成分,必须与自身的客观实际相符,这是信息披露的(　　)原则。
    A. 准确性　　　　　B. 及时性　　　　　C. 完整性　　　　　D. 真实性

30. 首次公开发行股票,在招股说明书中,发行人应披露的股本情况主要包括(　　)等。
    A. 持股量排前十的自然人及其在发行人单位任何职
    B. 发行人执行社会保障制度、住房制度改革、医疗制度改革
    C. 内部职工股发生过转移或交易的情况

D. 内部职工股的审批及发行情况

31. 首次公开发行股票的信息披露中，发行人应根据交易的性质和频率，按照（　　）分类披露关联交易及关联交易对其财务状况和经营成果的影响。
    A. 大额和小额
    B. 经常性和偶发性
    C. 重要和非重要
    D. 长期和短期

32. 首次公开发行股票，关于发行人关联方情况的披露，发行人应披露发起人、持有发行人5%以上股份的主要股东及实际控制人的基本情况，实际控制人应披露到最终的（　　）为止。
    A. 法人
    B. 实际控制人的上一级单位
    C. 关联人
    D. 国有控股主体或自然人

33. 控股股东不履行认配股份的承诺，或者代销期限届满，原股东认购股票的数量未达到拟配售数量（　　）的，发行人应当按照发行价并加算银行同期存款利息返还已经认购的股东。
    A. 30%
    B. 40%
    C. 50%
    D. 70%

34. 自中国证监会核准发行之日起，上市公司应在（　　）个月内发行证券。
    A. 3
    B. 6
    C. 12
    D. 18

35. 上市公司增发股票的信息披露中，假设 T 日为网上申购日，（　　）日，发布询价区间公告。
    A. T − 3
    B. T − 2
    C. T − 1
    D. T + 3

36. （　　）是指上市公司按事先约定的条件和价格赎回尚未转股的可转换公司债券。
    A. 回购
    B. 回售
    C. 购回
    D. 赎回

37. 对于分离交易的可转换公司债券，发行后累计公司债券余额不得高于最近 1 期末公司净资产额的（　　）。
    A. 20%
    B. 30%
    C. 40%
    D. 50%

38. 赎回条款相当于债券持有人在购买可转换公司债券时（　　）。
    A. 无条件出售给发行人的 1 张美式卖权
    B. 无条件向发行人购买的 1 张美式买权
    C. 无条件出售给发行人的 1 张美式买权
    D. 无条件向发行人购买的 1 张美式卖权

39. 保荐人（主承销商）对可转换公司债券上市后的持续督导期间为上市当年剩余时间及其后（　　）个完整会计年度。
    A. 4
    B. 3
    C. 2
    D. 1

40. 可转换公司债券发行，在上海证券交易所上网定价发行方式下，（　　）日，冻结申购资金。
    A. T + 1
    B. T + 2
    C. T + 3
    D. T + 4

41. 关于可交换公司债券的期限，下列说法正确的是（　　）。
    A. 可交换公司债券为无期限债券
    B. 可交换公司债券期限为 1～6 年
    C. 可交换公司债券期限由上市公司股东大会确定
    D. 可交换公司债券期限为 1～5 年

42. 在证券交易所场内挂牌分销国债时，投资者买入债券( )。

    A. 要交佣金   B. 免交佣金

    C. 由承销商决定是否交佣金   D. 数额大的要交佣金，数额小的不交

43. 资本充足率不低于( )是企业集团财务公司发行金融债券应具备的条件之一。

    A. 5%   B. 8%   C. 10%   D. 15%

44. 在企业发行债券的具体申报上，国务院行业管理部门所属企业的申请材料由( )转报。

    A. 国家发政委   B. 行业管理部门

    C. 省发展改革部门   D. 计划单列市发展改革部门

45. 企业债券的发行，应组织承销团以余额包销的方式承销，各承销商包销的企业债券余额原则上不得超过其上年末净资产的( )。

    A. 1/2   B. 1/3   C. 1/4   D. 1/5

46. 企业短期融资券待偿还余额不得超过企业_____的_____。( )

    A. 净资产；60%   B. 总资产；60%   C. 净资产；40%   D. 总资产；40%

47. 证券公司债券的期限最短为( )年。

    A. 1   B. 2   C. 4   D. 5

48. 关于国际开发机构人民币债券审批机制，下列说法错误的是( )。

    A. 中国人民银行会同财政部，对人民币债券的发行规模及所筹资金用途进行审核

    B. 中国人民银行对人民币债券发行利率进行管理

    C. 国家外汇管理局根据有关外汇管理规定，负责对发债资金非居民人民币专用账户及其结、售汇进行管理

    D. 财政部及国家有关外债、外资管理部门对发债所筹资金发放的贷款和投资进行管理

49. 境内上市外资股采取( )股票形式。

    A. 无记名   B. 无面额   C. 记名   D. 面额

50. 以募集方式设立公司，申请发行境内上市外资股的，发起人认购的股本总额应不少于公司拟发行股本总额的_____，发起人的出资总额应不少于_____亿元人民币。( )

    A. 30%；2   B. 35%；1.5   C. 35%；2   D. 35%；3

51. 境内上市公司所属企业申请境外上市，上市公司及所属企业董事、高级管理人员及其关联人员持有所属企业的股份，不得超过企业到境外上市前总股本的( )。

    A. 5%   B. 10%   C. 20%   D. 30%

52. 根据香港联交所最新修订的《上市规则》对盈利和市值的规定，在境外发行股票并拟在中国香港上市的股份有限公司应具备的条件是( )。

    A. 公司必须在相同的管理层人员的管理下有连续3年的营业记录，以往3年盈利合计5000万港元(最近1年的利润不低于2000万港元，再之前2年的利润之和不少于3000万港元)，并且市值(包括该公司所有上市和非上市证券)不低于3亿港元

    B. 公司有连续3年的营业记录，于上市时市值不低于20亿港元，最近1年至少盈利5亿港元，并且在过去3年合计净现金流入至少2亿港元

    C. 如果公司于上市时市值不低于40亿港元，且最近1个经审计财政年度收入至少5亿港元，则可以豁免连续3年营业记录的规定，但是管理层至少要有3年所属业务

和行业的经验，并且管理层及拥有权最近 1 年持续不变

    D. 发起人认购的股本总额不少于管理公司拟发行股本总额的 25%

53. 在外资股招股说明书的编制过程中，在尽职调查初步完成的基础上，（   ）开始起草招股说明书草案。

    A. 会计师   B. 主承销商   C. 律师   D. 国际协调人

54. 每次参加并购重组委会议的委员为 _____ 名，每次会议设召集人 _____ 名。（   ）

    A. 5；1   B. 10；3   C. 10；5   D. 25；5

55. 上市公司的下列行为中，不适用于《上市公司重大资产重组管理办法》的是（   ）。

    A. 按照经中国证监会核准的发行证券文件披露的募集资金用途，使用募集资金购买资产、对外投资的行为

    B. 与他人新设企业、对已设立的企业增资或者减资的行为

    C. 受托经营、租赁其他企业资产或者将经营性资产委托他人经营、租赁的行为

    D. 接受附义务的资产赠与或者对外捐赠资产的行为

56. 上市公司及其控股或者控制的公司购买、出售的资产净额占上市公司最近 1 个会计年度经审计的合并财务会计报告期末净资产额的比例达到 50%以上，且超过（   ）万元人民币的，构成重大资产重组。

    A. 500   B. 1000   C. 3000   D. 5000

57. 上市公司发行股份的价格不得低于本次发行股份购买资产的董事会决议公告日前（   ）个交易日公司股票交易均价。

    A. 10   B. 20   C. 30   D. 35

58. 财务顾问接受委托的，应当指定 _____ 名财务顾问主办人负责，同时，可以安排 _____ 名项目协办人参与。（   ）

    A. 1；1   B. 1；2   C. 2；1   D. 2；2

59. 在持续督导期间，财务顾问应当结合上市公司披露的定期报告出具持续督导意见，并在前述定期报告披露后的（   ）日内向上市公司所在地的中国证监会派出机构报告。

    A. 3   B. 5   C. 7   D. 15

60. 外国投资者进行战略投资后，投资者减持股份使上市公司外资股比例低于 _____，上市公司应在 _____ 日内向商务部备案并办理变更外商投资企业批准证书的相关手续。（   ）

    A. 10%；10   B. 10%；20   C. 25%；10   D. 25%；20

二、**多选题**(共 60 题 40 分，其中已标明分值的 20 题每题 1 分，其余 40 题每题 0.5 分。以下备选项中有两项或两项以上符合题目要求，多选、少选、错选均不得分)

61. 下列股票发行方式中，属于网下发行的有（   ）。

    A. 有限量发行认购证方式   B. 上网定价发行

    C. 全额预缴款方式   D. 与储蓄存款挂钩方式

62. 个人取得保荐代表人资格后，应当持续符合的条件有（   ）。（1 分）

    A. 参加中国证监会认可的保荐代表人胜任能力考试且成绩合格有效

    B. 最近 3 年未受到中国证监会的行政处罚

    C. 未负有数额较大到期未清偿的债务

D. 诚实守信，品行良好，无不良诚信记录

63. 在 2008 年的金融风暴中崩溃的美国著名投资银行有(　　)。
　　A. 高盛　　　　　　B. 贝尔斯登　　　C. 雷曼兄弟　　　D. 摩根斯坦利

64. 关于证券公司申请保荐机构资格应当具备的条件，下列说法正确的有(　　)。(1分)
　　A. 最近 2 年内未因重大违法违规行为受到行政处罚
　　B. 具有完善的公司治理和内部控制制度
　　C. 风险控制指标符合相关规定
　　D. 具有内部风险评估和控制系统

65. 国债承销团按照国债品种组建，包括(　　)。
　　A. 甲类承销团　　　　　　　　　　　　B. 凭证式国债承销团
　　C. 乙类承销团　　　　　　　　　　　　D. 记账式国债承销团

66. 关于有限责任公司变更为股份有限公司的法律规定，下列说法正确的有(　　)。
　　A. 有限责任公司变更为股份有限公司，应当符合我国《公司法》规定的股份有限公司的设立条件
　　B. 折合的股份总额应当等于原公司的注册资本
　　C. 若原公司股东不足 2 人，必须找足 2 个以上的发起人
　　D. 由具有一定影响的会计师事务所出具验资报告

67. 当出现(　　)情形时，应当在该情形出现后 2 个月内召开临时股东大会。(1分)
　　A. 董事人数不足我国《公司法》规定人数或者公司章程所定人数的 2/3 时
　　B. 公司未弥补的亏损达到实收股本总额的 1/3 时
　　C. 单独或合计持有公司有表决权股份总数的 5% 以上的股东书面请求时
　　D. 董事会认为必要时

68. 上市公司股东大会的普通决议可以通过(　　)。
　　A. 董事会和监事会的工作报告　　　　　B. 公司年度报告
　　C. 公司年度预算方案和决算方案　　　　D. 回购本公司股票

69. 上市公司的独立董事享有的特别职权有(　　)。(1分)
　　A. 重大关联交易的认可或判断
　　B. 向董事会提议聘用或解聘会计师事务所以及独立聘请外部审计机构和咨询机构
　　C. 向董事会提请召开临时股东大会
　　D. 提议召开董事会

70. 关于股份公司分立，下列说法不正确的有(　　)。
　　A. 股份有限公司的分立是指一个股份有限公司因生产经营需要或其他原因而分开设立为两个或两个以上子公司
　　B. 股份有限公司的分立可以分为新设分立和派生分立
　　C. 新设分立是指股份有限公司将其全部财产分割为两个部分以上，另外设立两个公司，原公司的法人地位延续
　　D. 派生分立是指原公司将其财产或业务的一部分分离出去设立一个或数个公司，原公司消失。公司分立，其财产做相应的分割并应当编制资产负债表及财产清单

71. 关于清产核资，下列说法正确的有(　　)。
　　A. 清产核资是指国有资产监督管理机构根据国家专项工作要求或者企业特定经济行为

需要，按照规定的工作程序、方法和政策，组织企业进行账务清理、财产清查，并依法认定企业的各项资产损益，从而真实反映企业的资产价值和重新核定企业国有资本金的活动

  B. 在清产核资基准日之前，若企业经国资委批复将要或正在进行改制，但尚未进行资产评估或仅对部分资产进行评估的，应按《关于规范国有企业改制工作意见》的要求开展清产核资工作

  C. 若企业在《关于规范国有企业改制工作意见》下发之前已进行整体资产评估，考虑到企业实际工作量及时间问题，经申报国有资产监督管理委员会核准后可不再另行开展清产核资工作

  D. 国有企业在改制后，应当进行清产核资

72. 收益现值法是我国资产评估的基本方法之一。关于收益现值法，下列说法正确的有（ ）。（1分）

  A. 收益现值法的计算公式为：被评估资产价值＝被评估资产全新市价－折旧或被评估资产价值＝被评估资产全新市价×成新率

  B. 收益现值法是将评估对象剩余寿命期间每年（或每月）的预期收益，用适当的折现率折现，累加得出评估基准日的现值，以此估算资产价值的方法

  C. 收益现值法通常用于有收益企业的整体评估及无形资产评估等

  D. 用收益现值法进行资产评估的，应当根据被评估资产合理的预期获利能力和适当的折现率，计算出资产的现值，并以此评定重估价值

73. 对企业股份制改组与股份有限公司设立的法律审查包括（ ）。

  A. 企业申请进行股份制改组的可行性和合法性

  B. 发起人资格及发起协议的合法性

  C. 发起人投资行为和资产状况的合法性

  D. 无形资产权利的有效性和处理的合法性

74. 关于边际资本成本，下列说法正确的有（ ）。

  A. 追加一个单位的资本增加的成本称为边际资本成本

  B. 边际资本成本可以绘成一条有间断点（即筹资突破点）的曲线

  C. 内部收益率高于边际资本成本的投资项目应拒绝

  D. 内部收益率高于边际资本成本的投资项目应接受

75. 净收入理论认为，企业的融资总成本之所以会下降，是由于（ ）。

  A. 债务融资的税前成本比股票融资成本低

  B. 企业增加了债券融资的比重

  C. 增加权益融资比重

  D. 企业融资结构变化不影响债务融资与股票融资成本

76. 保荐机构提交发行保荐书后，应当配合中国证监会的审核，并承担（ ）工作。（1分）

  A. 组织发行人及证券服务机构对中国证监会的意见进行答复

  B. 按照中国证监会的要求对涉及本次证券发行上市的特定事项进行尽职调查或者核查

  C. 指定保荐代表人与中国证监会职能部门进行专业沟通

  D. 中国证监会规定的其他工作

77. 对于发行人报告期内存在对同一公司控制权人下相同、类似或相关业务进行重组情况

的，如同时符合下列(　　)条件，则视为主营业务没有发生重大变化。(1分)

A. 被重组方应当自报告期期初起即与发行人受同一公司控制权人控制

B. 如果被重组方是在报告期内新设立的，应当自成立之日即与发行人受同一公司控制权人控制

C. 被重组方应当自报告期内与发行人受同一公司控制权人控制

D. 被重组进入发行人的业务与发行人重组前的业务具有相关性

78. 盈利预测的数据至少应包括会计年度营业收入、每股盈利以及(　　)。

A. 经营现金净流量　　　　　　　　B. 利润总额

C. 每股留存收益　　　　　　　　　D. 净利润

79. 主承销商出具的推荐函应当至少应包括(　　)。

A. 发行人主要问题和风险的提示

B. 明确的推荐意见及其理由

C. 发行人是否符合发行上市条件及其他规定的说明

D. 主承销商的公司情况简介

80. 关于注册会计师出具保留意见的情形，下列说法正确的有(　　)。(1分)

A. 被审计单位的会计处理方法严重违反企业会计准则及国家其他有关财务会计法规的规定

B. 被审计单位会计报表的反映就其整体而言是公允的，认为财务报表个别会计事项的处理或个别会计报表项目的编制不符合《企业会计准则》及国家其他有关财务会计法规的规定，被审计单位拒绝进行调整

C. 被审计单位会计报表的反映就其整体而言是公允的，个别重要的会计处理方法的选用不符合一贯性原则，或者是审计范围受到局部限制，而无法按照独立审计准则的要求取得应有的审计证据

D. 出具有保留意见的审计报告时，应于意见段之前另加说明段，以说明所持保留意见的理由

81. 首次公开发行股票的公司专项复核时，如果专项复核会计师出具的复核意见与原申报财务资料存在差异，(　　)应就该复核差异提出处理意见。

A. 审核人员　　B. 主承销商　　　　C. 申报会计师　　　D. 发行人

82. 下列市盈率的计算方法中，不属于确定每股净利润方法的有(　　)。

A. 全面摊薄法　　B. 估值法　　　　C. 现金流量贴现法　　D. 加权平均法

83. 作为首次公开发行股票的询价对象，下列机构投资者除应当符合基本规定的条件外，还应当符合的条件有(　　)。(1分)

A. 证券公司经批准可以经营证券自营或者证券资产管理业务

B. 信托投资公司经相关监管部门重新登记已满两年，注册资本不低于4亿元，最近12个月有活跃的证券市场投资记录

C. 财务公司成立两年以上，注册资本不低于3亿元，最近12个月有活跃的证券市场投资记录

D. 按照《证券发行与承销管理办法》的规定被中国证券业协会从询价对象名单中去除的，自去除之日起已满12个月

84. 关于首次公开发行股票采用向参与网下配售的询价对象配售的发行方式，发行人及其

保荐人应向参与网下配售的询价对象配售股票，下列说法错误的有(　　)。(1分)

A. 公开发行数量在 4 亿股以下的，配售数量应不超过本次发行总量的 30%

B. 公开发行数量在 4 亿股以下的，配售数量应不超过本次发行总量的 50%

C. 公开发行数量在 4 亿股以上(不含 4 亿股)的，配售数量不超过向战略投资者配售后剩余发行数量的 30%

D. 公开发行数量在 4 亿股以上的，配售数量不超过向战略投资者配售后剩余发行数量的 50%

85. 首次公开发行股票网下发行电子化业务是指通过(　　)完成首次公开发行股票的电子化网下发行程序。

A. 电话通讯方式　　　　　　　　　　B. 交易所申购平台

C. 交易所交易系统　　　　　　　　　D. 中国证券登记结算公司登记结算平台

86. 关于剩余证券的处理，下列说法正确的有(　　)。

A. 证券经营机构采用代销方式，出现剩余债券时，全体承销商可以在承销期结束时自行购入售后剩余的证券

B. 包销方式下，剩余债券折价退回发行公司

C. 证券交易所推出大宗交易制度后，承销商可以通过大宗交易的方式卖出剩余证券，拥有了一个快速、大量处理剩余证券的新途径

D. 通常情况下，承销商可以在证券上市后，通过证券交易所的交易系统逐步卖出自行购入的剩余证券

87. 发行人及其全体董事、监事和高级管理人员应当在招股说明书上签名、盖章，保证招股说明书内容(　　)。

A. 真实　　　　　B. 及时　　　　　C. 准确　　　　　D. 完整

88. 关于首次公开发行股票的募集资金直接投资于固定资产项目的，发行人根据重要性原则应该披露的内容包括(　　)。

A. 投资概算情况，预计投资规模，募集资金的具体用途，包括用于购置设备、土地、技术以及补充流动资金等方面的具体支出

B. 产品的质量标准和技术水平，生产方法、工艺流程和生产技术选择，主要设备选择，核心技术及其取得方式

C. 主要原材料、辅助材料及燃料的供应情况

D. 投资项目可能存在的环保问题、采取的措施及资金投入情况

89. 根据《公开发行证券的公司信息披露内容与格式准则第 1 号——招股说明书》(简称"第1号准则")的规定，在招股说明书中，发行人应披露影响本行业发展的有利和不利因素，包括(　　)。

A. 产业政策　　　B. 产品特性　　　C. 技术替代　　　D. 行业发展瓶颈

90. 下列对盈利预测的披露理解正确的有(　　)。(1分)

A. 如果发行人认为提供盈利预测报告将有助于投资者对发行人及投资于发行人的股票作出正确判断，且发行人确信有能力对最近的未来期间的盈利情况作出比较切合实际的预测，发行人可以披露盈利预测报告

B. 发行人本次募集资金拟用于重大资产购买的，则应当披露发行人假设按预计购买基准日完成购买的盈利预测报告及假设发行当年 12 月 31 日完成购买的盈利预测报告

C. 发行人披露盈利预测报告的，应声明："本公司盈利预测报告是管理层在最佳估计假设的基础上编制的，但所依据的各种假设具有不确定性，投资者进行投资决策时应谨慎使用"

D. 发行人披露的盈利预测报告应包括盈利预测表及其说明；盈利预测表的格式应与利润表一致，其中预测数应分栏列示已审实现数、未审实现数、预测数和合计数；需要编制合并财务报表的发行人，应分别编制母公司盈利预测表和合并盈利预测表

91. 首次公开发行股票的募集资金直接投资于固定资产项目的，发行人可视实际情况并根据重要性原则披露(　　)。

A. 项目的组织方式、项目的实施进展情况

B. 投资项目可能存在的环保问题、采取的措施及资金投入情况

C. 投资项目的选址，拟占用土地的面积、取得方式及土地用途

D. 投资概算情况，预计投资规模，募集资金的具体用途，包括用于购置设备、土地、技术以及补充流动资金等方面的具体支出

92. 上市公司存在下列(　　)情形之一的，不得公开发行证券。(1分)

A. 擅自改变前次公开发行证券募集资金的用途而未作纠正

B. 上市公司最近36个月内受到过证券交易所的公开谴责

C. 本次发行申请文件有虚假记载、误导性陈述或重大遗漏

D. 上市公司或其现任董事、高级管理人员因涉嫌犯罪被司法机关立案侦查或涉嫌违法违规被中国证监会立案调查

93. 在新股发行的申请程序中，上市公司的董事会应就(　　)等事项作出决议，并提请股东大会批准。

A. 发行对象、募集资金的用途及数额

B. 新股发行的方案

C. 本次募集资金使用的可行性报告

D. 前次募集资金使用的报告

94. 上市公司增发的发行方式有(　　)。

A. 上网定价发行与网下配售相结合　　　B. 按投资者持股市值配售

C. 网上网下同时累计投标询价　　　　　D. 中国证监会认可的其他形式

95. 关于增发新股过程中的信息披露，下列说法正确的有(　　)。

A. 各项公告一般包括《招股意向书》、《网上、网下发行公告》、《网上或网下路演公告》、《发行提示性公告》、《网上、网下询价公告》、《发行结果公告》以及《上市公告》等

B. 上海证券交易所和深圳证券交易所均对在其交易所上市的公司发行新股的信息披露作出有关规定，二者的规定基本一致

C. 上海证券交易所和深圳证券交易所均对在其交易所上市的公司发行新股的信息披露作出有关规定，二者的规定差异较大

D. 增发新股过程中的信息披露是指发行人从刊登招股意向书开始到股票上市为止，通过中国证监会指定报刊向社会公众发布的有关发行、定价及上市情况的各项公告

96. 股东大会就发行可转换公司债券作出的决定，至少应当包括(　　)。

A. 本次发行证券的种类和数量

B. 发行方式、发行对象及向原股东配售的安排

C. 定价方式或价格区间

D. 募集资金用途

97. 可转换债券发行的担保方式可采取(   )。

A. 保证方式

B. 抵押方式

C. 质押方式

D. 保证方式加质押方式

98. 发行分离交易的可转换公司债券，应当符合下列(   )规定。(1分)

A. 公司最近1期末经审计的净资产不低于人民币15亿元

B. 最近3个会计年度实现的年均可分配利润不少于公司债券1年的利息

C. 最近3个会计年度经营活动产生的现金流量净额平均不少于公司债券1年的利息

D. 本次发行后累计公司债券余额不超过最近1期末净资产额的40%，预计所附认股权全部行权后募集的资金总量不超过拟发行公司债券金额

99. 影响可转换公司债券价值的因素包括(   )。

A. 人民币汇率   B. 转股价格   C. 转股期限   D. 票面利率

100. 发行人律师按照中国证监会的有关规定出具的法律意见书和律师工作报告中，除满足规定的一般要求外，还应(   )。

A. 对可转换公司债券发行上市的实质条件进行核查验证

B. 对可转换公司债券发行上市的发行方案及发行条款进行核查验证

C. 对可转换公司债券担保和资信情况等进行核查验证

D. 对可转换公司债券发行申请文件进行核查

101. 上市公司发行可转换公司债券，主承销商(   )。

A. 可以对同一类别的机构投资者按不同的比例进行配售

B. 可以对同一类别的机构投资者按相同的比例进行配售

C. 可以对不同类别的机构投资者设定不同的配售比例

D. 可以对不同类别的机构投资者设定相同的配售比例

102. 下列各项中，能够申请发行可交换公司债券的有(   )。

A. 所有有限责任公司

B. 所有股份有限公司

C. 上市的有限责任公司

D. 上市的股份有限公司

103. 凭证式国债采用收款凭证的形式，凭证上注明的内容有(   )。

A. 投资者身份

B. 购买日期

C. 期限

D. 统一规定的固定票面金额

104. 商业银行发行金融债券应具备的条件有(   )。(1分)

A. 核心资本充足率不低于5%

B. 最近3年连续盈利

C. 贷款损失准备计提充足

D. 风险监管指标符合监管机构的有关规定

105. 企业(或公司)申请发行债券，应当向国家发改委报送(   )。

A. 国务院行业管理部门或省级发展改革部门转报发行企业债券申请材料的文件

B. 主承销商对发行本次债券的推荐意见(包括内审表)

C. 发行人最近3年的财务报告和审计报告(连审)及最近1期的财务报告

D. 发行企业债券可行性研究报告，包括债券资金用途、发行风险说明、偿债能力分析等

106. 下列情况，公司应当召开债券持有人会议的有(　　)。(1分)
    A. 拟变更债券募集说明书的约定　　　　B. 拟变更债券受托管理人
    C. 公司不能按期支付本息　　　　　　　D. 公司经营状况严重恶化

107. 企业发行短期融资券，承销团中承销商的种类可以分为(　　)。
    A. 主承销商　　　　　　　　　　　　　B. 联席主承销商
    C. 副主承销商　　　　　　　　　　　　D. 特别主承销商

108. 证券公司债券的发行人可聘请(　　)担任债权代理人。(1分)
    A. 信托投资公司　　B. 基金管理公司　　C. 证券公司　　　D. 律师事务所

109. 下列各项中，(　　)属于信贷资产证券化业务发起机构应与受托机构签订的信托合同
    的内容。
    A. 信托目的　　　　　　　　　　　　　B. 信托财产的范围、种类、标准和状况
    C. 受益人取得信托利益的形式、方法　　D. 信托期限

110. 已设立的股份有限公司增资发行境内上市外资股时，需满足的条件包括(　　)。(1分)
    A. 公司前一次发行的股份已经募足，所得资金用途与募股时确定的用途相符，且资
       金使用效益良好
    B. 公司的净资产总值不低于1.5亿元人民币
    C. 公司从前一次发行股票到本次申请期间没有重大违法行为
    D. 公司在最近2年连续盈利，原有企业改组或国有企业作为主要发起人设立的公司，
       可以连续计算

111. 根据中国香港联交所发布的《创业板上市规则》，就所有供公众认购或出售给公众的证
    券而言(不包括根据配售安排而发行的证券)，(　　)必须采纳公平准则，将上述证
    券分配给所有认购或申请证券的人士。
    A. 发行人　　　　　　B. 董事　　　　　　C. 律师　　　　　D. 保荐人

112. 境内上市公司所属企业申请境外上市，应符合的条件包括(　　)。(1分)
    A. 上市公司最近3年连续盈利
    B. 上市公司最近3年无重大违规行为
    C. 上市公司与所属企业不存在同业竞争
    D. 上市公司最近3个会计年度内发行股份及募集资金投向的业务和资产不得作为对
       所属企业的出资申请境外上市

113. 关于发行准备的便利性因素，下列说法正确的有(　　)。
    A. 在确定国际分销方案时，一般选择当地法律对配售没有限制和严格审查要求的地
       区作为配售地，以简化发行准备工作
    B. 对于募股规模较大的项目来说，每个国际配售地区通常要安排一家主要经办人
    C. 国际分销地区、各地区的配售额在国际推介之后确定，在承销过程中不可以调整
    D. 在募股截止时，发行人将与主承销商共同确定发行价格，并签署有关的承销文件

114. 财务顾问对目标公司提供的服务有(　　)。
    A. 制定有效的反收购策略　　　　　　　B. 评价服务
    C. 利润预测　　　　　　　　　　　　　D. 说明董事会对收购建议的初步反应

115. 为重大资产重组出具财务顾问报告、审计报告、法律意见、资产评估报告及其他专业
    文件的证券服务机构未依法履行报告和公告义务、持续督导义务的，监管部门应

当(　　)。

A. 责令改正，采取监管谈话、出具警示函等监管措施

B. 情节严重的，依照《证券法》第二百二十六条予以处罚

C. 取消从业资格

D. 依法追究刑事责任

116. 对并购重组委员会与委员的监督主要包括(　　)。

A. 问责制度　　　　B. 违规处罚　　　　C. 举报监督　　　　D. 暂停审核

117. 证券公司、证券投资咨询机构和其他财务顾问机构申请从事上市公司并购重组财务顾问业务资格，应当向中国证监会提交的基本文件包括(　　)。

A. 申请报告

B. 营业执照复印件和公司章程

C. 具有从事证券业务资格的会计师事务所审计的公司最近3年的财务会计报告

D. 关于公司控股股东、实际控制人信誉良好和最近3年无重大违法违规记录的说明

118. 下列情形中，不能担任独立财务顾问的有(　　)。(1分)

A. 在并购重组中为上市公司的交易对方提供财务顾问服务

B. 上市公司持有或者通过协议、其他安排与他人共同持有财务顾问的股份达到3%

C. 最近1年财务顾问与上市公司存在资产委托管理关系、相互提供担保

D. 财务顾问的董事在上市公司任职的情形

119. 上市公司国有股和法人股向外商转让时，受让上市公司国有股和法人股的外商，应当具备的条件有(　　)。

A. 具有较强的经营管理能力

B. 具有较好的财务状况和信誉

C. 有较强的资金实力，净资产不低于2亿元，资产负债率不高于70%

D. 我国香港特别行政区、澳门特别行政区、台湾地区的投资者优先考虑

120. 外国投资者股权并购的，投资者应向具有相应审批权限的审批机关报送的文件包括(　　)。(1分)

A. 被并购境内公司依法变更设立为外商投资企业的申请书

B. 并购后所设外商投资企业的合同、章程

C. 外国投资者购买境内公司股东股权或认购境内公司增资的协议

D. 经公证和依法认证的投资者的身份证明文件或注册登记证明及资信证明文件

三、判断题(共60题，每小题0.5分，共30分。正确的用A表示，错误的用B表示，不选、错选、放弃均不得分)

121. 有限量发售认购证的弊端在于认购量的不确定性会造成社会资源不必要的浪费，认购成本过高。(　　)

122. 保荐机构资格申请文件存在虚假记载、误导性陈述或者重大遗漏的，中国证监会不予核准；已核准的，撤销其保荐机构资格。对提交该申请文件的机构，中国证监会自撤销之日起12个月内不再受理该机构的保荐机构资格申请。(　　)

123. 国债承销团乙类成员资格的申请人的注册资本必须在8亿元以上。(　　)

124. 证券公司应当按照财政部规定的证券公司净资本计算标准计算净资本。(　　)

125. 采用募集设立方式的，发起人应于股款缴足后20日内主持召开公司创立大会，创立

大会由认股人组成。（　　）

126. 董事长由董事会 1/3 以上的董事选举产生和罢免，副董事长由董事长任命和罢免。（　　）

127. 监事会成员不少于 3 人，由公司职工代表组成，具体比例由公司章程规定。监事的任期每届为 3 年，监事任期届满，连选可以连任。（　　）

128. 有权代表国家投资的机构或部门直接设立的国有企业以其部分资产改建为股份公司的，如进入股份公司的净资产累计高于原企业所有净资产的 40%，或主营生产部分的全部或大部分资产进入股份制企业，其净资产折成的股份界定为国家股。（　　）

129. 对于境外募股公司的资产评估，境外评估机构应当对投入股份有限公司的全部资产和负债进行资产评估。（　　）

130. 如果可能损失的金额无法合理估计，或者如果损失仅仅有些可能，则不能在附注中反映。（　　）

131. 法律审查必须由具有从事证券法律业务资格的律师进行操作。（　　）

132. 股权融资中股东的红利可以从税前利润中支付，使其具备冲减税基的作用。（　　）

133. 股利不断增加的留存收益成本的计算公式为：$K_e = \dfrac{D_1 + g}{P_0}$（式中，$K_e$ 为留存收益不变的成本，D_1 为第一期股息，P_0 为普通股目前的市场价格，g 为股息增长率）。（　　）

134. 净经营收入理论假定，当企业增加债务融资时，股票融资的成本不变。（　　）

135. 保荐机构推荐发行人证券上市，应当向证券交易所提交上市保荐书以及证券交易所要求的其他与保荐业务有关的文件，并报中国证监会批准。（　　）

136. 发行人公开发行股票的申请经中国证监会核准后，发生应予披露事项的，应向中国证监会说明情况，并经中国证监会同意后相应修改招股说明书。（　　）

137. 中国证监会受理申请文件后，由相关职能部门对发行人的申请文件进行初审，并由发行审核委员会主任审核。（　　）

138. 审计报告是审计工作的最终结果，不具有法定的证明效力。（　　）

139. 发行人及其保荐人和律师主张多人共同拥有公司控制权的，每人都必须直接持有公司股份。（　　）

140. 投资价值研究报告应当由发行人的研究人员独立撰写并署名。（　　）

141. 参与首次公开发行股票网下电子化发行业务的询价对象及主承销商，应向交易所申请获得申购平台证书，同时具有询价对象和主承销商双重身份的机构可以一次性申请。（　　）

142. "全额预缴款、比例配售、余额即退"发行方式分为申购、冻结、验资、余额即退四个阶段。（　　）

143. 在超额配售选择权的行使过程中，自此次包销部分的股票上市之日起 30 日内，主承销商有权根据市场情况，从集中竞价交易市场购买发行人股票，或者要求发行人增发股票，分配给对此超额发售部分提出认购申请的投资者。（　　）

144. 上海证券交易所上网发行资金申购流程中，申购日后的第 5 天（T + 5 日），发行人和主承销商公布中签结果，中国结算上海分公司对未中签部分的申购款予以解冻，如发行价格低于价格区间上限，差价部分退还给投资者。（　　）

145. 首次公开发行股票的发行费用包括支付给中介机构的费用、财务顾问费和其他费用。

（　　　）

146. 以预缴款方式公开发行股票的，股款收缴结束后，主承销商应当按照承销协议的规定将扣除承销费用后的募集资金划入发行人指定的银行账户。（　　　）

147. 首次公开发行股票的信息披露方式主要包括：发行人及其主承销商应当将发行过程中披露的信息刊登在至少两种中国证监会指定的报刊，同时将其刊登在中国证监会指定的互联网网站，并置备于中国证监会指定的场所，供公众查阅。（　　　）

148. 对招股说明书中披露的风险因素，必须进行定量分析。（　　　）

149. 发行人应当在发行后将招股说明书摘要刊登于至少一种中国证监会指定的报刊上，同时将招股说明书全文刊登于中国证监会指定的网站上。（　　　）

150. 发行涉及国有股的，应在国家股股东之后标注"SS"，在国有法人股股东之后标注"LLS"，并披露前述标识的依据及标识的含义。（　　　）

151. 在编报招股说明书时，发行人除应披露非经常性损益项目和金额外，还应当对重大经常性损益项目的内容增加必要的附注说明。（　　　）

152. 实际控制人应披露到最终的国有控股主体或自然人为止。（　　　）

153. 发行人及其主承销商公告发行价格和发行市盈率时，每股收益应当按发行前一年经会计师事务所审计的、扣除非经常性损益前后孰低的净利润除以发行后总股本计算。（　　　）

154. 上市公司申请非公开发行新股，不需要保荐人保荐。（　　　）

155. 提交发行新股申请文件并经受理后，上市公司新股发行申请进入核准阶段，此时主承销商的尽职调查责任终止。（　　　）

156. 发审委委员在投票时不需要在表决票上说明理由。（　　　）

157. 配股价格的确定是在一定的价格区间内由主承销商和发行人协商确定。价格区间通常以股权登记日前20个或30个交易日该股二级市场价格的平均值为上限，下限为上限的一定折扣。（　　　）

158. 发行人应披露会计师事务所对所有募集资金运用所出具的专项报告结论。（　　　）

159. 上市公司发行的可转换公司债券在发行结束1年后，方可转换为公司股票，转股期限由公司根据可转换公司债券的存续期限及公司财务状况确定。（　　　）

160. 公开发行可转换公司债券后，累计公司债券余额不得超过最近1期末净资产额的60%。（　　　）

161. 修正后的转股价格不低于修正案表决的股东大会召开日前20个交易日该公司股票交易均价和前1交易日的均价。（　　　）

162. 证券公司或上市商业银行不得作为发行可转债的担保人。（　　　）

163. 上市公司应当在可转换公司债券约定的付息日前3～5个交易日内披露付息公告；在可转换公司债券期满前3～5个交易日内披露本息兑付公告。（　　　）

164. 上市公司申请发行可交换公司债券的，用于交换的股票在提出发行申请时应当为无限售条件股份。（　　　）

165. 在现行多种价格的公开招标方式下，每个承销商的中标价格与财政部按市场情况和投标情况确定的发售价格是一致的。（　　　）

166. 企业发行企业债券的总面额可以大于该企业的自有资产净值。（　　　）

167. 公司债券上市期间，凡发生可能导致债券信用评级发生重大变化，对债券按期偿付产

生任何影响等事件或者存在相关的市场传言，发行人应当在第一时间向交易所提交临时报告，并予以公告澄清。（　　）

168. 证券交易所设立的上市委员会对债券上市申请进行审核，依据交易所指示作出专业判断并形成审核意见，证券交易所根据上市委员会意见作出是否同意上市的决定。（　　）

169. 企业发行短期融资券应由已在中国人民银行备案的金融机构承销。（　　）

170. 证券公司公开发行债券的担保金额不少于债券本息总额，定向发行的担保金额少于债券本息总额的50%。（　　）

171. 公司发行境内上市外资股应主要聘请境外的评估机构，但是在某些情况下，企业也可以聘请境内估值师对公司的物业和机器设备等固定资产进行评估。（　　）

172. 内地企业申请在香港联交所上市，公司需指定至少2名独立非执行董事，其中1名独立非执行董事必须具备适当的专业资格，或具备适当的会计或相关财务管理专长。（　　）

173. 高持股量股东是指配售及资本化发行后有权行使本公司股东大会5%或以上的投票权而且不是上市时管理层的那些股东。（　　）

174. 财务顾问应当自持续督导工作结束后10个工作日内向中国证监会、证券交易所报送"持续上市总结报告书"。（　　）

175. 上市公司收购过程中，出现竞争要约时，发出初始要约的收购人变更收购要约距初始要约收购期限届满不足15日的，应当延长收购期限，延长后的要约期应不少于15日。（　　）

176. 特定对象因认购上市公司发行股份导致其持有或者控制的股份比例超过30%或者在30%以上继续增加，且上市公司股东大会同意其免于发出要约的，可以在上市公司向中国证监会报送发行股份申请的同时，提出豁免要约义务的申请。（　　）

177. 上市公司股票交易价格因重大资产重组的市场传闻发生异常波动时，如相关事项存在不确定性，可以不履行信息披露义务。（　　）

178. 并购重组委每年应当至少召开两次全体会议，对审核工作进行总结。（　　）

179. 证券公司从事上市公司并购重组财务顾问业务，要求公司控股股东、实际控制人信誉良好且最近5年无重大违法违规记录。（　　）

180. 在持续督导期间，财务顾问应当结合上市公司披露的定期报告出具持续督导意见，并在前述定期报告披露后的12日内向上市公司所在地的中国证监会派出机构报告。（　　）

答案与解析

一、单选题（共60题，每题0.5分，共30分。以下备选答案中只有一项最符合题目要求，不选、错选均不得分）

1. 【答案】B

【解析】国外投资银行业的发展历史可用四部法律来简单说明：①1864年美国的《国民银行法》严厉禁止国民银行从事证券市场活动；②1927年的《麦克法顿法》取消了禁止商业银行承销股票的规定；③20世纪30年代，以《格拉斯·斯蒂格尔法》为标志，美国通过了一系列法案，从法律上规定了分业经营；④1999年11月通过的《金融服务现代化法案》意味着20世纪影响全球各国金融业分业经营制度框架的终结，并标志着美国乃至全球金融业真正进入了金融自由化和混业经营的新时代。

2. 【答案】C

3. 【答案】B

【解析】参见修订后的《证券发行上市保荐业务管理办法》第七十四条。

4. 【答案】B

【解析】中国境内商业银行等存款类金融机构和国家邮政局邮政储汇局可以申请成为凭证式国债承销团成员。中国境内商业银行等存款类金融机构以及证券公司、保险公司、信托投资公司等非存款类金融机构，可以申请成为记账式国债承销团成员。

5. 【答案】B

【解析】证券发行上市后，首次公开发行股票的，持续督导期间为上市当年剩余时间及其后2个完整会计年度；上市公司再次公开发行证券的，持续督导期间为上市当年剩余时间及其后1个完整会计年度。

6. 【答案】A

【解析】我国《公司法》第七十九条规定，设立股份有限公司，应当有2人以上200人以下为发起人，其中必须有半数以上的发起人在中国境内有住所。

7. 【答案】A

【解析】我国《公司法》第九十一条规定，创立大会行使的职权有：①审议发起人关于公司筹办情况的报告；②通过公司章程；③选举董事会成员；④选举监事会成员；⑤对公司的设立费用进行审核；⑥对发起人用于抵作股款的财产的作价进行审核；⑦发生不可抗力或者经营条件发生重大变化直接影响公司设立的，可以作出不设立公司的决议。创立大会对上述第①项至第⑦项事项作出决议，必须经出席会议的认股人所持表决权过半数通过。

8. 【答案】B

【解析】利润分配是指公司将可供分配的利润（包括期初未分配利润和本期累计净利润）按照一定的原则和顺序进行分配。上市公司股东大会对利润分配方案作出决议后，公司董事会须在股东大会召开后两个月内完成股利（或股份）的派发事项。

9. 【答案】C

【解析】股份有限公司的资本是指在公司登记机关登记的资本总额，即注册资本，由股东认购或公司募足的股款构成，其基本构成单位是股份，所以，也可以称为股份资本或股本。

10. 【答案】A

【解析】无法避免的关联交易应遵循市场公开、公正、公平的原则，关联交易的价格或收费，原则上应不偏离市场独立第三方的标准。对于难以比较市场价格或订价受到限制的关联交易，应通过合同明确有关成本和利润的标准。

11. 【答案】A

【解析】我国《证券法》第五十条规定，股份有限公司申请股票上市，应当符合下列条件：①股票经国务院证券监督管理机构核准已公开发行；②公司股本总额不少于人民币3000万元；③公开发行的股份达到公司股份总数的25%以上；公司股本总额超过人民币4亿元的，公开发行股份的比例为10%以上；④公司最近3年无重大违法行为，财务会计报告无虚假记载。

12.【答案】B

【解析】国有资产折股时，不得低估作价并折股，一般应以评估确认后的净资产折为国有股股本。在一定的市场条件下，也允许公司净资产不完全折股，即国有资产折股的票面价值总额可以略低于经资产评估并确认的净资产总额，但折股方案须与募股方案和预计发行价格一并考虑，折股比率不得低于65%，B项表述不正确。

13.【答案】A

【解析】企业在改组为上市公司时，必须对承担政府管理职能的非经营性资产进行剥离。对承担社会职能的非经营性资产的处理，可以参考的模式包括：①将非经营性资产和经营性资产完全划分开，非经营性资产或留在原企业，或组建为新的第三产业服务性单位；②完全分离经营性资产和非经营性资产，公司的社会职能分别由保险公司、教育系统、医疗系统等社会公共服务系统承担，其他非经营性资产以变卖、拍卖、赠与等方式处置。

14.【答案】A

【解析】B项，股票融资、公司债券融资、国债融资等都属于直接融资的范畴；C项，描述的是直接融资的概念；D项，我国间接融资的比例较大。

15.【答案】B

【解析】留存收益是公司缴纳所得税后形成的，其所有权属于普通股股东。它实质上是对公司追加投资，其成本是股东失去对外投资的机会成本，因此与普通股成本的计算基本相同。但是由于其属于内部筹资，不存在筹资费用。

16.【答案】A

【解析】$F_c = 3/15 = 20\%$，$P_0 = 15$，$D_1 = 1.5$，根据公式 $K_c = \dfrac{D_1}{P_0(1-F_c)} + g$，代入数据求得资本成本为 $K_c = \dfrac{1.5}{15 \times (1-20\%)} + 5\% = 17.5\%$。

17.【答案】D

【解析】在代理成本模型中，股东与经理层之间的利益冲突所导致的代理成本又被称为"外部股东代理成本"；债权人与股东之间的利益冲突以及与债权相伴随的破产成本又被称为"债券的代理成本"。

18.【答案】C

【解析】公司发行新股，新股东具有与老股东相同的剩余索取权，可分享发行新股前积累的盈余，这对于老股东来说就会稀释其每股收益，并可能引发股价下跌。

19.【答案】D

【解析】保荐机构及其保荐代表人履行保荐职责可对发行人行使的权利除 ABC 三项外，还包括：①定期或者不定期对发行人进行回访，查阅保荐工作需要的发行人材料；②对发行人的信息披露文件及向中国证监会、证券交易所提交的其他文件进行事前审阅；③对有关部门关注的发行人相关事项进行核查，必要时可聘请相关证券服务机构配合；④中国证监会规定或者保荐协议约定的其他权利。D项属于发行人的义务。

20.【答案】D

【解析】创业板上市公司首次公开发行股票的，应当满足的基本条件包括：①发行人是依法设立且持续经营3年以上的股份有限公司；②最近两年连续盈利，最近两年净利润累计不少于 1000 万元，且持续增长；或者最近 1 年盈利，且净利润不少于 500 万元，最近 1 年营业收入不少于 5000 万元，最近两年营业收入增长率均不低于 30%；③最近 1 期末净资产不少于 2000 万元，且不存在未弥补亏损；④发行后股本总额不少于 3000 万元。

21．【答案】C

【解析】C 项，中国证监会收到申请文件后，在 5 个工作日内作出是否受理的决定。

22．【答案】B

【解析】在主板上市公司首次公开发行股票的，发行人应当符合下列条件：①最近 3 个会计年度净利润均为正数且累计超过人民币 3000 万元，净利润以扣除非经常性损益前后较低者为计算依据；②最近 3 个会计年度经营活动产生的现金流量净额累计超过人民币 5000 万元；或者最近 3 个会计年度营业收入累计超过人民币 3 亿元；③发行前股本总额不少于人民币 3000 万元；④最近 1 期末无形资产（扣除土地使用权、水面养殖权和采矿权等后）占净资产的比例不高于 20%；⑤最近 1 期末不存在未弥补亏损。

23．【答案】D

【解析】市盈率（Price to Earnings Ratio，简称 P/E），是指股票市场价格与每股收益的比率，每股收益通常指每股净利润。计算公式为：市盈率 = 股票市场价格/每股收益。

24．【答案】C

【解析】股票投资价值研究报告应当对影响发行人投资价值的因素进行全面分析，至少包括：①发行人的行业分类、行业政策，发行人与主要竞争者的比较及其在行业中的地位；②发行人经营状况和发展前景分析；③发行人盈利能力和财务状况分析；④发行人募集资金投资项目分析；⑤发行人与同行业可比上市公司的投资价值比较；⑥宏观经济走势、股票市场走势以及其他对发行人投资价值有重要影响的因素。

25．【答案】B

【解析】首次公开发行股票，如果将上网定价发行的申购日作为 T 日，则 T + 1 是资金冻结日；T + 2 日是验资及配号日；T + 3 是摇号抽签、中签处理日；T + 4 是资金解冻日。

26．【答案】C

【解析】上网竞价发行是指利用证券交易所的交易系统，主承销商作为新股的惟一卖方，以发行人宣布的发行底价为最低价格，以新股实际发行量为总的卖出数，由投资者在指定的时间内竞价委托申购。

27．【答案】B

【解析】股票发行过程中的承销费用一般根据股票发行规模确定。目前，收取承销费用的标准是：①包销商收取的包销佣金为包销股票总金额的 1.5% ~ 3%；②代销佣金为实际售出股票总金额的 0.5% ~ 1.5%。

28．【答案】B

29．【答案】D

【解析】A 项，准确性原则是指信息披露义务人公开的信息必须尽可能详尽、具体、准确；B 项，及时性原则是指信息披露义务人在依照法律、法规、规章及其他规定要求的时间内以指定的方式披露；C 项，完整性原则是指信息披露义务人必须把能够提供给投资者判断证券投资价值的情况全部公开。

30．【答案】A

【解析】首次公开发行股票，在招股说明书中，发行人应披露的股本情况主要包括：①本次发行前的总股本、本次发行的股份，以及本次发行的股份占发行后总股本的比例；②前10名股东；③前10名自然人股东及其在发行人处担任的职务；④若有国有股份或外资股份的，须根据有关主管部门对股份设置的批复文件披露股东名称、持股数量、持股比例。涉及国有股的，应在国家股股东之后标注"SS"，在国有法人股股东之后标注"SLS"，并披露前述标识的依据及标识的含义；⑤股东中的战略投资者持股及其简况；⑥本次发行前各股东间的关联关系及关联股东的各自持股比例；⑦本次发行前股东所持股份的流通限制和自愿锁定股份的承诺。

31.【答案】B

【解析】首次公开发行股票的信息披露中，发行人应根据《公司法》和《企业会计准则》的相关规定披露关联方、关联关系和关联交易。根据交易的性质和频率，按照经常性和偶发性分类披露关联交易及关联交易对其财务状况和经营成果的影响。

32.【答案】D

【解析】首次公开发行股票，关于发行人关联方情况的披露，发行人应采用方框图或其他有效形式，全面披露发起人、持有发行人5%以上股份的主要股东、实际控制人，控股股东、实际控制人所控制的其他企业，发行人的职能部门、分公司、控股子公司、参股子公司以及其他有重要影响的关联方。实际控制人应披露到最终的国有控股主体或自然人为止。

33.【答案】D

【解析】配股时除符合一般规定外，还应当符合下列规定：①拟配售股份数量不超过本次配售股份前股本总额的30%；②控股股东应当在股东大会召开前公开承诺认配股份的数量；③采用《证券法》规定的代销方式发行。控股股东不履行认配股份的承诺，或者代销期限届满，原股东认购股票的数量未达到拟配售数量70%的，发行人应当按照发行价并加算银行同期存款利息返还已经认购的股东。

34.【答案】B

【解析】自中国证监会核准发行之日起，上市公司应在6个月内发行证券；超过6个月未发行的，核准文件失效，须重新经中国证监会核准后方可发行。

35.【答案】C

【解析】当增发采取在询价区间内网上申购与网下申购相结合的累计投标询价、且原社会公众股股东具有优先认购权的方式时，假设T日为网上申购日，则上述公告刊登的时间和顺序一般为(日期为工作日)：①T－4日，刊登招股意向书及网上、网下发行公告、网上路演公告；②T－3日，增发股份提示性公告；③T－1日，询价区间公告；④T＋3日，发行结果公告；⑤T＋X日，上市公告或股份变动公告，须在交易所对上市申请文件审查同意后，且增发新股的可流通股份上市前3个工作日内刊登。

36.【答案】D

【解析】可转换公司债券的赎回是指上市公司可按事先约定的条件和价格赎回尚未转股的可转换公司债券。可转换公司债券的回售是指债券持有人可按事先约定的条件和价格，将所持债券卖给发行人。

37.【答案】C

【解析】可转换公司债券的发行规模由发行人根据其投资计划和财务状况确定。对于分离交易的可转换公司债券，发行后累计公司债券余额不得高于最近 1 期末公司净资产额的 40%；预计所附认股权全部行权后募集的资金总量不超过拟发行公司债券金额。

38. 【答案】C

【解析】由于发行人在可转换公司债券的赎回条款中规定，如果股票价格连续若干个交易日收盘价高于某一赎回启动价（该赎回启动价要高于转股价格），发行人有权按一定金额予以赎回。所以，赎回条款相当于债券持有人在购买可转换公司债券时无条件出售给发行人的一张美式买权。

39. 【答案】D

【解析】保荐人（主承销商）应负责可转换公司债券上市后的持续督导责任，持续督导期间为上市当年剩余时间及其后 1 个完整会计年度，自上市之日算起。

40. 【答案】A

【解析】根据可转换公司债券在上海证券交易所的网上定价发行时间安排，T+1 日，冻结申购资金。T+2 日，验资报告送达上海证券交易所；上海证券交易所向营业部发送配号。T+3 日，中签率公告见报，摇号。T+4 日，摇号结果公告见报。T+4 日以后，做好上市前准备工作。

41. 【答案】B

【解析】可交换公司债券为有期限债券，其期限最短为 1 年，最长为 6 年，面值为每张人民币 100 元，发行价格由上市公司股东和保荐人通过市场询价确定。

42. 【答案】B

【解析】在实际运作中，交易所市场发行国债的分销，承销商可以选择场内挂牌分销或场外分销两种方法。在证券交易所场内挂牌分销国债时，投资者买入债券免交佣金。

43. 【答案】C

【解析】企业集团财务公司发行金融债券应具备的条件有：①具有良好的公司治理机制；②资本充足率不低于 10%；③风险监管指标符合监管机构的有关规定；④最近 3 年没有重大违法、违规行为；⑤中国人民银行要求的其他条件。

44. 【答案】B

【解析】在企业发行债券的具体申报上，采取下列方式报送国家发改委：①中央直接管理企业的申请材料直接申报；②国务院行业管理部门所属企业的申请材料由行业管理部门转报；③地方企业的申请材料由所在省、自治区、直辖市、计划单列市发展改革部门转报。

45. 【答案】B

【解析】企业债券的发行，应组织承销团以余额包销的方式承销。自 2000 年国务院特批企业债券以来，已经承担过企业债券发行主承销商或累计承担过 3 次以上副主承销商的金融机构方可担任主承销商，已经承担过副主承销商或累计承担过 3 次以上分销商的金融机构方可担任副主承销商。各承销商包销的企业债券金额原则上不得超过其上年末净资产的 1/3。

46. 【答案】C

【解析】根据《银行间债券市场非金融企业短期融资券业务指引》，企业发行短期融资券应遵守国家相关法律法规，短期融资券待偿还余额不得超过企业净资产的 40%。

47. 【答案】A

【解析】证券公司债券是指证券公司依法发行的、约定在一定期限内还本付息的有价证券，不包括证券公司发行的可转换债券和次级债券。证券公司债券的期限最短为 1 年。

48. 【答案】A

【解析】在中国境内申请发行人民币债券的国际开发机构应向财政部等窗口单位递交债券发行申请，由窗口单位会同中国人民银行、国家发展和改革委员会、中国证券监督管理委员会等部门审核后，报国务院同意。国家发展和改革委员会会同财政部，根据国家产业政策、外资外债情况、宏观经济和国际收支状况，对人民币债券的发行规模及所筹资金用途进行审核。

49. 【答案】C

【解析】境内上市外资股又称 B 股，是指在中国境内注册的股份有限公司向境内外投资者发行并在中国境内证券交易所上市交易的股票。境内上市外资股采取记名股票形式，以人民币标明面值，以外币认购、买卖。

50. 【答案】B

【解析】根据《关于股份有限公司境内上市外资股的规定》第八条的规定，以募集方式设立公司，申请发行境内上市外资股的，发起人认购的股本总额不少于公司拟发行股本总额的 35%；发起人的出资总额不少于 1.5 亿元人民币。

51. 【答案】B

【解析】境内上市公司所属企业申请境外上市，应当符合的条件包括：①上市公司在最近 3 年连续盈利；②上市公司最近 3 个会计年度内发行股份及募集资金投向的业务和资产不得作为对所属企业的出资申请境外上市；③上市公司最近 1 个会计年度合并报表中按权益享有的所属企业的净利润不得超过上市公司合并报表净利润的 50%；④上市公司最近 1 个会计年度合并报表中按权益享有的所属企业净资产不得超过上市公司合并报表净资产的 30%；⑤上市公司与所属企业不存在同业竞争，且资产、财务独立，经理人员不存在交叉任职；⑥上市公司及所属企业董事、高级管理人员及其关联人员持有所属企业的股份，不得超过所属企业到境外上市前总股本的 10%；⑦上市公司不存在资金、资产被具有实际控制权的个人、法人或其他组织及其关联人占用的情形或其他损害公司利益的重大关联交易；⑧上市公司最近 3 年无重大违法违规行为。

52. 【答案】C

【解析】香港联交所最新修订的《上市规则》对盈利和市值要求做出了较大修订，股份有限公司需满足的任意条件有：①公司必须在相同的管理层人员的管理下有连续 3 年的营业记录，以往 3 年盈利合计 5000 万港元(最近 1 年的利润不低于 2000 万港元，再之前两年的利润之和不少于 3000 万港元)，并且市值(包括该公司所有上市和非上市证券)不低于 2 亿港元；②公司有连续 3 年的营业记录，于上市时市值不低于 20 亿港元，最近 1 个经审计财政年度收入至少 5 亿港元，并且前 3 个财政年度来自营运业务的现金流入合计至少 1 亿港元；③公司于上市时市值不低于 40 亿港元，且最近 1 个经审计财政年度收入至少 5 亿港元。在该项条件下，如果新申请人能证明公司管理层至少有 3 年所属业务和行业的经验，并且管理层及拥有权最近 1 年持续不变，则可以豁免连续 3 年营业记录的规定。

53. 【答案】B

【解析】在外资股招股说明书的编制过程中，在尽职调查初步完成的基础上，在律师的协助下，主承销商开始起草招股说明书草案，该草案经过多次讨论和修改后初步确定。在此阶段，作为招股说明书附件的有关专业性结论已经完成。

54. 【答案】A

【解析】《中国证券监督管理委员会上市公司并购重组审核委员会工作规程》第十八条规定，并购重组委通过召开并购重组委会议进行审核工作，每次参加并购重组委会议的并购重组委委员为5名，每次会议设召集人1名。

55. 【答案】A

【解析】参见《上市公司重大资产重组管理办法》第二条、第十三条第一款。

56. 【答案】D

【解析】上市公司及其控股或者控制的公司购买、出售资产，达到下列标准之一的，构成重大资产重组：①购买、出售的资产总额占上市公司最近1个会计年度经审计的合并财务会计报告期末资产总额的比例达到50%以上；②购买、出售的资产在最近1个会计年度所产生的营业收入占上市公司同期经审计的合并财务会计报告营业收入的比例达到50%以上；③购买、出售的资产净额占上市公司最近1个会计年度经审计的合并财务会计报告期末净资产额的比例达到50%以上，且超过5000万元人民币。

57. 【答案】B

【解析】上市公司发行股份的价格不得低于本次发行股份购买资产的董事会决议公告日前20个交易日公司股票交易均价。交易均价的计算公式为：董事会决议公告日前20个交易日公司股票交易均价 = 决议公告日前20个交易日公司股票交易总额/决议公告日前20个交易日股票交易总量。

58. 【答案】C

【解析】参见《上市公司并购重组财务顾问业务管理办法》第二十条。

59. 【答案】D

【解析】参见《上市公司并购重组财务顾问业务管理办法》第三十一条。

60. 【答案】C

二、多选题（共60题40分，其中已标明分值的20题每题1分，其余40题每题0.5分。以下备选项中有两项或两项以上符合题目要求，多选、少选、错选均不得分）

61. 【答案】ACD

【解析】股票发行方式中，有限量发行认购证方式、无限量认购申请表摇号中签方式、全额预缴款方式和与储蓄存款挂钩方式属于网下发行，其缺点是：发行环节多、认购成本高、社会工作量大、效率低。上网竞价方式和上网定价方式属于网上发行。

62. 【答案】BCD

【解析】个人如果取得保荐代表人资格后，应当持续符合的条件包括：①诚实守信，品行良好，无不良诚信记录，最近3年未受到中国证监会的行政处罚；②未负有数额较大到期未清偿的债务；③中国证监会规定的其他条件。

63. 【答案】BC

【解析】2008年美国由于次贷危机而引发的连锁反应导致了罕见的金融风暴，在此次金融风暴中，美国著名投资银行贝尔斯登和雷曼兄弟崩溃，其原因主要在于风险控制失误和激励约束机制的弊端。

64. 【答案】BCD

【解析】除 BCD 三项外，证券公司申请保荐机构资格应当具备的条件还包括：①注册资本不低于人民币 1 亿元，净资本不低于人民币 5000 万元；②具有良好的保荐业务团队且专业结构合理，从业人员不少于 35 人，其中最近 3 年从事保荐相关业务的人员不少于 20 人；③符合保荐代表人资格条件的从业人员不少于 4 人；④最近 3 年内未因重大违法违规行为受到行政处罚；⑤中国证监会规定的其他条件。

65. **【答案】**BD

【解析】财政部、中国人民银行、中国证监会 2006 年 7 月 4 日审议通过了《国债承销团成员资格审批办法》，该办法规定国债承销团按照国债品种组建，包括凭证式国债承销团、记账式国债承销团和其他国债承销团。其中，记账式国债承销团成员分为甲类成员和乙类成员。

66. **【答案】**AC

【解析】我国《公司法》规定，有限责任公司是由 1 个以上、50 个以下股东共同出资设立的；股份有限公司是由 2 个以上、200 个以下发起人发起的。有限责任公司变更为股份有限公司的要求：①我国《公司法》第九条第一款规定，有限责任公司变更为股份有限公司，应当符合《公司法》规定的股份有限公司的设立条件；②我国《公司法》第九条第二款规定，有限责任公司变更为股份有限公司的，公司变更前的债权、债务由变更后的公司承继；③我国《公司法》第九十六条规定，有限责任公司变更为股份有限公司时，折合的实收股本总额不得高于公司净资产额；有限责任公司变更为股份有限公司，为增加资本公开发行股份时，应当依法办理。

67. **【答案】**ABD

【解析】有下列情形之一的，应当在两个月内召开临时股东大会：①董事人数不足我国《公司法》规定人数或者公司章程所定人数的 2/3 时；②公司未弥补的亏损达实收股本总额的 1/3 时；③单独或者合计持有公司 10% 以上股份的股东请求时；④董事会认为必要时；⑤监事会提议召开时；⑥公司章程规定的其他情形。

68. **【答案】**ABC

【解析】下列事项可以由普通决议通过：①董事会和监事会的工作报告；②董事会拟订的利润分配方案和弥补亏损方案；③董事会和监事会成员的任免及其报酬和支付方法；④公司年度预算方案、决算方案；⑤公司年度报告；⑥除法律、行政法规规定或者公司章程规定应当以特别决议通过以外的其他事项。

69. **【答案】**ABCD

【解析】为了充分发挥独立董事的作用，独立董事除了具有我国《公司法》和其他相关法律、法规赋予董事的职权外，上市公司还赋予独立董事以下特别职权：①重大关联交易(指上市公司拟与关联人达成的总额高于 300 万元或高于上市公司最近经审计净资产值的 5% 的关联交易)应由独立董事认可后，提交董事会讨论；独立董事作出判断前，可以聘请中介机构出具独立财务顾问报告，作为其判断的依据。②向董事会提议聘用或解聘会计师事务所。③向董事会提请召开临时股东大会。④提议召开董事会。⑤独立聘请外部审计机构和咨询机构。⑥可以在股东大会召开前公开向股东征集投票权。

70. **【答案】**ACD

【解析】股份有限公司的分立是指一个股份有限公司因生产经营需要或其他原因而分开设立为两个或两个以上公司(而非子公司)。新设分立是指股份有限公司将其全部财产分割为两个部分以上，另外设立两个公司，原公司的法人地位消失。派生分立是指原公司将其财产或业务的一部分分离出去设立一个或数个公司，原公司继续存在。

71. 【答案】ABC

【解析】按照国有资产监督管理委员会（简称"国资委"）《关于规范国有企业改制工作意见》，国有企业在改制前，首先应进行清产核资，在清产核资的基础上，再进行资产评估。

72. 【答案】BCD

【解析】收益现值法是我国资产评估的主要方法之一，是将评估对象剩余寿命期间每年（或每月）的预期收益，用适当的折现率折现，累加得出评估基准日的现值，以此估算资产价值的方法，通常用于有收益企业的整体评估及无形资产评估等。用收益现值法进行资产评估的，应当根据被评估资产合理的预期获利能力和适当的折现率，计算出资产的现值，并以此评定重估价值。现行市价法的计算公式是：被评估资产价值 = 被评估资产全新市价 – 折旧或被评估资产价值 = 被评估资产全新市价 × 成新率。

73. 【答案】ABCD

【解析】企业股份制改组与股份有限公司设立的法律审查是指需由律师对企业改组与公司设立的文件及其相关事项的合法性进行审查。律师一般从以下几个方面进行审查，并出具法律意见书：①企业申请进行股份制改组的可行性和合法性；②发起人资格及发起协议的合法性；③发起人投资行为和资产状况的合法性；④无形资产权利的有效性和处理的合法性；⑤原企业重大变更的合法性和有效性；⑥原企业重大合同及其他债权、债务的合法性；⑦诉讼、仲裁或其他争议的解决；⑧其他应当审查的事项。

74. 【答案】ABD

【解析】内部收益率高于边际资本成本的投资项目应接受；反之则拒绝；两者相等时则是最优的资本预算。

75. 【答案】ABD

【解析】C 项，增加权益融资比重，会增加企业的融资成本，从而降低企业的价值。

76. 【答案】ABCD

【解析】参见《证券发行上市保荐业务管理办法》第三十四条。

77. 【答案】ABD

【解析】参见中国证监会《证券期货法律适用意见第 3 号》第二条。

78. 【答案】BD

【解析】盈利预测是指发行人对未来会计期间经营成果的预计和测算。盈利预测的数据（合并会计报表）至少应包括会计年度营业收入、利润总额、净利润、每股盈利。

79. 【答案】ABC

【解析】主承销商出具的推荐函的内容至少应包括：①明确的推荐意见及其理由；②对发行人发展前景的评价；③有关发行人是否符合发行上市条件及其他有关规定的说明；④发行人主要问题和风险的提示；⑤主承销商内部审核程序简介及内核意见；⑤参与本次发行的项目组成员及相关经验等。

80. 【答案】BCD

【解析】如果注册会计师认为被审计单位会计报表的反映就其整体而言是公允的，只是个别会计事项的处理或个别会计报表项目的编制不符合《企业会计准则》及国家其他有关财务会计法规的规定，被审计单位拒绝进行调整，或者是个别重要的会计处理方法的选用不符合一贯性原则，或者是审计范围受到局部限制，而无法按照独立审计准则的要求取得应有的审计证据，此时，注册会计师应出具有保留意见的审计报告。出具有保留意见的审计报告时，应于意见段之前另加说明段，以说明所持保留意见的理由。A 项属于会计师应当出具否定意见的情形。

81. 【答案】BCD

【解析】如果专项复核会计师就复核事项所出具的复核意见与原申报财务资料存在差异，发行人、保荐人（主承销商）及申报会计师应就该复核差异提出处理意见，审核人员应将该复核差异及处理情况向股票发行审核委员会汇报。

82. 【答案】BC

【解析】在市盈率的计算公式中，每股净利润的确定方法包括：①全面摊薄法，就是用全年净利润除以发行后总股本，直接得出每股净利润；②加权平均法，该方法下，每股净利润的计算公式为：

$$每股净利润 = \frac{全年净利润}{发行前总股本数 + 本次公开发行股本数 \times (12 - 发行月份) \div 12}$$

83. 【答案】ABC

【解析】D 项属于询价对象应符合的基本条件。

84. 【答案】ABC

【解析】首次公开发行股票采用向参与网下配售的询价对象配售的发行方式时，发行人及其主承销商应当向参与网下配售的询价对象配售股票，并应当与网上发行同时进行。公开发行股票数量少于 4 亿股的，配售数量不超过本次发行总量的 20%；公开发行股票数量在 4 亿股以上的，配售数量不超过向战略投资者配售后剩余发行数量的 50%。

85. 【答案】BD

【解析】首次公开发行股票网下发行电子化业务是指通过证券交易所网下申购电子化平台（简称"申购平台"）及中国证券登记结算有限责任公司（简称"登记结算公司"）登记结算平台完成首次公开发行股票的初步询价、累计投标询价、资金代收付及股份初始登记。

86. 【答案】CD

【解析】证券经营机构采用包销方式，出现剩余债券时，全体承销商可以在承销期结束时自行购入售后剩余的证券；剩余证券不能退回发行公司。

87. 【答案】ACD

【解析】首次公开发行股票时，发行人及其全体董事、监事和高级管理人员应当在招股说明书上签名、盖章，保证招股说明书内容真实、准确、完整。

88. 【答案】ABCD

【解析】除 ABCD 四项外，募集资金直接投资于固定资产项目的，发行人根据重要性原则还需披露的内容有：①项目的组织方式、项目的实施进展情况；②投资项目的竣工时间、产量、产品销售方式及营销措施；③投资项目的选址，拟占用土地的面积、取得方式及土地用途。

89. 【答案】ACD

【解析】根据《公开发行证券的公司信息披露内容与格式准则第 1 号——招股说明书》

（简称"第1号准则"）的规定，在招股说明书中，发行人应披露影响本行业发展的有利和不利因素，如产业政策、技术替代、行业发展瓶颈、国际市场冲击等。

90. 【答案】ACD

【解析】B项，发行人本次募集资金拟用于重大资产购买的，则应当披露发行人假设按预计购买基准日完成购买的盈利预测报告及假设发行当年1月1日完成购买的盈利预测报告。

91. 【答案】ABCD

【解析】除ABCD四项外，首次公开发行股票的募集资金直接投资于固定资产项目的，发行人视实际情况并根据重要性原则还须披露：①产品的质量标准和技术水平，生产方法、工艺流程和生产技术选择，主要设备选择，核心技术及其取得方式；②主要原材料、辅助材料及燃料的供应情况；③投资项目的竣工时间、产量、产品销售方式及营销措施。

92. 【答案】ACD

【解析】除ACD三项外，上市公司存在下列情形之一的，也不得公开发行证券：①上市公司最近12个月内受到过证券交易所的公开谴责；②上市公司及其控股股东或实际控制人最近12个月内存在未履行向投资者作出的公开承诺的行为；③严重损害投资者的合法权益和社会公共利益的其他情形。

93. 【答案】BCD

【解析】在新股发行的申请程序中，上市公司董事会依法就下列事项作出决议：新股发行的方案、本次募集资金使用的可行性报告、前次募集资金使用的报告、其他必须明确的事项，并提请股东大会批准。

94. 【答案】ACD

【解析】上市公司增发的发行方式有：①上网定价发行与网下配售相结合；②网下网上同时累计投标询价；③中国证监会认可的其他形式。

95. 【答案】ABD

96. 【答案】ABCD

【解析】股东大会就发行可转换公司债券作出的决定，至少应当包括下列事项：①本次发行的种类和数量；②发行方式、发行对象及向原股东配售的安排；③定价方式或价格区间；④募集资金用途；⑤决议的有效期；⑥对董事会办理本次发行具体事宜的授权；⑦债券利率；⑧债券期限；⑨担保事项；⑩回售条款；⑪还本付息的期限和方式；⑫转股期；⑬转股价格的确定和修正；⑭其他必须明确的事项。

97. 【答案】ABC

【解析】可转换债券发行的担保中，发行人应依法与担保人签订担保合同。担保应采取全额担保。担保方式可采取保证、抵押和质押，其中，以保证方式提供担保的，应为连带责任担保。

98. 【答案】ACD

【解析】发行分离交易的可转换公司债券的上市公司，最近3个会计年度经营活动产生的现金流量净额平均应不少于公司债券1年的利息（若其最近3个会计年度加权平均净资产收益率平均不低于6%，则可不作此现金流量要求）。

99. 【答案】BCD

【解析】影响可转换公司债券价值的因素包括：①票面利率；②转股价格；③股票波动率；④转股期限；⑤回售条款；⑥赎回条款。

100. 【答案】ABC

【解析】发行人律师在按照有关规定出具的法律意见书和律师工作报告中，除满足规定的一般要求外，还应针对可转换公司债券发行的特点，对可转换公司债券发行上市的实质条件、发行方案及发行条款、担保和资信等情况进行核查验证，明确发表意见。

101. 【答案】BC

【解析】根据中国证监会《证券发行与承销管理办法》第三十五条和第三十六条，上市公司发行可转换公司债券，主承销商可以对参与网下配售的机构投资者进行分类，对不同类别的机构投资者设定不同的配售比例，对同一类别的机构投资者应当按相同的比例进行配售。主承销商应当在发行公告中明确机构投资者的分类标准。

102. 【答案】CD

【解析】可交换公司债券是指上市公司的股东依法发行、在一定期限内依据约定的条件可以交换成该股东所持有的上市公司股份的公司债券。根据《上市公司股东发行可交换公司债券试行规定》第二条，申请发行可交换公司债券的申请人应当是符合《公司法》、《证券法》规定的有限责任公司或者股份有限公司。

103. 【答案】ABC

【解析】凭证式国债是一种不可上市流通的储蓄型债券，由具备凭证式国债承销团资格的机构承销。由于凭证式国债采用"随买随卖"、利率按实际持有天数分档计付的交易方式，因此，在收款凭证中除了注明投资者身份外，还须注明购买日期、期限、发行利率等内容。

104. 【答案】BCD

【解析】商业银行发行金融债券应具备的条件有：①具有良好的公司治理机制；②核心资本充足率不低于4%；③最近3年连续盈利；④贷款损失准备计提充足；⑤风险监管指标符合监管机构的有关规定；⑥最近3年没有重大违法、违规行为；⑦中国人民银行要求的其他条件。

105. 【答案】ABCD

【解析】根据《国家发展改革委关于推进企业债券市场发展、简化发行核准程序有关事项的通知》的要求，企业（或公司）申请发行债券，除ABCD四项外，还应当向国家发改委报送以下文件：①发行人关于本次债券发行的申请报告；②发债资金投向的有关原始合法文件；③企业（公司）债券募集说明书；④企业（公司）债券募集说明书摘要；⑤承销协议；⑥承销团协议；⑦第三方担保函（如有）；⑧资产抵押有关文件（如有）；⑨信用评级报告；⑩法律意见书；⑪担保人最近1年财务报告和审计报告及最近1期的财务报告（如有）；⑫发行人《企业法人营业执照》（副本）复印件；⑬中介机构从业资格证书复印件；⑭本次债券发行有关机构联系方式；⑮国家发改委要求提供的其他文件。

106. 【答案】ABC

【解析】《公司债券发行试点办法》第二十七条规定，存在下列情况的，公司应当召开债券持有人会议：①拟变更债券募集说明书的约定；②拟变更债券受托管理人；③公司不能按期支付本息；④公司减资、合并、分立、解散或者申请破产；⑤保证人或者担保物发生重大变化；⑥发生对债券持有人权益有重大影响的事项。

107. 【答案】ABC

【解析】企业发行短期融资券，可自主选择主承销商。需要组织承销团的，由主承销商组织承销团。承销团有3家或3家以上承销商的，可设1家联席主承销商或副主承销商，共同组织承销活动；承销团中除主承销商、联席主承销商、副主承销商以外的承销机构为分销商。

108. 【答案】ABCD

【解析】证券公司债券发行人应为债券持有人聘请债权代理人。发行人可聘请的债权代理人可以为信托投资公司、基金管理公司、证券公司、律师事务所、证券投资咨询机构等机构担任债权代理人。

109. 【答案】ABCD

【解析】信贷资产证券化业务发起机构应与受托机构签订信托合同，载明下列事项：①信托目的；②发起机构和受托机构的名称、住所；③受益人范围和确定办法；④信托财产的范围、种类、标准和状况；⑤赎回或置换条款；⑥受益人取得信托利益的形式、方法；⑦信托期限；⑧信托财产的管理方法；⑨发起机构和受托机构的权利与义务；⑩接受受托机构委托代理信托事务的机构的职责；⑪受托机构的报酬；⑫资产支持证券持有人大会的组织形式与权力；⑬新受托机构的选任方式；⑭信托终止事由。

110. 【答案】ABC

【解析】根据《关于股份有限公司境内上市外资股的规定》第九条的规定，已设立的股份有限公司增加资本，申请发行境内上市外资股时，应当符合的条件有：①所筹资金用途符合国家产业政策；②符合国家有关固定资产投资立项的规定；③符合国家有关利用外资的规定；④公司前一次发行的股份已经募足，所得资金的用途与募股时确定的用途相符，并且资金使用效益良好；⑤公司净资产总值不低于1.5亿元人民币；⑥公司从前一次发行股票到本次申请期间，没有重大违法行为；⑦公司在最近3年内连续盈利；原有企业改组或者国有企业作为主要发起人设立的公司，可以连续计算；⑧中国证监会规定的其他条件。

111. 【答案】ABD

【解析】根据中国香港联交所发布的《创业板上市规则》，上市文件必须披露发行人拟分配证券的基准详情，包括公众人士及配售部分（如有）各自持有证券的详情。就所有供公众认购或出售给公众的证券（不论由新申请人或上市发行人发行）而言（不包括根据配售安排而发行的证券），发行人、董事、保荐人及包销商（如适用）必须采纳公平准则，将上述证券分配给所有认购或申请证券的人士。

112. 【答案】ABCD

【解析】上市公司所属企业申请境外上市，除应符合ABCD四项条件外，还应符合的条件包括：①上市公司最近1个会计年度合并报表中按权益享有的所属企业的净利润不得超过上市公司合并报表净利润的50%；②上市公司最近1个会计年度合并报表中按权益享有的所属企业净资产不得超过上市公司合并报表净资产的30%；③上市公司及所属企业董事、高级管理人员及其关联人员持有所属企业的股份，不得超过所属企业到境外上市前总股本的10%；④上市公司不存在资金、资产被具有实际控制权的个人、法人或其他组织及其关联人占用的情形或其他损害公司利益的重大关联交易。

113. 【答案】AB

【解析】C项，国际分销地区、各地区的配售额在国际推介之后确定，在承销过程中可以调整；D项，在募股截止时，发行人将与主承销商和全球协调人共同确定发行价格，并签署有关的承销文件。

114. 【答案】ABCD

【解析】财务顾问为目标公司提供的服务包括：①预警服务，对一个可能性收购目标提供早期的警告；②制定有效的反收购策略，阻止敌意收购；③评价服务，评价目标公司和它的组成业务，以便在谈判中达到一个较高的要价；④利润预测；⑤编制有关的文件和公告，包括新闻公告，说明董事会对收购建议的初步反应和他们对股东的建议。

115. 【答案】AB

【解析】《上市公司重大资产重组管理办法》第五十三条规定，为重大资产重组出具财务顾问报告、审计报告、法律意见、资产评估报告及其他专业文件的证券服务机构及其从业人员未履行诚实守信、勤勉尽责义务，违反行业规范、业务规则，或者未依法履行报告和公告义务、持续督导义务的，监管部门应当责令改正，采取监管谈话、出具警示函等监管措施；情节严重的，依照《证券法》第二百二十六条予以处罚。

116. 【答案】ABC

【解析】D项，暂停审核是对并购重组申请人等的监督。

117. 【答案】ABD

【解析】除 ABD 三项外，证券公司、证券投资咨询机构和其他财务顾问机构申请从事上市公司并购重组财务顾问业务资格，应当向中国证监会提交的基本文件还包括：①董事长、高级管理人员及并购重组业务负责人的简历；②符合《财务顾问管理办法》规定条件的财务顾问主办人的证明材料；③公司治理结构和内控制度的说明，包括公司风险控制、内部隔离制度及内核部门人员名单和最近 3 年从业经历；④经具有从事证券业务资格的会计师事务所审计的公司最近 2 年的财务会计报告；⑤律师出具的法律意见书；⑥中国证监会规定的其他文件。

118. 【答案】ACD

【解析】B项，上市公司持有或者通过协议、其他安排与他人共同持有财务顾问的股份达到或者超过5%的，不能担任独立财务顾问。

119. 【答案】AB

【解析】上市公司国有股和法人股向外商转让时，受让上市公司国有股和法人股的外商，应当具备下列条件：①有较强的经营管理能力和资金实力；②较好的财务状况和信誉；③具有改善上市公司治理结构和促进上市公司持续发展的能力。

120. 【答案】ABCD

【解析】除 ABCD 四项外，外国投资者股权并购的，投资者应根据并购后所设外商投资企业的投资总额、企业类型及所从事的行业，依照设立外商投资企业的法律、行政法规和规章的规定，向具有相应审批权限的审批机关报送的文件还包括：①被并购境内有限责任公司股东一致同意外国投资者股权并购的决议，或被并购境内股份有限公司同意外国投资者股权并购的股东大会决议；②被并购境内公司上一财务年度的财务审计报告；③被并购境内公司所投资企业的情况说明；④被并购境内公司及其所投资企业的营业执照(副本)；⑤被并购境内公司职工安置计划；⑥前述"被并购境内公司债权和债务的处置"以及"交易价格确定的依据"中要求的文件。

三、**判断题**(共 60 题，每小题 0.5 分，共 30 分。正确的用 A 表示，错误的用 B 表示，不选、错选、放弃均不得分)

121. 【答案】B

【解析】认购量的不确定性会造成社会资源不必要的浪费，认购成本过高是无限量发售认购证的弊端。

122. 【答案】B

【解析】保荐机构资格申请文件存在虚假记载、误导性陈述或者重大遗漏的，中国证监会不予核准；已核准的，撤销其保荐机构资格。保荐代表人资格申请文件存在虚假记载、误导性陈述或者重大遗漏的，对提交该申请文件的保荐机构，中国证监会自撤销之日起 6 个月内不再受理该保荐机构推荐的保荐代表人资格申请。

123. 【答案】B

【解析】国债承销团乙类成员资格的申请人除具备基本条件外，还须具备的条件有：注册资本不低于人民币 3 亿元或者总资产在人民币 100 亿元以上的存款类金融机构，或者注册资本不低于人民币 8 亿元的非存款类金融机构。

124. 【答案】B

【解析】证券公司应建立以净资本为核心的风险控制指标体系，加强证券公司内部控制、防范风险，依据自 2006 年 11 月 1 日起施行的《证券公司风险控制指标管理办法》的规定，计算净资本和风险准备，编制净资本计算表和风险控制指标监管报表。

125. 【答案】B

【解析】采用募集设立方式的，发起人应于股款缴足后 30 日内主持召开公司创立大会，创立大会由认股人组成。

126. 【答案】B

【解析】董事长和副董事长由董事会以全体董事的过半数选举产生和罢免。

127. 【答案】B

【解析】监事会成员不得少于 3 人，由股东代表和适当比例的公司职工代表组成，其中职工代表的比例不得低于 1/3，具体比例由公司章程规定。监事的任期每届为 3 年。监事任期届满，连选可以连任。

128. 【答案】B

【解析】有权代表国家投资的机构或部门直接设立的国有企业以其部分资产改建为股份公司的，如进入股份公司的净资产累计高于原企业所有净资产的 50%(含 50%)，或主营生产部分的全部或大部分资产进入股份制企业，其净资产折成的股份界定为国家股；若进入股份公司的净资产低于 50%(不含 50%)，则其净资产折成的股份界定为国有法人股。

129. 【答案】B

【解析】根据国有资产管理部门的规定，境内评估机构应当对投入股份有限公司的全部资产和负债进行资产评估，而境外评估机构根据上市地有关法律、上市规则的要求，通常仅对公司的物业和机器设备等固定资产进行评估。

130. 【答案】B

【解析】如果一项潜在损失是可能的，且损失的数额是可以合理地估计出来的，则该项损失应作为应计项目，在会计报表中反映。如果可能损失的金额无法合理估计，或者如果损失仅仅有些可能，则只能在附注中反映，而不在会计报表中列为应计项目。

131.【答案】A

132.【答案】B

【解析】股权融资中股东的红利只能从税后利润中支付，使得股权融资不具备冲减税基的作用。

133.【答案】B

【解析】股利不断增加的留存收益成本的计算公式为：$K_e = \dfrac{D_1}{P_0} + g$（式中，$K_e$为留存收益不变的成本，$D_1$为第一期股息，$P_0$为普通股目前的市场价格，$g$为股息增长率）。

134.【答案】B

【解析】净经营收入理论假定，不管企业的财务杠杆多大，债务融资成本和企业融资总成本是不变的，但是当企业增加债务融资时，股票融资的成本上升。

135.【答案】B

【解析】保荐机构推荐发行人证券上市，应当向证券交易所提交上市保荐书以及证券交易所要求的其他与保荐业务有关的文件，并报中国证监会备案。

136.【答案】B

【解析】发行人报送申请文件后，在中国证监会核准前，发生应予披露事项的，应向中国证监会书面说明情况，并及时修改招股说明书及其摘要。

137.【答案】B

【解析】中国证监会受理申请文件后，由相关职能部门对发行人的申请文件进行初审，并由发行审核委员会审核。

138.【答案】B

【解析】审计报告是注册会计师根据独立审计准则的要求，实施必要的审计程序后，对被审计单位的会计报表发表审计意见的书面文件。审计报告是审计工作的最终结果，具有法定的证明效力。

139.【答案】B

【解析】发行人及其保荐人和律师主张多人共同拥有公司控制权的，每人都必须直接持有公司股份和/或者间接支配公司股份的表决权。

140.【答案】B

【解析】投资价值研究报告应当由承销商的研究人员独立撰写并署名，承销商不得提供承销团以外的机构撰写的投资价值研究报告。

141.【答案】B

【解析】参与首次公开发行股票网下电子化发行业务的询价对象及主承销商，应向交易所申请获得申购平台证书，同时具有询价对象和主承销商双重身份的机构应分别申请。

142.【答案】B

【解析】"全额预缴款、比例配售、余款即退"发行方式分为申购、冻结及验资配售、余款即退三个阶段。

143. 【答案】A

144. 【答案】B

【解析】上海证券交易所上网发行资金申购流程中，申购日后的第4天（T+4日），发行人和主承销商公布中签结果，中国结算上海分公司对未中签部分的申购款予以解冻，如发行价格低于价格区间上限，差价部分退还给投资者。

145. 【答案】B

【解析】首次公开发行股票的发行费用是指发行人在股票发行申请和实际发行过程中发生的费用，主要包括承销费用、发行人支付给中介机构的费用。

146. 【答案】B

【解析】以预缴款方式公开发行股票的，投资者应按照发行公告中要求的时间和方式及时缴纳申购款，未获得配售（中签）的部分将于规定时间内退回相应投资者账户；验资结束后，主承销商应当按照承销协议的规定将扣除承销费用后的募集资金划入发行人指定的银行账户。

147. 【答案】B

【解析】首次公开发行股票的信息披露方式主要包括：发行人及其主承销商应当将发行过程中披露的信息刊登在至少一种中国证监会指定的报刊，同时将其刊登在中国证监会指定的互联网网站，并置备于中国证监会指定的场所，供公众查阅。

148. 【答案】B

【解析】对招股说明书中披露的风险因素应作定量分析；无法进行定量分析的，应有针对性地作出定性描述。

149. 【答案】B

【解析】发行人应当在发行前将招股说明书摘要刊登于至少一种中国证监会指定的报刊，同时将招股说明书全文刊登于中国证监会指定的网站，并将招股说明书全文置备于发行人住所、拟上市证券交易所、保荐人、主承销商和其他承销机构的住所，以备公众查阅。

150. 【答案】B

【解析】涉及国有股的，应在国家股股东之后标注"SS"（"State–own Shareholder"的缩写），在国有法人股股东之后标注"SLS"（"State–own Legal–person Shareholder"的缩写），并披露前述标识的依据及标识的含义。

151. 【答案】B

【解析】在编报招股说明书时，发行人除应披露非经常性损益项目和金额外，还应当对重大非经常性损益项目的内容增加必要的附注说明。

152. 【答案】A

153. 【答案】A

154. 【答案】B

【解析】上市公司申请公开发行证券或者非公开发行新股，应当由保荐人保荐，并向中国证监会申报。

155. 【答案】B

【解析】提交发行新股申请文件并经受理后，上市公司新股发行申请进入核准阶段，但此时保荐人（主承销商）的尽职调查责任并未终止，仍应遵循勤勉尽责、诚实信用的原则，继续认真履行尽职调查义务。

156. 【答案】B

【解析】发审委委员在投票时应当在表决票上说明理由。

157. 【答案】A

158. 【答案】B

【解析】发行人应披露会计师事务所对前次募集资金运用所出具的专项报告结论。

159. 【答案】B

【解析】上市公司发行的可转换公司债券在发行结束 6 个月后，方可转换为公司股票，转股期限由公司根据可转换公司债券的存续期限及公司财务状况确定。

160. 【答案】B

【解析】可转换公司债券的发行规模由发行人根据其投资计划和财务状况确定。可转换公司债券发行后，累计公司债券余额不得超过最近 1 期末净资产额的 40%。对于分离交易的可转换公司债券，发行后累计公司债券余额不得高于最近 1 期末公司净资产额的 40%。

161. 【答案】A

162. 【答案】B

【解析】证券公司或上市公司不得作为发行可转债的担保人，但是上市商业银行除外。设定抵押或质押的，抵押或质押财产的估值应不低于担保金额。估值应经有资格的资产评估机构评估。

163. 【答案】A

164. 【答案】A

【解析】用于交换的股票在提出发行申请时应当为无限售条件股份，且股东在约定的换股期间转让该部分股票不违反其对上市公司或者其他股东的承诺。

165. 【答案】B

【解析】在现行多种价格的公开招标方式下，每个承销商的中标价格与财政部按市场情况和投标情况确定的发售价格是有差异的。如果按发售价格向投资者销售国债，承销商就有可能发生亏损。因此，财政部允许承销商在发行期内自定销售价格，随行就市发行。

166. 【答案】B

【解析】根据《企业债券管理条例》第十二条和第十六条，企业发行企业债券必须符合的条件之一是：企业发行企业债券的总面额不得大于该企业的自有资产净值。

167. 【答案】A

168. 【答案】B

【解析】证券交易所设立的上市委员会对债券上市申请进行审核，作出独立的专业判断并形成审核意见，证券交易所根据上市委员会意见作出是否同意上市的决定。

169. 【答案】A

170. 【答案】B

【解析】证券公司公开发行债券的担保金额应不少于债券本息的总额，定向发行债券的担保金额原则上应不少于债券本息总额的 50%；担保金额不足 50% 或者未提供担保定向发行债券的，应当在发行和转让时向投资者作特别风险提示，并由投资者签字。

171. 【答案】B

【解析】公司发行境内上市外资股应主要聘请境内的评估机构。但是，在某些情况下，企业也可以聘请境外估值师对公司的物业和机器设备等固定资产进行评估。

172. 【答案】B

【解析】内地企业申请在香港联交所上市，公司需指定至少3名独立非执行董事，其中1名独立非执行董事必须具备适当的专业资格，或具备适当的会计或相关财务管理专长。

173. 【答案】A

174. 【答案】A

175. 【答案】A

176. 【答案】A

177. 【答案】B

【解析】上市公司筹划、实施重大资产重组，相关信息披露义务人应当公平地向所有投资者披露可能对上市公司股票交易价格产生较大影响的相关信息，不得有选择性地向特定对象提前泄露。上市公司的股东、实际控制人以及参与重大资产重组筹划、论证、决策等环节的其他相关机构和人员，应当及时、准确地向上市公司通报有关信息，并配合上市公司及时、准确、完整地进行披露。

178. 【答案】B

【解析】《中国证券监督管理委员会上市公司并购重组审核委员会工作规程》第三十条规定，并购重组委每年应当至少召开一次全体会议，对审核工作进行总结。

179. 【答案】B

【解析】证券公司从事上市公司并购重组财务顾问业务，要求公司控股股东、实际控制人信誉良好且最近3年无重大违法违规记录。

180. 【答案】B

【解析】在持续督导期间，财务顾问应当结合上市公司披露的定期报告出具持续督导意见，并在前述定期报告披露后的15日内向上市公司所在地的中国证监会派出机构报告。

证券发行与承销过关冲刺题(六)

一、单选题(共60题,每题0.5分,共30分。以下备选答案中只有一项最符合题目要求,不选、错选均不得分)

1. 在资产支持证券中,受托机构以(　　)为限向投资机构承担支付资产支持证券收益的义务。
   A. 信贷资产　　　　B. 受托财产　　　　C. 信托财产　　　　D. 合同约定

2. 证券公司在承销过程中不按规定披露信息,除承担《证券法》规定的法律责任外,自中国证监会确认之日起(　　)个月内不得参与证券承销。
   A. 12　　　　　　　B. 20　　　　　　　C. 36　　　　　　　D. 40

3. 凭证式国债承销团成员总数不能超过(　　)家。
   A. 40　　　　　　　B. 50　　　　　　　C. 60　　　　　　　D. 70

4. 证券公司申请保荐机构资格的,应当具有良好的保荐业务团队,其从业人员不少于(　　)人。
   A. 34　　　　　　　B. 35　　　　　　　C. 36　　　　　　　D. 38

5. 如果证券公司在最近3年内因重大违法违规行为受到过(　　),则丧失申请保荐机构资格。
   A. 行政处罚　　　　B. 刑事处罚　　　　C. 民事处罚　　　　D. 经济处罚

6. 对保荐机构资格的申请,中国证监会自受理之日起(　　)个工作日内作出核准或者不予核准的书面决定。
   A. 15　　　　　　　B. 45　　　　　　　C. 60　　　　　　　D. 100

7. 采用发起设立方式设立股份有限公司时,发起人必须认购公司发行的(　　)股份。
   A. 20% ~30%　　　B. 30% ~50%　　　C. 控股　　　　　　D. 全部

8. 上市公司的年度预算方案和决算方案可由股东大会以(　　)通过。
   A. 临时决议　　　　B. 普通决议　　　　C. 特别决议　　　　D. 一般决议

9. 股份有限公司的董事会秘书由(　　)提名。
   A. 董事会　　　　　B. 总经理　　　　　C. 股东大会　　　　D. 董事长

10. 公司改组为上市公司时,如果原公司已经缴纳出让金,取得了土地使用权,国家可以将土地作价,以(　　)的方式投入上市公司。
    A. 国有法人股　　　B. 出租　　　　　　C. 国家股　　　　　D. 社会公众股

11. 如果无形资产是自创的或者自身拥有的,则评估其重估价值时的根据是(　　)。
    A. 其形成时发生的机会成本
    B. 购入成本以及该项资产具备的获利能力
    C. 该项资产具有的获利能力
    D. 其形成时发生的实际成本及该项资产具备的获利能力

12. 执行分析程序,确定重要性水平,分析审计风险,属于审计的(　　)。
    A. 回顾阶段　　　　　　　　　　　　B. 计划阶段
    C. 实施阶段　　　　　　　　　　　　D. 完成阶段

13. A公司现有长期资本总额10000万元，其中长期借款2000万元，长期债券3500万元，优先股1000万元，普通股3000万元，留存收益500万元，各种长期资本成本率分别为4%、6%、10%、14%和13%，则该公司的加权平均资本成本为(   )。

    A. 9.85%   B. 9.35%   C. 8.75%   D. 8.64%

14. 关于MM的无公司税模型命题一，下列说法错误的是(   )。

    A. 企业价值V独立于其负债比率

    B. 有负债企业的综合资本成本率K_A与资本结构无关，它等于同风险等级的没有负债企业的权益资本成本率

    C. 有负债企业的综合资本成本率K_A与资本结构无关，它高于同风险等级的没有负债企业的权益资本成本率

    D. K_A和K_{S_U}的高低视公司的经营风险而定

15. 当公司不打算为筹资花费太多成本，但愿意为使用资本支付一定固定代价时，较为合适的融资方式是(   )。

    A. 发行债券   B. 发行普通股

    C. 未分配利润融资   D. 发行优先股

16. 保荐机构应该建立并保存保荐工作底稿，保存时间不得少于(   )。

    A. 6个月   B. 1年   C. 2年   D. 10年

17. 审计报告日期是指(   )。

    A. 注册会计师完成外勤审计工作的日期

    B. 注册会计师完成审计报告的日期

    C. 注册会计师开始外勤审计工作的日期

    D. 注册会计师开始审计撰写报告的日期

18. 自中国证监会核准发行之日起，发行人应在(   )个月内发行股票。

    A. 3   B. 6   C. 12   D. 24

19. 专项复核报告最迟应在发行人申报财务资料有效期截止前(   )个月送至中国证监会。

    A. 1   B. 2   C. 3   D. 6

20. 某股份有限公司发行股票5000万股，缴款结束日为6月30日，当年累计净利润7200万元，公司发行新股前的总股本数为13000万股，用完全摊薄法计算的每股收益为(   )元。

    A. 0.38   B. 0.40   C. 0.48   D. 0.55

21. 在首次公开发行股票过程中，发行人和主承销商应周密计划发行方案和发行方式，灵活组织、严格管理、认真实施，保证社会秩序的稳定，这体现了(   )。

    A. 高效原则   B. 经济原则   C. 公开原则   D. 公正原则

22. 发行人及其主承销商中止发行后重新启动发行工作的，应当及时向(   )报告。

    A. 保荐人   B. 证券交易所   C. 中国证监会   D. 承销商

23. 发行人及其主承销商应当向参与网下配售的询价对象配售股票，并应当与网上发行同时进行。公开发行股票数量少于4亿股的，配售数量不超过本次发行总量的(   )。

    A. 10%   B. 15%   C. 20%   D. 30%

24. 发行人支付给中介机构的费用不包括(   )等。

    A. 申报会计师费用、律师费用

B. 评估费用

C. 承销费用、保荐费用以及上网发行费用

D. 财务顾问费

25. 自 2008 年 7 月 1 日起，对所有新受理首次公开发行申请，中国证监会发行监管部将在发行人和保荐机构按照反馈意见修改申请文件后的 5 个工作日内在网上公开（　　　）。

A. 发行公告　　　　　　　　　　　　　B. 上市公告书

C. 招股说明书(申报稿)　　　　　　　　D. 董事会声明

26. 招股说明书中应披露发行人股本变化情况，下列各项不属于发行人应披露的股本情况是（　　　）。

A. 本次发行前的总股本

B. 本次发行的股份

C. 本次发行的股份占发行后总股本的比例

D. 前 5 名股东

27. 在招股说明书中，若发行人董事长、经理、财务负责人、技术负责人在近（　　　）年内曾发生变动的，应披露变动的经过及原因。

A. 1　　　　　　　B. 2　　　　　　　C. 3　　　　　　　D. 4

28. 发行人应披露交易金额在（　　　）万元以上，或虽未达到该标准但对生产经营活动、未来发展或财务状况具有重要影响的合同内容。

A. 100　　　　　　B. 200　　　　　　C. 300　　　　　　D. 500

29. 发行人应在披露上市公告书后（　　　）日内，将上市公告书文本一式五份分别报送发行人注册地的中国证监会派出机构、上市的证券交易所。

A. 5　　　　　　　B. 7　　　　　　　C. 8　　　　　　　D. 10

30. 上市公司公开发行新股的基本条件之一是公司在最近（　　　）年内财务会计文件无虚假记载。

A. 1　　　　　　　B. 2　　　　　　　C. 3　　　　　　　D. 4

31. 上市公司及其控股股东或实际控制人最近（　　　）内存在未履行向投资者作出的公开承诺的行为，不得公开发行证券。

A. 6 个月　　　　　B. 12 个月　　　　C. 2 年　　　　　　D. 3 年

32. 对上市公司公开发行新股进行核查的内核小组通常由（　　　）名专业人士组成，这些人员要保持稳定性和独立性。

A. 5～10　　　　　B. 5～15　　　　　C. 8～15　　　　　D. 8～20

33. 上市公司发行新股，在网下网上同时定价发行方式下，发行人和主承销商按照发行价格应不低于公告招股意向书前_____个交易日公司股票均价或前_____个交易日的均价的原则确定增发价格。（　　　）

A. 10；1　　　　　B. 10；2　　　　　C. 20；1　　　　　D. 20；2

34. 新股发行议案经董事会表决通过后，上市公司应当在（　　　）日内报告证券交易所。

A. 2　　　　　　　B. 3　　　　　　　C. 5　　　　　　　D. 7

35. 发行可转换公司债券的上市公司，最近 24 个月内曾公开发行证券的，不能存在发行当年营业利润比上年下降（　　　）以上的情形。

A. 20%　　　　　　B. 30%　　　　　　C. 50%　　　　　　D. 70%

36. 转股价格应不低于募集说明公告日前 _____ 个交易日公司股票交易均价和前 _____ 个交易日的均价。( )
    A. 20；2　　　　　B. 20；1　　　　　C. 15；2　　　　　D. 15；1

37. 分离交易的可转换公司债券募集说明书应当约定，上市公司改变公告的募集资金用途的，应赋予债券持有人( )次回售的权利。
    A. 一　　　　　　B. 二　　　　　　C. 三　　　　　　D. 四

38. 公开发行的可转换公司债券，如果存在( )的情况，应当召开债券持有人会议。
    A. 公司持有金额较大的交易性金融资产
    B. 发行人减资、合并、分立、解散或者申请破产
    C. 净资产收益率平均低于6%
    D. 被注册会计师出具保留意见的审计报告

39. 可转换公司债券转换为股票累计达到公司已发行股份总额的( )，发行人应当及时将有关情况予以公告。
    A. 5%　　　　　　B. 10%　　　　　C. 15%　　　　　D. 20%

40. 有权发行可交换公司债券的主体是( )。
    A. 公司股东　　　　　　　　　　B. 上市公司股东大会
    C. 上市公司股东　　　　　　　　D. 股份公司董事会

41. 目前，我国国债承购包销方式主要运用于( )。
    A. 记账式国债　　B. 无记名国债　　C. 凭证式国债　　D. 特种国债

42. 公开发行企业债券，若募集资金用于固定资产投资项目的，累计发行额不得超过该项目总投资的 _____；若募集资金用于补充营运资金的，不超过发债总额的 _____。( )
    A. 60%；30%　　B. 60%；20%　　C. 20%；60%　　D. 20%；20%

43. 债券募集说明书自最后签署之日起( )个月内有效。债券募集说明书不得使用超过有效期的资产评估报告或者资信评级报告。
    A. 1　　　　　　B. 3　　　　　　C. 6　　　　　　D. 10

44. 下列人员中，可在资信评级机构中负责证券评级业务的是( )。
    A. 被金融监管机构采取市场禁入措施，且禁入期未满
    B. 上年曾因违法经营受到行政处罚
    C. 最近3年在税务、工商、金融等行政管理机关，以及自律组织、商业银行等机构无不良诚信记录
    D. 在中国境内或者香港、澳门等地区工作满2年的境外人士

45. ( )负责受理短期融资券的发行注册。
    A. 中国银监会　　B. 交易商协会　　C. 中国人民银行　　D. 商务部

46. 企业发行中期票据除应按交易商协会《银行间债券市场非金融企业债务融资工具信息披露规则》在银行间债券市场披露信息外，还应于中期票据注册之日起( )个工作日内，在银行间债券市场一次性披露中期票据完整的发行计划。
    A. 2　　　　　　B. 3　　　　　　C. 5　　　　　　D. 7

47. ( )是接受受托机构委托，负责保管信托财产账户资金的机构。
    A. 资金保管机构　　B. 受托机构　　C. 特定目的信托　　D. 贷款服务机构

48. 买卖信贷资产支持证券时，下列( )不用缴纳营业税。

    A. 受托机构从其受托管理的信贷资产信托项目中取得的贷款利息收入

    B. 贷款服务机构取得的服务费收入

    C. 受托机构取得的信托报酬

    D. 非金融机构投资者买卖信贷资产支持证券取得的差价收入

49. H 股控股股东必须承诺上市后( )个月内不得出售公司的股份。

    A. 1   B. 3   C. 6   D. 12

50. 根据中国香港联交所发布的《创业板上市规则》，下列情况新申请人的附属公司不能获准更改其财政年度期间的是( )。

    A. 该项更改旨在使附属公司的财政年度与新申请人的财政年度相配合

    B. 业绩已做出适当调整，而有关调整必须在向交易所提供的报表中做出详细解释

    C. 在上市文件及会计师报告中做出充分披露，说明更改的理由，以及有关更改对新申请人的集团业绩及盈利预测的影响

    D. 该项更改旨在使附属公司的财政年度与中国香港的财政年度相配合

51. 在对招股说明书的各项资料进行验证时，应由( )编制出详细的验证指引或验证备忘录，经发行人董事及其他验证人签署确认。

    A. 主承销商   B. 律师   C. 注册会计师   D. 评估机构

52. 外资股发行人招股说明书披露的负债情况是发行前( )周的负债。

    A. 4   B. 4 ~ 8   C. 8 ~ 12   D. 12 ~ 16

53. 下列( )情形，表明投资者拥有上市公司控制权。

    A. 投资者为上市公司持股 50% 以上的控股股东

    B. 投资者可以实际支配上市公司股份表决权超过 20%

    C. 投资者通过实际支配上市公司股份表决权能够决定公司董事会 1/3 以上成员选任

    D. 投资者依其股份表决权对公司股东大会的决议产生影响

54. 持有、控制一个上市公司的股份低于该公司已发行股份的 30% 的收购人，以要约收购方式增持该上市公司股份的，其预定收购的股份比例不得低于( )。

    A. 1%   B. 5%   C. 10%   D. 15%

55. 进行重大资产重组时，上市公司( )应当就重大资产重组是否构成关联交易作出明确判断，并作为决议事项予以披露。

    A. 股东大会   B. 董事会   C. 监事会   D. 职工代表大会

56. 重大资产重组中相关资产以资产评估结果作为定价依据的，资产评估机构原则上应当采取( )评估方法进行评估。

    A. 1 种   B. 2 种   C. 2 种以上   D. 3 种以上

57. 上市公司购买的资产为股权的，其资产总额以( )为准。

    A. 被投资企业的资产总额

    B. 被投资企业的资产总额与该项投资所占股权比例的乘积和成交金额二者中的较高者

    C. 成交金额

    D. 被投资企业的资产总额与该项投资所占股权比例的乘积

58. 证券公司从事上市公司并购重组财务顾问业务，公司控股股东、实际控制人信誉良好且最近( )年无重大违法违规记录。

A. 1　　　　　　B. 2　　　　　　C. 3　　　　　　D. 5

59. 证券投资咨询机构从事上市公司并购重组财务顾问业务，要求其控股股东、实际控制人在公司申请从事上市公司并购重组财务顾问业务资格前_____年未发生变化，信誉良好且最近_____年无重大违法违规记录。（　　）

　　A. 1；2　　　　　B. 1；3　　　　　C. 2；3　　　　　D. 2；5

60. 外国投资者对上市公司进行战略投资的，取得的上市公司 A 股股份（　　）年内不得转让。

　　A. 1　　　　　　B. 2　　　　　　C. 3　　　　　　D. 4

二、多选题（共 60 题 40 分，其中已标明分值的 20 题每题 1 分，其余 40 题每题 0.5 分。以下备选项中有两项或两项以上符合题目要求，多选、少选、错选均不得分）

61. 个人如果取得保荐代表人资格后，应当持续符合的条件包括（　　）。（1分）
　　A. 参加中国证监会认可的保荐代表人胜任能力考试且成绩合格有效
　　B. 最近 3 年未受到中国证监会的行政处罚
　　C. 未负有数额较大到期未清偿的债务
　　D. 诚实守信，品行良好，无不良诚信记录

62. 记账式国债承销团成员的资格审批由财政部会同（　　）实施，并征求中国银监会和中国保监会的意见。
　　A. 中国人民银行　　B. 中国证监会　　　C. 发改委　　　　　D. 国资委

63. 与行政审批制相比，核准制具有的特点包括（　　）。
　　A. 办事效率高
　　B. 审核的成本降低
　　C. 在选择和推荐企业方面，由保荐人培育、选择和推荐企业
　　D. 在发行审核上，发行审核将逐步转向强制性信息披露和合规性审核

64. 《公司法》中对于公司发起人的出资方式的有关要求具体表现为（　　）。
　　A. 发起人可以用货币出资，也可以用实物、知识产权、土地使用权等可以用货币估价并可以依法转让的非货币财产作价出资；但是，法律、行政法规规定不得作为出资的财产除外
　　B. 发起人以货币、实物、知识产权、土地使用权以外的其他财产出资的，其登记办法由国家工商行政管理总局会同国务院有关部门规定
　　C. 土地使用权的评估作价，依照法律、行政法规的规定办理
　　D. 发起人不得以劳务、信用、自然人姓名、商誉、特许经营权或者设定担保的财产等作价出资

65. 股份有限公司的董事会秘书的主要职责有（　　）。（1分）
　　A. 负责公司信息披露事务，保证公司信息披露的及时、准确、合法、真实和完整
　　B. 保证有权得到公司有关记录和文件的人及时得到有关文件和记录
　　C. 拟订公司职工的工资、福利、奖惩，决定公司职工的聘请和解聘
　　D. 准备和递交国家有关部门要求的董事会和股东大会出具的报告和文件

66. 下列各项属于董事职权的有（　　）。
　　A. 提议召开董事会　　　　　　　　B. 出席董事会，并行使表决权
　　C. 报酬请求权　　　　　　　　　　D. 签字权

67. 发行人应当参照《关于在上市公司建立独立董事制度的指导意见》，建立独立董事制度。在申请首次公开发行股票并上市时，董事会成员中应当至少包括1/3独立董事，且独立董事中至少包括一名会计专业人士，该会计专业人士指( )的人士。(1分)
    A. 具有会计证
    B. 具有中级以上职称
    C. 具有高级职称
    D. 具有注册会计师资格

68. 关于公司的公积金及其用途，下列说法正确的有( )。
    A. 股份有限公司以超过股票票面金额的发行价格发行股份所得的溢价款以及国务院财政部门规定列入资本公积金的其他收入，应当列为公司资本公积金
    B. 公司的公积金用于弥补公司的亏损、扩大公司生产经营或者转为增加公司资本
    C. 资本公积金可以用于弥补公司的亏损
    D. 股份有限公司以超过股票票面金额的发行价格发行股份所得的溢价款，不应列为公司资本公积金

69. 当企业以分立或者合并的方式改组，成立了对上市公司控股的公司的时候，对无形资产产权的处置方式有( )。(1分)
    A. 直接作为投资入股，产权归上市公司
    B. 产权归上市公司，但允许控股公司或者其他关联公司有偿或无偿使用该无形资产
    C. 产权归控股公司，但允许上市公司或者其他关联公司有偿或无偿使用该无形资产
    D. 无形资产产权由上市公司的控股公司掌握，上市公司可有偿或无偿使用

70. 国有企业有下列( )行为之一的，应当对其相关资产进行评估。
    A. 企业以非货币资产对外投资
    B. 经各级人民政府或其国有资产监督管理机构批准，对企业整体或者部分资产实施无偿划转
    C. 资产转让、置换
    D. 整体或者部分改建为有限责任公司或者股份有限公司

71. 运用重置成本法评估资产时，需考虑资产的( )。(1分)
    A. 在全新状态下的重置成本
    B. 实体性贬值
    C. 功能性贬值
    D. 经济性贬值

72. 股份制改组的审计计划由( )组成。
    A. 总体审计计划
    B. 全面审计计划
    C. 部分审计计划
    D. 具体审计计划

73. 融资成本是指资本的价格，从理论上讲，资本成本包括( )。
    A. 中介费用
    B. 融资费用
    C. 运作费用
    D. 使用费用

74. 当公司的股东不希望自己的控制权受到威胁，但公司无意定期支付固定资本成本时，不能采用的方法有( )。(1分)
    A. 发行优先股
    B. 发行认股权证
    C. 发行可转换证券
    D. 发行债券

75. 代理成本理论区分了( )之间的利益冲突。
    A. 债权人与经理层
    B. 债权人
    C. 股东与经理层
    D. 债权人与股东

76. 下列活动应当聘请保荐机构履行保荐职责的有( )。
    A. 发行股票
    B. 上市公司发行新股

C. 发行人首次公开发行股票并上市　　　　D. 上市公司发行可转换公司债券

77. 对本次证券发行的推荐意见部分，保荐机构应(　　)。

A. 逐项说明发行人是否已就本次证券发行履行了《公司法》、《证券法》及中国证监会规定的决策程序

B. 逐项说明本次证券发行是否符合《证券法》规定的发行条件

C. 逐项说明本次证券发行是否符合《首次公开发行股票并上市管理办法》规定的发行条件，并载明得出每项结论的查证过程及事实依据

D. 详细说明发行人存在的主要风险，并对发行人的发展前景进行简要评价

78. 评估基准日期应当是评估中确定(　　)时所实际采用的基准日期。(1分)

A. 利率标准　　　　B. 汇率标准　　　　C. 税率和费率标准　　D. 价格标准

79. 发行人主张多人共同拥有控制权的，应当满足(　　)等条件。

A. 每人都必须直接持有公司股份

B. 多人共同拥有公司控制权的情况不影响发行人的规范运作

C. 多人共同拥有公司控制权的情况，在最近1年内且在首发后的可预期期限内是稳定、有效存在的，共同拥有公司控制权的多人没有出现重大变更

D. 发行审核部门根据发行人的具体情况认为发行人应该符合的其他条件

80. 首次公开发行股票的主体资格包括(　　)。

A. 发行人应当是依法设立且合法存续的股份有限公司

B. 发行人自股份有限公司成立后，持续经营时间应当在2年以上

C. 发行人最近3年内主营业务和董事、高级管理人员没有发生重大变化，实际控制人没有发生变更

D. 发行人的股权清晰，控股股东和受控股股东、实际控制人支配的股东持有的发行人股份不存在重大权属纠纷

81. 发审委审核上市公司非公开发行股票申请和中国证监会规定的其他非公开发行证券申请，适用特别程序规定，主要内容有(　　)。(1分)

A. 中国证监会有关职能部门应当在发审委会议召开前，将会议通知、股票发行申请文件及中国证监会有关职能部门的初审报告送达参会发审委委员

B. 每次参加发审委会议的委员为6名，表决投票时同意票数达到3票为通过，同意票数未达到3票为未通过

C. 发审委委员在审核上市公司非公开发行股票申请和中国证监会规定的其他非公开发行证券申请时，可以提议暂缓表决

D. 中国证监会不公布发审委会议审核的发行人名单、会议时间、发行人承诺函、参会发审委委员名单和表决结果

82. 关于在创业板上市公司首次发行股票的核准程序，下列描述正确的有(　　)。

A. 应当按照中国证监会有关规定制作申请文件，由保荐人保荐并向中国证监会申报

B. 中国证监会收到申请文件后，在10个工作日内作出是否受理的决定

C. 发行人应当自中国证监会核准之日起6个月内发行股票

D. 超过6个月未发行的，核准文件失效，须重新经中国证监会核准后方可发行

83. 下列关于相对估值法的说法正确的有(　　)。(1分)

A. 相对估值法是指对股票进行估值时，对可比较的或者代表性的公司进行分析，尤其

注意有着相似业务的公司的新近发行以及相似规模的其他新近的首次公开发行，以获得估值基础

B. 主承销商审查可比较的发行公司的初次定价和其二级市场表现，然后根据发行公司的特质进行价格调整，为新股发行进行估价

C. 在运用可比公司法时，可以采用比率指标进行比较，比率指标包括 P/E（市盈率）、P/B（市净率）等

D. 主要包括公司贴现现金流量法（DCF）、现金分红折现法（DDM）

84. 主承销商对存在（　　）情形的询价对象不得配售股票。

A. 招股说明书中存在虚假信息

B. 询价对象与中国证券业协会登记的不一致

C. 未在规定时间内报价或者足额划拨申购资金

D. 未参与累计投标询价

85. 关于股票的上市保荐，下列说法正确的有（　　）。（1分）

A. 发行人申请其首次公开发行的股票上市，应当由保荐人保荐

B. 保荐人应当为经中国证监会注册登记并列入保荐人名单，同时具有申请上市的证券交易所会员资格的证券经营机构

C. 保荐人应当与发行人签订保荐协议，明确双方在发行人申请上市期间、申请恢复上市期间和持续督导期间的权利和义务

D. 上市保荐书只需要由保荐人的授权代表签字，注明日期并加盖保荐人公章

86. 发行人应当于其股票上市前 5 个交易日内，在指定媒体或网站上披露下列（　　）文件和事项。

A. 法律意见书　　　　B. 上市保荐书　　　　C. 公司章程　　　　D. 上市公告书

87. 信息披露的方式主要包括（　　）。

A. 依规定程序在指定披露报刊公开刊登

B. 口头通知

C. 在指定信息披露网站公布

D. 置备于中国证监会指定的场所

88. 对发行人关联方信息披露的内容主要包括（　　）。

A. 发行人的改制重组情况

B. 控股子公司、参股子公司的简要情况

C. 公司控制权的归属、公司的股权及控制结构

D. 发行人与关联方之间的重大购买情况

89. 关于发行人与竞争方存在的情况，下列不属于同业竞争的有（　　）。（1分）

A. 不同的客户对象　　　　　　　　　B. 不同的市场区域

C. 不同的产品功能　　　　　　　　　D. 相似的业务

90. 若曾存在（　　）或股东数量超过 200 人的情况，发行人应详细披露有关股份的形成原因及演变情况。

A. 法人持股　　　　　　　　　　　　B. 工会持股

C. 职工持股会持股　　　　　　　　　D. 信托持股

91. 发行公告是承销商对公众投资人做出的事实通知，其主要内容包括（　　）。

A. 提示
B. 发行额度、面值与价格
C. 发行方式、对象、时间和范围
D. 认购原则和认购程序

92. 股票上市公告书的内容主要包括(   )。
    A. 重要声明与提示
    B. 股票上市情况
    C. 发行人、股东和实际控制人情况
    D. 股票价格涨幅情况

93. 发行人应披露本次股票上市前首次公开发行股票的情况，具体包括(   )。
    A. 发行数量和价格
    B. 发行方式
    C. 募集资金总额及注册会计师对资金到位的验证情况
    D. 发行费用总额及项目、每股发行费用

94. 关于"上市公司的财务状况良好"，下列说法正确的有(   )。
    A. 会计基础工作规范，严格遵循国家统一会计制度的规定
    B. 会计基础工作规范，有自己完整的会计制度
    C. 最近3年及1期财务报表未被注册会计师出具保留意见、否定意见或无法表示意见的审计报告
    D. 最近3年以现金或股票方式累计分配的利润不少于最近3年实现的年均可分配利润的10%

95. 上市公司发行新股，发行对象属于(   )的，具体发行对象及其认购价格或者定价原则应当由上市公司董事会的非公开发行股票决议确定，并经股东大会批准。(1分)
    A. 上市公司关联方
    B. 上市公司内部职工股股东
    C. 董事会拟引入的境内外战略投资者
    D. 上市公司的控股股东、实际控制人或其控制的关联人

96. 上市公司发行证券，可以(   )确定发行价格。
    A. 通过询价的方式
    B. 通过定价的方式
    C. 与主承销商协商
    D. 根据申购情况由市场

97. 《上市公司证券发行管理办法》第八条规定，发行可转换公司债券的上市公司的财务状况应当良好，符合(   )。
    A. 最近3年及1期财务报表未被注册会计师出具保留意见、否定意见或无法表示意见的审计报告
    B. 资产质量良好，不良资产不足以对公司财务状况造成重大不利影响
    C. 经营成果真实，现金流量正常，营业收入和成本费用的确认严格遵循国家有关企业会计准则的规定，最近3年资产减值准备计提充分合理，不存在操纵经营业绩的情形
    D. 最近3年以现金或股票方式累计分配的利润不少于最近3年实现的年均可分配利润的10%

98. 可转换公司债券申报发行前必须履行的程序有(   )。
    A. 董事会决议
    B. 发行审核委员会审核
    C. 保荐事项
    D. 股东大会决议

99. 关于对在上海证券交易所进行可转换公司债券网上定价发行时间安排，下列描述正确

的有(　　)。(1分)

    A. T－5日，向上海证券交易所报送所有材料，准备刊登债券募集说明书概要和发行公告

    B. T－4日，刊登债券募集说明书概要和发行公告

    C. T＋1日，验资报告送达上海证券交易所，上海证券交易所向营业部发送配号

    D. T＋3日，摇号中签率公告见报

100. 可转换公司债券上市的信息披露中，关于赎回与回售的规定正确的有(　　)。

    A. 上市公司行使赎回权时，应当在每年首次满足赎回条件后的5个交易日内至少发布3次赎回公告

    B. 赎回公告应当载明赎回的程序、价格、付款方法、时间等内容，赎回期结束后，公司应当公告赎回结果及其影响

    C. 在可以行使回售权的年份内，上市公司应当在每年首次满足回售条件后的3个交易日内至少发布5次回售公告

    D. 变更募集资金投资项目的，上市公司应当在股东大会通过决议后20个交易日内赋予可转换公司债券持有人1次回售的权利，有关回售公告至少发布3次

101. 关于可交换公司债券的期限，下列说法错误的有(　　)。

    A. 可交换公司债券期限超过5年的，应当经过相关部门批准

    B. 可交换公司债券期限不得低于1年

    C. 可交换公司债券的具体期限由发行人和债券受托管理人根据市场情况协商确定

    D. 可交换公司债券的期限为1~6年

102. 《企业债券管理条例》规定，发行企业债券的企业必须符合的条件有(　　)。(1分)

    A. 企业规模达到国家规定的要求

    B. 企业财务会计制度符合国家规定

    C. 具有偿债能力

    D. 企业经济效益良好，发行企业债券前连续2年盈利

103. 在银行间债券市场招标发行公司债券的手续有(　　)。

    A. 招标日前5个工作日，发行人向国债登记结算公司提交有关文件

    B. 招标日前1个工作日，发行人披露公司债券发行公告

    C. 招标日，发行人通过债券发行系统招标发行公司债券

    D. 招标结束后，国债登记结算公司进行公司债券券种要素注册，并将承销商的中标额度记入其债券账户

104. 关于中国证监会审核发行公司债券申请的程序，下列说法正确的有(　　)。(1分)

    A. 收到申请文件后，3个工作日内决定是否受理

    B. 中国证监会受理后，对申请文件进行初审

    C. 发行审核委员会按照《中国证券监督管理委员会发行审核委员会办法》规定的特别程序审核申请文件

    D. 中国证监会作出核准或者不予核准的决定

105. 关于企业发行短期融资券，下列说法正确的有(　　)。

    A. 企业在注册有效期内只可一次发行短期融资券

    B. 企业应在注册后2个月内完成首期发行

C. 企业如分期发行，后续发行应提前2个工作日向交易商协会备案

D. 企业在注册有效期内需更换主承销商或变更注册金额的，不需重新注册

106. 下列各项属于证券公司债券条款设计要求的有(　　)。

A. 发行规模　　　　B. 期限　　　　　　C. 债券的担保　　　D. 法律意见

107. 关于资产支持证券发行的操作要求，下列说法正确的有(　　)。

A. 资产支持证券名称应与发起机构、受托机构、贷款服务机构和资金保管机构名称有显著区别

B. 定向发行的资产支持证券只能在认购人之间转让

C. 资产支持证券在全国银行间债券市场发行结束后10个工作日内，受托机构应当向中国人民银行和中国银监会报告资产支持证券发行情况

D. 资产支持证券在全国银行间债券市场发行结束之后3个月内，受托机构可根据《全国银行间债券市场债券交易管理办法》的规定，申请在全国银行间债券市场交易资产支持证券

108. 关于国际开发机构人民币债券发行的审批体制，下列说法正确的有(　　)。(1分)

A. 在中国境内申请发行人民币债券的国际开发机构应向财政部等窗口单位递交债券发行申请，由窗口单位会同中国人民银行、国家发改委、中国证监会等部门审核后，报国务院同意

B. 国家外汇管理局会同财政部，根据国家产业政策、外资外债情况、宏观经济和国际收支状况，对人民币债券的发行规模及所筹资金用途进行审核

C. 中国人民银行对人民币债券发行利率进行管理

D. 国家外汇管理局根据有关外汇管理规定，负责对发债资金非居民人民币专用账户及其结、售汇进行管理

109. 发行人向中国证监会提交发行境内上市外资股的申请材料应包括(　　)。

A. 省级人民政府或国务院有关部门出具的推荐文件

B. 批准设立股份有限公司的文件

C. 发行授权文件

D. 招股说明书

110. 在中国香港创业板市场的上市，只有满足以下(　　)条件，新申请人的附属公司才能获准更改其财政年度期间。

A. 该项更改不会使附属公司利润增加

B. 业绩已作适当调整，而有关调整必须在向交易所提供的报表中作出详细解释

C. 在上市文件及会计师报告中作出充分披露，说明更改的理由，以及有关更改对新申请人的集团业绩及盈利预测的影响

D. 该项更改旨在使附属公司的财政年度与新申请人的财政年度相配合

111. 关于财务顾问的职责，下列说法正确的有(　　)。(1分)

A. 财务顾问应当参照《证券发行上市保荐制度暂行办法》的规定，尽职出具相关财务顾问报告，持续督导上市公司维持独立上市地位

B. 财务顾问应当按照证监会的规定，对上市公司所属企业到境外上市申请文件进行尽职调查、审慎核查，出具财务顾问报告

C. 财务顾问应当在上市公司所属企业到境外上市当年剩余时间及其后两个完整会计

年度，持续督导上市公司维持独立上市地位

D. 财务顾问应当自持续督导工作结束后 15 个工作日内向中国证监会、证券交易所报送"持续上市总结报告书"

112. 外资股国际推介的主要内容包括(　　)。

A. 承销商及相关专业机构的宣讲推介

B. 散发或送达配售信息备忘录和招股文件

C. 向机构投资者发送预订邀请文件，并询查定价区间

D. 传播有关的声像及文字资料

113. 财务顾问为目标公司提供的服务有(　　)。

A. 制定有效的收购防御策略

B. 监视目标企业的股票价格

C. 帮助目标企业准备利润预测

D. 预警服务，对一个可能性收购目标提供早期的警告

114. 在下列(　　)情况下，收购人以要约方式收购一个上市公司股份的，其预定收购的股份比例均不得低于该上市公司已发行股份的 5%。(1 分)

A. 投资者自愿选择以要约方式收购上市公司股份

B. 收购人通过证券交易所的证券交易，持有一个上市公司的股份达到该公司已发行股份的 30% 时，继续增持股份

C. 收购人通过协议方式在一个上市公司中拥有权益的股份达到该公司已发行股份的 15%，但未超过 40%

D. 收购人虽不是上市公司的股东，通过投资关系、协议或者其他安排导致其拥有权益的股份达到或超过该公司已发行股份的 15%，但未超过 40%

115. 上市公司重大资产重组存在下列(　　)情形之一的，应当提交并购重组委员会审核。(1 分)

A. 上市公司出售资产的总额和购买资产的总额占其最近 1 个会计年度经审计的合并财务会计报告期末资产总额的比例均达到 70% 以上

B. 上市公司出售全部经营性资产的同时购买其他资产

C. 上市公司出售部分经营性资产

D. 上市公司购买其他资产

116. 并购重组委员会委员审核并购重组申请文件时，有下列(　　)情形之一的，应当及时提出回避。

A. 委员本人或者其亲属担任并购重组当事人或者其聘请的专业机构的董事(含独立董事)、监事、经理或者其他高级管理人员的

B. 委员本人或者其所在工作单位近两年内为并购重组当事人提供保荐、承销、财务顾问、审计、评估、法律、咨询等服务，可能妨碍其公正履行职责的

C. 委员本人或者其亲属、委员所在工作单位持有并购重组申请公司的股票，可能影响其公正履行职责的

D. 并购重组委员会会议召开前，委员曾与并购重组当事人及其他相关单位或个人进行过接触，可能影响其公正履行职责的

117. 个人申请注册登记为财务顾问主办人的，应满足(　　)。(1 分)

A. 具备中国证监会规定的投资银行业务经历

B. 最近 24 个月无违反诚信的不良记录

C. 未负有数额较大到期未清偿的债务

D. 最近 24 个月未因执业行为违法违规受到处罚

118. 向外商转让上市公司国有股和法人股，应当遵循的原则有(　　)。

A. 防止国有资产流失　　　　　　　B. 符合国家产业政策要求

C. 坚持效率原则　　　　　　　　　D. 坚持"三公"原则

119. 外国投资者并购境内企业应符合的基本要求包括(　　)。

A. 遵守中国的法律、行政法规和规章

B. 遵循公平合理、等价有偿、诚实信用的原则

C. 不得导致国有资产流失

D. 应符合中国法律、行政法规和规章对投资者资格的要求

120. 外国投资者并购境内企业涉及的政府职能部门包括(　　)。

A. 审批机关　　　B. 登记机关　　　C. 外汇管理机关　　　D. 司法机关

三、判断题(共 60 题，每小题 0.5 分，共 30 分。正确的用 A 表示，错误的用 B 表示，不选、错选、放弃均不得分)

121. 熊猫债券是指国际开发机构依法在中国境内发行的、约定在一定期限内还本付息的、以外币计价的债券。(　　)

122. 未经中国证监会核准，任何机构和个人不得从事保荐业务。(　　)

123. 发行人应与上市推荐人签订上市推荐协议，规定双方在上市申请期间及上市后 1 年内的权利和义务。(　　)

124. 保荐机构和保荐代表人在向中国证监会推荐企业发行上市前，不得在推荐文件中对发行人的信息披露质量、发行人的独立性和持续经营能力等做出必要的承诺。(　　)

125. 《公司法》规定股份有限公司在任何情况下不得收购本公司股票。(　　)

126. 监事会作出决议，应当经 2/3 以上监事通过。监事会应当对所议事项的决定作成会议记录，出席会议的监事应当在会议记录上签名。(　　)

127. 独立董事的提名人在提名前应当征得被提名人的同意。(　　)

128. 某公司的注册资本为人民币 5000 万元，法定盈余公积金累计为 1250 万元，该公司可以不再提取法定盈余公积金。(　　)

129. 改制设立的股份公司，其主要产品或经营业务重组进入股份公司的，其主要产品或经营业务使用的商标权无须进入股份公司。(　　)

130. 企业接受非国有单位以非货币资产出资可不对相关资产进行评估。(　　)

131. 对股票公开发行、上市交易的公司，其财务审计与资产评估工作应当由同一机构承担。(　　)

132. 内部收益率低于边际资本成本的投资项目应接受。(　　)

133. 传统折中理论认为公司的加权平均资本成本将先升后降，存在一个最优的资本结构。(　　)

134. 证券业协会应当建立健全对保荐代表人及其他保荐业务相关人员的持续培训制度。(　　)

135. 保荐机构在配合中国证监会审核的时候，应当组织发行人及证券服务机构对中国证监

会的意见进行答复。（　　）

136. 每个会计年度结束后，保荐机构应当对上市公司年度募集资金存放与使用情况出具专项核查报告，并于上市公司披露年度报告时向中国证监会提交。（　　）

137. 证券发行后，保荐机构有充分理由确信发行人可能存在违法违规行为以及其他不当行为的，情节严重的，应当不予保荐。（　　）

138. 公司向中国证监会申请出具监管意见书，应当证明公司在最近 24 个月内没有受到中国证监会行政处罚。（　　）

139. 资产评估报告是评估机构完成评估工作后出具的专业报告。该报告涉及国有资产的，须经过股东会或董事会确认后生效。（　　）

140. 律师应对发行人是否符合股票发行上市条件，发行人的行为是否违法、违规，招股说明书及其摘要引用的法律意见书和律师工作报告的内容是否适当，明确发表总体结论性意见。（　　）

141. 承销商备案材料无须经主承销商承销业务内核小组进行合规性审核。（　　）

142. 股票的两类估值方法包括市盈率法和贴现现金流量法。（　　）

143. 询价对象应当遵循独立、客观、诚信的原则合理报价，不得协商报价或者故意压低或抬高价格。与发行人或其主承销商具有实际控制关系的询价对象，可以参与本次发行股票的询价、网下配售，不得参与网上发行。（　　）

144. 初步询价期间，申购平台记录本次发行的每一个报价情况，由主承销商在发行价格区间报备文件中向中国证监会报送。（　　）

145. 股票配售对象参与累计投标询价和网下配售应当全额缴付申购资金，单一指定证券账户的累计申购数量应大于本次向询价对象配售的股票总量。（　　）

146. 首次公开发行股票的累计投标询价阶段，主承销商可通过申购平台实时查询申报情况，并于 T 日（累计投标询价截止日）15 时后，查询并下载申报结果。（　　）

147. 采用向二级市场投资者配售部分新股的办法发行股票时，应在 T + 3 天进行摇号抽签。（　　）

148. 超额配售选择权的行使限额，应当不超过本次包销数额的 25%。（　　）

149. 股票发行费不可在股票发行溢价中扣除。（　　）

150. 根据《关于中小企业板上市公司实行公开致歉并试行弹性保荐制度的通知》，中小企业板上市公司试行弹性保荐制度。（　　）

151. 招股说明书中引用的财务报告在其最近 1 期截止日后 6 个月内有效。特别情况下发行人可申请适当延长，但至多不超过 3 个月。（　　）

152. 总资产规模为 1 亿元以上的发行人，可视实际情况决定应披露的交易金额，但应在申报时说明。（　　）

153. 发行人如果向单个供应商的采购比例或对单个客户的销售比例超过总额的 40%，则应披露其名称及采购或销售的比例。（　　）

154. 认定公司控制权的归属，只需审查相应的股权投资关系。（　　）

155. 首次公开发行股票向战略投资者配售股票的，发行人及其主承销商可以不披露战略投资者的名称、认购数量及承诺持有期等情况。（　　）

156. 上市公司向原股东配售股份，拟配售股份数量不得超过本次配售股份前股本总额的30%。（　　）

157. 《上市公司证券发行管理办法》所称"定价基准日"，是指计算发行底价的基准日。定价基准日只能是关于本次非公开发行股票的董事会决议公告日、股东大会决议公告日。（　　）

158. 上市公司现任董事、高级管理人员最近 36 个月内受到中国证监会的行政处罚，或者最近 24 个月内受到过证券交易所公开谴责的，不得非公开发行股票。（　　）

159. 发审委委员在审核上市公司非公开发行股票申请和中国证监会规定的其他非公开发行证券申请时，可以提议暂缓表决。（　　）

160. 具有健全良好的组织机构不是上市公司公开发行新股必须具备的条件之一。（　　）

161. 在询价增发、比例配售操作流程中，若 T 日为增发发行日、老股东配售缴款日，则 T+1 日，询价区间公告见报，股票停牌 1 个小时。（　　）

162. 上市公司发行可转换公司债券，公司最近 3 个会计年度的加权平均净资产利润率平均在 20% 以上。（　　）

163. 分离交易的可转换公司债券的期限最短为 2 年，无最长期限限制；认股权证的存续期间不超过公司债券的期限，自发行结束之日起不少于 6 个月。（　　）

164. 上市公司发行证券前发生重大事项的，应暂缓发行，并及时报告交易所。（　　）

165. 发行人在提出转债上市申请后，应在全国公开发行的报纸上披露有关信息。（　　）

166. 可交换公司债券一旦发售，股东就不得再行赎回。（　　）

167. 企业可以发行资产抵押债券和第三方担保债券，但不可以发行无担保信用债券。（　　）

168. 公司应当为债券持有人聘请债券受托管理人，并订立债券受托管理协议；在债券存续期限内，由债券受托管理人依照协议的约定维护债券持有人的利益。（　　）

169. 中国证监会派出机构应当对证券评级机构内部控制、管理制度、经营运作、风险状况、从业活动、财务状况等进行现场检查。（　　）

170. 企业发行短期融资券，无权自主选择主承销商，应当由证监会指定。（　　）

171. 企业发行中期票据只需披露企业主体信用评级，不需披露中期票据的债项评级。（　　）

172. 发行人发行人民币债券所筹集的资金，可换成外汇转移至境外。（　　）

173. 经批准，我国股份有限公司在发行 B 股时，可以与承销商在代销协议中约定行使超额配售选择权。（　　）

174. 内地企业申请到香港创业板上市，公司上市的最低市值需要达到 3000 万港元。（　　）

175. 境内上市公司所属企业申请境外上市，所属企业到境外上市后，上市公司应当及时向境内投资者披露所属企业向境外投资者披露的任何可能引起股价异常波动的重大事件。上市公司应当在年度报告的重大事项中就所属企业业务发展的情况予以说明。（　　）

176. 外资股发行时，主要针对社会公众进行国际推介。（　　）

177. 上市公司在本次重大资产重组前不符合中国证监会规定的公开发行证券条件，或者本次重组导致上市公司实际控制人发生变化的，上市公司申请公开发行新股或者公司债券，距本次重组交易完成的时间应当不少于两个完整会计年度。（　　）

178. 并购重组委委员有义务向国务院举报任何以不正当手段对其施加影响的并购重组当事

人及其他相关单位或者个人。（　　　）

179. 上市公司并购重组活动涉及公开发行股票，应当按照有关规定聘请具有保荐资格的证券公司从事相关业务。（　　　）

180. 甲欲申请注册登记为财务顾问主办人，但由于他负有500万的未到期债务，因此不能获批准。（　　　）

答案与解析

一、单选题(共60题，每题0.5分，共30分。以下备选答案中只有一项最符合题目要求，不选、错选均不得分)

1. 【答案】C

【解析】资产支持证券是指由银行业金融机构作为发起机构，将信贷资产信托给受托机构，由受托机构发行的、以该财产所产生的现金支付其收益的受益证券。受托机构以信托财产为限向投资机构承担支付资产支持证券收益的义务。

2. 【答案】A

【解析】证券公司有下列行为之一的，除承担我国《证券法》规定的法律责任外，自中国证监会确认之日起12个月内不得参与证券承销：①提前泄漏证券发行信息；②以不正当竞争手段招揽承销业务；③在承销过程中不按规定披露信息；④在承销过程中的实际操作与报送中国证监会的发行方案不一致；⑤违反相关规定撰写或者发布投资价值研究报告。

3. 【答案】A

【解析】凭证式国债承销团成员原则上不超过40家；记账式国债承销团成员原则上不超过60家，其中甲类成员不超过20家。

4. 【答案】B

【解析】《证券发行上市保荐业务管理办法》第九条第四款规定，证券公司应当具有良好的保荐业务团队并且专业结构合理，其从业人员不少于35人，其中最近3年从事保荐相关业务的人员不少于20人。

5. 【答案】A

【解析】证券公司申请保荐机构资格应当具备的条件有：①注册资本不低于人民币1亿元，净资本不低于人民币5000万元；②具有完善的公司治理和内部控制制度，风险控制指标符合相关规定；③保荐业务部门具有健全的业务规程、内部风险评估和控制系统，内部机构设置合理，具备相应的研究能力、销售能力等后台支持；④具有良好的保荐业务团队且专业结构合理，从业人员不少于35人，其中最近3年从事保荐相关业务的人员不少于20人；⑤符合保荐代表人资格条件的从业人员不少于4人；⑥最近3年内未因重大违法违规行为受到行政处罚；⑦中国证监会规定的其他条件。

6. 【答案】B

【解析】中国证监会依法受理、审查申请文件。对保荐机构资格的申请，自受理之日起45个工作日内作出核准或者不予核准的书面决定；对保荐代表人资格的申请，自受理之日起20个工作日内作出核准或者不予核准的书面决定。

7. 【答案】D

【解析】发起设立是指由发起人认购公司发行的全部股份而设立公司。在发起设立股份有限公司的方式中，发起人必须认购公司发行的全部股份，社会公众不参加股份认购。

8.【答案】B

【解析】股东大会作出普通决议，应当由出席股东大会会议的股东（包括股东代理人）所持表决权的过半数通过。下列事项可以普通决议通过：①董事会和监事会的工作报告；②董事会拟订的利润分配方案和弥补亏损方案；③董事会和监事会成员的任免及其报酬和支付方法；④公司年度预算方案、决算方案；⑤公司年度报告；⑥除法律、行政法规规定或者公司章程规定应当以特别决议通过以外的其他事项。

9.【答案】D

【解析】《公司法》第一百二十四条规定，上市公司设董事会秘书，负责公司股东大会和董事会会议的筹备、文件保管以及公司股东资料的管理，办理信息披露事务等事宜。上市公司的董事会秘书是公司高级管理人员，对董事会负责，由董事长提名，经董事会聘任或解聘。公司董事或者其他高级管理人员可以兼任公司董事会秘书。

10.【答案】A

【解析】公司改组为上市公司时，对上市公司占用的国有土地可以以土地使用权作价入股。根据需要，国家可以以一定年限的国有土地使用权作价入股，经评估作价后，界定为国家股，由土地管理部门委托国家股持股单位统一持有。如果原公司已经缴纳出让金，取得了土地使用权，也可以将土地作价，以国有法人股的方式投入上市公司。

11.【答案】D

【解析】外购的无形资产，根据购入成本以及该项资产具备的获利能力；自创的或者自身拥有的无形资产，根据其形成时发生的实际成本及该项资产具备的获利能力；自创的或者自身拥有的未单独计算成本的无形资产，根据该项资产具有的获利能力。

12.【答案】B

【解析】审计计划阶段的主要工作包括：①调查、了解被审计单位的基本情况；②与被审计单位签订审计业务约定书；③执行分析程序；④确定重要性水平；⑤分析审计风险；⑥编制审计计划。

13.【答案】C

【解析】根据加权平均资本成本的计算公式 $K_w = \sum_{j=1}^{n} K_j w_j$ 可得，该公司的加权平均资本成本为：

$$K_w = \frac{2000}{10000} \times 4\% + \frac{3500}{10000} \times 6\% + \frac{1000}{10000} \times 10\% + \frac{3000}{10000} \times 14\% + \frac{500}{10000} \times 13\% = 8.75\%。$$

14.【答案】C

【解析】MM 的无公司税模型命题一表明：①企业价值 V 独立于其负债比率，即企业不能通过改变资本结构达到改变公司价值的目的；②有负债企业的综合资本成本率 K_A 与资本结构无关，它等于同风险等级的没有负债企业的权益资本成本率；③K_A 和 K_{S_U} 的高低视公司的经营风险而定。

15.【答案】A

【解析】债券筹资的成本较低，债券的利息支出成本低于普通股票的股息支出成本，债券的发行费用一般也低于股票；但债券筹资有固定的到期日，须定期支付固定的利息。

16.【答案】D

【解析】保荐机构应当建立健全工作底稿制度，为每一项目建立独立的保荐工作底稿，保荐工作底稿应当真实、准确、完整地反映整个保荐工作的全过程，保存期不少于10年。

17.【答案】A

【解析】审计报告日期是指注册会计师完成外勤审计工作的日期。审计报告日期不应早于被审计单位管理当局确认和签署会计报表的日期。

18.【答案】B

【解析】自中国证监会核准发行之日起，发行人应在6个月内发行股票；超过6个月未发行的，核准文件失效，须重新经中国证监会核准后方可发行。

19.【答案】A

【解析】专项复核报告是由执行专项复核业务的会计师事务所出具的，其最迟应在发行人申报财务资料有效期截止前1个月送至中国证监会。

20.【答案】B

【解析】根据全面摊薄法公式计算如下：

$$每股净利润 = \frac{全年净利润}{发行前的总股本 + 本次公开发行股票数} = \frac{7200}{13000 + 5000} = 0.40（元）。$$

21.【答案】A

22.【答案】C

23.【答案】C

【解析】发行人及其主承销商应当向参与网下配售的询价对象配售股票，并应与网上发行同时进行。公开发行股票数量少于4亿股的，配售数量不超过本次发行总量的20%；公开发行股票数量在4亿股以上的，配售数量不超过向战略投资者配售后剩余发行数量的50%。

24.【答案】D

【解析】为本次发行而进行的财务咨询费用，应由主承销商承担，在发行费用中不应包括"财务顾问费"；同时，发行费用中不应包括"其他费用"项目。

25.【答案】C

26.【答案】D

【解析】发行人应披露的股本情况主要包括：①本次发行前的总股本、本次发行的股份，以及本次发行的股份占发行后总股本的比例；②前10名股东；③前10名自然人股东及其在发行人处担任的职务；④若有国有股份或外资股份的，须根据有关主管部门对股份设置的批复文件披露股东名称、持股数量、持股比例；⑤股东中的战略投资者持股及其简况；⑥本次发行前各股东间的关联关系及关联股东的各自持股比例；⑦本次发行前股东所持股份的流通限制和自愿锁定股份的承诺。

27.【答案】C

【解析】在招股说明书中，发行人应披露董事、监事、高级管理人员是否符合法律法规规定的任职资格；发行人董事、监事、高级管理人员在近3年内曾发生变动的，应披露变动情况和原因。

28.【答案】D

【解析】根据《公开发行证券的公司信息披露内容与格式准则第1号——招股说明书》第

一百六十四条，发行人应披露交易金额在 500 万元以上，或虽未达到 500 万元但对生产经营活动、未来发展或财务状况具有重要影响的合同内容。

29. 【答案】D
【解析】根据《公开发行证券公司的信息披露内容与格式准则第 7 号——股票上市公告书》第十三条，发行人应在披露上市公告书后 10 日内，将上市公告书文本一式五份分别报送发行人注册地的中国证监会派出机构、上市的证券交易所。

30. 【答案】C
【解析】《证券法》第十三条规定，上市公司公开发行新股，必须具备下列基本条件：①具备健全且运行良好的组织机构；②具有持续盈利能力，财务状况良好；③公司在最近 3 年内财务会计文件无虚假记载，无其他重大违法行为；④经国务院批准的国务院证券监督管理机构规定的其他条件。

31. 【答案】B
【解析】上市公司存在下列情形之一的，不得公开发行证券：①本次发行申请文件有虚假记载、误导性陈述或重大遗漏；②擅自改变前次公开发行证券募集资金的用途而未作纠正；③上市公司最近 12 个月内受到过证券交易所的公开谴责；④上市公司及其控股股东或实际控制人最近 12 个月内存在未履行向投资者作出的公开承诺的行为；⑤上市公司或其现任董事、高级管理人员因涉嫌犯罪被司法机关立案侦查或涉嫌违法违规被中国证监会立案调查；⑥严重损害投资者的合法权益和社会公共利益的其他情形。

32. 【答案】C
【解析】对上市公司公开发行新股进行核查的内核小组通常由 8～15 名专业人士组成，这些人员要保持稳定性和独立性；公司主管投资银行业务的负责人及投资银行部门的负责人通常为内核小组的成员。此外，内核小组成员中应有熟悉法律、财务的专业人员。

33. 【答案】C
【解析】上市公司发行新股，网下网上同时定价发行这种方式是发行人和主承销商按照发行价格应不低于公告招股意向书前 20 个交易日公司股票均价或前 1 个交易日的均价的原则确定增发价格，网下对机构投资者与网上对公众投资者同时公开发行。这是目前通常的增发方式。

34. 【答案】A
【解析】中国证监会于 2006 年 5 月 6 日发布《上市公司证券发行管理办法》，其中规定：证券发行议案经董事会表决通过后，应当在两个工作日内报告证券交易所，公告召开股东大会的通知。

35. 【答案】C
【解析】根据《上市公司证券发行管理办法》第七条，发行可转换公司债券的上市公司的盈利能力应具有可持续性，并符合下列规定：最近 24 个月内曾公开发行证券的，不存在发行当年营业利润比上年下降 50% 以上的情形。

36. 【答案】B
【解析】转股价格或行权价格是指可转换公司债券转换为每股股份所支付的价格。可转换公司债券的转股价格应在募集说明书中约定，转股价格应不低于募集说明书公告日前 20 个交易日公司股票交易均价和前 1 个交易日的均价。

37. 【答案】A

【解析】《上市公司证券发行管理办法》第三十五条规定，可转换公司债券募集说明书应当约定，上市公司改变公告的募集资金用途的，应赋予债券持有人一次回售的权利。这一点对于分离交易的可转换公司债券同样适用。

38. 【答案】B

【解析】公开发行可转换公司债券或可分离交易的可转换公司债券，应当约定保护债券持有人权利的办法，以及债券持有人会议的权利、程序和决议生效条件。存在下列事项之一的，应当召开债券持有人会议：①拟变更募集说明书的约定；②发行人不能按期支付本息；③发行人减资、合并、分立、解散或者申请破产；④保证人或者担保物发生重大变化；⑤其他影响债券持有人重大权益的事项。

39. 【答案】B

【解析】可转换公司债券转换为股票的数额累计达到可转换公司债券开始转股前公司已发行股份总额的 10%，是发行可转换公司债券的上市公司应当及时向证券交易所报告并披露的情况之一。

40. 【答案】C

【解析】可交换公司债券是指上市公司的股东依法发行、在一定期限内依据约定的条件可以交换成该股东所持有的上市公司股份的公司债券。

41. 【答案】C

【解析】承购包销方式是由发行人和承销商签订承购包销合同，合同中的有关条款是通过双方协商确定的。对于事先已确定发行条款的国债，我国仍采取承购包销方式，目前主要运用于不可上市流通的凭证式国债的发行。

42. 【答案】B

【解析】公开发行企业债券，用于固定资产投资项目的，应符合固定资产投资项目资本金制度的要求，原则上累计发行额不得超过该项目总投资的 60%；用于收购产权（股权）的，比照该比例执行；用于调整债务结构的，不受该比例限制，但企业应提供银行同意以债还贷的证明；用于补充营运资金的，不超过发债总额的 20%。

43. 【答案】C

【解析】《公司债券发行试点办法》第十九条规定，债券募集说明书自最后签署之日起 6 个月内有效。债券募集说明书不得使用超过有效期的资产评估报告或者资信评级报告。

44. 【答案】C

【解析】资信评级机构负责证券评级业务的高级管理人员应当具备下列条件：①取得证券从业资格；②熟悉资信评级业务有关的专业知识、法律知识，具备履行职责所需要的经营管理能力和组织协调能力，且通过证券评级业务高级管理人员资质测试；③无《公司法》、《证券法》规定的禁止任职情形；④未被金融监管机构采取市场禁入措施，或者禁入期已满；⑤最近 3 年未因违法经营受到行政处罚，不存在因涉嫌违法经营、犯罪正在被调查的情形；⑥正直诚实，品行良好，最近 3 年在税务、工商、金融等行政管理机关以及自律组织、商业银行等机构无不良诚信记录。

45. 【答案】B

【解析】根据《银行间债券市场非金融企业短期融资券业务指引》和《银行间债券市场非

金融企业债务融资工具注册规则》,交易商协会负责受理短期融资券的发行注册。交易商协会设注册委员会,注册委员会通过注册会议行使职责,注册会议决定是否接受发行注册。

46. 【答案】B

47. 【答案】A

48. 【答案】D
【解析】对金融机构(包括银行和非银行金融机构)投资者买卖信贷资产支持证券取得的差价收入,征收营业税;对非金融机构投资者买卖信贷资产支持证券取得的差价收入,不征收营业税。

49. 【答案】C
【解析】H股控股股东必须承诺上市后6个月内不得出售公司的股份,并且在随后的6个月内控股股东可以减持,但必须维持控股股东地位,即30%的持股比例。

50. 【答案】D
【解析】根据《创业板上市规则》第11.20条,只有满足以下条件,新申请人的附属公司通常才能获准更改其财政年度期间:①该项更改旨在使附属公司的财政年度与新申请人的财政年度相配合;②业绩已做适当调整,而有关调整必须在向交易所提供的报表中作出详细解释;③在上市文件及会计师报告中做出充分披露,说明更改的理由,以及有关更改对新申请人的集团业绩及盈利预测的影响。

51. 【答案】B
【解析】在招股说明书草案初步确定的基础上,参与发行准备工作的律师应当开始验证工作,包括:①核查与验证招股说明书的各项资料依据;②要求公司管理人员和各专业中介机构就招股说明书内的各项事实提供说明确认,提交证明文件,或提供其他证据,履行"适当验证"的职责;③由律师编制出详细的验证指引或验证备忘录,经发行人董事及其他验证人签署确认。

52. 【答案】C
【解析】招股说明书负债项下应说明招股章程披露前8～12周内某一日期时公司的负债情况,包括银行贷款、透支、债券、其他借款、待偿的抵押、按揭、已贴现票据、分期付款负担、融资租赁负担、担保与其他或有负债等。

53. 【答案】A
【解析】B项,投资者实际支配上市公司股份表决权超过30%,表明其拥有上市公司控制权;C项,投资者能够决定公司董事会半数以上成员选任,表明其拥有上市公司控制权;D项,投资者依其可实际支配的上市公司股份表决权足以对公司股东大会的决议产生重大影响才能表明拥有上市公司控制权。

54. 【答案】B
【解析】持有、控制一个上市公司的股份低于该公司已发行股份的30%的收购人,以要约收购方式增持该上市公司股份的,其预定收购的股份比例不得低于5%,预定收购完成后所持有、控制的股份比例不得超过30%;拟超过的,应当向该公司的所有股东发出收购其所持有的全部股份的要约;符合豁免条件的可以向中国证监会申请豁免。

55. 【答案】B
【解析】上市公司进行重大资产重组,应当由董事会依法作出决议,并提交股东大会批准。上市公司董事会应当就重大资产重组是否构成关联交易作出明确判断，并作为董事会决议事项予以披露。

56. 【答案】C

【解析】重大资产重组中相关资产以资产评估结果作为定价依据的，资产评估机构原则上应当采取两种以上评估方法进行评估。上市公司董事会应当对评估机构的独立性、评估假设前提的合理性、评估方法与评估目的的相关性以及评估定价的公允性发表明确意见。上市公司独立董事应当对评估机构的独立性、评估假设前提的合理性和评估定价的公允性发表独立意见。

57. 【答案】B

【解析】上市公司及其控股或者控制的公司：①购买的资产为股权的，其资产总额以被投资企业的资产总额与该项投资所占股权比例的乘积和成交金额二者中的较高者为准，营业收入以被投资企业的营业收入与该项投资所占股权比例的乘积为准，资产净额以被投资企业的净资产额与该项投资所占股权比例的乘积和成交金额二者中的较高者为准；②出售的资产为股权的，其资产总额、营业收入以及资产净额分别以被投资企业的资产总额、营业收入以及净资产额与该项投资所占股权比例的乘积为准。

58. 【答案】C

【解析】参见《上市公司并购重组财务顾问业务管理办法》第六条。

59. 【答案】B

【解析】参见《上市公司并购重组财务顾问业务管理办法》第七条。

60. 【答案】C

【解析】外国投资者对上市公司进行战略投资的，应符合以下要求：①以协议转让、上市公司定向发行新股方式以及国家法律法规规定的其他方式取得上市公司 A 股股份；②投资可分期进行，首次投资完成后取得的股份比例不低于该公司已发行股份的 10%，但特殊行业有特别规定或经相关主管部门批准的除外；取得的上市公司 A 股股份 3 年内不得转让；③法律法规对外商投资持股比例有明确规定的行业，投资者持有上述行业股份比例应符合相关规定；属法律法规禁止外商投资的领域，投资者不得对上述领域的上市公司进行投资；④涉及上市公司国有股股东的，应符合国有资产管理的相关规定。

二、多选题（共 60 题 40 分，其中已标明分值的 20 题每题 1 分，其余 40 题每题 0.5 分。以下备选项中有两项或两项以上符合题目要求，多选、少选、错选均不得分）

61. 【答案】BCD

【解析】个人如果取得保荐代表人资格后，应当持续符合的条件包括：①诚实守信，品行良好，无不良诚信记录，最近 3 年未受到中国证监会的行政处罚；②未负有数额较大到期未清偿的债务；③中国证监会规定的其他条件。

62. 【答案】AB

【解析】《国债承销团成员资格审批办法》规定国债承销团按照国债品种组建，包括凭证式国债承销团、记账式国债承销团和其他国债承销团。记账式国债承销团成员分为甲类成员和乙类成员，其资格审批由财政部会同中国人民银行和中国证监会实施，并征求中国银监会和中国保监会的意见。凭证式国债承销团成员的资格审批由财政部会同中国人民银行实施，并征求中国银监会的意见。

63. 【答案】CD

【解析】核准制是指发行人申请发行证券，不仅要公开披露与发行证券有关的信息、符合《公司法》和《证券法》中规定的条件，而且要求发行人将发行申请报请证券监管部门决定的审核制度。与行政审批制相比，核准制特点包括：①在选择和推荐企业方面，由保荐人培育、选择和推荐企业，增强了保荐人的责任；②在企业发行股票的规模上，由企业根据资本运营的需要进行选择，以适应企业按市场规律持续成长的需要；③在发行审核上，发行审核将逐步转向强制性信息披露和合规性审核，发挥发行审核委员会的独立审核功能；④在股票发行定价上，由主承销商向机构投资者进行询价，充分反映投资者的需求，使发行定价真正反映公司股票的内在价值和投资风险。

64. 【答案】ABCD

【解析】《公司法》中关于发起人的出资方式的具体规定为：①发起人可以用货币出资，也可以用实物、知识产权、土地使用权等可以用货币估价并可以依法转让的非货币财产作价出资；但是，法律、行政法规规定不得作为出资的财产除外；②发起人以货币、实物、知识产权、土地使用权以外的其他财产出资的，其登记办法由国家工商行政管理总局会同国务院有关部门规定；③发起人不得以劳务、信用、自然人姓名、商誉、特许经营权或者设定担保的财产等作价出资；④对作为出资的非货币财产应当评估作价，核实财产，不得高估或低估作价；⑤土地使用权的评估作价，依照法律、行政法规的规定办理。全体发起人的货币出资金额不得低于公司注册资本的30%。

65. 【答案】ABD

【解析】《公司法》第一百二十四条规定，上市公司设董事会秘书负责公司股东大会和董事会会议的筹备、文件保管以及公司股东资料的管理，办理信息披露事务等事宜。

66. 【答案】BCD

【解析】董事的职权有：①出席董事会，并行使表决权；②报酬请求权；③签字权，此项权力同时亦是义务，如在以公司名义颁发的有关文件如募股文件、公司设立登记文件等上签名；④公司章程规定的其他职权。提议召开董事会属于独立董事的特别职权。

67. 【答案】CD

【解析】《关于在上市公司建立独立董事制度的指导意见》规定，各境内上市公司应当按照本指导意见的要求修改公司章程，聘任适当人员担任独立董事，其中至少包括一名会计专业人士。其中会计专业人士是指具有高级职称或注册会计师资格的人士。

68. 【答案】AB

【解析】C项，资本公积金不得用于弥补公司的亏损；D项，股份有限公司以超过股票票面金额的发行价格发行股份所得的溢价款，应当列为公司资本公积金。

69. 【答案】AB

【解析】当企业以分立或合并的方式改组，成立了对上市公司控股的公司时，无形资产的产权处置方式有：①直接投资入股，产权归上市公司，控股公司不再使用该无形资产；②产权归上市公司，但允许控股公司或其他关联公司有偿或无偿使用该无形资产；③无形资产产权由上市公司的控股公司掌握，控股公司与上市公司签订关于购买无形资产使用的许可协议，由上市公司有偿使用；④由上市公司出资取得无形资产的产权。

70. 【答案】ACD

【解析】国有企业有下列行为之一的，可以不对相关国有资产进行评估：①经各级人民政府或其国有资产监督管理机构批准，对企业整体或者部分资产实施无偿划转；②国有独资企业与其下属独资企业（事业单位）之间或其下属独资企业（事业单位）之间的合并、资产（产权）置换和无偿划转。B项属于可以不对国有资产进行评估的行为。

71. 【答案】ABCD

【解析】重置成本法的计算公式是：被评估资产价值＝重置全价－实体性陈旧贬值－功能性陈旧贬值－经济性陈旧贬值或被评估资产价值＝重置全价×成新率。其中，重置全价是指被评估资产在全新状态下的重置成本。

72. 【答案】AD

【解析】审计计划由总体审计计划和具体审计计划两部分组成。总体审计计划是对审计的预期范围和实施方式所做的规划；具体审计计划是依据总体审计计划制定的，对实施总体审计计划所需要的审计程序的体制、时间和范围所做的详细规划与说明。

73. 【答案】BD

【解析】从理论上讲，资本成本包括融资费用和使用费用。前者是公司在融资过程中发生的各种费用，如委托金融机构代理发行股票、债券而支付的手续费；后者是公司因使用资金而向资金提供者支付的报酬，如股票融资向股东支付的股息和红利、发行债券和借款支付的利息，使用租入资产支付的租金等等。

74. 【答案】BCD

【解析】优先股股东一般没有投票权，不会使普通股股东的剩余控制权受到威胁。同时，优先股筹集的资本属于权益资本，不同于债券，通常没有到期日，无须定期支付固定资本成本。发行普通股可能分散公司的剩余控制权。如果可转换证券持有人执行期权，将稀释每股收益和剩余控制权。发行债券须定期支付利息，如不能兑现承诺则可能引起公司破产。

75. 【答案】CD

【解析】代理成本理论区分了两种公司利益冲突：股东与经理层之间的利益冲突和债权人与股东之间的利益冲突。股东与经理层之间的利益冲突所导致的代理成本又被称为"外部股东代理成本"；债权人与股东之间的利益冲突以及与债权相伴随的破产成本又被称为"债券的代理成本"。

76. 【答案】BCD

【解析】《证券发行上市保荐业务管理办法》要求发行人就下列事项聘请具有保荐机构资格的证券公司履行保荐职责：①首次公开发行股票并上市；②上市公司发行新股、可转换公司债券及中国证监会认定的其他情形。

77. 【答案】ABCD

【解析】参见《证券发行上市保荐业务管理办法》第三十一条。

78. 【答案】ABCD

79. 【答案】BD

【解析】A项，发行人主张多人共同拥有控制权的，并不要求每人都必须直接持有公司股份，也可以间接支配公司股份的表决权；C项，多人共同拥有公司控制权的情况，应当在最近3年内且在首发后的可预期期限内是稳定、有效存在的，共同拥有公司控制权的多人没有出现重大变更。

80. 【答案】ACD

【解析】B项，发行人自股份有限公司成立后，持续经营时间应当在3年以上，但经国务院批准的除外。

81. 【答案】AD

【解析】B项，每次参加发审委会议的委员为5名，表决投票时同意票数达到3票为通过，同意票数未达到3票为未通过；C项，发审委委员在审核上市公司非公开发行股票申请和中国证监会规定的其他非公开发行证券申请时，不得提议暂缓表决。

82. 【答案】ACD

【解析】B项，中国证监会收到申请文件后，在5个工作日内作出是否受理的决定。

83. 【答案】ABC

【解析】D项，绝对估值法又称为贴现法，主要包括公司贴现现金流量法（DCF）、现金分红折现法（DDM）；相对估值法最常用的比率指标是市盈率和市净率。

84. 【答案】BC

【解析】承销商应当对询价对象和股票配售对象的登记备案情况进行核查。对有下列情形之一的询价对象不得配售股票：①未参与初步询价；②询价对象或者股票配售对象的名称、账户资料与中国证券业协会登记的不一致；③未在规定时间内报价或者足额划拨申购资金；④有证据表明在询价过程中有违法违规或者违反诚信原则的情形。

85. 【答案】ABC

【解析】D项，上市保荐书应当由保荐人的法定代表人（或者授权代表）和相关保荐代表人签字，注明日期并加盖保荐人公章。

86. 【答案】ABCD

【解析】发行人应当于其股票上市前5个交易日内，在指定媒体或网站上披露下列文件和事项：①上市公告书；②公司章程；③上市保荐书；④法律意见书；⑤交易所要求的其他文件。

87. 【答案】ACD

【解析】信息披露的方式主要包括：发行人及其主承销商应当将发行过程中披露的信息刊登在至少一种中国证监会指定的报刊，同时将其刊登在中国证监会指定的互联网网站，并置备于中国证监会指定的场所，供公众查阅。

88. 【答案】BC

【解析】发行人应采用方框图或其他有效形式，全面披露发起人、持有发行人5%以上股份的主要股东、实际控制人，控股股东、实际控制人所控制的其他企业，发行人的职能部门、分公司、控股子公司、参股子公司以及其他有重要影响的关联方。此外，发行人还应披露其控股子公司、参股子公司的简要情况；披露发起人、持有发行人5%以上股份的主要股东及实际控制人的基本情况。实际控制人应披露到最终的国有控股主体或自然人为止。

89. 【答案】ABC

【解析】同业竞争是指上市公司所从事的业务与其控股股东、实际控制人及其所控制的企业所从事的业务相同或近似，双方构成或可能构成直接或间接的竞争关系。

90. 【答案】BCD

【解析】若曾存在工会持股、职工持股会持股、信托持股、委托持股或股东数量超过

200 人的情况，发行人应详细披露有关股份的形成原因及演变情况；进行过清理的，应当说明是否存在潜在问题和风险隐患，以及有关责任的承担主体等。

91.【答案】ABCD

【解析】发行公告是承销商对公众投资人作出的事实通知，发行公告除包含 ABCD 四项外，其主要内容还包括认购股数的规定和承销机构。

92.【答案】ABC

【解析】股票上市公告书是发行人在股票上市前向公众公告发行与上市有关事项的信息披露文件。股票上市公告书的内容除包括 ABC 三项外，还包括股票发行情况、上市保荐人及其意见和其他重要事项。

93.【答案】ABCD

【解析】发行人应披露本次股票上市前首次公开发行股票的情况，主要包括：①发行数量；②发行价格；③发行方式；④募集资金总额及注册会计师对资金到位的验证情况；⑤发行费用总额及项目、每股发行费用；⑥募集资金净额；⑦发行后每股净资产；⑧发行后每股收益。

94.【答案】AC

【解析】D 项，最近 3 年以现金或股票方式累计分配的利润不少于最近 3 年实现的年均可分配利润的 20%。上市公司的财务状况良好还表现为：①资产质量良好，不良资产不足以对公司财务状况造成重大不利影响；②经营成果真实，现金流量正常，营业收入和成本费用的确认严格遵循国家有关企业会计准则的规定，最近 3 年资产减值准备计提充分合理，不存在操纵经营业绩的情形。

95.【答案】CD

【解析】上市公司发行新股，发行对象属于下列情形之一的，具体发行对象及其认购价格或者定价原则应当由上市公司董事会的非公开发行股票决议确定，并经股东大会批准；认购的股份自发行结束之日起 36 个月内不得转让：①上市公司的控股股东、实际控制人或其控制的关联人；②通过认购本次发行的股份取得上市公司实际控制权的投资者；③董事会拟引入的境内外战略投资者。

96.【答案】AC

【解析】根据《证券发行与承销管理办法》第二十二条，上市公司发行证券，可以通过询价的方式确定发行价格，也可以与主承销商协商确定发行价格。上市公司发行证券的定价，应当符合中国证监会关于上市公司证券发行的有关规定。

97.【答案】ABC

【解析】D 项，发行可转换公司债券的上市公司的财务状况应当良好，最近 3 年以现金或股票方式累计分配的利润不少于最近 3 年实现的年均可分配利润的 20%。

98.【答案】ACD

【解析】根据《上市公司证券发行管理办法》第四章的相关规定，可转换公司债券以及分离交易的可转换公司债券在申报发行前须履行以下程序：①董事会决议；②股东大会决议；③保荐事项；④编制申报文件。

99.【答案】ABD

【解析】在上海证券交易所上网定价发行方式下，具体程序如表 1 所示。

表1 可转换公司债券在上海证券交易所的网上定价发行程序

时间	程序内容
T−5 日	所有材料报上海证券交易所，准备刊登债券募集说明书概要和发行公告
T−4 日	刊登债券募集说明书概要和发行公告
T 日	上网定价发行日
T+1 日	冻结申购资金
T+2 日	验资报告送达上海证券交易所；上海证券交易所向营业部发送配号
T+3 日	中签率公告见报，摇号
T+4 日	摇号结果公告见报
T+4 日以后	做好上市前准备工作

100. **【答案】** ABD

【解析】 C 项，可转换公司债券上市的信息披露中，在可以行使回售权的年份内，上市公司应当在每年首次满足回售条件后的 5 个交易日内至少发布 3 次回售公告。

101. **【答案】** AC

【解析】 A 项，可交换公司债券为有期限债券，其期限最短为 1 年，最长为 6 年，不存在期限超过 5 年应当经过相关部门批准的说法；C 项，可交换公司债券的具体期限是法定的，不是由发行人和债券受托管理人根据市场情况协商确定的。

102. **【答案】** ABC

【解析】《企业债券管理条例》第十二条和第十六条规定，企业发行企业债券必须符合下列条件：①企业规模达到国家规定的要求；②企业财务会计制度符合国家规定；③具有偿债能力；④企业经济效益良好，发行企业债券前连续 3 年盈利；⑤企业发行企业债券的总面额不得大于该企业的自有资产净值；⑥所筹资金用途符合国家产业政策。

103. **【答案】** ACD

【解析】 公司债券发行人可通过银行间债券市场债券发行招标系统招标发行公司债券，具体手续为：①招标日前 5 个工作日(T−5 日)，发行人向国债登记结算公司提交有关文件，国债登记结算公司依据此文件，配发公司债券代码和简称，与发行人协商确定公司债券招标时间；②招标日前 3 个工作日(T−3 日)，发行人通过中国债券信息网、中国货币网披露公司债券发行公告；③招标日(T 日)，发行人通过债券发行系统招标发行公司债券。招标结束后，国债登记结算公司进行公司债券券种要素注册，并根据发行人签署确认的《发行认购额与缴款额汇总表》，将承销商的中标额度记入其债券账户。

104. **【答案】** BCD

【解析】《公司债券发行试点办法》第二十条规定，中国证监会依照下列程序审核发行公司债券的申请：①收到申请文件后，5 个工作日内决定是否受理；②中国证监会受理后，对申请文件进行初审；③发行审核委员会按《中国证券监督管理委员会发行审核委员会办法》规定的特别程序审核申请文件；④中国证监会作出核准或者不予核准的决定。

105. **【答案】** BC

【解析】企业在注册有效期内可一次发行或分期发行短期融资券；企业应在注册后2个月内完成首期发行；企业如分期发行，后续发行应提前2个工作日向交易商协会备案；企业在注册有效期内需更换主承销商或变更注册金额的，应重新注册。交易商协会不接受注册的，企业可于6个月后重新提交注册文件。

106. 【答案】ABCD

【解析】证券公司债券条款设计要求包括发行规模、期限、利率及付息规定、债券的评级、债券的担保、债权代理人、法律意见、豁免事项、债券的承销组织、发行失败及其处理。

107. 【答案】ABC

【解析】D项，资产支持证券在全国银行间债券市场发行结束之后2个月内，受托机构可根据《全国银行间债券市场债券交易流通审核规则》的规定，申请在全国银行间债券市场交易资产支持证券。

108. 【答案】ACD

【解析】B项，国家发改委会同财政部，根据国家产业政策、外资外债情况、宏观经济和国际收支状况，对人民币债券的发行规模及所筹资金用途进行审核。

109. 【答案】ABCD

【解析】B股发行申请材料主要包括：①省级人民政府或国务院有关部门出具的推荐文件；②批准设立股份有限公司的文件；③发行授权文件；④公司章程；⑤招股说明书；⑥资金运用的可行性分析；⑦发行方案；⑧公司改制方案及原企业的有关财务资料；⑨定向募集公司申请发行B股还须提交的其他文件；⑩发行申请材料的附件。

110. 【答案】BCD

【解析】根据《创业板上市规则》第11.20条，只有满足以下条件新申请人的附属公司通常才能获准更改其财政年度期间：①该项更改旨在使附属公司的财政年度与新申请人的财政年度相配合；②业绩已作适当调整，而有关调整必须在向交易所提供的报表中作出详细解释；③在上市文件及会计师报告中作出充分披露，说明更改的理由，以及有关更改对新申请人的集团业绩及盈利预测的影响。

111. 【答案】AB

【解析】C项，财务顾问应当在上市公司所属企业到境外上市当年剩余时间及其后一个完整会计年度，持续督导上市公司维持独立上市地位；D项，财务顾问应当自持续督导工作结束后10个工作日内向中国证监会、证券交易所报送"持续上市总结报告书"。

112. 【答案】BCD

【解析】国际推介的内容主要有：①散发或送达配售信息备忘录和招股文件；②发行人及相关专业机构宣讲推介；③传播有关的声像及文字资料；④向机构投资者发送预订邀请文件，逗号并询查定价区间；⑤发布法律允许的其他信息等。

113. 【答案】BCD

【解析】财务顾问为目标公司提供的服务有：①预警服务，对一个可能性收购目标提供早期的警告；②制定有效的反收购策略，阻止敌意收购；③评价目标公司和它的组成业务，以便在谈判中达到一个较高的要价；④利润预测；⑤编制有关的文件和公告，包括新闻公告，说明董事会对收购建议的初步反应和他们对股东的建议。

114. 【答案】AB

【解析】除 AB 两项外，收购人以要约方式收购一个上市公司股份的，其预定收购的股份比例均不得低于该上市公司已发行股份的 5% 的情形还有：①收购人通过协议方式在一个上市公司中拥有权益的股份达到该公司已发行股份的 5%，但未超过 30%；②收购人虽不是上市公司的股东，通过投资关系、协议或者其他安排导致其拥有权益的股份达到或超过该公司已发行股份的 5%，但未超过 30%。

115. 【答案】AB

【解析】上市公司重大资产重组存在下列情形之一的，应当提交并购重组委员会审核：①上市公司出售资产的总额和购买资产的总额占其最近 1 个会计年度经审计的合并财务会计报告期末资产总额的比例均达到 70% 以上；②上市公司出售全部经营性资产，同时购买其他资产；③中国证监会在审核中认为需要提交并购重组委员会审核的其他情形。

116. 【答案】ABCD

【解析】除 ABCD 四项外，并购重组委员会委员审核并购重组申请文件时，应当及时提出回避的情形还有：①委员本人或者其亲属（指并购重组委员会委员的配偶、父母、子女、兄弟姐妹、配偶的父母、子女的配偶、兄弟姐妹的配偶）担任监事、经理或其他高级管理人员的公司或机构与并购重组当事人及其聘请的专业机构有行业竞争关系，经认定可能影响委员公正履行职责的；②中国证监会认定的可能产生利害冲突或者委员认为可能影响其公正履行职责的其他情形。

117. 【答案】ABC

【解析】除 ABC 三项外，个人申请注册登记为财务顾问主办人的，应当具有证券从业资格、取得执业资格证书，且符合的条件还包括：①参加中国证监会认可的财务顾问主办人胜任能力考试且成绩合格；②所任职机构同意推荐其担任本机构的财务顾问主办人；③最近 24 个月未因执业行为违反行业规范而受到行业自律组织的纪律处分；④最近 36 个月未因执业行为违法违规受到处罚；⑤中国证监会规定的其他条件。

118. 【答案】ABD

【解析】向外商转让上市公司国有股和法人股应遵循的原则有：①防止国有资产流失，保持社会稳定；②符合国家产业政策要求，促进国有资本优化配置和公平竞争；③坚持"三公"原则，维护股东，特别是中小股东的合法权益；④维护证券市场秩序。

119. 【答案】ABCD

【解析】除 ABCD 四项外，外国投资者并购境内企业还应符合的基本要求有：①不得造成过度集中、排除或限制竞争；②不得扰乱社会经济秩序和损害社会公共利益；③应符合中国法律、行政法规和规章对涉及的产业、土地、环保等方面的政策要求；④依照《外商投资产业指导目录》不允许外国投资者独资经营的企业并购不得导致外国投资者持有企业全部股权；需由中方控股或相对控股的产业，该产业的企业被并购后，仍应由中方在企业中居控股或相对控股地位；禁止外国投资者经营的产业，外国投资者不得并购从事该产业的企业；⑤被并购境内企业原有所投资企业的经营范围应符合有关外商投资产业政策的要求；不符合要求的，应先进行调整；⑥根据需要增加规定的其他要求。

120. 【答案】ABC

【解析】外国投资者并购境内企业涉及的政府职能部门包括审批机关、登记机关、外汇管理机关、国有资产管理机关、国务院证券监督管理机构和税务登记机关等。

三、判断题(共 60 题,每小题 0.5 分,共 30 分。正确的用 A 表示,错误的用 B 表示,不选、错选、放弃均不得分)

121. 【答案】B

【解析】国际开发机构人民币债券是指国际开发机构依法在中国境内发行的、约定在一定期限内还本付息的、以人民币计价的债券。2005 年 10 月 9 日,国际金融公司和亚洲开发银行这两家国际开发机构在全国银行间债券市场分别发行人民币债券 11.3 亿元和 10 亿元,这是中国债券市场首次引入外资机构发行主体,熊猫债券便由此诞生。

122. 【答案】A

【解析】证券公司从事证券发行上市保荐业务,应依照《证券发行上市保荐业务管理办法》的规定向中国证监会申请保荐机构资格。保荐机构履行保荐职责,应当指定依照《证券发行上市保荐业务管理办法》的规定取得保荐代表人资格的个人具体负责保荐工作。未经中国证监会核准,任何机构和个人不得从事保荐业务。

123. 【答案】A

【解析】发行人应与上市推荐人签订上市推荐协议,规定双方在上市申请期间及上市后 1 年内的权利和义务。上市推荐协议应当符合交易所债券上市规则和上市协议的有关规定。

124. 【答案】B

【解析】《证券发行上市保荐业务管理办法》规定,保荐机构和保荐代表人在向中国证监会推荐企业发行上市前,要在推荐文件中对发行人的信息披露质量、发行人的独立性和持续经营能力等做出必要的承诺。

125. 【答案】B

【解析】《公司法》第一百四十三条规定,公司不得收购本公司股份。但是,下列情况除外:①减少公司注册资本;②与持有本公司股份的其他公司合并;③将股份奖励给本公司职工;④股东因对股东大会作出的公司合并、分立决议持异议,要求公司收购其股份的。

126. 【答案】B

【解析】监事会作出决议,应当经半数以上监事通过。监事会应当对所议事项的决定作成会议记录,出席会议的监事应当在会议记录上签名。监事会决议致使公司、股东和员工的合法权益遭受损害的,参与决议的监事应负相应责任;但表决时曾表示异议并记载于会议记录中的,该监事免除责任。

127. 【答案】A

128. 【答案】B

【解析】公司法定公积金累计额为公司注册资本的 50% 以上的,可不再提取。本题中公司法定盈余公积金仅达到该公司注册资本的 25%,应继续提取法定盈余公积金。

129. 【答案】B

【解析】改制设立的股份公司,其主要产品或经营业务重组进入股份公司的,其主要产品或经营业务使用的商标权须进入股份公司。

130. 【答案】B

【解析】企业有下列行为之一的,可以不对相关国有资产进行评估:①经各级人民政府或其国有资产监督管理机构批准，对企业整体或者部分资产实施无偿划转；②国有独资企业与其下属独资企业（事业单位）之间或其下属独资企业（事业单位）之间的合并、资产（产权）置换和无偿划转。

131. 【答案】B

【解析】首次公开发行股票公司聘请的审计机构与设立时聘请的资产评估机构不能为同一家中介机构。

132. 【答案】B

【解析】内部收益率高于边际资本成本的投资项目应接受；反之则拒绝；两者相等时则是最优的资本预算。

133. 【答案】B

【解析】传统折中理论认为公司的加权平均资本成本将先降后升，存在一个最优的资本结构。

134. 【答案】B

【解析】保荐机构应当建立健全对保荐代表人及其他保荐业务相关人员的持续培训制度。

135. 【答案】A

136. 【答案】B

【解析】每个会计年度结束后，保荐机构应当对上市公司年度募集资金存放与使用情况出具专项核查报告，并于上市公司披露年度报告时向交易所提交。

137. 【答案】B

【解析】根据《证券发行上市保荐业务管理办法》第五十七条，证券发行后，保荐机构有充分理由确信发行人可能存在违法违规行为以及其他不当行为的，应当督促发行人作出说明并限期纠正；情节严重的，应当向中国证监会、证券交易所报告。

138. 【答案】B

【解析】公司向中国证监会申请出具监管意见书，应当证明公司在最近 36 个月内没有受到中国证监会行政处罚。

139. 【答案】B

【解析】资产评估报告是评估机构完成评估工作后出具的专业报告。该报告涉及国有资产的，须经过国有资产管理部门、有关的主管部门核准或备案；该报告不涉及国有资产的，须经过股东会或董事会确认后生效。

140. 【答案】A

141. 【答案】B

【解析】承销商备案材料应经主承销商承销业务内核小组根据《中华人民共和国证券法》、中国证监会规章和承销商备案材料合规性披露要点，统一进行合规性审核。

142. 【答案】B

【解析】股票的两类估值方法包括相对估值法与绝对估值法。前者又称为可比公司法，在运用该方法进行股票估值时，最常用的比率指标是市盈率和市净率；后者又称为贴现法，主要包括公司贴现现金流量法、现金分红折现法。

143. 【答案】B

【解析】与发行人或其主承销商具有实际控制关系的询价对象，不得参与本次发行股票的询价、网下配售，可以参与网上发行。

144. 【答案】A

145. 【答案】B

【解析】单一指定证券账户的累计申购数量不得超过本次向询价对象配售的股票总量。

146. 【答案】A

147. 【答案】B

【解析】采用向二级市场投资者配售部分新股的办法发行股票时，应在 T+1 天进行摇号抽签。

148. 【答案】B

【解析】超额配售选择权是指发行人授予主承销商的一项选择权，获此授权的主承销商按同一发行价格超额发售不超过包销数额15%的股份，即主承销商按不超过包销数额115%的股份向投资者发售。

149. 【答案】B

【解析】股票发行费可在股票发行溢价发行收入中扣除。

150. 【答案】A

151. 【答案】B

【解析】招股说明书中引用的财务报告在其最近1期截止日后6个月内有效。特别情况下发行人可申请适当延长，但至多不超过1个月。财务报告应当以年度末、半年度末或者季度末为截止日。

152. 【答案】B

【解析】总资产规模为10亿元以上的发行人，可视实际情况决定应披露的交易金额，但应在申报时说明。

153. 【答案】B

【解析】发行人应根据重要性原则披露主营业务的具体情况，应列表披露报告期内各期向前5名客户合计的销售额占当期销售总额的百分比，如向单个客户的销售比例超过总额的50%或严重依赖少数客户的，应披露其名称及销售比例；应列表披露报告期内各期向前5名供应商合计的采购额占当期采购总额的百分比，如向单个供应商的采购比例超过总额的50%或严重依赖少数供应商的，应披露其名称及采购比例。

154. 【答案】B

【解析】发行人认定公司控制权的归属，既需要审查相应的股权投资关系，也需要根据个案的实际情况，结合对发行人股东大会、董事会决议的实质影响、对董事和高级管理人员的提名及任免所起的作用等因素进行分析判断。

155. 【答案】B

【解析】首次公开发行股票向战略投资者配售股票的，发行人及其主承销商应当在网下配售结果公告中披露战略投资者的名称、认购数量及承诺持有期等情况。

156. 【答案】A

157. 【答案】B

【解析】《上市公司证券发行管理办法》所称"定价基准日"，是指计算发行底价的基准日。定价基准日可以为关于本次非公开发行股票的董事会决议公告日、股东大会决议公告日，也可以为发行期的首日。

158. **【答案】**B

【解析】上市公司现任董事、高级管理人员最近 36 个月内受到过中国证监会的行政处罚，或者最近 12 个月内受到过证券交易所公开谴责的，不得非公开发行股票。

159. **【答案】**B

【解析】发审委委员在审核上市公司非公开发行股票申请和中国证监会规定的其他非公开发行证券申请时，不得提议暂缓表决。

160. **【答案】**B

【解析】《证券法》第十三条规定，上市公司公开发行新股，必须具备下列条件：①具备健全且运行良好的组织机构；②具有持续盈利能力，财务状况良好；③公司在最近 3 年内财务会计文件无虚假记载，无其他重大违法行为；④经国务院批准的国务院证券监督管理机构规定的其他条件。

161. **【答案】**B

【解析】在询价增发、比例配售操作流程中，若 T 日为增发发行日、老股东配售缴款日，则 T−1 日，询价区间公告见报，股票停牌 1 个小时。

162. **【答案】**B

【解析】《上市公司证券发行管理办法》规定，公开发行可转换公司债券的上市公司，其最近 3 个会计年度加权平均净资产收益率平均不低于 6%；扣除非经常性损益后的净利润与扣除前的净利润相比，以低者作为加权平均净资产收益率的计算依据。

163. **【答案】**B

【解析】分离交易的可转换公司债券的期限最短为 1 年，无最长期限限制；认股权证的存续期间不超过公司债券的期限，自发行结束之日起不少于 6 个月。

164. **【答案】**B

【解析】上市公司发行证券前发生重大事项的，应暂缓发行，并及时报告中国证监会。该事项对本次发行条件构成重大影响的，发行证券的申请应重新经过中国证监会核准。

165. **【答案】**B

【解析】可转换公司债券获准上市后，上市公司应当在可转换公司债券上市前 5 个交易日内，在指定媒体上披露上市公告书。

166. **【答案】**B

【解析】可交换公司债券的募集说明书可以约定赎回条款，规定上市公司股东可以按事先约定的条件和价格赎回尚未换股的可交换公司债券。

167. **【答案】**B

【解析】企业可发行无担保信用债券、资产抵押债券、第三方担保债券。为债券的发行提供保证的，保证人应当具有代为清偿债务的能力，保证应当是连带责任保证。

168. **【答案】**A

169. **【答案】**B

【解析】中国证监会派出机构应当对证券评级机构内部控制、管理制度、经营运作、风险状况、从业活动、财务状况等进行非现场检查或者现场检查。

170. **【答案】**B

【解析】企业可自主选择主承销商。

171. 【答案】B

【解析】企业发行中期票据应披露企业主体信用评级，中期票据若含有可能影响评级结果的特殊条款，企业还应披露中期票据的债项评级。

172. 【答案】B

【解析】发行人发行人民币债券所筹集的资金，应用于中国境内项目，发行人应按中国有关法律规定对发债闲置资金进行使用和管理，不得换成外汇转移至境外。

173. 【答案】B

【解析】根据《股份有限公司境内上市外资股规定的实施细则》等法规，经批准，我国股份有限公司在发行 B 股时，可以与承销商在包销协议中约定超额配售选择权。

174. 【答案】B

【解析】内地企业申请到香港创业板上市，新申请人预期上市时的市值须至少为：①如新申请人具备 24 个月活跃业务记录，则实际上不得少于 4600 万港元；②如新申请人具备 12 个月活跃业务记录，则不得少于 5 亿港元。

175. 【答案】A

176. 【答案】B

【解析】境内上市外资股发行时，主承销商在承销前的较早阶段已经向其网络内的客户进行了推介或路演，而不是在发行时进行推介。国际推介的对象是机构投资者，而并非社会公众。

177. 【答案】B

【解析】《上市公司重大资产重组管理办法》第二十八条第一款规定，上市公司在本次重大资产重组前不符合中国证监会规定的公开发行证券条件，或者本次重组导致上市公司实际控制人发生变化的，上市公司申请公开发行新股或者公司债券，距本次重组交易完成的时间应当不少于一个完整会计年度。

178. 【答案】B

【解析】对并购重组委员进行监管的部门是中国证监会，而不是国务院，并购重组委委员应当向中国证监会举报任何影响并购重组的情况。

179. 【答案】A

180. 【答案】B

【解析】个人申请注册登记为财务顾问主办人的，要求未负有数额较大到期未清偿的债务。题中甲所付债务属于未到期债务，且并未标明其不能偿还，因此不能作为不予批准的事由。

证券发行与承销过关冲刺题(七)

一、单选题(共60题,每题0.5分,共30分。以下备选答案中只有一项最符合题目要求,不选、错选均不得分)

1. 证券公司短期融资券是指证券公司以短期融资为目的,在( )发行的、约定在一定期限内还本付息的金融债券。
   - A. 银行间债券市场　　　　　　　B. 交易所债券市场
   - C. 货币市场　　　　　　　　　　D. 资本市场

2. 证券公司从事证券发行上市保荐业务,应依照《证券发行上市保荐业务管理办法》的规定向( )申请保荐机构资格。
   - A. 中国银监会　　B. 中国证监会　　C. 证券交易所　　D. 证券市场

3. 证券发行采用联合保荐时,参与联合保荐的保荐机构不得超过( )家。
   - A. 2　　　　　　　B. 3　　　　　　　C. 4　　　　　　　D. 5

4. 申请记账式国债承销团乙类成员资格的申请人,若为非存款类金融机构,其注册资本应不低于人民币( )亿元。
   - A. 3　　　　　　　B. 5　　　　　　　C. 8　　　　　　　D. 10

5. 依据《证券公司风险控制指标管理办法》的规定,证券公司净资产与负债的比例不得低于( )。
   - A. 10%　　　　　　B. 20%　　　　　　C. 50%　　　　　　D. 100%

6. 采用募集设立方式的股份有限公司,发起人应于股款缴足后( )日内主持召开公司创立大会。
   - A. 15　　　　　　　B. 30　　　　　　　C. 60　　　　　　　D. 90

7. 公司董事、监事、高级管理人员应当向公司申报所持有的本公司的股份及其变动情况,在任职期间每年转让的股份不得超过其所持有本公司股份总数的( )。
   - A. 25%　　　　　　B. 20%　　　　　　C. 15%　　　　　　D. 10%

8. 上市公司发布股东大会通知,应当在会议召开前( )日通知各股东,这段时期不包括会议召开当日。
   - A. 10　　　　　　　B. 15　　　　　　　C. 20　　　　　　　D. 30

9. 董事任期由公司章程规定,但每届任期不得超过( )年。
   - A. 3　　　　　　　B. 4　　　　　　　C. 5　　　　　　　D. 7

10. 有限责任公司经批准变更为股份有限公司时,折合的实收股本总额不得高于公司的( )。
    - A. 净资产额　　B. 注册资本　　C. 资产总额　　D. 总股本

11. 国有企业改组为股份有限公司时,若进入股份公司的净资产低于( ),则其净资产折成的股份界定为国有法人股。
    - A. 40%　　　　　　B. 50%　　　　　　C. 60%　　　　　　D. 70%

12. 折股比率 = ( )。
    - A. 国有股股本/发行前国有净资产

217

B. 股票发行价格/股票面值

C. 发行前国有净资产/国有股股本

D. 股票面值/股票发行价格

13. 最容易产生企业控制权变动问题的融资方式是(　　)。

　　A. 债务融资　　　　B. 股权融资　　　　C. 内部融资　　　　D. 向银行借款

14. 关于公司融资的边际资本成本,下列说法不正确的是(　　)。

　　A. 通常地,资本成本率在一定范围内不会改变,而在保持某资本成本率的条件下可以筹集到的资金总限度称为保持现有资本结构下的筹资突破点,一旦筹资额超过突破点,即使维持现有的资本结构,其资本成本率也会增加

　　B. 由于筹集新资本都按一定的数额批量进行,故其边际资本成本可以绘成一条有间断点(即筹资突破点)的曲线,若将该曲线和投资机会曲线置于同一图中,则可进行投资决策

　　C. 内部收益率等于边际资本成本的投资项目是最优的资本预算

　　D. 内部收益率低于边际资本成本的投资项目应接受

15. 关于 MM 理论的假设条件,下列叙述错误的是(　　)。

　　A. 现在和将来的投资者对企业未来的 EBIT 估计完全相同,即投资者对企业未来收益和这些收益风险的预期是相等的

　　B. 股票和债券在完全资本市场上进行交易,这意味着:没有交易成本;投资者可同企业一样以同样利率借款

　　C. 所有债务都是无风险的,债务利率为无风险利率

　　D. 投资者预期 EBIT 无固定增长率

16. A 公司负债总额为 1000 万元,所在国家公司税率 T_C 为 30%,个人股票所得税 T_S 为 15%,债券所得税 T_D 为 10%,相同风险等级的无负债公司的价值为 2 亿元,A 公司的价值是(　　)亿元。

　　A. 3.01　　　　　B. 2.10　　　　　C. 2.06　　　　　D. 2.01

17. 保荐机构与发行人签订保荐协议后应当在(　　)内报相关机构备案。

　　A. 5 个工作日　　B. 10 个工作日　　C. 5 日　　　　　D. 10 日

18. 被重组方重组前一个会计年度末的资产总额或前一个会计年度的营业收入或利润总额达到或超过重组前发行人相应项目(　　)的,申报财务报表至少须包含重组完成后的最近 1 期资产负债表。

　　A. 20%　　　　　B. 30%　　　　　C. 50%　　　　　D. 100%

19. 下列各项属于资产评估报告正文的内容的是(　　)。

　　A. 资产评估汇总表

　　B. 评估方法和计价标准

　　C. 评估机构和评估人员资格证明文件的复印件

　　D. 资产评估明细表

20. 发审委委员由中国证监会的专业人员和中国证监会外的有关专家组成,由(　　)聘任。

　　A. 国资委　　　B. 中国人民银行　　C. 国务院有关部门　　D. 中国证监会

21. 证券公司应当在发行完成当年,及其后的一个会计年度发行人年度报告公布后的_____个月内,对发行人进行回访,并在发行人股东大会召开_____个工作

218

日之前，将回访报告在指定报刊和网站公告。（　　　）

    A. 3；5   B. 1；10   C. 1；5   D. 3；10

22. 首次公开发行股票的公司及其保荐机构应通过向询价对象询价的方式确定股票发行价格。询价对象是指符合中国证监会规定条件的机构投资者。下列不属于询价对象的是（　　　）。

    A. 信托投资公司   B. 财务公司

    C. 合格境外机构投资者   D. 上市公司

23. 某上市公司的股价为 10 元，税前利润为 0.5 元，税后利润为 0.4 元，每股股息为 0.2 元，此股票的市盈率是（　　　）倍。

    A. 20   B. 25   C. 50   D. 60

24. 沪市投资者可以使用其所持的上海证券账户在申购日向上证所申购在上证所发行的新股，申购数量最高为当次社会公众股上网发行总量的（　　　）。

    A. 十分之一   B. 百分之一   C. 千分之一   D. 万分之一

25. 在上网发行资金申购流程中，发行人和主承销商应在（　　　）日前提供确定的发行价格。

    A. T+1   B. T+2   C. T+3   D. T+4

26. 证券自招股意向书公告日至开始推介活动的时间间隔不得少于（　　　）天。

    A. 1   B. 3   C. 5   D. 7

27. 董事会秘书空缺期间超过（　　　）个月之后，董事长应当代行董事会秘书职责，直至公司正式聘任董事会秘书。

    A. 1   B. 3   C. 6   D. 12

28. 在董事会秘书不能履行职责时，由证券事务代表行使其权利，并履行其职责。证券事务代表应经过（　　　）培训，并取得资格证书。

    A. 交易所的董事会秘书资格   B. 证监会的董事会秘书资格

    C. 交易所的证券事务代表资格   D. 证监会的证券事务代表资格

29. 发行人应列表披露最近（　　　）年及 1 期的流动比率、速动比率、资产负债率等。

    A. 3   B. 2   C. 1   D. 半

30. 首次公开发行股票并上市的，应当对招股说明书的真实性、准确性、完整性进行核查，并在核查意见上签名、盖章的是（　　　）。

    A. 发行人及其发行代表人   B. 保荐人及其保荐代表人

    C. 实际控制人   D. 发行人的控股股东

31. 发行人应在其股票上市前，将上市公告书全文刊登在至少（　　　）种由中国证监会指定的报刊及中国证监会指定的网站上。

    A. 1   B. 2   C. 3   D. 5

32. 上市公司公开发行新股的一般规定要求公司高级管理人员和核心技术人员稳定，最近（　　　）个月内未发生重大不利变化。

    A. 3   B. 6   C. 12   D. 18

33. 上市公司非公开发行股票的限售期有如下规定：发行对象认购的股份自发行结束之日起＿＿＿＿＿个月内不得转让；控股股东、实际控制人或其控制的关联人认购的股份＿＿＿＿＿个月内不得转让。（　　　）

    A. 6；12   B. 6；36   C. 12；12   D. 12；36

34. 上市公司发行新股的，持续督导的期间自(   )起计算。
    A. 证券上市之日
    B. 招股说明书或招股意向书刊登后
    C. 发审会后
    D. 提交发行申请文件后

35. 以配股的形式发行新股，配股价格是在一定的价格区间内由(   )确定。
    A. 中国证监会   B. 主承销商
    C. 发行人   D. 主承销商和发行人协商

36. 在对一般投资者上网发行和对机构投资者配售相结合的方式中，如果在承销前不确定上网发行量，先配售后上网，那么，发行人及主承销商应通过刊登(   )的方式，公布配售情况，明确上网发行时间及发行数量。
    A. 发行公告   B. 招股说明书   C. 招股说明书摘要   D. 招股意向书

37. 可转换公司债券发行后，累计公司债券余额不得超过最近1期末净资产额的(   )。
    A. 20%   B. 30%   C. 40%   D. 50%

38. 可转换债券按面值发行，每张面值为(   )元。
    A. 100   B. 200   C. 500   D. 1000

39. 通常情况下，可转换公司债券的(   )，赎回的期权价值就越大，越有利于发行人。
    A. 赎回期限越短、转换比率越低、赎回价格越低
    B. 赎回期限越长、转换比率越高、赎回价格越低
    C. 赎回期限越长、转换比率越低、赎回价格越高
    D. 赎回期限越长、转换比率越低、赎回价格越低

40. 王某为某上市公司发行的可交换公司债券的持有人，根据规定，如果王某欲将该债券交换为预备交换的股票，最早只能在发行结束之日起(   )后。
    A. 30 日   B. 3 个月   C. 6 个月   D. 12 个月

41. 关于投标限定，下列说法错误的是(   )。
    A. 利率或利差招标时，标位变动幅度为 0.01%
    B. 乙类成员最低、最高投标限额分别为当期国债招标量的 0.5%、10%
    C. 甲类成员最低投标限额为当期国债招标量的 3%，对不可追加的记账式国债，最高投标限额为当期国债招标量的 30%
    D. 单一标位最低投标限额为 0.2 亿元，最高投标限额为 15 亿元

42. 发行金融债券的承销人应为金融机构，并且注册资本不低于(   )亿元人民币。
    A. 1   B. 2   C. 3   D. 5

43. 发行公司债券，本次发行后累计公司债券余额不超过最近1期末净资产额的(   )。
    A. 15%   B. 20%   C. 35%   D. 40%

44. 在债券交易流通期间，发行人应在每年(   )前向市场投资者披露上一年度的年度报告和信用跟踪评级报告。
    A. 2 月 28 日   B. 4 月 30 日   C. 5 月 30 日   D. 6 月 30 日

45. 证券评级机构与评级对象存在(   )关系的，不得受托开展证券评级业务。
    A. 同一股东持有证券评级机构、受评级机构或者受评级证券发行人的股份达到3%
    B. 受评级机构或者受评级证券发行人及其实际控制人直接或者间接持有证券评级机构

的股份达到6%

  C. 证券评级机构及其实际控制人直接或者间接持有受评级证券发行人或者受评级机构
    的股份达到4%

  D. 证券评级机构及其实际控制人在开展证券评级业务之前7个月时曾买卖受评级证券

46. 企业短期融资券注册会议原则上_____召开一次，由_____名注册委员会委
  员参加。( )
  A. 每周；3   B. 每周；5   C. 每月；3   D. 每月；5

47. 证券公司如属于《公司法》界定的股份有限公司和有限责任公司，则根据《证券法》的规
  定，其累计发行的债券总额不得超过公司净资产额的( )。
  A. 20%   B. 30%   C. 40%   D. 50%

48. 已设立的股份有限公司增资发行境内上市外资股时，公司净资产总值应不低于( )
  亿元人民币。
  A. 1   B. 1.5   C. 2   D. 2.5

49. 我国股份有限公司发行境内上市外资股一般采取( )方式。
  A. 配售   B. 上网定价发行   C. 网上询价发行   D. 网下定价发行

50. H股控股股东自上市后的下半年内可以减持公司的股份，但必须维持控股股东地位，
  即( )的持股比例。
  A. 10%   B. 20%   C. 30%   D. 50%

51. 外资股发行人向专业投资者配售股票的招股说明书的形式是( )。
  A. 招股章程   B. 国际推介书   C. 信息备忘录   D. 配售说明书

52. 关于路演，下列说法正确的是( )。
  A. 路演是在主承销商安排和协助下，主要由发行人面对投资者公开进行的、旨在让投
    资者通过与发行人面对面的接触更好地了解发行人，进而决定是否进行认购的过程

  B. 通常在路演时，发行人和主承销商便可大致判断市场的需求情况

  C. 路演是在主承销商安排和协助下，主要由发行人面对机构投资者公开进行的、旨在
    让投资者通过与发行人面对面的接触更好地了解发行人，进而决定是否进行认购的
    过程

  D. 路演是在证券交易所安排和协助下，主要由发行人面对投资者公开进行的、旨在让
    投资者通过与发行人面对面的接触更好地了解发行人，进而决定是否进行认购的
    过程

53. ( )是处于生产同一产品、不同生产阶段的公司间的收购，其收购双方对彼此的生
  产状况比较熟悉，有利于收购后的相互融合。
  A. 横向收购   B. 纵向收购   C. 混合收购   D. 同源收购

54. 收购要约是指收购人向被收购公司股东公开发出的愿意按照要约条件购买其所持有的
  被收购公司股份的意思表示。收购要约期满前( )日内，收购人不得更改收购要约
  条件；但是出现竞争要约的除外。
  A. 5   B. 10   C. 15   D. 30

55. 收购人向中国证监会报送要约收购报告书后，在发出收购要约前申请取消收购计划的，
  从向中国证监会提出取消收购计划的书面申请之日起( )个月内，不得再次对同一
  上市公司进行收购。

A. 3　　　　　　　B. 6　　　　　　　C. 9　　　　　　　D. 12

56. 上市公司破产重整，涉及公司重大资产重组拟发行股份购买资产的，其发行股份价格由相关各方协商确定后，提交股东大会作出决议，决议须经出席会议的股东所持表决权的_____以上通过，且经出席会议的社会公众股东所持表决权的_____以上通过。(　　)

　　A. 1/3；1/3　　B. 1/3；2/3　　C. 2/3；1/3　　D. 2/3；2/3

57. 上市公司进行重大资产重组，应当由(　　)依法作出决议。

　　A. 股东大会　　B. 董事会　　　C. 证券交易所　　D. 经理层

58. 财务顾问的工作档案和工作底稿应当真实、准确、完整，保存期不少于(　　)年。

　　A. 5　　　　　　B. 10　　　　　　C. 15　　　　　　D. 20

59. 进行战略投资的外国投资者，其境外实有资产总额应不低于_____亿美元或管理的境外实有资产总额应不低于_____亿美元。(　　)

　　A. 1；3　　　　B. 1；5　　　　　C. 2；3　　　　　D. 2；5

60. 权益在境外上市的境内公司应符合的条件不包括(　　)。

　　A. 产权明晰，不存在产权争议或潜在产权争议

　　B. 有完整的业务体系和良好的持续经营能力

　　C. 有健全的公司治理结构和内部管理制度

　　D. 公司及其主要股东近5年无重大违法违规记录

二、多选题(共60题40分，其中已标明分值的20题每题1分，其余40题每题0.5分。以下备选项中有两项或两项以上符合题目要求，多选、少选、错选均不得分)

61. 关于股票网下发行的特点，下列说法正确的有(　　)。

　　A. 发行环节多

　　B. 认购成本高

　　C. 社会工作量大、效率低

　　D. 大部分申购资金都是证券市场存量资金和机构资金

62. 商业银行发行次级定期债务，须向中国银监会提交的申请资料包括(　　)。

　　A. 申请书　　　B. 招募说明书　　C. 协议文本　　D. 验资报告

63. 下列对证券公司申请保荐机构资格的资本要求中，正确的有(　　)。(1分)

　　A. 注册资本不低于人民币1亿元

　　B. 注册资本不低于人民币5000万元

　　C. 净资本不低于人民币1亿元

　　D. 净资本不低于人民币5000万元

64. 证券公司有下列(　　)行为之一的，除承担《证券法》规定的法律责任外，自中国证监会确认之日起12个月内不得参与证券承销。

　　A. 承销未经核准的证券　　　　　　B. 提前泄漏证券发行信息

　　C. 以不正当竞争手段招揽承销业务　　D. 在承销过程中不按规定披露信息

65. 中国境内具备一定资格条件并经批准从事国债承销业务的(　　)等金融机构可以申请成为国债承销团成员。

　　A. 商业银行　　B. 基金公司　　　C. 保险公司　　D. 信托投资公司

66. 我国《公司法》对董事的身份取得作出了一定的限制，有(　　)情形的，不得担任股份

有限公司的董事。(1分)

A. 无民事行为能力或限制民事行为能力者

B. 因犯有贪污、贿赂、侵占财产、挪用财产罪和破坏社会经济秩序罪，被判处刑罚，执行期满未逾5年

C. 担任因经营不善破产清算的公司的董事或厂长、经理，并对该公司的破产负有个人责任的，自该公司破产清算完结之日起已达4年的

D. 担任因违法被吊销营业执照的公司的法定代表人，并负有个人责任的，自该公司被吊销执照之日起未逾3年的

67. 资本不变原则是指除依法定程序外，股份有限公司的(   )不得变动。

A. 资本总额   B. 注册资本   C. 固定资本总额   D. 流动资本总额

68. 当出现下列(   )情形时，应当在该情形出现后2个月内召开临时股东大会。

A. 董事人数不足《公司法》规定的法定最低人数或者少于公司章程所定人数的2/3时

B. 公司未弥补的亏损达到股本总额的1/3时

C. 单独或合并持有公司有表决权股份总数的10%以上的股东书面请求时

D. 董事会认为必要时

69. 某股份有限公司的董事会由11人组成，其中董事长1人，副董事长2人。该董事会某次会议发生的下列行为中，不符合《公司法》规定的有(   )。(1分)

A. 因董事长不能出席会议，董事长指定副董事长王某主持该次会议

B. 通过了增加公司注册资本的决议

C. 通过了解聘公司现任总经理，由副董事长王某兼任总经理的决议

D. 会议所有决议事项载入会议记录后，由主持会议的副董事长王某和记录员签名

70. 上市公司股东大会可审议批准的担保事项有(   )。

A. 本公司及本公司控股子公司的对外担保总额，达到或超过最近1期经审计净资产的30%以后提供的任何担保

B. 公司的对外担保总额，达到或超过最近1期经审计总资产的20%以后提供的任何担保

C. 为资产负债率超过70%的担保对象提供的担保

D. 单笔担保额超过最近1期经审计净资产10%的担保

71. 关联交易主要包括(   )。

A. 购销商品

B. 买卖有形或无形资产

C. 各种采取合同或非合同形式进行的委托经营

D. 合作开发项目

72. 拟发行上市的公司改组应遵循的原则有(   )。

A. 突出公司主营业务，形成核心竞争力和持续发展的能力

B. 按照《上市公司治理准则》的要求独立经营，运作规范

C. 有效避免同业竞争，减少和规范关联交易

D. 先发行上市，后改制运行

73. 关联关系包括关联方与发行人之间的(   )。

A. 股权关系   B. 人事关系   C. 管理关系   D. 商业利益关系

74. 审计风险由( )组成。
    A. 意外风险　　　　B. 固有风险　　　　C. 控制风险　　　　D. 检查风险

75. 下列关于或有损失的说法正确的有( )。(1分)
    A. 或有损失是指由某一特定的经济业务所造成的将来可能会发生，并要由被审计单位承担的潜在损失
    B. 这种由被审计单位承担的潜在损失，到被审计单位资产负债表日为止，仍不能确定
    C. 如果一项潜在损失是可能的，且损失的数额是可以合理地估计出来的，则该项损失应作为应计项目，在会计报表中反映
    D. 如果可能损失的金额无法合理估计，仍应在应计项目中列明

76. 债务融资成本低于股权融资成本的原因有( )。
    A. 债务融资成本财务风险较小
    B. 债务融资具有财务杠杆的作用
    C. 债务融资利息的支付具有冲减税基的作用
    D. 债务融资一般不会产生对企业的控制权问题

77. 关于 MM 的公司税模型命题二，下列说法错误的有( )。(1分)
    A. 在考虑所得税情况下，负债企业的权益资本成本率等于同一风险等级中某一无负债企业的权益资本成本率
    B. 当负债比率增加时，股东面临财务风险所要求增加的风险报酬的程度小于无税条件下风险报酬的增加程度
    C. 在赋税条件下公司允许更大的负债规模
    D. 负债公司的价值等于相同风险等级的无负债公司的价值加上负债的节税利益

78. 发行保荐书必须经过( )等签字。
    A. 发行人法定代表人　　　　　　　　B. 保荐业务负责人
    C. 内核负责人　　　　　　　　　　　D. 保荐机构法定代表人

79. 证券发行上市后，保荐机构仍然需要对上市公司持续督导，下列各项属于保荐机构持续督导的内容的有( )。
    A. 督导发行人履行有关上市公司规范运作、信守承诺和信息披露等义务
    B. 督导发行人有效执行并完善防止控股股东、实际控制人、其他关联方违规占用发行人资源的制度
    C. 督导发行人有效执行并完善防止其董事、监事、高级管理人员利用职务之便损害发行人利益的内控制度
    D. 督导发行人有效执行并完善保障关联交易公允性和合规性的制度

80. 公司首次公开发行股票必须制作招股说明书，保荐机构应当对招股说明书中记载的( )进行验证。
    A. 重要信息　　　　　　　　　　　　B. 数据
    C. 对保荐业务有重大影响的内容　　　D. 对投资决策有重大影响的内容

81. 国务院或者省级人民政府国有资产监督管理机构无偿划转直属国有控股企业的国有股权或者对该等企业进行重组等导致发行人控股股东发生变更的，如果符合以下( )情形，可视为公司控制权没有发生变更。
    A. 有关国有股权无偿划转或者重组等属于国有资产监督管理的整体性调整，经国务院

224

国有资产监督管理机构或者省级人民政府按照相关程序决策通过，且发行人能够提供有关决策或者批复文件的

B. 发行人与原控股股东不存在同业竞争或者大量的关联交易，不存在故意规避《首次公开发行股票并上市管理办法》规定的其他发行条件的情形

C. 按照国有资产监督管理的整体性调整，国务院国有资产监督管理机构直属国有企业与地方国有企业之间无偿划转国有股权或者重组等导致发行人控股股东发生变更的

D. 有关国有股权无偿划转或者重组等对发行人的经营管理层、主营业务和独立性没有重大不利影响的

82. 关于在主板上市公司首次公开发行股票的发行人在财务与会计方面应当符合的条件，下列说法正确的有（　　）。（1分）

A. 最近3个会计年度净利润均为正数，且累计超过人民币3000万元

B. 最近3个会计年度经营活动产生的利润额累计超过人民币5000万元

C. 发行前股本总额不少于人民币3000万元

D. 最近1期末无形资产占净资产的比例不高于20%

83. 资产评估附件具体包括的内容有（　　）。

A. 评估资产的汇总表与明细表

B. 评估机构和评估人员资格证明文件的原件

C. 与评估基准日期有关的会计报表

D. 评估方法说明和计算过程

84. 首次公开发行股票，发行人不得有（　　）等影响持续盈利能力的情形。（1分）

A. 发行人的行业地位或发行人所处行业的经营环境已经或者将发生重大变化，并对发行人的持续盈利能力构成重大不利影响

B. 发行人最近1个会计年度的营业收入或净利润对关联方或者存在重大不确定性的客户存在重大依赖

C. 发行人最近2个会计年度的净利润主要来自合并财务报表范围以外的投资收益

D. 发行人在用的商标、专利、专有技术以及特许经营权等重要资产或技术的取得或者使用存在重大不利变化的风险

85. 关于发审委会议，下列说法不正确的有（　　）。（1分）

A. 参加发审委会议的发审委委员为9名

B. 表决投票时同意票数达到7票为通过

C. 发审委会议首先对该股票发行申请是否需要暂缓表决进行投票，同意票数达到5票的，可以对该股票发行申请暂缓表决

D. 发审委会议表决采取无记名投票方式

86. 2009年4月13日，某股份有限公司刊登招股说明书，以5.68元/股的价格上网定价发行3500万股，承销期为4月17日~5月17日，公司注册股本为7500万股，2009年度盈利预测中的利润总额为2323万元，净利润为1711万元。那么，（　　）。（1分）

A. 加权平均法下的发行市盈率为32.6倍

B. 加权平均法下的发行市盈率为26.9倍

C. 全面摊薄法下的发行市盈率为26.9倍

D. 全面摊薄法下的发行市盈率为36.4倍

87. 保荐机构制作的投资价值研究报告应对影响发行价格的因素进行全面、客观的分析。研究报告应至少包括( )。

   A. 发行人的行业分类、在行业中的地位及其对定价的影响

   B. 发行人与同行业上市公司股票一级市场定价的比较

   C. 发行人盈利能力和财务状况对定价的影响

   D. 发行人募集资金投资项目对股票定价的影响

88. 采用向参与网下配售的询价对象配售的股票发行方式时，主承销商于 T + 2 日 7：00 前将确定的配售结果数据通过 PROP 发送至登记结算平台。配售结果数据主要包括( )。(1 分)

   A. 发行价格　　　　B. 获配股数　　　　C. 配售额　　　　D. 证券账户

89. 关于上网发行资金申购流程，下列说法正确的有( )。

   A. 申购当日(T 日)，投资者在规定的申购时间内通过与上证所联网的证券营业部，根据发行人发行公告规定的价格区间上限和申购数量缴足申购款，进行申购委托

   B. 申购日后的第二天(T + 2 日)，由中国结算上海分公司将申购资金冻结

   C. 申购日后的第三天(T + 3 日)，中国结算上海分公司配合上证所指定的具备资格的会计师事务所对申购资金进行验资

   D. 申购日后的第四天(T + 4 日)，对未中签部分的申购款予以解冻

90. 首次公开发行股票的发行人支付给中介机构的费用包括( )。

   A. 申报会计师费用、律师费用

   B. 评估费用

   C. 承销费用、保荐费用以及上网发行费用

   D. 财务顾问费

91. 发行人应在招股说明书中针对不同的发行方式，披露预计发行上市的重要日期，主要包括( )。

   A. 询价推介时间　　　　　　　　B. 定价公告刊登日期

   C. 资本金验证日期　　　　　　　D. 申购日期和缴款日期

92. 发行人应披露其所处行业的基本情况，包括( )。

   A. 行业主管部门、行业监管体制、行业主要法律法规及政策等

   B. 行业竞争格局和市场化程度

   C. 影响行业发展的有利和不利因素

   D. 发行人所处行业的经营模式、行业的周期性

93. 发行人应根据重要性原则披露主营业务的具体情况，主要包括( )。

   A. 主要经营模式，包括采购模式、生产模式和销售模式

   B. 报告期内主要产品的原材料和能源及其供应情况

   C. 董事、监事、高级管理人员和核心技术人员，主要关联方或持有发行人 5% 以上股份的股东在上述供应商或客户中所占的权益；若无，亦应说明

   D. 主要产品的工艺流程图或服务的流程图

94. 发行人应披露的风险因素应包括( )。

   A. 产品或服务的市场前景、行业经营环境的变化

   B. 主要产品或主要原材料价格波动

C. 内部控制有效性不足导致的风险

D. 技术不成熟面临被淘汰

95. 上市公告书应置备于(　　)，以供公众查阅。

A. 有关证券经营机构住所及其营业网点

B. 发行人住所

C. 拟上市证券交易所住所

D. 主承销商和其他承销机构的住所

96. 上市公司申请发行新股，其盈利能力须符合下列(　　)规定。(1分)

A. 最近3个会计年度连续盈利，扣除非经常性损益后的净利润与扣除前的净利润相比，以低者作为计算依据

B. 业务和盈利来源相对稳定，不存在严重依赖于控股股东、实际控制人的情形

C. 现有主营业务或投资方向能够可持续发展，经营模式和投资计划稳健，主要产品或服务的市场前景良好，行业经营环境和市场需求不存在现实或可预见的重大不利变化

D. 高级管理人员和核心技术人员稳定，最近24个月内未发生重大不利变化

97. 上市公司公开增发新股过程中，向不特定对象公开募集股份应当符合的特别规定有(　　)。

A. 最近3个会计年度加权平均净资产收益率平均不低于6%

B. 除金融类企业外，最近1期末不存在持有金额较大的交易性金融资产和可供出售的金融资产、借予他人款项、委托理财等财务性投资的情形

C. 发行价格应不低于公告招股意向书前20个交易日公司股票均价或前1个交易日的均价

D. 控股股东应当在股东大会召开前公开承诺发行股份的数量

98. 上市公司发行新股信息披露的一般要求有(　　)。

A. 上市公司在公开发行证券前的2～5个工作日内，应当将经中国证监会核准的募集说明书摘要或者募集意向书摘要刊登在至少一种中国证监会指定的报刊，同时将其全文刊登在中国证监会指定的互联网网站，置备于中国证监会指定的场所，供公众查阅

B. 上市公司在非公开发行新股后，应当将发行情况报告书刊登在至少一种中国证监会指定的报刊，同时将其刊登在中国证监会指定的互联网网站，置备于中国证监会指定的场所，供公众查阅

C. 上市公司可以将公开募集证券说明书全文或摘要、发行情况公告书刊登于其他网站和报刊，但不得早于法定披露信息的时间

D. 上市公司应该先于法定披露信息的时间将公开募集证券说明书全文或摘要、发行情况公告书刊登于其他网站和报刊

99. 上市公司公开发行可转换公司债券，应当符合下列(　　)规定。(1分)

A. 最近3个会计年度的加权平均净资产收益率平均不低于6%，扣除非经常性损益后的净利润与扣除前的净利润相比，以低者作为加权平均净资产收益率的计算依据

B. 本次发行后累计公司债券余额不超过最近1期末净资产额的40%

C. 股份有限公司的净资产不低于人民币6000万元

D. 最近 3 个会计年度实现的年均可分配利润不少于公司债券 1 年的利息

100. 关于在上海证券交易所进行可转换公司债券网上定价的发行时间安排，下列描述正确的有( )。(1 分)

A. T−5 日，向上海证券交易所报送所有材料，准备刊登债券募集说明书概要和发行公告

B. T−4 日，刊登债券募集说明书概要和发行公告

C. T+1 日，验资报告送达上海证券交易所，上海证券交易所向营业部发送配号

D. T+3 日，摇号中签率公告见报

101. 关于赎回权和回售权，下列说法正确的有( )。

A. 上市公司行使赎回权，应当在每年首次满足赎回条件后的 5 个交易日内至少发布 3 次赎回公告

B. 在可以行使回售权的年份内，上市公司应当在每年首次满足条件后的 5 个交易日内至少公布 3 次回售公告

C. 变更募集资金投资项目的，上市公司应当在股东大会通过决议后 20 个交易日内赋予可转换公司债券持有人 1 次回售的权利

D. 赎回期结束后，公司应当公告回售结果及其影响

102. 下列不得作为预备用于交换的上市公司股票的有( )。

A. 被查封的股票　　　　　　　　　　B. 被扣押的股票

C. 权利归属不明的股票　　　　　　　D. 被用于抵押的股票

103. 企业集团财务公司发行金融债券应具备的条件主要有( )。(1 分)

A. 具有良好的公司治理结构、完善的投资决策机制、健全有效的内部管理和风险控制制度及相应的管理信息系统

B. 财务公司已发行、尚未兑付的金融债券总额不得超过其净资产总额的 80%，发行金融债券后，资本充足率不低于 10%

C. 申请前 1 年，不良资产率低于行业平均水平，资产损失准备拨备充足

D. 近 3 年无重大违法违规记录

104. 关于企业债券在银行间市场上市流通的信息披露，下列说法正确的有( )。

A. 发行人发生主体变更或经营、财务状况出现重大变化等重大事件时，应在第一时间向市场投资者公告，并向中国人民银行报告

B. 发行人的信息披露应通过中国货币网、中国债券信息网或《金融时报》、《中国证券报》进行，并保证其披露信息的真实、准确、完整，不得有虚假记载、误导性陈述或重大遗漏。

C. 企业在每季度结束后的 15 个工作日内，向中国人民银行提交该季度公司债券托管结算情况的书面报告

D. 国债登记结算公司应在安排公司债券交易流通后的 5 个工作日内，向中国人民银行书面报告公司债券交易流通审核情况

105. 证券评级机构应当在( )事项发生变更之日起 5 个工作日内，报注册地中国证监会派出机构备案。(1 分)

A. 机构名称

B. 注册资本

C. 高级管理人员

D. 实际控制人、持股 3% 以上股权的股东

106. 在短期融资券存续期内，企业发生可能影响其偿债能力的重大事项时，应及时向市场披露。重大事项包括(　　)。

A. 企业经营方针和经营范围发生重大变化

B. 企业生产经营外部条件发生重大变化

C. 企业涉及可能对其资产、负债、权益和经营成果产生重要影响的重大合同

D. 企业占同类资产总额 10% 以上资产的抵押、质押、出售、转让或报废

107. 公开发行债券募集说明书的披露内容主要包括(　　)。

A. 募集说明书的内容

B. 募集说明书的格式

C. 募集说明书及其摘要的保证与责任

D. 募集说明书及其摘要有关信息的披露

108. 信用增级可以采用内部信用增级和/或外部信用增级的方式。内部信用增级包括(　　)。

A. 超额抵押　　　　　　　　　　B. 资产支持证券分层结构

C. 信用证　　　　　　　　　　　D. 担保

109. 关于国际开发机构人民币债券的发行与承销，下列说法正确的有(　　)。(1分)

A. 人民币债券发行结束后，经相关市场监督管理部门批准，可以交易流通

B. 发行人发行人民币债券所筹集的资金应用于中国境内项目，可以换成外汇转移至境外进行再投资

C. 国际开发机构在中国境内发行人民币债券，发生违约或其他纠纷时，适用中国法律

D. 发行人因贷款无法及时收回或其他原因导致其无法按期偿还人民币债券本息时，可从中国境外调入外汇资金，并按有关规定开立外汇专用账户，外汇资金结汇须经国家外汇管理局核准

110. 境内外资股的发行准备过程中可以选聘作为评估机构的有(　　)。

A. 具有从事证券相关业务资格的境内评估机构

B. 具有国际资产估值标准委员会会籍资格的外资股上市地评估机构

C. 国内的土地评估机构

D. 具有英国皇家特许测量师学会会籍资格的外资股上市地估值机构

111. 根据香港联交所最新修订的《上市规则》规定，内地企业在中国香港发行股票并上市的股份有限公司在盈利和市值方面需满足的任意条件包括(　　)。(1分)

A. 最近 1 年的利润不低于 1500 万港元，再之前两年的利润之和不少于 3000 万港元

B. 公司必须在相同的管理层人员的管理下有连续 3 年的营业记录，以往 3 年盈利合计 6000 万港元，并且市值不低于 2 亿港元

C. 公司有连续 3 年的营业记录，于上市时市值不低于 20 亿港元，最近 1 个经审计财政年度收入至少 5 亿港元，并且前 3 个财政年度来自营运业务的现金流入合计至少 1 亿港元

D. 公司于上市时市值不低于 40 亿港元且最近 1 个经审计财政年度收入至少 5 亿港元

112. 境内上市公司所属企业到境外上市，其董事会应当作出决议并提请股东大会批准的事项有（　　）。

A. 境外上市是否符合证监会的规定

B. 境外上市方案

C. 上市公司维持独立上市地位的承诺

D. 董事会提案中有关所属企业境外上市方案

113. 收购公司在实施收购战略之后，整合的内容有（　　）。

A. 经营战略的整合　　　　　　　　　B. 管理制度的整合

C. 资金的整合　　　　　　　　　　　D. 人事安排与调整

114. 投资者及其一致行动人拥有权益的股份达到或者超过一个上市公司已发行股份的20%，但未超过30%的，应当编制详式权益变动报告书，还应当披露（　　）。（1分）

A. 取得相关股份的价格、所需资金额

B. 资金来源

C. 前12个月内投资者及其一致行动人与上市公司之间的重大交易

D. 不存在规定的禁止收购情形

115. 并购重组委员会审核（　　），适用《中国证券监督管理委员会上市公司并购重组审核委员会工作规程》。

A. 根据中国证监会的相关规定构成上市公司重大资产重组的

B. 上市公司股权发生部分转移的

C. 上市公司实施合并、分立的

D. 中国证监会规定的其他并购重组事项

116. 上市公司与交易对方就重大资产重组事宜进行初步磋商时，签订的上市公司重大资产重组交易合同应当载明本次重大资产重组事项一经（　　）批准，交易合同即应生效。

A. 上市公司董事会　　　　　　　　　B. 上市公司股东大会

C. 上市公司监事会　　　　　　　　　D. 中国证监会

117. 证券公司从事上市公司并购重组财务顾问业务的要求有（　　）。（1分）

A. 财务顾问主办人不少于5人

B. 公司财务会计信息真实、准确、完整

C. 公司控股股东、实际控制人信誉良好且最近5年无重大违法违规记录

D. 具有健全且运行良好的内部控制机制和管理制度，严格执行风险控制和内部隔离制度

118. 证券公司、证券投资咨询机构和其他财务顾问机构不得担任财务顾问的情形包括（　　）。

A. 因涉嫌违法违规经营正在被调查

B. 最近24个月内存在违反诚信的不良记录

C. 最近24个月内因执业行为违反行业规范而受到行业自律组织的纪律处分

D. 最近36个月内因违法违规经营受到处罚

119. 外国投资者主要通过上市公司定向发行和投资者通过协议转让这两种方式对上市公司进行战略投资，这两种方式在战略投资的程序上有所不同，主要表现在下列（　　）环节。（1分）

A. 上市公司监事会作出决议

B. 上市公司股东大会批准

C. 投资者与上市公司签署有关的合同或协议

D. 上市公司领取外商投资企业批准证书并进行工商登记

120. 外国投资者以股权作为支付手段并购境内公司的有关规定的程序包括(　　)。

A. 审核

B. 加注的外商投资企业营业执照和外汇登记证的领取

C. 无加注的外商投资企业营业执照、外汇登记证的领取

D. 并购不成功的处理

三、判断题(共60题，每小题0.5分，共30分。正确的用A表示，错误的用B表示，不选、错选、放弃均不得分)

121. 2008年3月，在首发上市中首次尝试采用网下发行电子化方式，标志着我国证券发行中网下发行电子化的启动。(　　)

122. 证券发行监管要以强制性信息披露为中心，增强信息披露的权威性和完整性。(　　)

123. 股份有限公司的设立，须经中国证监会核准。(　　)

124. 公司应当自作出减少注册资本决议之日起10日内通知债权人，并于30日内在报纸上公告。债权人自接到通知书之日起30日内，未接到通知书的自公告之日起30日内，有权要求公司清偿债务或提供相应担保。(　　)

125. 公司股份的全部注销只有在公司解散时才发生。另外，通过股份的回购及与持有本公司股票的公司合并等方式，也可以达到注销股份的目的。(　　)

126. 关联关系是指公司控股股东、实际控制人、董事、监事、高级管理人员与其直接或者间接控制的企业之间的关系，以及可能导致公司利益转移的其他关系。国家控股的企业之间因为同受国家控股而具有关联关系。(　　)

127. 股份公司应当遵循市场公正、公平、公开的原则，不得与关联单位进行交易。(　　)

128. 主要为拟发行上市公司进行的专业化服务，应由关联方纳入(通过出资投入或出售)拟发行上市公司，或转由无关联的第三方经营。(　　)

129. 国有资产监督管理机构收到核准申请后，对符合核准要求的，及时组织有关专家审核，在30个工作日内完成对评估报告的核准；对不符合核准要求的，予以退回。(　　)

130. 国家以租赁方式将土地使用权交给股份有限公司，定期收取租金。以租赁方式取得的土地不得转让、转租和抵押。改组前的企业取得土地使用权的，可以由上市公司与原企业签订土地租赁合同，由上市公司实际占用土地。(　　)

131. 重置成本法的适用条件为：一是存在3个或3个以上具有可比性的参照物，二是价值影响因素明确并可量化。(　　)

132. 莫迪格利安尼和米勒分析了在无公司税时企业的资本结构与企业价值及综合资本成本之间的关系，其基本思想是：资本结构与公司价值和综合资本成本无关。(　　)

133. 根据净经营收入理论，债务融资成本与总融资成本不变，所以，无论企业是否增加债务融资，权益融资的资本成本不变。(　　)

134. 代理成本模型的观点主要是资本结构的决定与经理层有关，与其他人无关。(　　)

135. 当某新设立的公司发行普通股后，股东数增加，但公司的权益资本得以扩张，使其盈

利能力加强，所以，普通股的发行有利于新设立的公司。（　　）

136. 证券发行规模达到一定数量的，可以由2家以上的保荐机构联合保荐。（　　）

137. 对发行人申请文件、证券发行募集文件中无证券服务机构及其签字人员专业意见支持的内容，保荐机构应当确信所作的判断与发行人申请文件、证券发行募集文件的内容不存在任何差异。（　　）

138. 募投项目全部完成后，节余募集资金（包括利息收入）的使用情况应当征得保荐机构的同意。（　　）

139. 发行人最近3年内持有、实际支配公司股份表决权比例最高的人存在重大不确定性的，视为公司控制权发生变化。（　　）

140. 发行人进行重组的，应当按照《证券期货法律适用意见第3号》所规定的重组方式进行。（　　）

141. 在证券的承销业务中，包销佣金为包销总金额的1.5%～3%；代销佣金为实际售出股票总金额的0.5%～1.5%。（　　）

142. 如果专项复核会计师就首次公开发行股票公司的复核事项所出具的复核意见与原申报财务资料存在差异，发行人、保荐人（主承销商）及申报会计师应就该复核差异提出处理意见，审核人员不需要将该复核差异及处理情况向股票发行审核委员会汇报。（　　）

143. 相对估值法体现的是内在价值决定价格，即通过对企业估值，而后计算每股价值，从而估算股票的价值。（　　）

144. 贴现现金流量法按照一定的利率计算公司的整体价值，从而进行股票估值。（　　）

145. 首次公开发行股票，未参与初步询价或者参与初步询价但未有效报价的询价对象，可以参与累计投标询价和网下配售。（　　）

146. 首次公开发行股票采用向参与网下配售的询价对象配售的发行方式时，初步询价后定价发行的，当网下有效申购总量小于网下配售数量时，应当对全部有效申购进行同比例配售。（　　）

147. 发行人计划实施超额配售选择权的，应当提请监事会批准，因行使超额配售选择权而发行的新股为本次发行的一部分。（　　）

148. 主承销商在未动用自有资金的情况下，通过行使超额配售选择权，可以平衡市场对该只股票的供求，起到稳定市价的作用。（　　）

149. 中小企业板块是在深圳证券交易所主板市场中设立的一个运行独立、监察独立、代码独立、指数独立的板块，集中安排符合主板发行上市条件的企业中规模较小的企业上市。（　　）

150. 在招股说明书中，发行人遵循时间性原则来披露风险因素。（　　）

151. 提供盈利预测的发行人还应当补充披露基于盈利预测的发行市盈率。每股收益按发行当年经会计师事务所审核的、扣除经常性损益前后孰低的净利润预测数除以发行后总股本计算。（　　）

152. 总资产规模为1亿元以上的发行人，可视实际情况决定应披露的交易金额，但应在申报时说明。（　　）

153. 发行人可在上市公告书中相互引证，对相关部分进行适当技术处理。（　　）

154. 发行人可以在上市公告书中引用保荐人和证券服务机构的专业意见或报告，相关内容

可以有所侧重，以便深入说明公告事项。（　　　）

155. 网下网上同时定价发行是发行人和主承销商按照发行价格应不低于公告招股意向书前20个交易日公司股票均价或前1个交易日的均价的原则确定增发价格，网下对机构投资者与网上对公众投资者同时公开发行。（　　　）

156. 封卷后至刊登募集说明书期间，如果发行人公布了新的定期报告、重大事项临时公告或调整盈利预测，发行人、保荐人（主承销商）、律师应在10个工作日内，向中国证监会报送会后重大事项说明或专业意见以及修改后的募集说明书。（　　　）

157. 上市公司T日增发新股可流通部分上市交易，当日股票不设涨跌幅限制。（　　　）

158. 股份变动及上市公告书须在交易所对上市申请文件审查同意且所配股票上市时刊登。（　　　）

159. 以保证方式提供担保的，应当为连带责任担保，且保证人最近1期经审计的净资产额应不低于其累计对外担保的金额。（　　　）

160. 公开发行可转换公司债券，应当委托具有资格的资信评级机构进行信用评级和跟踪评级；资信评级机构每年至少应公告2次跟踪评级报告。（　　　）

161. 股票波动率越大，期权的价值越高，可转换公司债券的价值越高。（　　　）

162. 上市公司发行可转换公司债券的配售安排中，主承销商未对机构投资者进行分类的，应当在网下配售和网上发行之间建立回拨机制，回拨后两者的获配比例应当一致。（　　　）

163. 上市公司在可转换公司债券转换期结束的20个交易日前，应当至少发布一次提示公告，提醒投资者有关在可转换公司债券转换期结束前的10个交易日停止交易的事项。（　　　）

164. 可转换公司债券上市获准后，上市公司应当在可转换公司债券上市前5个交易日内，在指定媒体上披露上市公告书。（　　　）

165. 可交换公司债券的期限可以超过10年。（　　　）

166. 如果国债承销价格定价过低，投资者就会倾向于在二级市场上购买已流通的国债，而不是直接购买新发行的国债，从而阻碍国债分销工作顺利进行。（　　　）

167. 存在到期不能支付债务的企业集团，仍然可以发行金融债券。（　　　）

168. 国债登记结算公司应在安排公司债券交易流通后的5个工作日内，向中国人民银行书面报告公司债券交易流通审核情况。（　　　）

169. 债券募集说明书所引用的法律意见书应当由律师事务所出具，并由3名以上经办律师签署。（　　　）

170. 招标日前3个工作日（T-3），发行人向中央结算公司提交各种必备文件，中央结算公司依据这些文件，配发公司债券代码和简称，与发行人协商确定公司债券招标时间。（　　　）

171. 以募集方式设立公司，申请发行境内上市外资股的公司，发行的股本总额超过4亿元人民币的，其拟向社会发行股份的比例应达25%以上。（　　　）

172. 在香港发行H股的公司，控股股东必须承诺上市后6个月内不得出售公司的股份，并且在随后的12个月内控股股东必须维持最少50%的权益。（　　　）

173. 内地企业申请到香港创业板上市，如果公司上市时市值不超过40亿港元，则最低公众持股份额为25%，但最低金额须达到3000万港元。（　　　）

174. 境内上市公司所属企业申请境外上市，要求上市公司最近一个会计年度合并报表中按

权益享有的所属企业的净利润不得超过上市公司合并报表的净利润的30%。（　　）

175. 在招股说明书制作过程中，如果发行人计划招募的股份数额较大，既在中国香港和美国进行公开发售，同时又在其他国家和地区进行全球配售，则在发行准备阶段只需要准备国际配售信息备忘录。（　　）

176. 并购重组委员会委员每届任期1年，不得连任。（　　）

177. 中国证监会对并购重组委实行集体负责制度。（　　）

178. 并购当事人应以资产评估机构对拟转让的股权价值或拟出售资产的评估结果作为确定交易价格的依据。（　　）

179. 收购人公告要约收购报告书摘要后10日内未能发出要约的，财务顾问应当督促收购人立即公告未能如期发出要约的原因及中国证监会提出的反馈意见。（　　）

180. 证券公司、证券投资咨询机构以外的其他财务顾问机构申请从事上市公司并购重组财务顾问业务资格，除向中国证监会提交基本申报材料外，还应当提交最近3年每年财务顾问业务收入不低于100万元的证明文件。（　　）

答案与解析

一、单选题(共60题，每题0.5分，共30分。以下备选答案中只有一项最符合题目要求，不选、错选均不得分)

1. 【答案】A

【解析】根据中国人民银行制定的《证券公司短期融资券管理办法》，证券公司短期融资券是指证券公司以短期融资为目的，在银行间债券市场发行的、约定在一定期限内还本付息的金融债券。

2. 【答案】B

【解析】证券公司从事证券发行上市保荐业务，应依照《证券发行上市保荐业务管理办法》(简称《管理办法》)的规定向中国证监会申请保荐机构资格。保荐机构履行保荐职责，应当指定依照《管理办法》的规定取得保荐代表人资格的个人具体负责保荐工作。

3. 【答案】A

【解析】同次发行的证券，其发行保荐和上市保荐应当由同一保荐机构承担。证券发行规模达到一定数量的，可以采用联合保荐，但参与联合保荐的保荐机构不得超过2家。

4. 【答案】C

【解析】申请记账式国债承销团乙类成员资格的申请人除具备基本条件外，还须具备以下条件：注册资本不低于人民币3亿元或者总资产在人民币100亿元以上的存款类金融机构，或者注册资本不低于人民币8亿元的非存款类金融机构。

5. 【答案】B

【解析】证券公司必须持续符合的风险控制指标标准主要有：①净资本与各项风险准备之和的比例不得低于100%；②净资本与净资产的比例不得低于40%；③净资本与负债的比例不得低于8%；④净资产与负债的比例不得低于20%。

6. 【答案】B

【解析】采用募集设立方式的股份有限公司，发起人应当自股款缴足之日起30日内主持召开公司创立大会。创立大会由发起人、认股人组成。发行的股份超过招股说明书规定的截止期限尚未募足的，或者发行股份的股款缴足后，发起人在30日内未召开创立大会的，认股人可以按照所缴股款并加算银行同期存款利息，要求发起人返还。

7. 【答案】A

【解析】《公司法》第一百四十二条规定，公司董事、监事、高级管理人员应当向公司申报所持有的本公司的股份及其变动情况，在任职期间每年转让的股份不得超过其所持有本公司股份总数的25%；所持本公司股份自公司股票上市交易之日起1年内不得转让。

8. 【答案】C

【解析】召开股东大会会议，公司应当将会议召开的时间、地点和审议的事项于会议召开20日前通知各股东；临时股东大会应当于会议召开15日前通知各股东；发行无记名股票的，应当于会议召开30日前公告会议召开的时间、地点和审议事项。

9. 【答案】A

【解析】董事由股东大会选举或更换，任期由公司章程规定，但每届任期不得超过3年。董事任期从股东大会决议通过之日起计算，至本届董事会任期届满时为止。董事任期届满，连选可以连任。董事在任期届满前，股东大会不得无故解除其职务。

10. 【答案】A

【解析】《公司法》第九十六条规定，有限责任公司变更为股份有限公司时，折合的实收股本总额不得高于公司净资产额。有限责任公司变更为股份有限公司，为增加资本公开发行股份时，应当依法变更。

11. 【答案】B

【解析】有权代表国家投资的机构或部门直接设立的国有企业以其部分资产(连同部分负债)改建为股份公司的，若进入股份公司的净资产低于50%(不含50%)，则其净资产折成的股份界定为国有法人股。

12. 【答案】A

【解析】国有资产折股时，不得低估作价并折股，一般应以评估确认后的净资产折为国有股股本。在一定的市场条件下，也允许公司净资产不完全折股，即国有资产折股的票面价值总额可以略低于经资产评估并确认的净资产总额，但折股方案须与募股方案和预计发行价格一并考虑，折股比率=国有股股本/发行前国有净资产，不得低于65%。

13. 【答案】B

【解析】股权融资容易产生企业控制权的变动。由于股权融资尤其是增发新股将引入新的股东，在股权融资数量很大的情况下，有可能导致新股东取代原有股东掌握上市公司的控制权。

14. 【答案】D

【解析】D项，内部收益率高于边际资本成本的投资项目应接受。

15. 【答案】D

【解析】D项，投资者预期EBIT固定不变，即企业的增长率为零，所有现金流量都是固定年金。

16. 【答案】C

【解析】$V_U = 2$ 亿元，$D = 0.1$ 亿元，根据估算有负债企业价值的米勒模型 $V_L = V_U + [1 - \dfrac{(1-T_C)(1-T_S)}{1-T_D}]D$，可得 A 公司的价值为：$2 + [1 - \dfrac{(1-30\%)(1-15\%)}{1-10\%}] \times 0.1 \approx$ 2.06(亿元)。

17. **【答案】**A

【解析】保荐机构应当与发行人签订保荐协议，明确双方的权利和义务，按照行业规范协商确定履行保荐职责的相关费用。保荐协议签订后，保荐机构应在5个工作日内报发行人所在地的中国证监会派出机构备案。

18. **【答案】**A

【解析】参见《证券期货法律适用意见第3号》第三条第三项。

19. **【答案】**B

【解析】除B项外，资产评估报告正文还包括：①评估机构与委托单位的名称；②评估目的与评估范围；③资产状况与产权归属；④评估基准日期；⑤评估原则；⑥评估依据；⑦资产评估说明；⑧资产评估结论；⑨评估附件名称；⑩评估日期；⑪评估人员签章等。

20. **【答案】**D

【解析】中国证监会设立发行审核委员会(简称"发审委")，审核发行人股票发行申请和可转换公司债券等中国证监会认可的其他证券的发行申请。发审委委员由中国证监会的专业人员和中国证监会外的有关专家组成，由中国证监会聘任。发审委委员为25名，部分发审委委员可以为专职。其中中国证监会的人员5名，中国证监会以外的人员20名。发审委设会议召集人5名。

21. **【答案】**C

【解析】保荐人应当在发行完成当年及其后的1个会计年度发行人年度报告公布后的1个月内，对发行人进行回访，就其募集资金的使用情况、盈利预测实现情况、是否严格履行公开披露文件中所作出的承诺以及经营状况是否与发行保荐书相符等进行核查，出具回访报告，报送中国证监会、发行人所在地中国证监会的派出机构及发行人股票上市的证券交易所备案，并在发行人股东大会召开5个工作日之前，将回访报告在指定报刊和网站公告。

22. **【答案】**D

【解析】询价对象是指符合《证券发行与承销管理办法》规定条件的证券投资基金管理公司、证券公司、信托投资公司、财务公司、保险机构投资者、合格境外机构投资者，以及经中国证监会认可的其他机构投资者。

23. **【答案】**B

【解析】市盈率(Price to Earnings Ratio，简称P/E)，是指股票市场价格与每股收益的比率，每股收益通常指每股净利润。计算公式为：市盈率 = 股票市场价格/每股收益 = $10 \div 0.4 = 25$。

24. **【答案】**C

【解析】根据《沪市股票上网发行资金申购实施办法》(2009年6月修订)第二条(二)，每一申购单位为1000股的资金，申购数量不少于1000股，超过1000股的必须是1000股的整数倍，但最高不得超过当次社会公众股上网发行总量的千分之一，且不得超过9999.9万股。

25. **【答案】**B

26. **【答案】**A

27. **【答案】**B

【解析】上市公司董事会秘书空缺期间，董事会应当指定 1 名董事或高级管理人员代行董事会秘书的职责，并报交易所备案，同时尽快确定董事会秘书人选。公司指定代行董事会秘书职责的人员之前，由董事长代行董事会秘书职责。董事会秘书空缺期间超过 3 个月之后，董事长应当代行董事会秘书职责，直至公司正式聘任董事会秘书。

28. 【答案】A

【解析】在董事会秘书不能履行职责时，由证券事务代表行使其权利并履行其职责。在此期间，并不当然免除董事会秘书对公司信息披露事务所负有的责任。证券事务代表应当经过交易所的董事会秘书资格培训并取得董事会秘书资格证书。

29. 【答案】A

【解析】主要财务指标的披露需求：发行人应列表披露最近 3 年及 1 期的流动比率、速动比率、资产负债率(母公司)、应收账款周转率、存货周转率、利息税折旧摊销前利润、利息保障倍数、每股经营活动产生的现金流量、每股净现金流量、每股收益、净资产收益率、无形资产(扣除土地使用权、水面养殖权和采矿权等后)占净资产的比例。

30. 【答案】B

【解析】首次公开发行股票时，发行人及其全体董事、监事和高级管理人员应当在招股说明书上签名、盖章，保证招股说明书内容真实、准确、完整。保荐人及其保荐代表人应当对招股说明书的真实性、准确性、完整性进行核查，并在核查意见上签名、盖章。发行人的控股股东、实际控制人应当对招股说明书出具确认意见，并签名、盖章。

31. 【答案】A

【解析】发行人应在其股票上市前，将上市公告书全文刊登在至少一种由中国证监会指定的报刊及中国证监会指定的网站上，并将上市公告书文本置备于发行人住所、拟上市的证券交易所住所、有关证券经营机构住所及其营业网点，以供公众查阅。

32. 【答案】C

【解析】根据中国证监会 2006 年 5 月 6 日发布的《上市公司证券发行管理办法》，上市公司申请发行新股，其盈利能力应具有可持续性，高级管理人员和核心技术人员应稳定，最近 12 个月内未发生重大不利变化。

33. 【答案】D

【解析】上市公司非公开发行股票，发行对象属于下列情形之一的，具体发行对象及其认购价格或者定价原则应当由上市公司董事会的非公开发行股票决议确定，并经股东大会批准；认购的股份自发行结束之日起 36 个月内不得转让：①上市公司的控股股东、实际控制人或其控制的关联人；②通过认购本次发行的股份取得上市公司实际控制权的投资者；③董事会拟引入的境内外战略投资者。发行对象属于以上规定以外的情形的，上市公司应当在取得发行核准批文后，按照有关规定以竞价方式确定发行价格和发行对象；发行对象认购的股份自发行结束之日起 12 个月内不得转让。

34. 【答案】A

【解析】上市公司发行新股的，持续督导的期间为证券上市当年剩余时间及其后 1 个完整会计年度。持续督导的期间自证券上市之日起计算。持续督导期届满，如有尚未结结的保荐工作，保荐人应当继续完成。

35. 【答案】D

【解析】以配股的形式发行新股，配股价格的确定是在一定的价格区间内由主承销商和发行人协商确定。价格区间通常以股权登记日前 20 个或 30 个交易日该股二级市场价格的平均值为上限，下限为上限的一定折扣。

36. 【答案】D

【解析】《招股意向书》是缺少发行价格和数量的《招股说明书》，在承销前不确定上网发行量，应通过刊登《招股意向书》的方式，公布配售情况，明确上网发行时间及发行数量。

37. 【答案】C

【解析】可转换公司债券的发行规模由发行人根据其投资计划和财务状况确定。可转换公司债券发行后，累计公司债券余额不得超过最近 1 期末净资产额的 40%。

38. 【答案】A

【解析】可转换公司债券每张面值 100 元。可转换公司债券的利率由发行公司与主承销商协商确定，但必须符合国家的有关规定。分离交易的可转换公司债券的面值和利率确定方式与此相同。

39. 【答案】D

【解析】通常情况下，可转换公司债券的赎回期限越长、转换比率越低、赎回价格越低，赎回的期权价值就越大，越有利于发行人；相反，赎回期限越短、转换比率越高、赎回价格越高，赎回的期权价值就越小，越有利于转债持有人。在股价走势向好时，赎回条款实际上起到强制转股的作用。

40. 【答案】D

【解析】可交换公司债券自发行结束之日起 12 个月后，方可交换为预备交换的股票，债券持有人对交换股票或者不交换股票有选择权。

41. 【答案】D

【解析】D 项，单一标位最低投标限额为 0.2 亿元，最高投标限额应为 30 亿元。

42. 【答案】B

【解析】发行金融债券的承销人应为金融机构，并须具备下列条件：①注册资本不低于 2 亿元人民币；②具有较强的债券分销能力；③具有合格的从事债券市场业务的专业人员和债券分销渠道；④最近两年内没有重大违法、违规行为；⑤中国人民银行要求的其他条件。

43. 【答案】D

【解析】《公司债券发行试点办法》第七条规定，发行公司债券，应当符合下列规定：本次发行后累计公司债券余额不超过最近 1 期末净资产额的 40%；金融类公司的累计公司债券余额按金融企业的有关规定计算。

44. 【答案】D

【解析】在债券交易流通期间，发行人应在每年 6 月 30 日前向市场投资者披露上一年度的年度报告和信用跟踪评级报告。发行人发生主体变更或经营、财务状况出现重大变化等重大事件时，应在第一时间向市场投资者公告，并向中国人民银行报告。发行人的信息披露应通过中国货币网、中国债券信息网或《金融时报》、《中国证券报》进行，并保证其披露的信息真实、准确、完整，不得有虚假记载、误导性陈述或重大遗漏。

45. 【答案】B

【解析】证券评级机构与评级对象存在下列利害关系的，不得受托开展证券评级业务：

①证券评级机构与受评级机构或者受评级证券发行人为同一实际控制人所控制；②同一股东持有证券评级机构、受评级机构或者受评级证券发行人的股份均达到5%以上；③受评级机构或者受评级证券发行人及其实际控制人直接或者间接持有证券评级机构股份达到5%以上；④证券评级机构及其实际控制人直接或者间接持有受评级证券发行人或者受评级机构股份达到5%以上；⑤证券评级机构及其实际控制人在开展证券评级业务之前6个月内买卖受评级证券；⑥中国证监会保护投资者、维护社会公共利益认定的其他情形。

46. 【答案】B

【解析】短期融资券的注册会议原则上每周召开一次。注册会议由5名注册委员会委员参加，参会委员从注册委员会全体委员中抽取。

47. 【答案】C

【解析】证券公司如属于《公司法》界定的股份有限公司和有限责任公司，则根据《证券法》的规定，其累计发行的债券总额不得超过公司净资产额的40%。在此限定规模内，具体的发行规模由发行人根据其资金使用计划和财务状况自行确定。

48. 【答案】B

【解析】根据《关于股份有限公司境内上市外资股的规定》第九条，已设立的股份有限公司增加资本，申请发行境内上市外资股时，公司净资产总值应不低于1.5亿元人民币。

49. 【答案】A

【解析】我国股份有限公司发行境内上市外资股一般采取配售方式。按照国际金融市场的通常做法，采取配售方式，承销商可以将所承销的股份以议购方式向特定的投资者配售。

50. 【答案】C

【解析】H股控股股东必须承诺上市后6个月内不得出售公司的股份，在随后的6个月内控股股东可以减持，但必须维持控股股东地位，即30%的持股比例。

51. 【答案】C

【解析】采用私募方式发行外资股的发行人，需要准备信息备忘录，它是发行人向特定的投资者发售股份的募股要约文件，仅供要约人认股之用，在法律上不视为招股章程，亦无须履行招股书注册手续。

52. 【答案】A

【解析】B项，通常在路演结束后，发行人和主承销商便可大致判断市场的需求情况。

53. 【答案】B

【解析】按购并双方的行业关联性划分，公司收购可以分为横向收购、纵向收购和混合收购。其中，纵向收购是指生产过程或经营环节紧密相关的公司之间的收购行为。实质上，纵向收购是处于生产同一产品、不同生产阶段的公司间的收购，收购双方往往是原材料供应者或产成品购买者，所以，对彼此的生产状况比较熟悉，有利于收购后的相互融合。

54. 【答案】C

【解析】《中国证券监督管理委员会令第10号——上市公司收购管理办法》第三十八条规定，收购要约期满前15日内，收购人不得更改收购要约条件；但是出现竞争要约的除外。出现竞争要约时，初始要约人更改收购要约条件距收购要约期满不足15日的，应当予以延长，延长后的有效期不应少于 15 日，不得超过最后一个竞争要约的期满日。

55. 【答案】D

【解析】收购人向中国证监会报送要约收购报告书后，在公告要约收购报告书之前，拟自行取消收购计划的，应当向中国证监会提出取消收购计划的申请及原因说明，并予公告；自公告之日起 12 个月内，该收购人不得再次对同一上市公司进行收购。

56. 【答案】D

【解析】参见《上市公司重大资产重组管理办法》第四十二条。

57. 【答案】B

【解析】上市公司进行重大资产重组，应当由董事会依法作出决议。上市公司董事会应当就重大资产重组是否构成关联交易作出明确判断，并作为董事会决议事项予以披露。

58. 【答案】B

【解析】参见《上市公司并购重组财务顾问业务管理办法》第三十三条。

59. 【答案】B

【解析】进行战略投资的外国投资者需要满足：①依法设立、经营的外国法人或其他组织，财务稳健、资信良好且具有成熟的管理经验；②境外实有资产总额不低于 1 亿美元或管理的境外实有资产总额不低于 5 亿美元；③其母公司境外实有资产总额不低于 1 亿美元或管理的境外实有资产总额不低于 5 亿美元；④有健全的治理结构和良好的内控制度，经营行为规范；⑤近 3 年内未受到境内外监管机构的重大处罚（包括其母公司）。

60. 【答案】D

【解析】权益在境外上市的境内公司应符合下列条件：①产权明晰，不存在产权争议或潜在产权争议；②有完整的业务体系和良好的持续经营能力；③有健全的公司治理结构和内部管理制度；④公司及其主要股东近 3 年无重大违法违规记录。

二、多选题（共 60 题 40 分，其中已标明分值的 20 题每题 1 分，其余 40 题每题 0.5 分。以下备选项中有两项或两项以上符合题目要求，多选、少选、错选均不得分）

61. 【答案】ABC

【解析】股票网下发行方式包括：有限量发行认购证方式、无限量认购申请表摇号中签方式、全额预缴款方式和与储蓄存款挂钩方式。这些方式都存在发行环节多、认购成本高、社会工作量大、效率低的缺点。随着电子交易技术的发展，这类方式逐步被淘汰。

62. 【答案】BC

【解析】商业银行发行次级定期债务，须向中国银监会提出申请，提交可行性分析报告、招募说明书、协议文本等规定的资料。

63. 【答案】AD

【解析】《证券发行上市保荐业务管理办法》第九条第一款规定，证券公司申请保荐机构资格，注册资本应当不低于人民币 1 亿元，净资本应当不低于人民币 5000 万元。

64. 【答案】BCD

【解析】证券公司有下列行为之一的，除承担《证券法》规定的法律责任外，自中国证监会确认之日起 12 个月内不得参与证券承销：①提前泄漏证券发行信息；②以不正当竞争手段招揽承销业务；③在承销过程中不按规定披露信息；④在承销过程中的实际操作与报送中国证监会的发行方案不一致；⑤违反相关规定撰写或者发布投资价值研究报告。

65. 【答案】ACD

【解析】中国境内商业银行等存款类金融机构和邮政储蓄银行可以申请成为凭证式国债承销团成员。中国境内商业银行等存款类金融机构以及证券公司、保险公司、信托投资公司等非存款类金融机构，可以申请成为记账式国债承销团成员。

66. 【答案】ABD

【解析】依据《公司法》第一百四十七条的规定，有以下情形的，不得担任股份有限公司的董事：①无民事行为能力或限制民事行为能力者；②因贪污、贿赂、侵占财产、挪用财产罪和破坏社会主义市场经济秩序，被判处刑罚，执行期满未逾 5 年，或者因犯罪被剥夺政治权利，执行期满未逾 5 年；③担任破产清算的公司、企业的董事或厂长、经理，并对该公司、企业的破产负有个人责任的，自该公司、企业破产清算完结之日起未逾 3 年；④担任因违法被吊销营业执照、责令关闭的公司、企业的法定代表人，并负有个人责任的，自该公司、企业被吊销执照之日起未逾 3 年；⑤个人所负数额较大的债务到期未清偿。

67. 【答案】AB

【解析】资本不变原则是指除依法定程序外，股份有限公司的资本总额不得变动，是静态的维护。资本总额，又称为注册资本、法定资本，是指在公司登记机关登记的资本。

68. 【答案】ABCD

【解析】当出现下列情形时，应当在该情形出现后 2 个月内召开临时股东大会：①董事人数不足《公司法》规定的法定最低人数或者少于公司章程所定人数的 2/3 时；②公司未弥补的亏损达到股本总额的 1/3 时；③单独或合并持有公司有表决权股份总数的 10% 以上的股东书面请求时；④董事会认为必要时；⑤监事会提议召开时；⑥公司章程规定的其他情形。

69. 【答案】BD

【解析】董事会的职权是制定公司增加或者减少注册资本以及发行公司债券的方案，对公司增加或者减少注册资本或者发行公司债券作出决议属于股东大会的职权；董事会应当对会议所议事项的决定作成会议记录，出席会议的董事都应当在会议记录上签名。

70. 【答案】CD

【解析】根据《公司法》第一百二十二条、《上市公司章程指引》第四十条、第四十一条的规定，上市公司股东大会审议批准如下担保事项：①本公司及本公司控股子公司的对外担保总额，达到或超过最近 1 期经审计净资产的 50% 以后提供的任何担保；②公司的对外担保总额，达到或超过最近 1 期经审计总资产的 30% 以后提供的任何担保；③为资产负债率超过 70% 的担保对象提供的担保；④单笔担保额超过最近 1 期经审计净资产 10% 的担保；⑤对股东、实际控制人及其关联方提供的担保。

71. 【答案】ABCD

【解析】除 ABCD 四项外，关联交易还主要包括：兼并或合并法人；出让与受让股权；提供或接受劳务；代理；租赁；提供资金或资源；协议或非协议许可；担保；合作研究与开发或技术项目的转移；向关联方人士支付报酬；合作投资设立企业；其他对发行人有影响的重大交易。

72. 【答案】ABC

73. 【答案】ABCD

【解析】关联关系主要是指在财务和经营决策中，有能力对发行人直接或间接控制或施加重大影响的方式或途径，主要包括关联方与发行人之间存在的股权关系、人事关系、管理关系及商业利益关系。

74. 【答案】BCD

【解析】审计风险是指注册会计师对有重要错报的会计报表仍发表无保留意见的可能性。审计风险由固有风险、控制风险和检查风险组成。固有风险是假定没有内部控制的情况下，会计报表某项认定产生重大错报的可能性；控制风险是被审计单位的内部控制制度或程序不能及时防止或发现某项认定发生重大错报的可能性；检查风险是指审计未能检查出某项认定已存在的重大错误的可能性。

75. 【答案】ABC

【解析】如果可能损失的金额无法合理估计，或者如果损失仅仅有些可能，则只能在附注中反映，而不在会计报表中列为应计项目。

76. 【答案】BCD

【解析】A项，债务融资获得的只是资金的使用权而不是所有权，上市公司必须按期还本付息，而不像股权融资那样，有利润则分红、无利润则不分，因而债务融资比股权融资对经营者的约束性更强，财务风险更大。

77. 【答案】AD

【解析】A项，在考虑所得税情况下，负债企业的权益资本成本率(K_{SL})等于同一风险等级中某一无负债企业的权益资本成本率(K_{SL})加上一定的风险报酬率；D项，MM的公司税模型命题一认为负债公司的价值等于相同风险等级的无负债公司的价值加上负债的节税利益，节税利益等于公司税率乘以负债额。

78. 【答案】BCD

【解析】根据《证券发行上市保荐业务管理办法》第五十条，发行保荐书应由保荐机构法定代表人、保荐业务负责人、内核负责人、保荐代表人和项目协办人签字，加盖保荐机构公章并注明签署日期。

79. 【答案】ABCD

【解析】参见《证券发行上市保荐业务管理办法》第三十五条。

80. 【答案】ABCD

【解析】保荐机构应当对招股说明书中记载的重要信息、数据以及其他对保荐业务或投资者作出投资决策有重大影响的内容进行验证。验证方法为在所需验证的文字后插入脚注，并对其进行注释，说明对应的工作底稿目录编号以及相应的文件名称。

81. 【答案】ABCD

【解析】参见中国证监会《证券期货法律适用意见第1号》第五条。

82. 【答案】ACD

【解析】发行人在财务与会计方面应当符合下列条件：①最近3个会计年度净利润均为正数且累计超过人民币3000万元，净利润以扣除非经常性损益前后较低者为计算依据；②最近3个会计年度经营活动产生的现金流量净额累计超过人民币5000万元；或者最近3个会计年度营业收入累计超过人民币3亿元；③发行前股本总额不少于人民币 3000 万元；④最近 1 期末无形资产（扣除土地使用权、水面养殖权和采矿权等后）占净资产的比例不高于 20%；⑤最近 1 期末不存在未弥补亏损。

83. **【答案】**ACD

    【解析】资产评估附件至少应当包括：①评估资产的汇总表与明细表；②评估方法说明和计算过程；③与评估基准日有关的会计报表；④被评估单位占有不动产的产权证明文件的复印件；⑤评估机构和评估人员资格证明文件的复印件；⑥其他与评估有关的文件资料。

84. **【答案】**ABD

    【解析】首次公开发行股票，除 ABD 三项外，发行人不得有的影响持续盈利能力的情形还包括：①发行人的经营模式、产品或服务的品种结构已经或者将发生重大变化，并对发行人的持续盈利能力构成重大不利影响；②发行人最近 1 个会计年度的净利润主要来自合并财务报表范围以外的投资收益；③其他可能对发行人持续盈利能力构成重大不利影响的情形。

85. **【答案】**ABD

    【解析】A 项，参加发审委会议的发审委委员为 7 名；B 项，表决投票时同意票数达到 5 票为通过；D 项，发审委会议表决采取记名投票方式。

86. **【答案】**AD

    【解析】市盈率（Price to Earnings Ratio，简称 P/E），是指股票市场价格与每股收益的比率，计算公式为：市盈率 = 股票市场价格/每股收益。其中，每股收益通常指每股净利润。由于每股净利润的确定方法有全面摊薄法和加权平均法，所以市盈率的求解也有下列两种：

    ①用加权平均法计算：

    每股净利润 = 全年净利润/[发行前总股本数 + 本次公开发行股本数 × （12 − 发行月份）÷ 12] = 1711/[7500 + 3500 × （12 − 4)/12] = 0.174（元）；

    市盈率 = 每股市场价格/每股收益 = 5.68/0.174 = 32.6（倍）。

    ②用全面摊薄法计算：

    在全面摊薄法下，用全年净利润除以发行后总股本可直接得出每股净利润。

    每股收益 = 全年净利润/总股本 = 1711/（3500 + 7500) = 0.156（元）；

    市盈率 = 每股市场价格/每股收益 = 5.68/0.156 = 36.4（倍）。

87. **【答案】**ACD

    【解析】保荐机构制作的投资价值研究报告应当对影响发行人投资价值的因素进行全面分析，其内容至少应包括：①发行人的行业分类、行业政策，发行人与主要竞争者的比较及其在行业中的地位；②发行人经营状况和发展前景分析；③发行人盈利能力和财务状况分析；④发行人募集资金投资项目分析；⑤发行人与同行业可比上市公司的投资价值比较；⑥宏观经济走势、股票市场走势以及其他对发行人投资价值有重要影响的因素。

88. **【答案】**ABCD

    【解析】采用向参与网下配售的询价对象配售的股票发行方式时，主承销商于 T + 2 日 7:00 前将确定的配售结果数据，包括发行价格、获配股数、配售款、证券账户、获配股份限售期限、配售对象证件代码等通过 PROP 发送至登记结算平台。

89. 【答案】AD

【解析】在上网发行资金申购流程中，申购日后的第一天(T+1日)，由中国结算上海分公司将申购资金冻结；申购日后的第二天(T+2日)，中国结算上海分公司配合上证所指定的具备资格的会计师事务所对申购资金进行验资，并由会计师事务所出具验资报告，以实际到位资金作为有效申购。

90. 【答案】ABC

【解析】首次公开发行股票的发行人支付给中介机构的费用包括申报会计师费用、律师费用、评估费用、承销费用、保荐费用以及上网发行费用等。为本次发行而进行的财务咨询费，应由主承销商承担，在发行费用中不应包括"财务顾问费"。

91. 【答案】ABD

【解析】发行人应针对不同的发行方式，披露预计发行上市的重要日期，主要包括：①询价推介时间；②定价公告刊登日期；③申购日期和缴款日期；④股票上市日期。

92. 【答案】ABCD

【解析】发行人应披露其所处行业的基本情况，包括但不限于：①行业主管部门、行业监管体制、行业主要法律法规及政策等；②行业竞争格局和市场化程度、行业内的主要企业和主要企业的市场份额、进入本行业的主要障碍、市场供求状况及变动原因、行业利润水平的变动趋势及变动原因等；③影响行业发展的有利和不利因素；④行业技术水平及技术特点、行业特有的经营模式、行业的周期性、区域性或季节性特征等；⑤发行人所处行业与上、下游行业之间的关联性，上下游行业发展状况对本行业及其发展前景的有利和不利影响；⑥出口业务比例较大的发行人，还应披露产品进口国的有关进口政策、贸易摩擦对产品进口的影响以及进口国同类产品的竞争格局等情况；⑦发行人还应披露其在行业中的竞争地位，包括发行人的市场占有率、近3年的变化情况及未来变化趋势，主要竞争对手的简要情况等。

93. 【答案】ABCD

【解析】发行人应根据重要性原则披露主营业务的具体情况，除ABCD四项外，还包括：①主要产品或服务的用途；②列表披露报告期内各期主要产品(或服务)的产能、产量、销量、销售收入，产品或服务的主要消费群体、销售价格的变动情况；报告期内各期向前5名客户合计的销售额占当期销售总额的百分比；③报告期内主要产品的原材料和能源及其供应情况，主要原材料和能源的价格变动趋势、主要原材料和能源占成本的比重；报告期内各期向前5名供应商合计的采购额占当期采购总额的百分比；④存在高危险、重污染情况的，应披露安全生产及污染治理情况、因安全生产及环境保护原因受到处罚的情况、近3年相关费用成本支出及未来支出情况，说明是否符合国家关于安全生产和环境保护的要求。

94. 【答案】ABCD

【解析】发行人应披露的风险因素除ABCD四项外，还包括：①经营模式发生变化；②经营业绩不稳定；③主要产品或主要原材料价格波动；④过度依赖某一重要原材料、产品或服务；⑤经营场所过度集中或分散等；⑥投资项目因各种原因导致的风险；⑦由于财政、金融、税收等方面的法律法规、政策变化引致的风险；⑧可能严重影响公司持续经营的其他因素，如自然灾害、安全生产、汇率变化、外贸环境等。

95. 【答案】ABC

【解析】发行人应在其股票上市前，将上市公告书全文刊登在至少一种由中国证监会指定的报刊及中国证监会指定的网站上，并将上市公告书文本置备于发行人住所、拟上市的证券交易所住所、有关证券经营机构住所及其营业网点，以供公众查阅。

96. 【答案】ABC

【解析】D项应为，高级管理人员和核心技术人员稳定，最近12个月内未发生重大不利变化。除ABC三项外，上市公司的盈利能力具有可持续性，还应符合下列规定：①公司重要资产、核心技术或其他重大权益的取得合法，能够持续使用，不存在现实或可预见的重大不利变化；②不存在可能严重影响公司持续经营的担保、诉讼、仲裁或其他重大事项；③最近24个月内曾公开发行证券的，不存在发行当年营业利润比上年下降50%以上的情形。

97. 【答案】ABC

【解析】D项，控股股东应当在股东大会召开前公开承诺发行股份的数量是配股的特别规定。

98. 【答案】ABC

【解析】D项，上市公司可以将公开募集证券说明书全文或摘要、发行情况公告书刊登于其他网站和报刊，但不得早于法定披露信息的时间。

99. 【答案】ABD

【解析】公开发行可转换公司债券的公司，股份有限公司的净资产不低于人民币3000万元，有限责任公司的净资产不低于人民币6000万元。

100. 【答案】ABD

【解析】根据在上海证券交易所进行可转换公司债券网上定价发行的时间安排，T+1日为冻结申购资金日。

101. 【答案】ABCD

【解析】关于赎回与回售的规定为：①上市公司行使赎回权时，应当在每年首次满足赎回条件后的5个交易日内至少发布3次赎回公告，赎回公告应当载明赎回的程序、价格、付款方法、时间等内容。赎回期结束后，公司应当公告赎回结果及其影响；②在可以行使回售权的年份内，上市公司应当在每年首次满足回售条件后的5个交易日内至少发布3次回售公告。回售公告应当载明回售的程序、价格、付款方法、时间等内容。回售期结束后，公司应当公告回售结果及其影响；③变更募集资金投资项目的，上市公司应当在股东大会通过决议后20个交易日内赋予可转换公司债券持有人1次回售的权利，有关回售公告至少发布3次。其中，在回售实施前、股东大会决议公告后5个交易日内至少发布1次，在回售实施期间至少发布1次，余下1次回售公告的发布时间视需要而定。

102. 【答案】ABCD

【解析】用于交换的股票在本次可交换公司债券发行前，不存在被查封、扣押、冻结等财产权利被限制的情形，也不存在权属争议或者依法不得转让或设定担保的其他情形。

103. 【答案】ACD

【解析】企业集团财务公司发行的金融债券除具备ACD三项外，还应具备的条件包括：①具有从事金融债券发行的合格专业人员；②依法合规经营，符合中国银监会有关审慎监管的要求，风险监控指标符合监管机构的有关规定；③财务公司已发行、尚未兑付的金融债券总额不得超过其净资产总额的 100%，发行金融债券后，资本充足率不低于 10%；④财务公司设立 1 年以上，经营状况良好，申请前 1 年利润率不低于行业平均水平，且有稳定的盈利预期；⑤申请前 1 年，注册资本金不低于 3 亿元人民币，净资产不低于行业平均水平；⑥无到期不能支付债务；⑦中国人民银行和中国银监会规定的其他条件。

104.【答案】ABD

【解析】C 项，企业应在每季度结束后的 10 个工作日内，向中国人民银行提交该季度公司债券托管结算情况的书面报告（书面报告应包括公司债券总体托管、跨市场转托管、结算、非交易过户以及交易流通核准情况等内容）。

105.【答案】AC

【解析】《证券市场资信评级业务管理暂行办法》第二十七条规定，证券评级机构应当在下列事项发生变更之日起 5 个工作日内，报注册地中国证监会派出机构备案：①机构名称、住所；②董事、监事、高级管理人员；③实际控制人、持股 5% 以上股权的股东；④内部控制机制与管理制度、业务制度；⑤中国证监会规定的其他事项。

106.【答案】ABC

【解析】D 项，企业占同类资产总额 20% 以上资产的抵押、质押、出售、转让或报废。

107.【答案】ABCD

【解析】公开发行债券募集说明书的披露内容包括：①募集说明书的内容与格式；②募集说明书及其引用的财务报告的有效期；③募集说明书及其摘要的保证与责任；④募集说明书及其摘要有关信息的披露；⑤募集说明书摘要的编制和披露；⑥募集说明书信息披露的最低要求和豁免。

108.【答案】AB

【解析】内部信用增级包括但不限于超额抵押、资产支持证券分层结构、现金抵押账户和利差账户等方式；外部信用增级包括但不限于备用信用证、担保和保险等方式。

109.【答案】ACD

【解析】B 项，发行人发行人民币债券所筹集的资金应用于中国境内项目，不得换成外汇转移至境外。

110.【答案】ABCD

【解析】在境内上市外资股的发行准备阶段，选聘的评估机构主要由境内的评估机构担任。但是，在某些情况下，企业也可以聘请境外估值师对公司的物业和机器设备等固定资产进行评估。境内的资产评估机构应当是具有从事证券相关业务资格的机构。聘请的国际估值人员通常是在外资股上市地具有一定声誉，特别是具有国际资产估值标准委员会（TIAVSC）会籍资格或者英国皇家特许测量师学会（ARICS）会籍资格的估值机构的人员。此外，还需要有一家国内的土地评估机构评估土地。

111.【答案】CD

【解析】AB 两项，公司必须在相同的管理层人员的管理下有连续 3 年的营业记录，以往 3 年盈利合计 5000 万港元（最近 1 年的利润不低于 2000 万港元，再之前两年的利润之和不少于 3000 万港元），并且市值（包括该公司所有上市和非上市证券）不低于 2 亿港元。

112. 【答案】ABC

【解析】境内上市公司所属企业到境外上市，其董事会应当作出决议并提请股东大会批准的事项包括：①境外上市是否符合证监会的规定；②境外上市方案；③上市公司维持独立上市地位承诺及持续盈利能力的说明与前景。D项属于股东大会表决事项。

113. 【答案】ABD

【解析】收购公司在实施收购战略之后，是否能够取得真正的成功，在很大程度上取决于收购后公司的整合运营状况。收购后整合的内容包括：①收购后公司经营战略的整合；②管理制度的整合；③经营上的整合以及人事安排与调整等。

114. 【答案】ABD

【解析】投资者及其一致行动人拥有权益的股份达到或者超过一个上市公司已发行股份的20%但未超过30%的，应当编制详式权益变动报告书，还应当披露下列内容：①投资者及其一致行动人的控股股东、实际控制人及其股权控制关系结构图；②取得相关股份的价格、所需资金额、资金来源，或者其他支付安排；③投资者、一致行动人及其控股股东、实际控制人所从事的业务与上市公司的业务是否存在同业竞争或者潜在的同业竞争，是否存在持续关联交易；存在同业竞争或者持续关联交易的，是否已有相应的安排，确保投资者、一致行动人及其关联方与上市公司之间避免同业竞争，保持上市公司的独立性；④未来12个月内对上市公司资产、业务、人员、组织结构、公司章程等进行调整的后续计划；⑤前24个月内投资者及其一致行动人与上市公司之间的重大交易；⑥不存在规定的禁止收购情形；⑦能够按照规定提供与协议收购中向中国证监会提交的相同的文件。

115. 【答案】ACD

【解析】《中国证券监督管理委员会上市公司并购重组审核委员会工作规程》第二条第二款规定，并购重组委审核下列并购重组事项的，适用本规程：①根据中国证监会的相关规定构成上市公司重大资产重组的；②上市公司以新增股份向特定对象购买资产的；③上市公司实施合并、分立的；④中国证监会规定的其他并购重组事项。

116. 【答案】ABD

【解析】上市公司首次召开董事会审议重大资产重组事项的，应当在召开董事会的当日或者前一日与相应的交易对方签订附条件生效的交易合同。交易合同应当载明本次重大资产重组事项一经上市公司董事会、股东大会批准并经中国证监会核准，交易合同即应生效。

117. 【答案】ABD

【解析】C项，证券公司从事上市公司并购重组财务顾问业务，要求公司控股股东、实际控制人信誉良好且最近3年无重大违法违规记录。

118. 【答案】ABCD

【解析】证券公司、证券投资咨询机构和其他财务顾问机构有下列情形之一的，不得担任财务顾问：①最近24个月内存在违反诚信的不良记录；②最近24个月内因执业行为违反行业规范而受到行业自律组织的纪律处分；③最近36个月内因违法违规经营受到处罚或者因涉嫌违法违规经营正在被调查。

119. 【答案】BCD

【解析】外国投资者主要通过上市公司定向发行和投资者通过协议转让这两种方式对上

市公司进行战略投资，这两种方式在战略投资程序上的差异体现在以下环节：①上市公司董事会作出决议；②上市公司股东大会批准；③投资者与上市公司签署有关的合同或协议；④报批；⑤批复；⑥设立外汇账户；⑦向证券监管部门登记或备案；⑧上市公司领取外商投资企业批准证书并进行工商登记；⑨办理相关手续。

120.【答案】ABCD

【解析】外国投资者以股权作为支付手段并购境内公司的有关规定的程序包括：①审核；②加注的外商投资企业营业执照和外汇登记证的领取；③无加注的外商投资企业营业执照、外汇登记证的领取；④税务的变更登记；⑤并购不成功的处理。

三、判断题（共60题，每小题0.5分，共30分。正确的用 A 表示，错误的用 B 表示，不选、错选、放弃均不得分）

121.【答案】A

122.【答案】B

【解析】证券发行监管要以强制性信息披露为中心，完善"事前问责、依法披露和事后追究"的监管制度，增强信息披露的准确性和完整性。

123.【答案】B

【解析】依据我国《公司法》的规定，股份公司采用向不确定对象募集股份的形式设立的，需要证监会核准；而采用发起设立或者向特定对象募集股份设立的，无须经中国证监会核准。

124.【答案】B

【解析】债权人自接到通知书之日起 30 日内，未接到通知书的自公告之日起 45 日内，有权要求公司清偿债务或提供相应担保。

125.【答案】A

126.【答案】B

【解析】关联关系是指公司控股股东、实际控制人、董事、监事、高级管理人员与其直接或者间接控制的企业之间的关系，以及可能导致公司利益转移的其他关系。但是，国家控股的企业之间不因为同受国家控股而具有关联关系。

127.【答案】B

【解析】无法避免的关联交易应遵循市场公正、公平、公开的原则，关联交易的价格或收费，原则上应不偏离市场独立第三方的标准。所以说，法律并没有完全禁止关联交易。

128.【答案】A

129.【答案】B

【解析】国有资产监督管理机构收到核准申请后，对符合核准要求的，及时组织有关专家审核，在 20 个工作日内完成对评估报告的核准；对不符合核准要求的，予以退回。

130.【答案】A

131.【答案】B

【解析】现行市价法的适用条件为：一是存在着 3 个及 3 个以上具有可比性的参照物；二是价值影响因素明确并可量化。

132.【答案】A

133.【答案】B

【解析】根据净经营收入理论，当企业增加债务融资时，权益融资的成本就会上升。原因在于股票融资的增加会由于额外负债的增加，使企业风险增大，促使股东要求更高的回报。

134. 【答案】B

【解析】代理成本模型主要研究的是股东与经理层，债权人与股东之间的利益冲突。

135. 【答案】B

【解析】以普通股筹资会增加新股东，这可能分散公司的剩余控制权。基于这个原因，小公司及新设立的公司应避免利用普通股筹资。

136. 【答案】B

【解析】证券发行规模达到一定数量的，可以采用联合保荐，但参与联合保荐的保荐机构不得超过两家。

137. 【答案】B

【解析】对发行人申请文件、证券发行募集文件中无证券服务机构及其签字人员专业意见支持的内容，保荐机构应当有充分理由确信所作的判断与发行人申请文件、证券发行募集文件的内容不存在实质性差异。

138. 【答案】B

【解析】募投项目全部完成后，节余募集资金(包括利息收入)的使用需要保荐人发表意见，但是节余募集资金(包括利息收入)低于500万元或低于募集资金净额5%的除外。

139. 【答案】A

140. 【答案】B

【解析】重组时具体采取何种方式应当遵循市场化原则，不能仅仅局限于《证券期货法律适用意见第3号》规定的几种方式。

141. 【答案】A

142. 【答案】B

【解析】首次公开发行股票公司的专项复核时，如果专项复核会计师就复核事项所出具的复核意见与原申报财务资料存在差异，发行人、保荐人(主承销商)及申报会计师应就该复核差异提出处理意见，审核人员应将该复核差异及处理情况向股票发行审核委员会汇报。

143. 【答案】B

【解析】绝对估值法体现的是内在价值决定价格，即通过对企业估值，而后计算每股价值，从而估算股票的价值。

144. 【答案】B

【解析】贴现现金流量法是通过预测公司未来的现金流量，按照一定的贴现率计算公司的整体价值，从而进行股票估值的一种方法。

145. 【答案】B

【解析】首次公开发行股票，未参与初步询价或者参与初步询价但未有效报价的询价对象，不得参与累计投标询价和网下配售。

146. 【答案】B

【解析】首次公开发行股票采用向参与网下配售的询价对象配售的发行方式时，初步询价后定价发行的，当网下有效申购总量大于网下配售数量时，应当对全部有效申购进行同比例配售。

147. 【答案】B

【解析】发行人计划实施超额配售选择权的，应当提请股东大会批准，因行使超额配售选择权而发行的新股为本次发行的一部分。

148. 【答案】A

149. 【答案】A

150. 【答案】B

【解析】在披露风险因素的顺序上，发行人应当遵循重要性原则，按顺序披露可能直接或间接对发行人生产经营状况、财务状况和持续盈利能力产生重大不利影响的所有因素。同时，针对自身的实际情况，充分、准确、具体地描述相关风险因素。

151. 【答案】B

【解析】每股收益按发行当年经会计师事务所审核的、扣除非经常性损益前后孰低的净利润预测数除以发行后总股本计算。

152. 【答案】B

【解析】总资产规模为10亿元以上的发行人，可视实际情况决定应披露的交易金额，但应在申报时说明。

153. 【答案】A

154. 【答案】B

【解析】上市公告书引用保荐人、证券服务机构的专业意见或者报告的，相关内容应当与保荐人、证券服务机构出具的文件内容一致，确保引用保荐人、证券服务机构的意见不会产生误导。

155. 【答案】A

156. 【答案】B

【解析】封卷后至刊登募集说明书期间，如果发行人公布了新的定期报告、重大事项临时公告或调整盈利预测，发行人、保荐人（主承销商）、律师应在5个工作日内，向中国证监会报送会后重大事项说明或专业意见以及修改后的募集说明书。

157. 【答案】A

158. 【答案】B

【解析】在上市公司配股的信息披露中，假设T日为股权登记日，则T+X日，刊登股份变动及上市公告书。该公告须在交易所对上市申请文件审查同意后，且所配股票上市前3个工作日内刊登。

159. 【答案】A

【解析】公开发行可转换公司债券应当提供担保，但最近1期末经审计的净资产不低于人民币15亿元的公司除外。提供担保的，应当为全额担保，担保范围包括债券的本金及利息、违约金、损害赔偿金和实现债权的费用。以保证方式提供担保的，应当为连带责任担保，且保证人最近1期经审计的净资产额应不低于其累计对外担保的金额。

160. 【答案】B

【解析】公开发行可转换公司债券，应当委托具有资格的资信评级机构进行信用评级和跟踪评级；资信评级机构每年至少公告 1 次跟踪评级报告。

161. 【答案】A

【解析】股票波动率是影响期权价值的一个重要因素，股票波动率越大，期权的价值越高，可转换公司债券的价值越高；反之，股票波动率越低，期权的价值越低，可转换公司债券的价值越低。

162. 【答案】A

【解析】根据中国证监会《证券发行与承销管理办法》第三十五条和第三十六条，上市公司发行可转换公司债券，主承销商可以对参与网下配售的机构投资者进行分类，对不同类别的机构投资者设定不同的配售比例，对同一类别的机构投资者应当按相同的比例进行配售。主承销商应当在发行公告中明确机构投资者的分类标准。主承销商未对机构投资者进行分类的，应当在网下配售和网上发行之间建立回拨机制，回拨后两者的获配比例应当一致。

163. 【答案】B

【解析】上市公司在可转换公司债券转换期结束的 20 个交易日前，应当至少发布 3 次提示公告，提醒投资者有关在可转换公司债券转换期结束前的 10 个交易日停止交易的事项。

164. 【答案】A

165. 【答案】B

【解析】可交换公司债券的期限最短为 1 年，最长为 6 年。

166. 【答案】B

【解析】如果国债承销价格定价过高，即收益率过低，投资者就会倾向于在二级市场上购买已流通的国债，而不是直接购买新发行的国债，从而阻碍国债分销工作顺利进行。

167. 【答案】B

【解析】企业集团财务公司发行金融债券的必备条件之一是无到期不能支付债务，即存在到期不能支付债务的企业集团，不可以发行金融债券。

168. 【答案】A

169. 【答案】B

【解析】债券募集说明书所引用的法律意见书应当由律师事务所出具，并由至少两名经办律师签署。

170. 【答案】B

【解析】招标日前 5 个工作日（T－5），发行人向中央结算公司提交各种必备文件，中央结算公司依据这些文件，配发公司债券代码和简称，与发行人协商确定公司债券招标时间。

171. 【答案】B

【解析】以募集方式设立公司，申请发行境内上市外资股的公司，发行的股本总额超过 4 亿元人民币的，其拟向社会发行股份的比例应达 15% 以上。

172. 【答案】B

【解析】在香港发行 H 股的公司，控股股东必须承诺上市后 6 个月内不得出售公司的股份，并且在随后的 6 个月内控股股东可以减持，但必须维持控股股东地位，即 30%

的持股比例。

173. 【答案】A

174. 【答案】B

【解析】境内上市公司所属企业申请境外上市，要求上市公司最近1个会计年度合并报表中按权益享有的所属企业的净利润不得超过上市公司合并报表净利润的50%；上市公司最近1个会计年度合并报表中按权益享有的所属企业净资产不得超过上市公司合并报表净资产的30%。

175. 【答案】B

【解析】在招股说明书制作过程中，如果发行人计划招募的股份数额较大，既在中国香港和美国进行公开发售，同时又在其他国家和地区进行全球配售，则在发行准备阶段需要准备3种招股书，即中国香港的招股章程、美国的招股章程和国际配售信息备忘录。

176. 【答案】B

【解析】并购重组委员会委员每届任期1年，可以连任，但连续任期最长不超过3届。

177. 【答案】B

【解析】根据《中国证券监督管理委员会上市公司并购重组审核委员会工作规程》第三十二条，中国证监会对并购重组委实行问责制。

178. 【答案】A

179. 【答案】B

【解析】收购人公告要约收购报告书摘要后15日内未能发出要约的，财务顾问应当督促收购人立即公告未能如期发出要约的原因及中国证监会提出的反馈意见。

180. 【答案】A

证券发行与承销过关冲刺题(八)

一、单选题(共60题,每题0.5分,共30分。以下备选答案中只有一项最符合题目要求,不选、错选均不得分)

1. 首次公开发行股票并在创业板上市的,持续督导期内保荐机构应当自发行人披露年度报告、中期报告之日起( )个工作日内在中国证监会指定网站披露跟踪报告。
   A. 5   B. 7   C. 15   D. 30

2. 当个人出现( )情形时,不得申请注册登记为保荐代表人。
   A. 具备3年以上保荐相关业务经历
   B. 参加中国证监会认可的保荐代表人胜任能力考试且成绩合格
   C. 4年以前曾受到中国证监会行政处罚
   D. 负有数额较大、到期未清偿的债务

3. 申请凭证式国债承销团成员资格的申请人,其注册资本应不低于人民币( )亿元。
   A. 1   B. 3   C. 5   D. 7

4. 证券公司在承销过程中进行虚假或误导投资者的广告或其他宣传推介活动,以不正当手段诱使他人申购股票的,证券公司除了要承担《证券法》规定的法律责任外,中国证监会还应给予( )的处罚。
   A. 没收非法所得、罚款   B. 12个月内不得参与证券承销
   C. 36个月内不得参与证券承销   D. 取消股票承销业务资格

5. 股份有限公司注册资本的最低限额为人民币( )万元。
   A. 500   B. 2000   C. 3000   D. 5000

6. 目前我国股份有限公司资本确定采取( )原则。
   A. 实际资本制   B. 法定资本制   C. 授权资本制   D. 折中资本制

7. 上市公司股东大会在董事选举中应积极推行( )。
   A. 记名投票制度   B. 无记名投票制度
   C. 累积投票制度   D. 无累积投票制度

8. 独立董事的产生由( )选举决定。
   A. 股东大会   B. 董事会   C. 监事会   D. 创立大会

9. 关联交易的价格原则上应不偏离( )的价格或收费的标准。
   A. 市场独立第三方   B. 原先收取
   C. 由中国证监会核准   D. 由母公司核准

10. 有权代表国家投资的机构或部门直接设立的国有企业以其部分资产改建为股份有限公司的,如进入股份公司的净资产累计高于原企业所有净资产的( ),其净资产折成的股份界定为国家股。
    A. 30%   B. 40%   C. 50%   D. 60%

11. 对占有单位的无形资产,应区分情况评定重估价值,对于自创的或者自身拥有的无形资产应根据( )确定价值。
    A. 购入成本以及该项资产具备的获利能力

B. 其形成时发生的实际成本及该项资产具备的获利能力

C. 该项资产具有的获利能力

D. 市价

12. 现行市价法的适用条件是存在( )个及以上具有可比性的参照物。

    A. 1   B. 2   C. 3   D. 4

13. A 公司拟发行一批优先股，每股发行价格 5 元，发行费用 0.2 元，预计每年股利 0.5 元，这笔优先股的资本成本是( )。

    A. 10.87%   B. 10.42%   C. 9.65%   D. 8.33%

14. MM 理论的应用具有严格的假设条件，其中不包括( )。

A. 企业的经营风险可以用 EBIT(息税前利润)衡量，有相同经营风险的企业处于同类风险等级

B. 现在和将来的投资者对企业未来的 EBIT 估计完全相同，即投资者对企业未来收益和这些收益风险的预期是相等的

C. 债务融资的税前成本比股票融资成本低

D. 投资者预期 EBIT 固定不变，即企业的增长率为零，所有现金流量都是固定年金

15. 由于股东只承担有限责任，普通股实际上是对公司总资产的一项( )。

    A. 看涨期权   B. 看跌期权   C. 平价期权   D. 实质期权

16. 张某为某证券公司的保荐代表人，证券公司派张某负责甲公司证券发行上市的保荐工作，根据规定，张某在从事保荐工作过程中的下列行为正确的是( )。

A. 为了能够让发行人证券能够顺利上市发行，指导其如何修改公司账簿

B. 一切按照公司负责人的意思行事

C. 朋友询问张某关于该公司的相关信息，因涉及公司商业秘密而被张某拒绝

D. 由于公司资本不符合上市规定，建议公司先行注资，等证券上市后再将注资撤回

17. 保荐人应当对上市公司募集资金管理事项进行持续督导，上市公司应当在募集资金到账后( )内与保荐人、存放募集资金的商业银行签订募集资金专户存储三方监管协议。

    A. 一周   B. 两周   C. 10 个工作日   D. 15 个工作日

18. 发行人首次公开发行股票，主承销商应在( )中说明内核情况。

    A. 发行保荐书   B. 招股说明书   C. 发行公告   D. 法律意见书

19. 发审委审核上市公司非公开发行股票申请和中国证监会规定的其他非公开发行证券申请，适用特别程序规定。每次参加发审委会议的委员为( )名。

    A. 5   B. 7   C. 8   D. 10

20. 运用可比公司定价法时采用的比率指标 P/B 代表( )。

    A. 市盈率   B. 市净率   C. 负债率   D. 利润率

21. 假设公司上年经营收入为 1.5 亿元，归属于公司普通股股东的净利润为 8500 万元，发行在外的普通股加权平均数为 2.5 亿股，则基本每股收益为( )元。

    A. 0.23   B. 0.34   C. 0.56   D. 0.65

22. 询价对象是指符合相关规定条件的机构投资者，不包括( )。

    A. 财务公司   B. 合格境外机构投资者(QFII)

    C. 信托投资公司   D. 上市公司

23. 首次公开发行股票，采用上网竞价方式发行的，当有效申购量等于或小于发行量时，（   ）。

    A. 应重新申购

    B. 发行底价即最终的发行价格

    C. 主承销商可以采用比例配售方式确定每个有效申购实际应配售的新股数量

    D. 主承销商可以采用抽签的方式确定每个有效申购实际应配售的新股数量

24. 战略投资者应当承诺获得本次配售的股票持有期限不少于（   ）个月，持有期自本次公开发行的股票上市之日起计算。

    A. 12　　　　　　B. 10　　　　　　C. 7　　　　　　D. 5

25. 在上网定价发行方式中，投资者应在申购委托前把申购款全额存入（   ）指定的账户。

    A. 登记结算公司　　B. 证券服务部　　C. 证券交易所　　D. 证券营业部

26. 如果发行人报告期内存在对同一公司控制权人下相同业务进行重组，且发行人最近3年内主营业务没有发生重大变化，被重组方重组前一个会计年度末的资产总额超过重组前发行人相应项目（   ）的，申报财务报表至少须包含重组完成后的最近1期资产负债表。

    A. 5%　　　　　　B. 10%　　　　　　C. 15%　　　　　　D. 20%

27. 披露收购兼并信息时，发行人最近一年及一期内收购兼并其他企业资产，且被收购企业资产总额或营业收入或净利润超过收购前发行人相应项目20%的，应披露被收购企业收购前（   ）的利润表。

    A. 3个月　　　　　B. 6个月　　　　　C. 1年　　　　　D. 2年

28. 在对首次公开发行股票的发行人的股本变化情况进行批露时，涉及国有股的，应在国家股股东之后标注＿＿＿＿＿＿，在国有法人股股东之后标注＿＿＿＿＿＿，并披露标识的依据及标识的含义。（   ）

    A. "SS"；"SL"　　　　　　　　　　B. "SL"；"SLS"

    C. "SS"；"SLS"　　　　　　　　　　D. "SS"；"LSI"

29. 发行人及其主承销商在首次公开发行股票的发行过程中通常不需要发布（   ）。

    A. 股票发行公告

    B. 承销总结报告

    C. 初步询价结果及发行价格区间公告

    D. 网上资金申购发行摇号中签结果公告

30. 向原股东配售股份，拟配售股份数量不超过本次配售股份前股本总额的（   ）。

    A. 10%　　　　　　B. 20%　　　　　　C. 30%　　　　　　D. 50%

31. 发行人向中国证监会申请发行新股的，中国证监会收到申请文件后，在（   ）个工作日内做出是否受理的决定。

    A. 3　　　　　　B. 5　　　　　　C. 10　　　　　　D. 15

32. 如发生重大事项后，拟发行公司仍符合发行上市条件的，拟发行公司应在报告中国证监会后第（   ）日刊登补充公告。

    A. 1　　　　　　B. 2　　　　　　C. 3　　　　　　D. 4

33. 在询价增发、比例配售过程中，发行人刊登招股意向书当日停牌1小时，连续停牌日为（   ）日。

A. T～T+1   B. T～T+2   C. T～T+3   D. T～T+4

34. 依据上海证券交易所的配股操作流程(T日为股权登记日),应于(　　)日刊登配股发行结果公告,股票恢复正常交易。

A. T+1   C. T+2   B. T+3   D. T+7

35. 上市公司发行可转换公司债券,要求最近3个会计年度加权平均净资产收益率平均不低于(　　)。

A. 5%   B. 6%   C. 9%   D. 10%

36. 上市公司公开发行可转换公司债券的,资信评级机构每年至少应公告(　　)次跟踪评级报告。

A. 1   B. 2   C. 3   D. 4

37. 股票波动率是影响期权价值的一个重要因素。关于股票波动率与可转换公司债券的价值的关系,下列下列表述正确的是(　　)。

A. 股票波动率越低,期权的价值越低,可转换公司债券的价值越低

B. 股票波动率越低,期权的价值越低,可转换公司债券的价值越高

C. 股票波动率越低,期权的价值越低,则可转换公司债券的价值难以确定

D. 可转换公司债券的价值随股票波动率的降低呈先高后低的变化趋势

38. 公司最近(　　)年连续亏损,交易所可暂停其可转换公司债券上市。

A. 2   B. 3   C. 5   D. 6

39. 在上海证券交易所网上定价发行可转换公司债券,假设T日为上网定价发行日,下列说法错误的是(　　)。

A. T+1日,冻结申购资金

B. T+2日,验资报告送达上海证券交易所;上海证券交易所向营业部发送配号

C. T+4日,中签率公告见报;摇号

D. T+4日以后,做好上市前准备工作

40. 目前,凭证式国债发行完全采用_____,记账式国债发行完全采用_____。
(　　)

A. 承购包销方式;公开招标方式   B. 承购包销方式;承购包销方式

C. 公开招标方式;承购包销方式   D. 公开招标方式;公开招标方式

41. 次级债券由银行或保险公司发行,固定期限不低于(　　)年。

A. 3   B. 5   C. 10   D. 15

42. 企业债券进入银行间债券市场交易流通的条件之一是,实际发行额不少于人民币_____亿元,单个投资人持有量不超过该期公司债券发行量的_____。
(　　)

A. 10;30%   B. 5;30%   C. 5;20%   D. 10;20%

43. 公司债券每张面值(　　)元,发行价格由发行人与保荐人通过市场询价确定。

A. 1   B. 10   C. 100   D. 1000

44. 2008年4月12日,中国人民银行颁布了(　　),并于4月15日正式施行。

A.《短期融资券管理办法》

B.《短期融资券承销规程》

C.《银行间债券市场非金融企业债务融资工具管理办法》

D. 《短期融资券信息披露规程》

45. 企业发行中期票据应依据( )在交易商协会注册。
A. 《中华人民共和国票据法》
B. 《银行间债券市场非金融企业短期融资券业务指引》
C. 《银行间债券市场非金融企业中期票据业务指引》
D. 《银行间债券市场非金融企业债务融资工具注册规则》

46. 2005 年 10 月 9 日,( )在全国银行间债券市场发行人民币债券 11.3 亿元,是中国债券市场首次引入外资机构发行主体之一。
A. 国际金融公司
B. 亚洲开发银行
C. 亚洲商业银行
D. 亚洲银行

47. 关于记账式国债的中标原则,下列说法错误的是( )。
A. 全场有效投标总额小于或等于当期国债招标额时,所有有效投标全额募入
B. 全场有效投标总额大于当期国债招标额时,按照低利率(利差)或高价格优先的原则对有效投标逐笔募入,直到募满招标额为止
C. 边际中标标位的投标额小于剩余招标额的,以该标位投标额为权数平均分配
D. 对于允许追加承销的记账式国债,在竞争性招标结束后,记账式国债承销团甲类成员有权通过投标追加承销当期国债

48. 以募集方式设立的股份有限公司申请发行境内上市外资股时,应具备的条件之一是( )。
A. 发起人认购的股本总额不少于公司拟发行股本总额的 30%
B. 拟向社会发行的股份达公司股份总数的 25% 以上;拟发行的股本总额超过 4 亿元人民币的,其拟向社会发行股份的比例达 15% 以上
C. 公司最近 2 年内无重大违法行为
D. 企业具有一定的规模和良好的经济效益

49. 按照 H 股公司上市后的公司治理要求,审核委员会须有至少( )名成员,并必须全部是非执行董事。
A. 1
B. 2
C. 3
D. 5

50. 内地企业在香港创业板上市,若新申请人上市时市值超过 40 亿港元,则公众持股量必须为由公众持有的证券达到市值 10 亿港元(在上市时决定)所需的百分比或发行人已发行股本的( )两个百分比中的较高者。
A. 15%
B. 20%
C. 25%
D. 40%

51. 根据外资股发行对象的不同,发行人和承销商往往需要准备不同的招股说明书。采用私募方式发行外资股的发行人,需要准备( )。
A. 招股意向书
B. 上市公告书
C. 信息备忘录
D. 招股说明书摘要

52. 境内上市公司所属企业申请境外上市,要求上市公司最近一个会计年度合并报表中按权益享有所属企业的净利润和净资产分别不得超过上市公司合并会计报表净利润的_____和公司合并报表净资产的_____。( )
A. 30%;30%
B. 30%;50%
C. 50%;30%
D. 50%;50%

53. 在各种融资方式中,收购公司一般最后才选择( )。

A. 公司内部自有资金   B. 银行贷款筹资
C. 股票筹资   D. 债券筹资

54. 以要约方式收购上市公司股份的，收购人在报送上市公司收购报告书之日起(   )日后，公告其要约收购报告书、财务顾问专业意见和律师出具的法律意见书。
A. 7   B. 10   C. 15   D. 20

55. 对于重大资产重组申请，中国证监会在审核期间提出反馈意见要求上市公司作出书面解释、说明的，上市公司应当自收到反馈意见之日起(   )日内提供书面回复意见，独立财务顾问应当配合上市公司提供书面回复意见。
A. 5   B. 10   C. 15   D. 30

56. 上市公司就重大资产重组事项作出决议，必须经出席会议的股东所持表决权的(   )以上通过。
A. 1/3   B. 1/2   C. 2/3   D. 3/4

57. (   )有权根据并购重组申请人及其他相关单位和个人提出的书面申请，决定相关并购重组委委员是否回避。
A. 中国证监会   B. 证券业协会
C. 并购重组委其他人员   D. 并购重组委召集人

58. 上市公司并购重组财务顾问业务不包括(   )。
A. 交易估值   B. 法律咨询   C. 方案设计   D. 出具专业意见

59. 上市公司并购重组中，因国有股行政划转或者变更、在同一实际控制人控制的不同主体之间转让股份、继承取得上市公司股份超过(   )的，收购人可免于聘请财务顾问。
A. 10%   B. 20%   C. 25%   D. 30%

60. 根据国务院关于有关部门新的职能分工的规定，向外商转让上市公司国有股和法人股，涉及非金融类企业所持上市公司国有股转让事项由(   )负责。
A. 国家发改委   B. 国务院国有资产监督管理委员会
C. 财政部   D. 商务部

二、**多选题**(共60题40分，其中已标明分值的20题每题1分，其余40题每题0.5分。以下备选项中有两项或两项以上符合题目要求，多选、少选、错选均不得分)

61. 承销团申请人应具备的基本条件包括(   )。
A. 信息化管理程度较高
B. 在中国境内依法成立的金融机构
C. 财务稳健，具有较强的风险控制能力
D. 依法开展经营活动，最近2年内在经营活动中没有重大违法记录，信誉良好

62. 保荐代表人出现下列(   )情形的，中国证监会可根据情节轻重，自确认之日起3～12个月内不受理相关保荐代表人具体负责的推荐；情节特别严重的，撤销其保荐代表人资格。
A. 未完成或者未参加辅导工作
B. 尽职调查工作日志缺失或者遗漏、隐瞒重要问题
C. 未参加持续督导工作，或者持续督导工作未勤勉尽责
D. 唆使、协助或者参与发行人干扰中国证监会及其发行审核委员会的审核工作

63. 企业债券上市推荐人应当符合的条件有(   )。(1分)

A. 具备股票主承销商资格且信誉良好

B. 具有交易所会员资格

C. 最近 3 年内无重大违法、违规行为

D. 负责推荐工作的主要业务人员熟悉交易所章程及相关业务规则

64. 外商投资企业作为股份有限公司的发起人，必须符合的条件有(　　)。

A. 认缴出资额已经缴足　　　　　　B. 已经完成原审批项目

C. 已经开始缴纳企业所得税　　　　D. 认缴部分出资额

65. 股份有限公司创立大会的职权有(　　)。(1 分)

A. 通过公司章程

B. 选举董事会和监事会成员

C. 决定公司内部管理机构的设置

D. 对公司的设立费用进行审核

66. 依据《公司法》的规定，公司不得收购本公司股份，但是下列(　　)情况除外。

A. 减少公司注册资本

B. 与持有本公司股份的其他公司合并

C. 将股份奖励给本公司职工

D. 为了维持本公司股票价格的稳定，不以盈利为目的收购本公司股份

67. 下列人员不得担任独立董事的有(　　)。(1 分)

A. 在上市公司或者其附属企业任职的人员及其直系亲属、主要社会关系

B. 直接或间接持有上市公司已发行股份1%以上或者是上市公司前 10 名股东中的自然人股东及其直系亲属

C. 在直接或间接持有上市公司已发行股份 5% 以上的股东单位或者在上市公司前 5 名股东单位任职的人员及其直系亲属

D. 为上市公司或者其附属企业提供财务、法律、咨询等服务的人员

68. 拟发行上市公司的(　　)不得在持有公司 5% 以上股权的股东单位及其下属企业担任除董事、监事以外的任何职务。

A. 总经理　　　　B. 副总经理　　　　C. 财务负责人　　　　D. 董事会秘书

69. 拟发行上市公司在改组时，应避免其主要业务与实际控制人及其控制的法人同业竞争，针对存在的同业竞争，应采取以下(　　)措施。

A. 针对存在的同业竞争，通过收购、委托经营等方式，将相竞争的业务集中到拟发行上市公司

B. 竞争方将有关业务转给无关联的第三方

C. 拟发行上市公司放弃与竞争方存在同业竞争的业务

D. 竞争方就解决同业竞争，以及今后不再进行同业竞争做出口头或书面承诺

70. 关于企业改组为拟上市股份有限公司的程序，下列叙述正确的有(　　)。

A. 拟改组企业应聘请具有改组和主承销商经验的证券公司作为企业股份制改组的财务顾问，并向该证券公司提供本企业的基本情况

B. 企业改组涉及国有资产的管理、国有土地使用权的处置、国有股权管理等诸多问题，都须按要求分别取得有关政府部门的批准文件

C. 聘请的中介机构一般包括财务顾问、具有从事证券相关业务资格的会计师事务所、

具有从事证券相关业务资格的资产评估机构和律师事务所，其中，一般以会计师事务所为牵头召集人

D. 企业设立验资账户，各发起人按发起人协议规定的出资方式、出资比例出资，以实物资产出资的应办理完毕有关产权转移手续

71. 国有企业改组为上市公司时，其占用的国有土地的处置方式主要有(   )。(1分)

A. 以土地所有权作价入股   B. 以土地使用权作价入股

C. 缴纳土地出让金   D. 缴纳土地租金

72. 重置成本法是在现时条件下，被评估资产全新状态的重置成本减去该项资产的(   )，估算资产价值的方法。

A. 实体性贬值   B. 功能性贬值   C. 经济性贬值   D. 政策性贬值

73. 下列可以归类为长期融资的有(   )。

A. 发行的股票

B. 公司的赊购

C. 偿还期在2年以后的银行贷款

D. 离偿还期还有6个月的银行贷款

74. 假设某企业进行负债和权益的融资，两者成本均不会随着结构的变化而变化，若想使企业的市场价值得以提高，根据折中理论，不能采用的方法有(   )。(1分)

A. 使融资总成本达到最大   B. 采取适度数量的权益融资

C. 采用适度数量的股权融资   D. 采用适度数量的债务融资

75. 关于净经营收入理论，下列说法正确的有(   )。

A. 该理论假定，不管企业财务杠杆多大，债务融资成本和企业融资总成本是不变的

B. 该理论假定，当企业增加债务融资时，股票融资的成本不变

C. 该理论认为，企业可以通过增加成本较低的负债融资而抵消成本较高的股权融资的影响

D. 该理论认为，融资成本会随着融资结构的变化而变化

76. 关于保荐业务管理，下列说法正确的有(   )。

A. 保荐机构应当建立健全保荐工作的内部控制体系

B. 保荐机构应当建立健全证券发行上市的尽职调查制度、辅导制度

C. 保荐机构的保荐业务负责人、内核负责人负责监督、执行保荐业务各项制度并承担相应的责任

D. 保荐机构推荐发行人证券发行上市，应当遵循诚实守信、勤勉尽责的原则

77. 证券发行项目执行的主要过程包括(   )等。

A. 项目执行成员构成

B. 立项评估时间

C. 尽职调查的主要过程

D. 保荐代表人参与尽职调查的工作时间

78. 关于招股说明书摘要，下列说法正确的有(   )。(1分)

A. 招股说明书摘要应简要提供招股说明书的主要内容，但不得误导投资者

B. 招股说明书摘要内容必须忠实于招股说明书全文，不得出现与全文相矛盾之处；招股说明书摘要应尽量采用图表或其他较为直观的方式准确披露发行人的情况，做到

简明扼要、通俗易懂

C. 招股说明书摘要的目的为向公众提供有关本次发行的简要情况，需简要介绍招股说明书全文各部分的主要内容

D. 公司负责人和主管会计工作的负责人、会计机构负责人保证招股说明书摘要中财务会计资料真实、完整

79. 首次公开发行股票，发行人的董事、监事和高级管理人员要符合法律、行政法规和规章规定的任职资格，且不得有( )情形。

A. 被中国证监会采取证券市场禁入措施尚在禁入期的

B. 最近 36 个月内受到中国保监会行政处罚

C. 最近 18 个月内受到证券交易所公开谴责

D. 因涉嫌犯罪被司法机关立案侦查或者涉嫌违法违规被中国证监会立案调查，尚未有明确结论意见

80. 发审委委员审核股票发行申请文件时，有( )情形之一的，应及时提出回避。(1分)

A. 发审委委员或者其亲属担任发行人或者保荐机构的董事(含独立董事)、监事、经理或者其他高级管理人员的

B. 发审委委员或者其亲属、发审委委员所在工作单位持有发行人的股票，可能影响其公正履行职责的

C. 发审委委员或者其所在工作单位近 3 年来为发行人提供保荐、承销、审计、评估、法律、咨询等服务，可能妨碍其公正履行职责的

D. 发审委会议召开前，与本次所审核发行人及其他相关单位或者个人进行过接触，可能影响其公正履行职责的

81. 创业板上市公司申请首次公开发行股票的，发行人的董事、监事和高级管理人员不得存在( )情形。(1分)

A. 被中国证监会采取证券市场禁入措施尚在禁入期的

B. 最近 5 年内受到中国证监会行政处罚

C. 因涉嫌犯罪被司法机关立案侦查或者涉嫌违法违规被中国证监会立案调查，尚未有明确结论意见的

D. 最近 1 年内受到证券交易所公开谴责的

82. 关于股票发行价格，下列说法正确的是( )。

A. 股票的发行价格可以等于票面金额，也可以超过票面金额，但不得低于票面金额

B. 股票的定价不仅仅是估值及撰写股票发行定价分析报告，还包括了发行期间的具体沟通、协商、询价、投标等一系列定价活动

C. 根据中国证监会《证券发行与承销管理办法》规定，首次公开发行股票应通过询价的方式确定股票发行价格

D. 《证券法》规定，股票发行采取溢价发行的，其发行价格由发行人确定

83. 在( )的情况下，使用贴现现金流量法估值会遇到较大困难。(1分)

A. 陷入财务危机的公司

B. 收益呈周期性分布的公司

C. 正在进行重组的公司

D. 拥有固定资产比重较大的公司

84. 关于上海证券交易所的上网发行资金申购流程，假设 T 日为申购当日，则下列说法错误的是(　　)。(1分)
   A. 申购日后的第一天(T＋1 日)，摇号抽签
   B. 申购日后的第二天(T＋2 日)，由中国结算上海分公司将申购资金冻结
   C. 申购日后的第三天(T＋3 日)，中国结算上海分公司配合上证所指定的具备资格的会计师事务所对申购资金进行验资
   D. 申购日后的第四天(T＋4 日)，对未中签部分的申购款予以解冻

85. 下列关于超额配售选择权的叙述正确的是(　　)。
   A. 超额配售选择权只适用于首次公开发行
   B. 发行人计划实施超额配售选择权的，应当提请董事会批准
   C. 拟实施超额配售选择权的主承销商，应当向证监会提供充分的依据，说明公司已经建立完善的内部控制机制
   D. 在超额配售选择权行使期内，由主承销商指定的授权代表负责行使超额配售选择权及股票的配售

86. 发行费用是指发行人在股票发行申请和实际发行过程中发生的费用，主要包括(　　)。
   A. 承销费用一般根据股票发行规模确定
   B. 发行人支付给中介机构的费用，包括申报会计师费用、律师费用、评估费用、承销费用、保荐费用以及上网发行费用等
   C. 为本次发行而进行的财务咨询费用，应由主承销商承担，在发行费用中不应包括"财务顾问费"
   D. 其他费用

87. 下列(　　)不属于首次公开发行中发行人提出上市申请时，应当向证券交易所提交的主要文件。
   A. 上市申请书
   B. 申请股票上市的董事会和股东大会决议
   C. 招股说明书
   D. 验资报告

88. 根据《公开发行证券的公司信息披露内容与格式准则第 1 号——招股说明书》(简称"第 1 号准则")的规定，招股说明书应满足的一般要求包括(　　)。
   A. 引用的数据应提供资料来源，事实应有充分、客观、公正的依据
   B. 引用的数字应采用阿拉伯数字，货币金额除特别说明外，应指人民币金额，并以元、千元或万元为单位
   C. 发行人可根据有关规定或其他需求，编制招股说明书外文译本，但应保证中、外文文本的一致性，并在外文文本上注明"本招股说明书分别以中、英(或日、法等)文编制，在对中外文本的理解上发生歧义时，以中文文本为准"
   D. 招股说明书全文文本应采用质地良好的纸张印刷，幅面为 209×295 毫米

89. 首次公开发行股票的发行人应在招股说明书中详细披露改制重组情况，主要包括(　　)。
   A. 发起人出资资产的产权变更手续办理情况
   B. 法定代表人

C. 发起人

D. 发行人成立时拥有的主要资产和实际从事的主要业务

90. 首次公开发行股票的发行人应列表披露董事、监事、高级管理人员、核心技术人员及其近亲属以任何方式直接或间接持有发行人股份的情况，并应列出(　　)。(1分)

A. 持有人姓名

B. 对核心技术人员，还应披露其主要成果及获得的奖项

C. 所持股份的质押或冻结情况

D. 近3年所持股份的增减变动情况

91. 律师应对发行人是否符合股票发行上市条件、发行人的行为是否存在违法、违规，以及招股说明书及其摘要引用的法律意见书和律师工作报告的内容是否适当，明确发表意见。律师发表意见可分为(　　)。

A. 肯定性意见　　　　　　　　　　　B. 否定性意见

C. 保留意见　　　　　　　　　　　　D. 无保留意见

92. 首次公开发行股票，并申请在经国务院批准设立的证券交易所上市的公司，在股票上市前，应按(　　)中的有关要求编制上市公告书。

A. 《公司法》

B. 《首次公开发行股票并上市管理办法》

C. 核准其挂牌交易的证券交易场所《上市规则》

D. 《股票上市公告书内容与格式指引》

93. 首次公开发行股票，发行人应披露招股说明书刊登日至上市公告书刊登前已发生的可能对发行人有较大影响的其他重要事项，主要包括(　　)。

A. 主要业务发展目标的进展

B. 所处行业或市场的重大变化

C. 重大关联交易事项

D. 发行人住所的变更

94. 上市公司公开发行新股应当符合的条件有(　　)。

A. 具备健全且运行良好的组织机构

B. 具有持续盈利能力，财务状况良好

C. 最近2年财务会计文件无虚假记载，无其他重大违法行为

D. 资产质量良好，不良资产不足以对公司财务状况造成重大不利影响

95. 关于上市公司非公开发行股票的规定，下列说法正确的有(　　)。(1分)

A. 发行价格应不低于公告招股意向书前20个交易日公司股票均价或前一个交易日的均价

B. 发行对象为上市公司的控股股东、实际控制人或其控制的关联人，则发行对象认购的股份自发行结束之日起36个月内不得转让

C. 募集资金使用应符合《上市公司证券发行管理办法》第十条的规定

D. 本次发行将导致上市公司控制权发生变化的，还应当符合中国证监会的其他规定

96. 定价基准日可以为(　　)。

A. 发行期的首日

B. 中国证监会发审委批复日

C. 关于本次非公开发行股票的股东大会决议公告日

D. 关于本次非公开发行股票的监事会决议公告日

97. 对于发审会后重大事项的调查，保荐人在报送再融资公司会后事项材料时，需关注（   ）。

A. 发行人会后是否符合不再提交发审会审核的条件

B. 发行人本次募集资金拟收购资产是否发生重大不利变化

C. 发行人本次募集资金拟收购资产的评估结果是否依然有效

D. 发行人所在行业的产品结构是否发生变化

98. 发行人在上海证券交易所网站披露增发招股意向书全文前，须向交易所提交（   ）。

A. 确认函

B. 发行方案

C. 招股意向书全文及相关文件的电子文件磁盘

D. 招股意向书全文及相关文件的书面材料

99. 关于公开发行可转换公司债券提供担保的规定，下列叙述正确的有（   ）。

A. 公开发行可转换公司债券必须提供担保

B. 提供担保的，应当为全额担保，担保范围包括债券的本金及利息、违约金、损害赔偿金和实现债权的费用

C. 以保证方式提供担保的，应当为连带责任担保，且保证人最近一期经审计的净资产额应不低于其累计对外担保的金额

D. 证券公司或上市公司不得作为发行可转换债券的担保人，但上市商业银行除外

100. 转债的定价 Black – Scholes 期权定价模型的假设前提包括（   ）。（1分）

A. 股票可被自由买进或卖出

B. 期权是美式期权

C. 在期权到期日前，股票无股息支付

D. 股票的价格变动呈正态分布

101. 发行人律师按照中国证监会的有关规定出具的法律意见书和律师工作报告中，除满足规定的一般要求外，还应（   ）。

A. 对可转换公司债券发行上市的实质条件进行核查验证

B. 对可转换公司债券发行上市的发行方案及发行条款进行核查验证

C. 对担保和资信等情况进行核查验证

D. 负责报送发行申请文件

102. 保荐人推荐可转换公司债券上市（恢复上市除外），应当向交易所提交的文件包括（   ）。

A. 上市保荐书

B. 保荐协议

C. 上市报告书

D. 保荐人和相关保荐代表人已经中国证监会注册登记并列入保荐人和保荐代表人名单的授权委托书

103. 企业发行企业债券所筹集的资金可用于（   ）。

A. 固定资产投资项目

B. 收购产权(股权)

C. 弥补亏损和非生产性支出

D. 调整债务结构和补充营运资金

104. 公司凡有下列( )情形之一时,不得再次发行公司债券。

A. 募集资金的用途不符合国家产业政策的

B. 前一次发行的公司债券尚未募足的

C. 对已发行的公司债券或者其债务有违约或者延迟支付本息的事实,且仍处于继续状态的

D. 违反《证券法》规定,改变公开发行公司债券所募资金用途的

105. 公司债券在银行间债券市场交易的准入条件主要有( )。(1分)

A. 发行人近两年没有违法和重大违规行为

B. 债权债务关系确立并登记完毕

C. 发行人具有较完善的治理结构和机制

D. 实际发行额不少于人民币6亿元

106. 债券受托管理人应当履行的职责包括( )。

A. 持续关注公司和保证人的资信状况

B. 公司为债券设定担保的,债券受托管理协议应当约定担保财产为信托财产

C. 债券受托管理人应在债券发行前取得担保的权利证明或其他有关文件,并在担保期间妥善保管

D. 在债券持续期内勤勉处理债券持有人与公司之间的谈判或者诉讼事务

107. 短期融资券的注册文件包括( )。

A. 短期融资券注册报告

B. 主承销商推荐函及相关中介机构承诺书

C. 企业发行短期融资券拟披露文件

D. 发行人律师出具的法律意见书

108. 下列属于信贷资产证券化业务的参与者的有( )。

A. 发起机构   B. 受托机构

C. 信用评级机构   D. 贷款服务机构

109. 下列各项属于国际开发机构申请在中国境内发行人民币债券应提交的材料有( )。

(1分)

A. 人民币债券发行申请报告

B. 近3年经审计的财务报表及附注

C. 人民币债券信用评级报告及跟踪评级安排的说明

D. 为中国境内项目或企业提供贷款和投资情况

110. 公司发行境内上市外资股,需要聘请的法律顾问包括( )。

A. 企业的中国境内法律顾问

B. 企业的境外法律顾问

C. 承销商法律顾问

D. 所在国政府的法律顾问

111. 关于H股的发行方式,下列说法正确的是( )。

A. H 股的发行方式是"公开发行"加"国际配售"

B. 发行人应按照上市地法律的要求，将招股文件和相关文件做公开披露和备案

C. 招股说明书一般在上市委员会的听证会批准几周后公布

D. 必要时，境外股初次发行 H 股时需进行国际路演

112. 下列关于内地企业在香港创业板发行股票与上市的市场标准的说法正确的是（   ）。
(1 分)

A. 如果新申请人具备 12 个月活跃业务记录，则公司上市的最低市值需要达到 5 亿港元

B. 如果新申请人具备 24 个月活跃业务记录，则公司上市的最低市值需要达到 4600万港元

C. 如果公司上市时市值不超过 40 亿港元，则最低公众持股量为 25%，但最低金额须达到 5000 万港元

D. 如果发行人具备 12 个月活跃业务记录，则至少应有 500 名股东，其中持股量最高的 5 名及 25 名股东合计的持股量分别不得超过公众持有的股本证券的 30%及 50%

113. 以要约收购方式进行上市公司收购的，被收购公司董事会和董事在收到收购人的通知后，应履行的职责有（   ）。

A. 为公司聘请独立财务顾问等专业机构，分析被收购公司的财务状况，就收购要约条件是否公平合理、收购可能对公司产生的影响等事宜提出专业意见

B. 在收购人公告要约收购报告书后 20 日内，将被收购公司董事会报告书与独立财务顾问的专业意见一并报送中国证监会，同时抄报上市公司所在地的证监会派出机构，抄送证券交易所

C. 将被收购公司董事会报告书和独立财务顾问的专业意见予以公告

D. 收购人对收购要约条件作出重大变更的，被收购公司董事会应当在 5 个工作日内提交董事会及独立财务顾问就要约条件的变更情况所出具的补充意见，并予以报告、公告

114. 有下列（   ）情形之一的，收购人可以向中国证监会提出免于以要约方式增持股份的申请。(1 分)

A. 收购人与出让人能够证明本次转让未导致上市公司的实际控制人发生变化

B. 上市公司面临严重财务困难，收购人提出的挽救公司的重组方案取得该公司股东大会批准，且收购人承诺 2 年内不转让其在该公司中所拥有的权益

C. 经上市公司股东大会非关联股东批准，收购人取得上市公司向其发行的新股，导致其在该公司拥有权益的股份超过该公司已发行股份的 30%，收购人承诺 3 年内不转让其拥有权益的股份，且公司股东大会同意收购人免于发出要约

D. 收购人通过证券交易所的证券交易，持有一个上市公司的股份达到该公司已发行股份的 30%时，继续增持股份的

115. 上市公司及其控股或者控制的公司（   ）达到规定的比例，导致上市公司的主营业务、资产、收入发生重大变化的资产交易行为，可以适用《上市公司重大资产重组管理办法》。

A. 在日常经营活动之外购买、出售资产

B. 上市公司按照经中国证监会核准的发行证券文件披露的募集资金用途，使用募集资金购买资产、对外投资

C. 与他人新设企业、对已设立的企业增资或者减资

D. 受托经营、租赁其他企业资产或者将经营性资产委托他人经营、租赁

116. 上市公司及其控股或者控制的公司购买、出售资产构成重大资产重组的标准不包括（　　）。(1分)

A. 购买、出售的资产总额占上市公司最近 1 个会计年度经审计的合并财务会计报告期末资产总额的比例达到 30% 以上

B. 购买、出售的资产在最近 1 个会计年度所产生的营业收入占上市公司同期经审计的合并财务会计报告营业收入的比例达到 50% 以上

C. 购买、出售的资产净额占上市公司最近 1 个会计年度经审计的合并财务会计报告期末净资产额的比例达到 50% 以上

D. 购买、出售的资产净额超过 5000 万元人民币

117. 上市公司拟实施重大资产重组的，董事会应就本次交易是否符合（　　）规定作出审慎判断。

A. 交易标的资产涉及立项、环保等有关报批事项的，在本次交易的首次董事会决议公告前应当取得相应许可证书或有关主管部门的批复文件

B. 上市公司拟购买资产的，在本次交易的首次董事会决议公告前，资产出售方必须已经合法拥有标的的完整权利，不存在限制或禁止转让的情形

C. 本次交易应有利于上市公司改善财务状况、增强持续盈利能力

D. 本次交易应有利于上市公司突出主业、增强抗风险能力

118. 证券投资咨询机构从事上市公司并购重组财务顾问业务，应当具备的条件包括（　　）。(1分)

A. 已经取得中国证监会核准的证券投资咨询业务资格

B. 实缴注册资本和净资产不低于人民币 3000 万元

C. 控股股东、实际控制人在公司申请从事上市公司并购重组财务顾问业务资格前 1 年未发生变化，信誉良好且最近 3 年无重大违法违规记录

D. 具有 2 年以上从事公司并购重组财务顾问业务活动的执业经历，且最近 2 年每年财务顾问业务收入不低于 100 万元

119. 个人申请注册成为财务顾问主办人时，需递交的证明文件包括（　　）。

A. 中国证监会规定的投资银行业务经历的证明文件

B. 财务顾问申请人推荐其担任本机构的财务顾问主办人的推荐函

C. 最近 24 个月无违反诚信的不良记录的说明

D. 最近 48 个月未因执业行为违法违规受到处罚的说明

120. 向外商转让上市公司国有股或法人股，外商可采取的支付方式有（　　）。(1分)

A. 外商所属国的货币

B. 自由兑换货币

C. 已在中国境内投资的外商，经外汇管理部门审核后，可用投资所得人民币利润支付

D. 在中国境内投资企业的股权

121. 申请人申请记账式国债承销团成员资格的，应当将申请材料分别提交财政部和人民银行。（   ）

122. 发行人及其承销商违反规定向参与认购的投资者提供财务资助或者补偿的，中国证监会可以责令改正；情节严重的，处以警告、罚款。（   ）

123. 证券公司申请保荐机构资格的，应当具有良好的保荐业务团队并且专业结构合理，其中最近 3 年从事保荐相关业务的人员不少于 20 人。（   ）

124. 募集设立是指由发起人认购公司应发行股份的一部分，其余部分通过向社会定向募集而设立公司的方式。（   ）

125. 股份有限公司增加或减少资本，应当修改公司章程，须经出席股东大会的股东所持表决权的 3/4 以上通过。变动后，应由法定验资机构出具验资证明，并依法向公司登记机关办理变更登记。（   ）

126. 公司董事或者其他高级管理人员不得兼任公司董事会秘书。（   ）

127. 股东大会会议由全体股东推选的代表主持。（   ）

128. 公司经营管理发生严重困难，继续存续会使股东利益受到重大损失，通过其他途径不能解决的，持有公司全部股东表决权 10% 以上的股东，可以请求人民法院解散公司。（   ）

129. 重大关联交易应由董事会认可后，提交股东大会讨论。（   ）

130. 清产核资工作按照统一规范、分级管理的原则，由上级国有资产监督管理机构组织指导和监督检查。（   ）

131. 国有资产折股时，在净资产不完全折股后，股东权益不等于净资产。（   ）

132. 无形资产是指得到法律认可和保护，不具有实物形态，并在较长时间内（超过 2 年）使企业在生产经营中受益的资产。（   ）

133. 收益现值法是将评估对象剩余寿命期间每年（或每月）的预期收益，累加得出评估基准日的现值，以此估算资产价值的方法。（   ）

134. 间接融资是指资金盈余者通过存款等形式，将资金首先提供给银行，然后由银行再以贷款形式将资金提供给资金短缺者使用的资金融通活动。（   ）

135. MM 的公司税模型命题二认为，在赋税条件下，当负债比率增加时，股东面临财务风险所要求增加的风险报酬的程度小于无税条件下风险报酬的增加程度，即在赋税条件下公司允许更大的负债规模。（   ）

136. 考虑了公司所得税后，由于公司需要缴纳的所得税剥夺了一部分收益，所以，公司市值将比原来不计所得税时少。（   ）

137. 因未分配利润筹资增加的是公司的权益资本，会稀释原有股东的每股权益和控制权。（   ）

138. 证券发行的保荐机构不得担任主承销商，但可以和其他具有保荐机构资格的证券公司共同担任。（   ）

139. 控制权是能够对股东大会的决议产生重大影响或者能够实际支配公司行为的权力，其渊源是对公司的直接股权投资关系。（   ）

140. 中国证券业协会可对证券经营机构担任某只证券的承销商提出否决意见；对自收到完

整的备案材料的 10 个工作日内中国证券业协会未提出否决意见的，视为得到认可。
（　　　）

141. 当注册会计师出具保留意见的审计报告时，如果认为必要，可以在意见段之后，增加对重要事项的说明。（　　　）

142. 自中国证监会核准发行之日起，发行人应在 6 个月内发行股票；超过 6 个月未发行的，核准文件失效，须重新经中国证监会核准后方可发行。（　　　）

143. 公司存在稀释性潜在普通股的，应当分别调整归属于普通股股东的报告期净利润和发行在外普通股加权平均数，并据以计算稀释每股收益。（　　　）

144. 公司自由现金流量是指公司在持续经营的基础上除了在库存、厂房、设备、长期股权等类似资产上所需投入外，能够产生的额外现金流量。现金流量的预测期一般为 10 ~ 15 年，预测期越长，预测的准确性越好。（　　　）

145. 经相关监管部门重新登记已满 1 年，注册资本不低于 4 亿元，最近 12 个月有活跃的证券市场投资记录的信托投资公司不能作为询价对象。（　　　）

146. 股票发行采用包销方式的，应当在发行公告中披露发行失败后的处理措施。股票发行失败后，主承销商应当协助发行人按照发行价并加算银行同期存款利息返还股票认购人。（　　　）

147. 上网申购期内，投资者按委托买入股票的方式，以价格区间下限填写委托单。一经申报，不得撤单。（　　　）

148. 股票发行在无纸化的情况下，股份交收以股票数载入股东磁卡账户为要件。（　　　）

149. 深圳证券交易所每年对中小企业板上市公司保荐人、保荐代表人的保荐工作进行评价，评价期间与对中小企业板上市公司信息披露工作的考核期间可以不一致。（　　　）

150. 发行人最近一年及 1 期内收购兼并其他企业资产（或股权），且被收购企业资产总额或营业收入或净利润超过收购前发行人相应项目 30%（含）的，应披露被收购企业收购前一年利润表。（　　　）

151. 股票发行人名称冠有"高科技"或"科技"字样的，招股说明书应说明冠名依据。（　　　）

152. 若曾存在工会持股、职工持股会持股、信托持股、委托持股或股东数量超过 100 人的情况，发行人应详细披露有关股份的形成原因及演变情况。（　　　）

153. 首次公开发行股票的发行人运行 3 年以上的，应披露最近 3 年及 1 期的资产负债表、利润表和现金流量表；运行不足 3 年的，应披露最近 3 年及 1 期的利润表以及设立后各年及最近 1 期的资产负债表和现金流量表。（　　　）

154. 在编报招股说明书时，发行人除应披露非经常性损益项目和金额外，还应当对重大非经常性损益项目的内容增加必要的附注说明。（　　　）

155. 上市公告书引用保荐人、证券服务机构的专业意见或者报告的，相关内容可以与保荐人、证券服务机构出具的文件内容不一致，确保引用保荐人、证券服务机构的意见不会产生误导。（　　　）

156. 上市公司申请增发新股，公司最近 3 个会计年度的加权平均净资产收益率平均不低于 6%。扣除非经常性损益后的净利润与扣除前的净利润相比，以低者作为加权平均净资产收益率的计算依据。（　　　）

157. 发审委会议表决采取记名投票方式，表决票设同意票和反对票，发审委委员不得弃

权。（　　　）

158. 中国证监会对上市公司发行新股的核准程序包括受理文件、发行审核委员会审核、核准发行以及复议等。（　　　）

159. 上市公司决定撤回证券发行申请的，应当在撤回申请文件的次2个工作日予以公告。（　　　）

160. 在网下网上同时定价发行方式下，对于网上发行部分，只能按统一配售比例对所有公众投资者进行配售。（　　　）

161. 转股价格修正方案须提交公司股东大会表决，且须经出席会议的股东所持表决权的2/3以上同意；股东大会进行表决时，持有公司可转换债券的股东应当回避。（　　　）

162. 认股权证的行权价格应不高于公告募集说明书日前20个交易日公司股票均价和前一个交易日的均价。（　　　）

163. 可转换公司债券实质上是一种由普通债权和股票期权两个基本工具构成的复合融资工具，投资者购买可转换公司债券等价于同时购买了一个普通债券和一个对公司股票的看涨期权。（　　　）

164. 证券发行申请未获核准的上市公司，自中国证监会作出不予核准的决定之日起6个月后，可再次提出证券发行申请。（　　　）

165. 发行人应当在每一季度结束后的5个工作日内，向社会公布因可转换公司债券转换为股份所引起的股份变动情况。（　　　）

166. 金融债券的招投标发行通过证券交易所债券发行系统进行。（　　　）

167. 根据《企业债券管理条例》第二十条，企业发行企业债券所筹资金可以作为任何用途。（　　　）

168. 证券评级机构应当指定专人对证券评级业务的合法合规性进行检查，并向上市地中国证监会派出机构报告。（　　　）

169. 在资金使用上，企业发行短期融资券所募集的资金应用于企业生产经营活动，并在发行文件中明确披露具体资金用途。企业在短期融资券存续期内变更募集资金用途应事后披露。（　　　）

170. 中期票据投资者可就特定投资需求向主承销商进行逆向询价，主承销商可与企业协商发行符合特定需求的中期票据。（　　　）

171. 境内上市外资股采取无记名股票形式，以人民币标明面值，以外币认购、买卖。（　　　）

172. 内地企业申请在香港联交所上市后须至少有两名执行董事常驻香港。（　　　）

173. 香港联交所《创业板上市规则》规定，如果交易所不信任包销商有所承诺的包销能力，可以暂缓批准其上市申请。（　　　）

174. 财务顾问应当在所属企业到境外上市当年剩余时间及其后两个完整会计年度，持续督导上市公司维持独立上市地位。（　　　）

175. 上市公司同时购买、出售资产的，应当分别计算购买、出售资产的相关比例，并以二者中比例较低者为准。（　　　）

176. 除法律特别规定外，特定对象以资产认购而取得的上市公司股份，自股份发行结束之日起12个月内不得转让。（　　　）

177. 中国证监会只能接受重组委委员提出的书面申请，决定其是否回避。（　　　）

178. 证券公司申请从事上市公司并购重组财务顾问业务资格，除向中国证监会提交基本申报材料外，还应当提交从事公司并购重组财务顾问业务2年以上执业经历的说明。（　　）

179. 财务顾问接受委托人委托的，应当指定1名财务顾问主办人负责，同时，可以安排2名项目协办人参与。（　　）

180. 外国投资者资产并购的，应根据购买资产的交易价格和实际生产经营规模，确定拟设立的外商投资企业的投资总额。（　　）

答案与解析

一、单选题(共60题，每题0.5分，共30分。以下备选答案中只有一项最符合题目要求，不选、错选均不得分)

1. 【答案】C

【解析】《证券发行上市保荐业务管理办法》第三十六条第三款规定，首次公开发行股票并在创业板上市的，持续督导期内保荐机构应当自发行人披露年度报告、中期报告之日起15个工作日内在中国证监会指定网站披露跟踪报告，对本办法第三十五条所涉及的事项，进行分析并发表独立意见。

2. 【答案】D

【解析】个人申请注册登记为保荐代表人的，应当具有证券从业资格、取得执业证书且符合下列要求，通过所任职的保荐人向中国证监会提出申请：①具备3年以上保荐相关业务经历；②最近3年内在境内证券发行项目(首次公开发行股票并上市、上市公司发行新股、可转换公司债券及中国证监会认定的其他情形)中担任过项目协办人；③参加中国证监会认可的保荐代表人胜任能力考试且成绩合格有效；④诚实守信，品行良好，无不良诚信记录，最近3年未受到中国证监会的行政处罚；⑤未负有数额较大到期未清偿的债务；⑥中国证监会规定的其他要求。

3. 【答案】B

【解析】申请凭证式国债承销团成员资格的申请人除具备基本条件外，还须具备下列条件：①注册资本不低于人民币3亿元或者总资产在人民币100亿元以上的存款类金融机构；②营业网点在40个以上。

4. 【答案】C

【解析】证券公司有下列行为之一的，除承担《证券法》规定的法律责任外，自中国证监会确认之日起36个月内不得参与证券承销：①承销未经核准的证券；②在承销过程中，进行虚假或误导投资者的广告或者其他宣传推介活动，以不正当手段诱使他人申购股票；③在承销过程中披露的信息有虚假记载、误导性陈述或者重大遗漏。

5. 【答案】A

【解析】股份有限公司注册资本的最低限额为人民币500万元；法律、行政法规对股份有限公司注册资本的最低限额有较高规定的，从其规定。

6. 【答案】B

【解析】我国股份有限公司目前遵循的是法定资本制的原则，不仅要求公司在章程中规定资本总额，而且要求在设立登记前认购或募足完毕。

7. 【答案】C

【解析】股东大会就选举董事、监事进行表决时，根据公司章程的规定或者股东大会的决议，可以实行累积投票制。累积投票制是指股东大会选举董事或者监事时，每一股份拥有与应选董事或者监事人数相同的表决权，股东拥有的表决权可以集中使用。

8. 【答案】A

【解析】上市公司董事会、监事会、单独或者合并持有上市公司已发行股份1%以上的股东可以提出独立董事候选人，并经股东大会选举决定。

9. 【答案】A

【解析】无法避免的关联交易应遵循市场公正、公平、公开的原则，关联交易的价格或收费，原则上应不偏离市场独立第三方的标准。对于难以比较市场价格或订价受到限制的关联交易，应通过合同明确有关成本和利润的标准。

10. 【答案】C

【解析】有权代表国家投资的机构或部门直接设立的国有企业以其部分资产(连同部分负债)改建为股份公司的，如进入股份公司的净资产(指评估前净资产)累计高于原企业所有净资产的50%(含50%)，或主营生产部分的全部或大部分资产进入股份制企业，其净资产折成的股份界定为国家股；若进入股份公司的净资产低于50%(不含50%)，则其净资产折成的股份界定为国有法人股。国家另有规定的，从其规定。

11. 【答案】B

【解析】对占有单位的无形资产，应区别下列情况评定重估价值：①外购的无形资产，根据购入成本以及该项资产具备的获利能力；②自创的或者自身拥有的无形资产，根据其形成时发生的实际成本及该项资产具备的获利能力；③自创的或者自身拥有的未单独计算成本的无形资产，根据该项资产具有的获利能力。

12. 【答案】C

【解析】现行市价法是通过市场调查，选择一个或 n 个与评估对象相同或类似的资产作为比较对象，分析比较对象的成交价格和交易条件，进行对比调整，估算出资产价值的方法。现行市价法的适用条件有：①存在着 3 个及 3 个以上具有可比性的参照物；②价值影响因素明确并可量化。用现行市价法进行资产评估的，应当参照相同或者类似资产的市场价格评定重估价值。

13. 【答案】B

【解析】$F_P = 0.2/5 = 4\%$，$P_0 = 5$，$D = 0.5$，这笔优先股的资本成本为：

$$K_P = \frac{D}{P_0(1 - F_P)} = \frac{0.5}{5 \times (1 - 4\%)} = 10.42\%。$$

14. 【答案】C

【解析】C 项属于净收入理论的假设条件。除 ABD 三项外，MM 理论的假设条件还包括：①所有债务都是无风险的，债务利率为无风险利率；②股票和债券在完全资本市场上进行交易，这意味着没有交易成本，投资者可同企业一样以同样利率借款。

15. 【答案】A

【解析】当公司具有良好的收益能力和成长性，其价值高于债券价值，股东会选择行使期权，获得公司偿还债务后获得剩余价值；当公司价值低于债券价值时，股东放弃行使期权，只承担有限责任，因此普通股实际上是对公司总资产的一项看涨期权。

16. 【答案】C

【解析】保荐代表人应当维护发行人的合法利益，对从事保荐业务过程中获知的发行人信息保密。保荐代表人应当恪守独立履行职责的原则，不因迎合发行人或者满足发行人的不当要求而丧失客观、公正的立场，不得唆使、协助或者参与发行人及证券服务机构实施非法的或者具有欺诈性的行为。AD 两项属于违法行为。

17. 【答案】B

【解析】《上海证券交易所上市公司募集资金管理规定》明确，保荐人应当对上市公司募集资金管理事项履行保荐职责，进行持续督导工作，上市公司应当在募集资金到账后两周内与保荐人、存放募集资金的商业银行签订募集资金专户存储三方监管协议。

18. 【答案】A

【解析】发行人首次公开发行股票，主承销商应在内核程序结束后作出是否推荐发行的决定。决定推荐发行的，应出具发行保荐书。发行保荐书至少应包括的内容有：主承销商内部审核程序简介及内核意见、明确的推荐意见及其理由、对发行人发展前景的评价、有关发行人是否符合发行上市条件及其他有关规定的说明、发行人主要问题和风险的提示、参与本次发行的项目组成员及相关经验等。

19. 【答案】A

【解析】发审委审核上市公司非公开发行股票申请和中国证监会规定的其他非公开发行证券申请，适用特别程序规定。每次参加发审委会议的委员为 5 名。表决投票时同意票数达到 3 票为通过，同意票数未达到 3 票为未通过。

20. 【答案】B

【解析】在运用可比公司法时，可以采用比率指标进行比较，比率指标包括 P/E（市盈率）、P/B（市净率）、EV/EBITDA（企业价值与利息、所得税、折旧、摊销前收益的比率）等等。市净率（Price to Bookvalue Ratio，简称 P/B），是指股票市场价格与每股净资产的比率，计算公式为：市净率 = 股票市场价格/每股净资产。

21. 【答案】B

【解析】《公开发行证券公司信息披露编报规则第 9 号——净资产收益率和每股收益的计算及披露》（2007 年修订）第六条规定，基本每股收益的计算公式为：基本每股收益 = $P \div S$。其中，P 为归属于公司普通股股东的净利润或扣除非经常性损益后归属于普通股股东的净利润；S 为发行在外的普通股加权平均数。即基本每股收益 = $0.85 \div 2.5 = 0.34$（元/股）。

22. 【答案】D

【解析】询价对象是指符合《证券发行与承销管理办法》规定条件的证券投资基金管理公司、证券公司、信托投资公司、财务公司、保险机构投资者、合格境外机构投资者，以及经中国证监会认可的其他机构投资者。

23. 【答案】B

【解析】当有效申购量等于或小于发行量时，发行底价即最终的发行价格；当有效申购量大于发行量时，主承销商可以采用比例配售或者抽签的方式，确定每个有效申购实际应配售的新股数量。

24. 【答案】A

【解析】战略投资者不得参与首次公开发行股票的初步询价和累计投标询价，并应当承诺获得本次配售的股票持有期限不少于 12 个月，持有期自本次公开发行的股票上市之日起计算。

25. 【答案】D

【解析】投资者应在申购委托前把申购款全额存入与办理该次发行的证券交易所联网的证券营业部指定的账户。在上网申购期内，投资者按委托买入股票的方式，以发行价格委托证券营业部申报。一经申报，不得撤单。

26. 【答案】D

【解析】如果发行人报告期内存在对同一公司控制权人下相同、类似或相关业务进行重组，且重组符合《〈首次公开发行股票并上市管理办法〉第十二条——发行人最近 3 年内主营业务没有发生重大变化的适用意见——证券期货法律适用意见第 3 号》所规定的主营业务没有发生重大变化的条件，被重组方重组前一个会计年度末的资产总额或前一个会计年度的营业收入或利润总额达到或超过重组前发行人相应项目 20% 的，申报财务报表至少须包含重组完成后的最近 1 期资产负债表。

27. 【答案】C

【解析】在首次公开发行股票的招股说明书中，关于收购兼并信息的披露，发行人最近 1 年及 1 期内收购兼并其他企业资产（或股权），且被收购企业资产总额或营业收入或净利润超过收购前发行人相应项目 20%（含）的，应披露被收购企业收购前 1 年利润表。

28. 【答案】C

【解析】在对首次公开发行股票的发行人的股本变化情况进行披露时，涉及国有股的，应在国家股股东之后标注"SS"（"State – own Shareholder"的缩写），在国有法人股股东之后标注"SLS"（"State – own Legal – person Shareholder"的缩写），并披露标识的依据及标识的含义。

29. 【答案】B

【解析】首次公开发行股票的发行人及其主承销商应当在刊登招股意向书或者招股说明书摘要的同时刊登发行公告，对发行方案进行详细说明。发行人及其主承销商发行过程中通常还将发布的内容包括：①初步询价结果及发行价格区间公告；②发行定价、网下发行结果及网上中签率公告；③网上资金申购发行摇号中签结果公告等。

30. 【答案】C

【解析】上市公司配股时除符合一般规定外，还应当符合下列规定：①拟配售股份数量不超过本次配售股份前股本总额的 30%；②控股股东应当在股东大会召开前公开承诺认配股份的数量；③采用《证券法》规定的代销方式发行。

31. 【答案】B

【解析】申请文件是上市公司为发行新股向中国证监会报送的必备文件。发行申请人按照中国证监会颁布的《公开发行证券的公司信息披露内容与格式准则》制作申请文件，由保荐人（主承销商）推荐，并向中国证监会申报。中国证监会收到申请文件后，在 5 个工作日内作出是否受理的决定。未按规定要求制作申请文件的，中国证监会不予受理。

32. 【答案】B

【解析】如发生重大事项导致拟发行公司不符合发行上市条件的，中国证监会将依照有关法律、法规执行并依照审核程序决定是否需要重新提交发审会讨论。如发生重大事项后，拟发行公司仍符合发行上市条件的，拟发行公司应在报告中国证监会后第 2 日刊登补充公告。

33. 【答案】C

【解析】在询价增发、比例配售过程中，发行人刊登招股意向书当日停牌 1 小时，刊登询价区间公告当日停牌 1 小时，连续停牌日为 T 日～T+3 日。

34. 【答案】D

【解析】依据上海证券交易所的配股操作流程(T 日为股权登记日)，T+1 日～T+5 日为配股缴款时间，发行人和主承销商应连续 5 天刊登配股提示公告；T+7 日，刊登配股发行结果公告，股票回复正常交易。如发行成功，当日为除权基准日；如发行失败，当日为申购资金退款日。

35. 【答案】B

【解析】根据《上市公司证券发行管理办法》规定，公开发行可转换公司债券的上市公司，其最近 3 个会计年度加权平均净资产收益率平均不低于 6%；扣除非经常性损益后的净利润与扣除前的净利润相比，以低者作为加权平均净资产收益率的计算依据。

36. 【答案】A

【解析】公开发行可转换公司债券，应当委托具有资格的资信评级机构进行信用评级和跟踪评级；资信评级机构每年至少公告 1 次跟踪评级报告。对于发行分离交易的可转换公司债券的评级要求，与此相同。

37. 【答案】A

【解析】股票波动率是影响期权价值的一个重要因素，股票波动率越大，期权的价值越高，可转换公司债券的价值越高；反之，股票波动率越低，期权的价值越低，可转换公司债券的价值越低。

38. 【答案】A

【解析】上市公司出现下列情形之一的，证券交易所暂停其可转换公司债券上市：①公司有重大违法行为；②公司情况发生重大变化不符合可转换公司债券上市条件；③发行可转换公司债券所募集的资金不按照核准的用途使用；④未按照可转换公司债券募集办法履行义务；⑤公司最近 2 年连续亏损；⑥证券交易所认为应当暂停其可转换公司债券上市的其他情形。

39. 【答案】C

【解析】根据可转换公司债券在上海证券交易所的网上定价发行的时间安排，T+4 日，摇号结果公告见报；T+4 日以后，做好上市前准备工作。

40. 【答案】A

【解析】1988 年以前，我国国债发行采用行政分配方式；1988 年，财政部首次通过商业银行和邮政储蓄柜台销售了一定数量的国债；1991 年，开始以承购包销方式发行国债；1996 年起，公开招标方式被广泛采用。目前，凭证式国债发行完全采用承购包销方式，记账式国债发行完全采用公开招标方式。

41. 【答案】B

【解析】次级债务分两种，其中商业银行次级债务是指由银行发行的，固定期限不低于 5 年(包括 5 年)，除非银行倒闭或清算不用于弥补银行日常经营损失，且该项债务的索偿权排在存款和其他负债之后的商业银行长期债务；保险公司次级定期债务是指保险公司经批准定向募集的、期限在 5 年以上(含 5 年),本金和利息的清偿顺序列于保单责任和其他负债之后、先于保险公司股权资本的保险公司债务。

42.【答案】B

【解析】符合以下条件的公司债券可以进入银行间债券市场交易流通,但公司债券募集办法或发行章程约定不交易流通的债券除外:①依法公开发行;②债权债务关系确立并登记完毕;③发行人具有较完善的治理结构和机制,近两年没有违法和重大违规行为;④实际发行额不少于人民币 5 亿元;⑤单个投资人持有量不超过该期公司债券发行量的 30%。

43.【答案】C

【解析】《公司债券发行试点办法》第九条规定,公司债券每张面值 100 元,发行价格由发行人与保荐人通过市场询价确定。

44.【答案】C

【解析】2008 年 4 月 12 日,中国人民银行颁布了《银行间债券市场非金融企业债务融资工具管理办法》,并于 4 月 15 日正式施行。《银行间债券市场非金融企业债务融资工具管理办法》明确规定,短期融资券适用该办法,且自该办法施行之日起,《短期融资券管理办法》、《短期融资券承销规程》和《短期融资券信息披露规程》同时终止执行;相应地,短期融资券的注册机构也由中国人民银行变更为中国银行间市场交易商协会(简称"交易商协会")。

45.【答案】D

【解析】《银行间债券市场非金融企业中期票据业务指引》第三条规定,企业发行中期票据应依据《银行间债券市场非金融企业债务融资工具注册规则》在交易商协会注册。

46.【答案】A

【解析】2005 年 10 月 9 日,国际金融公司和亚洲开发银行这两家国际开发机构,在全国银行间债券市场分别发行人民币债券 11.3 亿元和 10 亿元,这是中国债券市场首次引入外资机构发行主体——中国的外国债券或熊猫债券市场便由此诞生。

47.【答案】C

【解析】边际中标标位的投标额大于剩余招标额的,以该标位投标额为权数平均分配。

48.【答案】B

【解析】根据《关于股份有限公司境内上市外资股的规定》第八条,以募集方式设立公司,申请发行境内上市外资股的,应当符合的条件有:①所筹资金用途符合国家产业政策;②符合国家有关固定资产投资立项的规定;③符合国家有关利用外资的规定;④发起人认购的股本总额不少于公司拟发行股本总额的 35%;⑤发起人的出资总额不少于 1.5 亿元人民币;⑥拟向社会发行的股份达公司股份总数的 25%以上;拟发行的股本总额超过 4 亿元人民币的,其拟向社会发行股份的比例达 15%以上;⑦改组设立公司的原有企业或者作为公司主要发起人的国有企业,在最近 3 年内没有重大违法行为;⑧改组设立公司的原有企业或者作为公司主要发起人的国有企业,在最近 3 年内连续盈利。

49.【答案】C

【解析】H 股公司上市后,审核委员会须有至少 3 名成员,并必须全部是非执行董事,其中至少 1 名是独立非执行董事且具有适当的专业资格,或具备适当的会计或相关财务管理专长；审核委员会的成员必须以独立非执行董事占大多数，出任主席者也必须是独立非执行董事。

50. 【答案】B

【解析】内地企业在香港创业板上市，对公众持股市值与持股量的要求是：若新申请人上市时市值不超过 40 亿港元，则无论在任何时候，公众人士持有的股份须占发行人已发行股本总额至少 25%（但最低限度要达 3000 万港元）。若新申请人上市时市值超过 40 亿港元，则公众持股量必须为由公众持有的证券达到市值 10 亿港元（在上市时决定）所需的百分比或发行人已发行股本的 20% 两个百分比中的较高者。

51. 【答案】C

【解析】根据外资股发行对象的不同，发行人和承销商往往需要准备不同的招股说明书。采用私募方式发行外资股的发行人，需要准备信息备忘录。信息备忘录是发行人向特定的投资者发售股份的募股要约文件，仅供要约人认股之用，在法律上不视为招股章程，也无须履行招股书注册手续。

52. 【答案】C

【解析】境内上市公司所属企业申请境外上市，要求上市公司最近 1 个会计年度合并报表中按权益享有的所属企业的净利润不得超过上市公司合并报表净利润的 50%；按权益享有的所属企业净资产不得超过上市公司合并报表净资产的 30%。

53. 【答案】C

【解析】收购公司融资方式一般为：首先，选用内部自有资金，因为其筹资阻力小，保密性好，风险小，不必支付发行成本；其次，选择向银行贷款（若法律、法规或政策允许），因为速度快，筹资成本低，且易保密；第三，选择发行债券、可转换债券等；最后才发行普通股票。

54. 【答案】C

【解析】以要约方式收购上市公司股份的，收购人应当编制要约收购报告书，收购人依照规定报送符合中国证监会规定的要约收购报告书及其他相关文件（"其他相关文件"与协议收购中向证监会提交的文件相同）之日起 15 日后，公告其要约收购报告书、财务顾问专业意见和律师出具的法律意见书。在 15 日内，中国证监会对要约收购报告书披露的内容表示无异议的，收购人可以进行公告；中国证监会发现要约收购报告书不符合法律、行政法规及相关规定的，及时告知收购人，收购人不得公告其收购要约。

55. 【答案】D

【解析】对于重大资产重组申请，中国证监会在审核期间提出反馈意见要求上市公司作出书面解释、说明的，上市公司应当自收到反馈意见之日起 30 日内提供书面回复意见，独立财务顾问应当配合上市公司提供书面回复意见。逾期未提供的，上市公司应当在到期日的次日就本次重大资产重组的进展情况及未能及时提供回复意见的具体原因等予以公告。

56. 【答案】C

【解析】上市公司董事会就重大资产重组作出的决议，应提交股东大会批准。上市公司股东大会就重大资产重组事项作出决议，必须经出席会议的股东所持表决权的 2/3 以上通过，股东大会应当以现场会议形式召开。

57. 【答案】A

【解析】《中国证券监督管理委员会上市公司并购重组审核委员会工作规程》第十六条第二款规定，中国证监会根据并购重组申请人及其他相关单位和个人提出的书面申请，决定相关并购重组委委员是否回避。

58.【答案】B

【解析】上市公司并购重组财务顾问业务是指为上市公司的收购、重大资产重组、合并、分立、股份回购等对上市公司股权结构、资产和负债、收入和利润等具有重大影响的并购重组活动提供交易估值、方案设计、出具专业意见等专业服务。

59.【答案】D

60.【答案】B

【解析】《关于向外商转让上市公司国有股和法人股职能分工的公告》规定，根据国务院关于有关部门新的职能分工的规定，向外商转让上市公司国有股和法人股，涉及利用外资的事项由商务部负责；涉及非金融类企业所持上市公司国有股转让事项由国资委负责；涉及金融类企业所持上市公司国有股转让事项由财政部牵头。重大事项报国务院批准。

二、多选题（共60题40分，其中已标明分值的20题每题1分，其余40题每题0.5分。以下备选项中有两项或两项以上符合题目要求，多选、少选、错选均不得分）

61.【答案】ABC

【解析】承销团申请人应当具备的基本条件包括：①在中国境内依法成立的金融机构；②依法开展经营活动，近3年内在经营活动中没有重大违法记录，信誉良好；③财务稳健，资本充足率、偿付能力或者净资本状况等指标达到监管标准，具有较强的风险控制能力；④具有负责国债业务的专职部门以及健全的国债投资和风险管理制度；⑤信息化管理程度较高；⑥有能力且自愿履行《国债承销团成员资格审批办法》第六章规定的各项义务。

62.【答案】ABCD

【解析】修订后的《证券发行上市保荐业务管理办法》第六十八条规定，保荐代表人出现下列情形之一的，中国证监会可根据情节轻重，自确认之日起3~12个月内不受理相关保荐代表人具体负责的推荐；情节特别严重的，撤销其保荐代表人资格：①尽职调查工作日志缺失或者遗漏、隐瞒重要问题；②未完成或者未参加辅导工作；③未参加持续督导工作，或者持续督导工作未勤勉尽责；④因保荐业务或其具体负责保荐工作的发行人在保荐期间内受到证券交易所、中国证券业协会公开谴责；⑤唆使、协助或者参与发行人干扰中国证监会及其发行审核委员会的审核工作；⑥严重违反诚实守信、勤勉尽责义务的其他情形。

63.【答案】ABD

【解析】上海证券交易所和深圳证券交易所对企业债券上市实行上市推荐人制度。企业债券发行人向两个交易所申请上市，必须由交易所认可的1~2个机构推荐，并出具上市推荐书。上市推荐人应当符合的条件包括：①具有交易所会员资格；②具备股票主承销商资格，且信誉良好；③最近1年内无重大违法、违规行为；④负责推荐工作的主要业务人员熟悉交易所章程及相关业务规则；⑤交易所认为应当具备的其他条件。具备条件的会员在推荐企业债券上市时，应当向交易所提出申请，经交易所审查确认后，具有上市推荐人资格。

64. 【答案】ABC

【解析】经外商投资企业登记管理机关核准登记、领取《中华人民共和国营业执照》的中外合资经营企业、中外合作经营企业及外资企业（即外商独资企业），依据《公司法》的有关规定，以本企业的名义登记为公司的发起人，用企业资产向股份有限公司投资。作为发起人，必须符合的条件有：①认缴出资额已经缴足；②已经完成原审批项目；③已经开始缴纳企业所得税。

65. 【答案】ABD

【解析】股份有限公司创立大会行使的职权有：①审议发起人关于公司筹办情况的报告；②通过公司章程；③选举董事会成员；④选举监事会成员；⑤对公司的设立费用进行审核；⑥对发起人用于抵作股款的财产的作价进行审核；⑦发生不可抗力或者经营条件发生重大变化直接影响公司设立的，可以作出不设立公司的决议。创立大会对上述第①项至第⑦项事项作出决议，必须经出席会议的认股人所持表决权过半数通过。

66. 【答案】ABC

【解析】《公司法》第一百四十三条规定，公司不得收购本公司股份，但是下列情况除外：①减少公司注册资本；②与持有本公司股份的其他公司合并；③将股份奖励给本公司职工；④股东因对股东大会作出的公司合并、分立决议持异议，要求公司收购其股份的。

67. 【答案】ABCD

【解析】上市公司的独立董事是指不在公司担任除董事外的其他职务，并与其所受聘的上市公司及其主要股东不存在可能妨碍其进行独立、客观判断的关系的董事。由于独立董事必须具有独立性，因此，下列人员不得担任独立董事：①在上市公司或者其附属企业任职的人员及其直系亲属和主要社会关系（直系亲属是指配偶、父母、子女等，主要社会关系是指兄弟姐妹、岳父母、儿媳、女婿、兄弟姐妹的配偶、配偶的兄弟姐妹等）；②直接或间接持有上市公司已发行股份1%以上或者是上市公司前10名股东中的自然人股东及其直系亲属；③在直接或间接持有上市公司已发行股份5%以上的股东单位或者在上市公司前5名股东单位任职的人员及其直系亲属；④最近1年内曾经具有前3项所列举情形的人员；⑤为上市公司或者其附属企业提供财务、法律、咨询等服务的人员；⑥公司章程规定的其他人员；⑦中国证监会认定的其他人员。

68. 【答案】ABCD

【解析】拟发行上市公司的总经理、副总经理、财务负责人、董事会秘书等高级管理人员应专职在公司工作并领取薪酬，不得在持有拟发行上市公司5%以上股权的股东单位及其下属企业担任除董事、监事以外的任何职务，也不得在与所任职的拟发行上市公司业务相同或相近的其他企业任职。

69. 【答案】ABC

【解析】对存在同业竞争的，拟发行上市公司可以采取的措施有：①针对存在的同业竞争，通过收购、委托经营等方式，将相竞争的业务集中到拟发行上市公司；②竞争方将有关业务转让给无关联的第三方；③拟发行上市公司放弃与竞争方存在同业竞争的业务；④竞争方就解决同业竞争，以及今后不再进行同业竞争作出有法律约束力的书面承诺。

70. 【答案】ABD

【解析】C 项，聘请的中介机构中，一般以财务顾问为牵头召集人，成立专门的工作协调小组，召开工作协调会，明确各中介机构的具体分工，讨论企业具体的重组方案，并确定工作时间表。

71.【答案】BCD

【解析】从我国目前的实践看，公司改组为上市公司时，对上市公司占用的国有土地主要采取四种方式处置：①以土地使用权作价入股；②缴纳土地出让金，取得土地使用权；③缴纳土地租金；④授权经营。

72.【答案】ABC

【解析】重置成本法是在现时条件下，被评估资产全新状态的重置成本减去该项资产的实体性贬值、功能性贬值和经济性贬值，估算资产价值的方法。用重置成本法进行资产评估的，应当根据该项资产在全新情况下的重置成本，减去按重置成本计算的已使用年限的累积折旧额，考虑功能变化、成新率等因素，评定重估价值；或者根据资产的使用期限，考虑资产功能变化等因素重新确定成新率，评定重估价值。

73.【答案】AC

【解析】融资按其期限长短可分为长期融资和短期融资。长期融资是指所融资金能为企业长期占用。所有者权益类的项目主要是长期融资。对于企业负债，一般规定偿还期在 1 年以上的借款为长期负债。

74.【答案】ABC

【解析】折中理论认为如果公司采取适度数量的债务筹资，影响到普通股股东可分配盈利的债务利息和股权成本不会与因债务筹资而增加的风险补偿得到同步增加。这样，公司通过提高财务杠杆来筹资，这在一定限度内将会提高公司的预期市场价值，超过该限度，股权成本的提高部分将足以抵消可供股东分配盈利的增加部分，结果导致公司市场价值降低。

75.【答案】AC

【解析】B 项，净经营收入理论认为，当企业增加债务融资时，股票融资的成本就会上升，原因在于股票融资的增加会由于额外负债的增加，使企业风险增大，促使股东要求更高的回报；D 项，负债比例的高低都不会影响融资总成本，也就是说，融资总成本不会随融资结构的变化而变化。

76.【答案】ABC

【解析】D 项属于保存业务规则的要求。

77.【答案】ACD

【解析】证券发行项目执行的主要过程包括项目执行成员构成、进场工作的时间、尽职调查的主要过程、保荐代表人参与尽职调查的工作时间以及主要过程等；B 项属于发行项目的立项审核主要过程的内容。

78.【答案】ABD

【解析】招股说明书摘要是对招股说明书内容的概括，是由发行人编制、随招股说明书一起报送批准后，在由中国证监会指定的至少一种全国性报刊上及发行人选择的其他报刊上刊登，供公众投资者参考的关于发行事项的信息披露法律文件。招股说明书摘要的目的仅为向公众提供有关本次发行的简要情况，无须包括招股说明书全文各部分的主要内容。

79. 【答案】AD

【解析】首次公开发行股票，发行人的董事、监事和高级管理人员要符合法律、行政法规和规章规定的任职资格，且不得有下列情形：①被中国证监会采取证券市场禁入措施尚在禁入期的；②最近36个月内受到中国证监会行政处罚，或者最近12个月内受到证券交易所公开谴责；③因涉嫌犯罪被司法机关立案侦查或者涉嫌违法违规被中国证监会立案调查，尚未有明确结论意见。

80. 【答案】ABD

【解析】发审委委员审核股票发行申请文件时，应及时提出回避的情形除了ABD三项外，还包括：①发审委委员或者其所在工作单位近两年来为发行人提供保荐、承销、审计、评估、法律、咨询等服务，可能妨碍其公正履行职责的；②发审委委员或者其亲属担任董事、监事、经理或者其他高级管理人员的公司与发行人或者保荐人有行业竞争关系，经认定可能影响其公正履行职责的；③中国证监会认定的可能产生利害冲突或者发审委委员认为可能影响其公正履行职责的其他情形。

81. 【答案】ACD

【解析】根据《首次公开发行股票并在创业板上市管理暂行办法》第二十五条，发行人的董事、监事和高级管理人员不得在最近3年内受到中国证监会行政处罚。

82. 【答案】ABC

【解析】《证券法》第三十四条规定："股票发行采取溢价发行的，其发行价格由发行人与承销的证券公司协商确定。"

83. 【答案】ABC

【解析】实际操作中，下列情况下使用贴现现金流量法进行估值时将遇到较大困难：①陷入财务危机的公司；②收益呈周期性分布的公司；③正在进行重组的公司；④拥有某些特殊资产的公司。

84. 【答案】ABC

【解析】关于上海证券交易所的上网发行资金申购流程，假设T日为申购当日，则申购日后的第一天（T+1日），由中国结算上海分公司将申购资金冻结；申购日后的第二天（T+2日），中国结算上海分公司配合上证所指定的具备资格的会计师事务所对申购资金进行验资，并由会计师事务所出具验资报告，以实际到位资金作为有效申购；申购日后的第三天（T+3日），摇号抽签、中签处理。

85. 【答案】CD

【解析】A项，超额配售选择权既可用于上市公司增发新股，也可用于首次公开发行；B项，发行人计划实施超额配售选择权的，应当提请股东大会批准。

86. 【答案】ABC

【解析】发行费用中不应包括"其他费用"项目。

87. 【答案】CD

【解析】发行人向证券交易所申请其首次公开发行的股票上市时，应当提交的文件包括：①上市报告书（申请书）；②中国证监会核准其股票首次公开发行的文件；③申请股票上市的董事会和股东大会决议；④首次公开发行结束后具有执行证券、期货相关业务资格的会计师事务所出具的验资报告；⑤按照有关规定编制的上市公告书等。

88. 【答案】ABCD

【解析】根据《公开发行证券的公司信息披露内容与格式准则第1号——招股说明书》（简称"第1号准则"）的规定，招股说明书的一般要求包括：①引用的数据应有充分、客观的依据，并注明资料来源；②引用的数字应采用阿拉伯数字，货币金额除特别说明外，应指人民币金额，并以元、千元或万元为单位；③发行人可根据有关规定或其他需求，编制招股说明书外文译本，但应保证中、外文文本的一致性，并在外文文本上注明"本招股说明书分别以中、英（或日、法等）文编制，在对中外文本的理解上发生歧义时，以中文文本为准"；④招股说明书全文文本应采用质地良好的纸张印刷，幅面为209毫米×295毫米；⑤招股说明书应使用事实描述性语言，保证其内容简明扼要、通俗易懂，突出事件实质，不得有祝贺性、广告性、恭维性或诋毁性的词句。

89. 【答案】ABCD

【解析】除ABCD四项外，首次公开发行股票的发行人在招股说明书中应详细披露改制重组情况还包括：①设立方式；②在改制设立发行人之前，主要发起人拥有的主要资产和实际从事的主要业务；③在发行人成立之后，主要发起人拥有的主要资产和实际从事的主要业务；④改制前原企业的业务流程、改制后发行人的业务流程，以及原企业和发行人业务流程间的联系；⑤发行人成立以来，在生产经营方面与主要发起人的关联关系及演变情况。

90. 【答案】ACD

【解析】首次公开发行股票的发行人应列表披露董事、监事、高级管理人员、核心技术人员及其近亲属以任何方式直接或间接持有发行人股份的情况，并应列出持有人姓名，近3年所持股份的增减变动以及所持股份的质押或冻结情况。B项属于发行人应披露的董事、监事、高级管理人员及核心技术人员的简要情况。

91. 【答案】AC

【解析】律师应对发行人是否符合股票发行上市条件，发行人的行为是否违法、违规，招股说明书及其摘要引用的法律意见书和律师工作报告的内容是否适当，明确发表总体结论性意见（此即肯定性意见）。律师已勤勉尽责仍不能发表肯定性意见的，应发表保留意见，并说明相应的理由及对本次发行上市的影响程度。

92. 【答案】ABCD

【解析】上市公告书是发行人在股票上市前向公众公告发行与上市有关事项的信息披露文件。在中华人民共和国境内首次公开发行股票，并申请在经国务院批准设立的证券交易所上市的公司，在股票上市前，应按《公司法》、《证券法》、《首次公开发行股票并上市管理办法》以及核准其挂牌交易的证券交易场所《上市规则》和《股票上市公告书内容与格式指引》中的有关要求编制上市公告书，并经证券交易所审核同意后公告。

93. 【答案】ABCD

【解析】除ABCD四项外，首次公开发行股票，发行人应披露招股说明书刊登日至上市公告书刊登前已发生的可能对发行人有较大影响的其他重要事项还包括：①原材料采购价格和产品销售价格的重大变化；②重大投资；③重大资产（或股权）购买、出售及置换；④董事、监事、高级管理人员及核心技术人员的变化；⑤对外担保等或有事项；⑥财务状况和经营成果的重大变化；⑦重大诉讼、仲裁事项；⑧其他应披露的重大事项。

94. 【答案】AB

【解析】上市公司公开发行新股是指上市公司向不特定对象发行新股，包括配股和增发。《证券法》第十三条规定，上市公司公开发行新股，必须具备下列条件：①具备健全且运行良好的组织机构；②具有持续盈利能力，财务状况良好；③公司在最近3年内财务会计文件无虚假记载，无其他重大违法行为；④经国务院批准的国务院证券监督管理机构规定的其他条件。而《证券法》第十五条规定，上市公司发行新股，还必须满足下列要求："公司对公开发行股票所募集资金，必须按照招股说明书所列资金用途使用。改变招股说明书所列资金用途，必须经股东大会作出决议。擅自改变用途而未作纠正的，或者未经股东大会认可的，不得公开发行新股。"

95.【答案】BCD
【解析】A项应为，发行价格不低于定价基准日前20个交易日公司股票均价的90%。

96.【答案】AC
【解析】《上市公司证券发行管理办法》所称"定价基准日"，是指计算发行底价的基准日。定价基准日可以为关于本次非公开发行股票的董事会决议公告日、股东大会决议公告日，也可以为发行期的首日。上市公司应按不低于该发行底价的价格发行股票。

97.【答案】ABC
【解析】关于发审会后重大事项的调查，保荐人（主承销商）在报送再融资公司会后事项材料时，应重点关注发行人会后是否符合不再提交发审会审核的条件，除此之外，还需关注发行人本次募集资金拟收购资产是否发生重大不利变化、拟收购资产的评估结果仍然有效等其他重要事项。

98.【答案】ACD
【解析】发行公司及其主承销商在证券交易所网站披露招股意向书全文及相关文件前，须向证券交易所提交的材料有：①中国证监会核准发行公司增发股份的文件；②发行公司招股意向书全文及相关文件的书面材料；③发行公司招股意向书全文及相关文件的电子文件磁盘；④发行公司及其主承销商关于保证招股意向书全文及相关文件的电子文件与书面文件内容一致，并承担全部责任的确认函。

99.【答案】BCD
【解析】根据《上市公司证券发行管理办法》，对于可转换公司债券的主要发行条款的担保要求的内容是：①公开发行可转换公司债券应当提供担保，但最近1期末经审计的净资产不低于人民币15亿元的公司除外；②提供担保的，应当为全额担保，担保范围包括债券的本金及利息、违约金、损害赔偿金和实现债权的费用；③以保证方式提供担保的，应当为连带责任担保，且保证人最近1期经审计的净资产额应不低于其累计对外担保的金额。证券公司或上市公司不得作为发行可转债的担保人，但上市商业银行除外；④设定抵押或质押的，抵押或质押财产的估值应不低于担保金额。估值应经有资格的资产评估机构评估；⑤发行分离交易的可转换公司债券，可以不提供担保；发行公司提供担保的，其要求与此相同。

100.【答案】ACD
【解析】1973年，经济学家Fisher Black与Myron Scholes发表了《期权定价和公司债务》的著名论文，在文中提出了动态对冲的概念，建立了欧式期权定价的解析表达式，即Black－Scholes期权定价模型。布莱克－斯科尔斯模型的假设前提主要有：①股票可被自由买进或卖出；②期权是欧式期权；③在期权到期日前，股票无股息支付；④存在一个固定的、无风险的利率，投资者可以此利率无限制地借入或贷出；⑤不存在影响收益的任何外部因素，股票收益仅来自价格变动；⑥股票的价格变动呈正态分布。

101. 【答案】ABC
【解析】发行人律师在按照中国证监会有关规定出具的法律意见书和律师工作报告中，除满足规定的一般要求外，还应针对可转换公司债券发行的特点，对可转换公司债券发行上市的实质条件、发行方案及发行条款、担保和资信等情况进行核查验证，明确发表意见。

102. 【答案】ABD
【解析】保荐人推荐可转换公司债券上市(恢复上市除外)，应当向交易所提交上市保荐书、保荐协议、保荐人和相关保荐代表人已经中国证监会注册登记并列入保荐人和保荐代表人名单的证明文件和授权委托书，以及与上市推荐工作有关的其他文件。

103. 【答案】ABD
【解析】根据《国家发展改革委关于推进企业债券市场发展、简化发行核准程序有关事项的通知》，企业债券筹集的资金可用于固定资产投资项目、收购产权(股权)、调整债务结构和补充营运资金。

104. 【答案】BCD
【解析】根据《证券法》第十八条，凡有下列情形之一的，公司不得再次公开发行公司债券：①前一次公开发行的公司债券尚未募足的；②对已公开发行的公司债券或者其他债务有违约或者延迟支付本息的事实，且仍处于继续状态的；③违反《证券法》规定，改变公开发行公司债券所募资金用途的。

105. 【答案】ABC
【解析】符合以下条件的公司债券可以进入银行间债券市场交易流通，但公司债券募集办法或发行章程约定不交易流通的债券除外：①依法公开发行；②债权债务关系确立并登记完毕；③发行人具有较完善的治理结构和机制，近两年没有违法和重大违规行为；④实际发行额不少于人民币5亿元；⑤单个投资人持有量不超过该期公司债券发行量的30%。

106. 【答案】ABCD
【解析】债券受托管理人应当履行的职责包括：①持续关注公司和保证人的资信状况，出现可能影响债券持有人重大权益的事项时，召集债券持有人会议；②公司为债券设定担保的，债券受托管理协议应当约定担保财产为信托财产，债券受托管理人应在债券发行前取得担保的权利证明或其他有关文件，并在担保期间妥善保管；③在债券持续期内勤勉处理债券持有人与公司之间的谈判或者诉讼事务；④预计公司不能偿还债务时，要求公司追加担保，或者依法申请法定机关采取财产保全措施；⑤公司不能偿还债务时，受托参与整顿、和解、重组或者破产的法律程序；⑥债券受托管理协议约定的其他重要义务。

107. 【答案】ABC
【解析】短期融资券的注册文件包括：①短期融资券注册报告(附企业《公司章程》规定的有权机构决议)；②主承销商推荐函及相关中介机构承诺书；③企业发行短期融资券拟披露文件；④证明企业及相关中介机构真实、准确、完整、及时披露信息的其他文件。

108. 【答案】ABD

【解析】信贷资产证券化业务的参与者包括：发起机构、受托机构、信用增级机构、贷款服务机构和资金保管机构。

109. 【答案】ABCD

【解析】国际开发机构申请在中国境内发行人民币债券应提交的材料包括：①人民币债券发行申请报告；②募集说明书；③近3年经审计的财务报表及附注；④人民币债券信用评级报告及跟踪评级安排的说明；⑤为中国境内项目或企业提供贷款和投资情况；⑥拟提供贷款和股本资金的项目清单及相关证明文件和法律文件；⑦按照《中华人民共和国律师法》执业的律师出具的法律意见书；⑧与本期债券相关的其他重要事项。

110. 【答案】ABC

【解析】一般发行新股需聘请的法律顾问包括企业的法律顾问和承销商的法律顾问。这两类法律顾问根据发行要求的不同，又分别包括中国境内的法律顾问和境外法律顾问。

111. 【答案】AB

【解析】C项，招股说明书一般在上市委员会的听证会批准几天后公布；D项，境外股初次发行H股时必须进行国际路演。

112. 【答案】AB

【解析】C项，如果公司上市时市值不超过40亿港元，则最低公众持股量为25%，但最低金额须达到3000万港元；D项，如发行人具备12个月活跃业务记录，则至少应有300名股东，其中持股量最高的5名及25名股东合计的持股量分别不得超过公众持有的股本证券的35%及50%。

113. 【答案】ABC

【解析】D项，收购人对收购要约条件作出重大变更的，被收购公司董事会应当在3个工作日内提交董事会及独立财务顾问就要约条件的变更情况所出具的补充意见，并予以报告、公告。

114. 【答案】AC

【解析】除AC两项外，收购人可以向中国证监会提出免于以要约方式增持股份的申请的情形还有：①上市公司面临严重财务困难，收购人提出的挽救公司的重组方案取得该公司股东大会批准，且收购人承诺3年内不转让其在该公司中所拥有的权益；②中国证监会为适应证券市场发展变化和保护投资者合法权益的需要而认定的其他情形。

115. 【答案】ACD

【解析】《上市公司重大资产重组管理办法》适用于上市公司及其控股或者控制的公司在日常经营活动之外购买、出售资产或者通过其他方式进行资产交易达到规定的比例，导致上市公司的主营业务、资产、收入发生重大变化的资产交易行为。其中，"通过其他方式进行资产交易"包括：①与他人新设企业、对已设立的企业增资或者减资；②受托经营、租赁其他企业资产或者将经营性资产委托他人经营、租赁；③接受附义务的资产赠与或者对外捐赠资产；④中国证监会根据审慎监管原则认定的其他情形。

116. 【答案】ACD

【解析】上市公司及其控股或者控制的公司购买、出售资产，达到下列标准之一的，构成重大资产重组：①购买、出售的资产总额占上市公司最近一个会计年度经审计的合并财务会计报告期末资产总额的比例达到50%以上；②购买、出售的资产在最近一个会计年度所产生的营业收入占上市公司同期经审计的合并财务会计报告营业收入的比例达到50%以上；③购买、出售的资产净额占上市公司最近一个会计年度经审计的合并财务会计报告期末净资产额的比例达到50%以上，且超过5000万元人民币。购买、出售资产未达到前款规定标准，但中国证监会发现存在可能损害上市公司或者投资者合法权益的重大问题的，可以根据审慎监管原则责令上市公司按照《上市公司重大资产重组管理办法》的规定补充披露相关信息、暂停交易并报送申请文件。

117. 【答案】ABCD

【解析】上市公司拟实施重大资产重组的，董事会应当就本次交易是否符合下列规定作出审慎判断，并记载于董事会决议记录中：①交易标的资产涉及立项、环保、行业准入、用地、规划、建设施工等有关报批事项的，在本次交易的首次董事会决议公告前应当取得相应的许可证书或者有关主管部门的批复文件；本次交易行为涉及有关报批事项的，应当在重大资产重组预案和报告书中详细披露已向有关主管部门报批的进展情况和尚需呈报批准的程序，并对可能无法获得批准的风险作出特别提示；②上市公司拟购买资产的，在本次交易的首次董事会决议公告前，资产出售方必须已经合法拥有标的资产的完整权利，不存在限制或者禁止转让的情形。上市公司拟购买的资产为企业股权的，该企业应当不存在出资不实或者影响其合法存续的情况；上市公司在交易完成后成为持股型公司的，作为重要标的资产的企业股权应当为控股权。上市公司拟购买的资产为土地使用权、矿业权等资源类权利的，应取得相应的权属证书，并具备相应的开发或者开采条件；③上市公司购买资产应当有利于提高上市公司资产的完整性（包括取得生产经营所需要的商标权、专利权、非专利技术、采矿权、特许经营权等无形资产），有利于上市公司在人员、采购、生产、销售、知识产权等方面保持独立；④本次交易应当有利于上市公司改善财务状况、增强持续盈利能力，有利于上市公司突出主业、增强抗风险能力，有利于上市公司增强独立性、减少关联交易、避免同业竞争。

118. 【答案】ACD

【解析】B项，证券投资咨询机构从事上市公司并购重组财务顾问业务，要求其实缴注册资本和净资产不低于人民币500万元。

119. 【答案】ABC

【解析】个人申请注册成为财务顾问主办人，应当通过所任职的财务顾问向中国证监会提出申请，申请人应当提交有关财务顾问主办人的证明文件除ABC三项外，还包括：①证券从业资格证书；②中国证监会认可的财务顾问主办人胜任能力考试且成绩合格的证书；③不存在数额较大到期未清偿的债务的说明；④最近24个月未受到行业自律组织的纪律处分的说明；⑤最近36个月未因执业行为违法违规受到处罚的说明；⑥中国证监会规定的其他文件。

120. 【答案】BC

【解析】《关于向外商转让上市公司国有股和法人股有关问题的通知》规定，外商应当以自由兑换货币支付转让价款。已在中国境内投资的外商，经外汇管理部门审核后，也可用投资所得人民币利润支付。外商在付清全部转让价款 12 个月后，可再转让其所购股份。

三、判断题(共 60 题，每小题 0.5 分，共 30 分。正确的用 A 表示，错误的用 B 表示，不选、错选、放弃均不得分)

121. 【答案】B

【解析】申请人申请凭证式国债承销团成员资格的，应当将申请材料分别提交财政部和人民银行；申请人申请记账式国债承销团成员资格的，应当将申请材料提交财政部。

122. 【答案】A

123. 【答案】A

【解析】证券公司申请保荐机构资格的，应当具有良好的保荐业务团队且专业结构合理，从业人员不少于 35 人，其中最近 3 年从事保荐相关业务的人员不少于 20 人。

124. 【答案】B

【解析】募集设立是指由发起人认购公司应发行股份的一部分，其余股份向社会公开募集或者向特定对象募集而设立公司的方式。

125. 【答案】B

【解析】股份有限公司增加或减少资本，应当修改公司章程，须经出席股东大会的股东所持表决权的 2/3 以上通过。变动后，应由法定验资机构出具验资证明，并依法向公司登记机关办理变更登记。

126. 【答案】B

【解析】董事会秘书由董事长提名，经董事会聘任或解聘。公司董事或者其他高级管理人员可以兼任公司董事会秘书。

127. 【答案】B

【解析】股东大会会议由董事会依法召集，由董事长主持。董事长不能履行职务或者不履行职务的，由副董事长主持；副董事长不能履行职务或者不履行职务的，由半数以上董事共同推举 1 名董事主持。

128. 【答案】A

129. 【答案】B

【解析】重大关联交易应由独立董事认可后，提交董事会讨论。

130. 【答案】B

【解析】清产核资工作按照统一规范、分级管理的原则，由同级国有资产监督管理机构组织指导和监督检查。

131. 【答案】B

【解析】根据规定，净资产未全部折股的差额部分应计入资本公积金，不得以任何形式将资本(净资产)转为负债。净资产折股后，股东权益等于净资产。

132. 【答案】B

【解析】无形资产是指得到法律认可和保护，不具有实物形态，并在较长时间内(超过 1 年)使企业在生产经营中受益的资产。

133. 【答案】B

【解析】收益现值法是将评估对象剩余寿命期间每年(或每月)的预期收益，用适当的折现率折现，累加得出评估基准日的现值，以此估算资产价值的方法。

134. **【答案】**B

【解析】间接融资是指资金盈余者通过存款等形式，将资金首先提供给银行等金融机构，然后由这些金融机构再以贷款、贴现等形式将资金提供给资金短缺者使用的资金融通活动。

135. **【答案】**A

136. **【答案】**B

【解析】考虑了公司所得税后，由于负债会因利息的抵税作用而增加企业价值，即负债公司的价值等于相同风险等级的无负债公司的价值加上负债的节税利益，公司的市值比原来不计所得税时多。

137. **【答案】**B

【解析】因未分配利润筹资而增加的权益资本，不会稀释原有股东的每股收益和控制权，同时还可以增加公司的净资产，支持公司扩大其他方式的筹资。

138. **【答案】**B

【解析】证券发行的主承销商可以由该保荐机构担任，也可以由其他具有保荐机构资格的证券公司与该保荐机构共同担任。

139. **【答案】**B

【解析】控制权的渊源是既包括对公司的直接的股权投资关系，也包括间接的股权投资关系。

140. **【答案】**B

【解析】中国证券业协会对自收到完整的备案材料的 15 个工作日内未提出异议的，则视为承销商备案材料得到认可。

141. **【答案】**B

【解析】注册会计师出具有保留意见的审计报告时，应于意见段之前另加说明段，以说明所持保留意见的理由。

142. **【答案】**A

143. **【答案】**A

144. **【答案】**B

【解析】公司自由现金流量的预测期一般为 5 ~ 10 年，预测期越长，预测的准确性越差。

145. **【答案】**A

146. **【答案】**B

【解析】股票发行采用代销方式的，应当在发行公告中披露发行失败后的处理措施。股票发行失败后，主承销商应当协助发行人按照发行价并加算银行同期存款利息返还股票认购人。

147. **【答案】**B

【解析】上网申购期内，投资者按委托买入股票的方式，以发行价格填写委托单。

148. **【答案】**B

【解析】在无纸化发行的情况下，股份交收以认股者载入股东名册为要件。

149. **【答案】**B

【解析】依据《深圳证券交易所中小企业板块上市推荐与持续督导协议》，深圳证券交易所每年对中小企业板上市公司保荐人、保荐代表人的保荐工作进行评价，评价期间与对中小企业板上市公司信息披露工作的考核期间一致。

150. **【答案】**B

【解析】发行人最近 1 年及 1 期内收购兼并其他企业资产（或股权），且被收购企业资产总额或营业收入或净利润超过收购前发行人相应项目 20%（含）的，应披露被收购企业收购前一年利润表。

151. **【答案】**A

152. **【答案】**B

【解析】若曾存在工会持股、职工持股会持股、信托持股、委托持股或股东数量超过 200 人的情况，发行人应详细披露有关股份的形成原因及演变情况。

153. **【答案】**A

154. **【答案】**A

155. **【答案】**B

【解析】上市公告书引用保荐人、证券服务机构的专业意见或者报告的，相关内容应当与保荐人、证券服务机构出具的文件内容一致，确保引用保荐人、证券服务机构的意见不会产生误导。

156. **【答案】**A

157. **【答案】**A

158. **【答案】**B

【解析】上市公司公开发行新股的推荐核准，包括由保荐人（主承销商）进行的内核、出具发行保荐书以及对承销商备案材料的合规性审核，以及由中国证监会进行的受理文件、初审、发行审核委员会审核、核准发行等。

159. **【答案】**B

【解析】上市公司决定撤回证券发行申请的，应当在撤回申请文件的次 1 个工作日予以公告。

160. **【答案】**B

【解析】在网下网上同时定价发行方式下，对于网上发行部分，既可以按统一配售比例对所有公众投资者进行配售，也可以按一定的中签率以摇号抽签方式确定获配对象。但发行人和主承销商必须在发行公告中预先说明。

161. **【答案】**A

162. **【答案】**B

【解析】认股权证的行权价格应不低于公告募集说明书日前 20 个交易日公司股票均价和前一个交易日的均价。

163. **【答案】**A

164. **【答案】**A

165. **【答案】**B

【解析】上市公司应当在可转换公司债券开始转股前 3 个交易日内披露实施转股的公告。上市公司应当在每一季度结束后及时披露因可转换公司债券转换为股份所引起的股份变动情况。

166. **【答案】**B

【解析】金融债券的招投标发行通过中国人民银行债券发行系统进行。

167. **【答案】**B

【解析】根据《企业债券管理条例》第二十条，企业发行企业债券所筹资金应当按照审批机关批准的用途，用于本企业的生产经营。企业发行企业债券所筹资金不得用于房地产买卖、股票买卖和期货交易等与本企业生产经营无关的风险性投资。

168. 【答案】B

【解析】证券评级机构应当指定专人对证券评级业务的合法合规性进行检查，并向注册地中国证监会派出机构报告。

169. 【答案】B

【解析】在资金使用上，企业发行短期融资券所募集的资金应用于企业生产经营活动，并在发行文件中明确披露具体资金用途。企业在短期融资券存续期内变更募集资金用途应提前披露。

170. 【答案】A

171. 【答案】B

【解析】境内上市外资股又称 B 股，是指在中国境内注册的股份有限公司向境内外投资者发行并在中国境内证券交易所上市交易的股票。境内上市外资股采取记名股票形式，以人民币标明面值，以外币认购、买卖。

172. 【答案】A

173. 【答案】B

【解析】香港联交所就任何拟采用的包销商（如有）在财政上是否适合做咨询发行人保留权利，如果交易所不信任包销商有所承诺的包销能力，则可以拒绝其上市申请。

174. 【答案】B

【解析】财务顾问应当在上市公司所属企业到境外上市当年剩余时间及其后一个完整会计年度，持续督导上市公司维持独立上市地位。

175. 【答案】B

【解析】上市公司同时购买、出售资产的，应当分别计算购买、出售资产的相关比例，并以二者中比例较高者为准。

176. 【答案】A

【解析】特定对象以资产认购而取得的上市公司股份，自股份发行结束之日起 12 个月内不得转让。属于下列情形之一的，36 个月内不得转让：①特定对象为上市公司控股股东、实际控制人或者其控制的关联人；②特定对象通过认购本次发行的股份取得上市公司的实际控制权；③特定对象取得本次发行的股份时，对其用于认购股份的资产持续拥有权益的时间不足 12 个月。

177. 【答案】B

【解析】《中国证券监督管理委员会上市公司并购重组审核委员会工作规程》第十六条规定，中国证监会根据并购重组申请人及其他相关单位和个人提出的书面申请，决定相关并购重组委委员是否回避。

178. 【答案】B

【解析】题中所述"执业经历的说明"是证券投资咨询机构申请从事上市公司并购重组财务顾问业务资格时应当提交的文件，而不是证券公司。

179. 【答案】B

【解析】财务顾问接受委托人委托的，应当指定 2 名财务顾问主办人负责，同时，可以安排 1 名项目协办人参与。

180. 【答案】A

圣才图书目录

育心理学》(北京师范大学出版社)

- **实验心理学**

1. 《实验心理学》笔记和习题详解

   配套教材有：《实验心理学》(朱滢，北京大学出版社)、《实验心理学》(张春兴主编、杨治良著，浙江教育出版社)、《实验心理学》(孟庆茂、常建华编著，北京师范大学出版社)、《实验心理学纲要》(张学民、舒华编著，北京师范大学出版社)

- **心理测量与统计**

1. 《心理与教育测量学》笔记和习题详解

   配套教材有：戴海琦主编的《心理与教育测量(修订本)》(暨南大学出版社)、金瑜主编的《心理测量》(华东师范大学出版社)

2. 《心理与教育统计学》笔记和习题详解

   配套教材有：《现代心理与教育统计学》，张厚粲、徐建平著，北京师范大学出版社

【教育类】

- **教育学**

1. 《教育学原理》笔记和习题详解

   配套教材有：王道俊、王汉澜主编《教育学(新编本)》(人民教育出版社)、全国12所重点师范大学联合编写的《教育学基础》(教育科学出版社)、孙喜亭著的《教育原理》(北京师范大学出版社)

2. 《教育学基础》笔记和习题详解

   配套教材：全国十二所重点师范大学联合编写《教育学基础》，教育科学出版社

3. 《教育学》笔记和习题详解

   配套教材：王汉澜、王道俊《教育学》，人民教育出版社

4. 《当代教育学》笔记和习题详解

   配套教材：袁振国《当代教育学(2004年修订版)》，教育科学出版社

- **中外教育史**

1. 《中国教育史》笔记和习题详解

   配套教材：以考研大纲为蓝本，参考多种《中国教育史》的经典教材

2. 《中国教育史》笔记和习题详解

   配套教材：孙培青《中国教育史》，华东师范大学出版社

3. 《简明中国教育史》笔记和习题详解

   配套教材：王炳照《简明中国教育史(修订本)》，北京师范大学出版社

4. 《外国教育史》笔记和习题详解

   配套教材：以考研大纲为蓝本，参考多种《外国教育史》的经典教材

5. 《外国教育史教程》(人教版)笔记和习题详解

   配套教材：吴式颖《外国教育史》，人民教育出版社

6. 《外国教育史》(北师版)笔记和习题详解

   配套教材：王天一、夏之莲、朱美玉《外国教育史(修订本 上、下册)》，北京师范大学出版社

- **教育心理学**

1. 《教育心理学》笔记和习题详解

   配套教材有：林崇德主编的《教育心理学》(冯忠良等著，人民教育出版社)、陈琦和刘儒德主编的《当代教育心理学》(北京师范大学出版社)、皮连生主编的《教育心理学(第三版)》(上海教育出版社)

- **教育研究方法**

1. 《教育研究方法》笔记和习题详解

   配套教材有：《心理与教育研究方法》(董奇著，北京师范大学出版社)、《教育科学研究方法》(李秉德主编，人民教育出版社)、《教育研究方法》(杨小微主编，人民教育出版社)等

【新闻传播类】(6本)

☞**考硕考博辅导大系列**

- **考研专业课辅导系列**(43本)
- **全国名校考研专业课真题题库系列**(10本)
- **考研数学辅导系列**(6本)
- **教育硕士考试辅导系列**(2本)
- **考博英语辅导系列**

1. 考博英语全国名校真题详解
2. 考博英语词汇突破
3. 考博英语词汇重难点20天冲刺
4. 题解考博英语词汇核心词汇8000
5. 考博英语阅读理解150篇详解
6. 考博英语翻译及写作真题解析与强化练习
7. 考博英语全真模拟试题详解
8. 考博英语听力真题解析与强化练习
9. 考博英语历年词汇试题解析
10. 考博英语阅读理解试题分类解析
11. 北京大学考博英语真题解析与专项练习
12. 清华大学考博英语真题解析与专项练习
13. 中国人民大学考博英语真题解析与专项练习
14. 复旦大学考博英语真题解析与专项练习
15. 武汉大学考博英语真题解析与专项练习
16. 中国科学院考博英语真题解析与专项练习
17. 全国医学考博英语历年真题及模拟试题详解
18. 题解医学考博英语过关必备3000词

- **考博专业课辅导系列**(7本)
- **同等学力考试辅导系列**(11本)

☞**外语类考试辅导大系列**

- **全国大学生英语竞赛辅导系列**

1. 全国大学生英语竞赛A类(研究生)真题及模拟试题详解

购买图书请联系

中国石化出版社读者服务部
地址：北京安定门外大街 58 号
电话：010 - 84289974(兼传真)

证券、金融、保险名师网络课程

♨ 2009 年证券业从业人员资格考试网络课程

网络课程名称	类型	主讲老师	课时	价格/门
证券市场基础知识	精讲班	汤明旺/邹风雷/程传省/张芳	17 小时	180 元
证券发行与承销	精讲班	邢会强/吴国鼎/聂利君	25 小时	260 元
证券交易	精讲班	张纯萍	15 小时	160 元
证券投资分析	精讲班	邹风雷/段旭晖	13 小时	160 元
证券投资基金	精讲班	汤明旺	16 小时	160 元

♨ 2009 年期货从业人员资格考试网络课程

网络课程名称	类型	主讲老师	课时	价格/门
期货基础知识	精讲班	邹风雷	16 小时	200 元
期货法律法规	精讲班	程传省	17 小时	200 元

♨ 2009 年基金销售人员从业考试网络课程

网络课程名称	类型	主讲老师	课时	价格/门
证券投资基金销售基础知识	精讲班	汤明旺	12 小时	150 元

♨ 2009 年证券经纪人专项考试网络课程

网络课程名称	类型	主讲老师	课时	价格/门
证券市场基础	精讲班	汤明旺/邹风雷/程传省/张芳	10 小时	100 元
证券经纪业务营销	精讲班	张纯萍/杨栋	12 小时	120 元

♨ 2009 年保荐代表人胜任能力考试网络课程

网络课程名称	类型	主讲老师	课时	价格/门
证券综合知识	精讲班	邢会强/聂利君/李玉红 汤明旺/顾伟忠/林小驰	59 小时	1510 元
投资银行业务能力	精讲班	聂利君/张冀/顾伟忠/杨栋	25 小时	890 元

♨ 2009 年中国银行业从业人员认证资格考试网络课程

网络课程名称	类型	主讲老师	课时	价格/门
公共基础	精讲班	卢海君/聂利君	15 小时	160 元
风险管理	精讲班	王志诚/杨栋	16 小时	160 元
个人理财	精讲班	卢海君/周世民	20 小时	200 元
公司信贷	精讲班	聂利君	20 小时	200 元
个人贷款	精讲班	汤明旺	20 小时	200 元

♨ 2009 年金融英语证书考试（FECT）网络课程

网络课程名称	类型	主讲老师	课时	价格/门
现代金融业务	精讲班	宛璐/李树杰/朱振荣	20 小时	400 元

♨ 2010 年金融学考研网络课程

网络课程名称	类型	主讲老师	课时	价格/门
金融联考	精讲班	聂利君	35 小时	200 元
经济学	精讲班	邹风雷	35 小时	200 元
管理学	精讲班	汪存华	35 小时	200 元

♨ 2009 年保险代理人/保险经纪人/保险公估人网络课程

网络课程名称	类型	主讲老师	课时	价格/门
保险代理人	精讲班	张冀/程传省	22 小时	270 元
保险经纪人	精讲班	张冀/程传省/汤明旺/邹风雷	43 小时	440 元
保险公估人	精讲班	王亚柯/程传省	10 小时	130 元

…… ……

更多网络课程请登录：

中华金融学习网 www.100jrxx.com，中华证券学习网 www.1000zq.com，中华保险学习网 www.1000bx.com

声明：上述课时与价格仅供参考，最终方案以网站公布为准！

中华财会学习网名师网络课程

中华财会学习网是一家为全国各类会计学/财务管理学考试和会计学专业课学习提供全套复习资料的专业性网站。会计学考试包括会计学/财务管理学考研、会计学/财务管理学自考、会计电算化考试、会计从业人员资格考试、注册会计师(CPA)、注册税务师(CTA)、注册资产评估师(CPV)、全国会计专业技术资格考试(会计职称考试)、全国统计专业技术资格考试、全国审计专业技术资格考试、国外会计考试(包括英国特许公认会计师ACCA、特许公认会计技师ACCA/CAT、美国注册会计师AICPA等；会计学专业课包括基础会计学、财务会计学、财务管理学等。每个栏目(各类会计学考试、各科专业课)都设置有为考生和学习者提供一条龙服务的资源，包括：网络课程辅导、在线测试、会计学图书、历年真题详解、专项练习、笔记讲义、视频课件、学术论文等等。

♨ 2009 年注册会计师(CPA)网络课程

网络课程名称	类型	主讲老师	课时	价格/门
会计	精讲班	汤明旺	25 小时	200 元
审计	精讲班	林莉	25 小时	200 元
税法	精讲班	刘志苏	25 小时	200 元
经济法	精讲班	程传省	25 小时	200 元
财务成本管理	精讲班	汤明旺	25 小时	200 元
公司战略与风险管理	精讲班	柯江林	25 小时	200 元

♨ 2009 年注册税务师(CTA)网络课程

网络课程名称	类型	主讲老师	课时	价格/门
税法(Ⅰ)	精讲班	赵桂娟	20 小时	200 元
税法(Ⅱ)	精讲班	刘志苏	20 小时	200 元
税务代理实务	精讲班	赵桂娟/罗新运/汪月祥	25 小时	200 元
财务与会计	精讲班	王昌锐/林莉/王伶	25 小时	200 元
税收相关法律	精讲班	彭俊良/梁成意/李升泉	20 小时	200 元

♨ 2009 年注册资产评估师(CPV)网络课程

网络课程名称	类型	主讲老师	课时	价格/门
机电设备评估基础	精讲班	余先涛/史恩秀	20 小时	200 元
财务会计	精讲班	王昌锐/段敏生/周显文	20 小时	200 元
建筑工程评估基础	精讲班	刘幸/高康	20 小时	200 元
资产评估	精讲班	汤明旺	20 小时	200 元
经济法	精讲班	汪炜/汤明旺/程传省	20 小时	200 元

♨ 2009 年初级会计职称(助理会计师)网络课程

网络课程名称	类型	主讲老师	课时	价格/门
初级会计实务	精讲班	汤明旺/王伶	11 小时	80 元
经济法基础	精讲班	汤明旺/程传省	10 小时	80 元

♨ 2009 年中级会计职称(会计师)网络课程

网络课程名称	类型	主讲老师	课时	价格/门
中级会计实务	精讲班	叶江虹/王昌锐/刘兰/王伶	30 小时	120 元
财务管理	精讲班	林莉	20 小时	100 元
经济法	精讲班	齐治兰/刘志苏/汪炜/马卉/程传省	20 小时	100 元

♨ 2009 年全国审计专业技术资格考试网络课程

网络课程名称	类型	主讲老师	课时	价格/门
初级(助理审计师)	精讲班	汤明旺	20 小时	150 元
中级(审计师)	精讲班	林莉	25 小时	200 元
高级(高级审计师)	精讲班	王博	25 小时	200 元

…… ……

更多网络课程请登录：中华财会学习网 www.1000ck.com

声明：上述课时与价格仅供参考，最终方案以网站公布为准！